VERNICHTUNG: Die Ankunft

Science Fiction Thriller

JOSHUA TREE

BE
Belle Époque Verlag

Joshua Tree Ltd.
Kronou 70, App. 202
Kaimakli, 1026 Nicosia
Zypern

joshuatree@weltenblume.de
www.weltenblume.de

Lizenzausgabe des Belle Epoque Verlags, Dettenhausen,
mit freundlicher Genehmigung des Autors.

Lektorat: Philipp Mehlhop
Korrektorat: Gabriele Rögner
Cover: Elementi Studio
Innenlayout und Satz: Hans-Jürgen Maurer
Besonderer Dank: Viktoria Keller

Druck: Custom Printing, Warszawa, Polen

ISBN: 978-3-96357-175-6

»Jede hinreichend fortschrittliche Technologie ist von Magie nicht zu unterscheiden.«

– Drittes Clarksches Gesetz.
Arthur C. Clarke (1917–2008)

Vorwort

Liebe Leser,

im Frühling dieses Jahres trat Pascal Wokan an mich heran und schlug vor, nach unserer Zusammenarbeit an »Rift: Der Übergang«, erneut ein Projekt zusammen zu starten. Da ich das erste Mal überaus positiv in Erinnerung halte, habe ich zugesagt, ihn aber auf 2020 vertrösten müssen, da mein Plan für 2019 bereits zu voll war. Dann allerdings überlegte Pascal, es mit Science Fiction zu probieren (statt Fantasy, seinem »Spielfeld«) und ich rief mir eine Idee in Erinnerung, die er bereits Ende letzten Jahres mit mir besprochen hatte. Diese Überlegung fand ich schon damals sehr charmant und als wir überdachten, diese Idee als Grundlage für unsere Zusammenarbeit zu nehmen, arbeitete es tagelang in meinem Kopf. Ich nahm die Grundidee und bettete sie in ein Gesamtkonzept mit immer mehr Details. Diese Gedanken teilte ich mit Pascal und er war ebenfalls begeistert von der Richtung, die seine Initialidee nehmen könnte. Ehe wir uns versahen, wirkten wir an einem gemeinsamen Plotdokument und kommentierten und verfeinerten unsere Ideen, bis wir ein rundes »Ganzes« hatten. Nun ist es noch nicht 2020 und trotzdem halten Sie das fertige Buch schon in der Hand (meine Seite, in »Vernichtung: Der Kontakt« erfahren Sie die andere Seite der Geschichte von Pascal Wokan). Das liegt ganz einfach daran, dass mich die Geschichte nicht mehr losgelassen hat, und auch wenn ich gestehen muss, dass der vorliegende Band der Erste von vermutlich drei ist, liegt hiermit der Startschuss zu etwas wirklich Großem vor. Dies ist ein Buch, das ich für mich geschrieben habe, mit der Intention, dass ich verfasst habe, was ich gerne lese. Das tue ich zwar immer, aber noch nie war es so wahr wie in diesem Fall.

In diesem Sinne freue ich mich, dass Sie mit mir auf eine Reise in die nahe Zukunft gehen und wünsche Ihnen schaurig-schöne Lesestunden. Und bitte verpassen Sie nicht die zweite Seite der Medaille: »Vernichtung: Der Kontakt« von Pascal Wokan. Zusammen ergeben beide Bücher ein großes Ganzes.

Prolog

Vernichtung

»ELLA RAI MALÁKA!«, rief Nikos seinem Freund gut gelaunt zu, als dieser gerade die Treppe der U-Bahn heraufgelaufen kam. Patroklos schob seine Brille ein wenig tiefer auf die Nase, als müsste er ohne störendes Glas sehen, um sicher zu sein, dass seine Augen ihm keinen Streich spielten. Dann grinste er breit.

»Gia sou, Fíle!«

Sie umarmten sich und lachten ausgelassen, während die Menschen an ihnen vorbeiströmten.

»Schön, dich endlich wiederzusehen!« Nikos deutete auf das *Stavrochori*-Café gegenüber der kleinen Grünfläche, die den Abgang zur U-Bahn von der kleinen Einbahnstraße trennte, auf deren anderer Seite sich Cafés und Tavernen mit breiten Sitzbereichen zwischen Häusern und Bürgersteig aneinanderreihten. Es schien beinahe, als sei die halbe Stadt auf den Beinen, so voll war es an den Tischen. Heizpilze glühten rot und vertrieben die kalte Winterluft der griechischen Hauptstadt. »Wie war es auf den Philippinen?«

»Fantastisch! Es war warm, es gab keinen Hurrikan und die Tauchgänge waren fantastisch«, schwärmte Patroklos und boxte seinen Freund in die Seite, dass Nikos' Lederjacke knarzte. »Aber die Frauen erst. Panagía mou ...«

»Das kannst du ja gleich der Parea erzählen«, lachte Nikos und gemeinsam liefen sie über die Straße auf das Café zu. Ihre Freunde Maria, Costas und Evangelia saßen an einem der äußeren Tische, die durch ein kleines Geländer mit Schilfflechten vom Bürgersteig getrennt waren. Sie schienen in eine angeregte Diskussion über die aktuelle Regierung vertieft zu sein und bemerkten die Neuankömmlinge nicht.

Für die Silvesternacht – es waren nur noch drei Stunden bis zum Jahreswechsel – war die Luft sehr klar und der Himmel wolkenfrei. Nikos hatte früher Feierabend gemacht, um keine Minute mit seinem besten Freund zu verpassen. Die drei Wochen waren ihm wie eine Ewigkeit vorgekommen.

»Hey, da ist ja unser großer Reisehengst«, rief Maria gut gelaunt, als sie Patroklos erspähte. Sie warf ihre schwarze Haarmähne über die Schulter und drückte ihre Zigarette aus, bevor sie aufsprang und ihn umarmte. Costas, klein, rundlich und mit spärlichem Haar kam als Nächster, dann Evangelia, die Schönheit unter ihnen. Als alle sich gesetzt hatten und der Lärm der lauten Unterhaltungen sie umfing wie ein akustischer Kokon, bestellten sie eine Runde Bier und Pistazien. Patroklos erzählte von seinem Philippinen-Urlaub und Nikos genoss es, ihm zuzuhören und seine Freunde zu beobachten, wie sie sich an den Geschichten erfreuten, ausgelassen lachten und eine gute Zeit hatten. Der Stadtteil Nea Ionia gehörte nicht mehr zum Kerngebiet Athens, doch von der Akropolis betrachtet lag er noch mitten in der Stadt. Hier lebten viele Angestellte der Mittelschicht – der Teil, der seit der Eurokrise langsam aber sicher in Richtung Unterschicht abglitt. Die Häuser waren hier nicht so fein wie im Norden, aber die Cafés günstiger und die Menschen zugänglicher. Hier gab es illegales Feuerwerk an Silvester und Tänze auf den Straßen, wenn die Sektkorken knallten. Für einen Touristen musste es seltsam anmuten, dass selbst in Zeiten der Wirtschaftskrise sämtliche Cafés überfüllt waren, von denen es eine Menge gab, doch des Griechen liebstes Hobby war und blieb das Zusammensitzen mit Freunden bei einem Frappé oder Bier. Nikos Blick schweifte über die immergleichen fünf- oder sechsstöckigen Betonbauten des Straßenzugs, die erdbebensicher und mit breiten Balkonen für jede Partei gebaut wurden. Auf vielen saßen Familien und genossen das trockene

Wetter und diese ganz besondere Stimmung, die nur die letzten Stunden eines endenden Jahres boten.

»Nikos? Nikos!«

»Hm?«, machte er und drehte sich zu seinen Freunden. Pistazienschalen lagen auf dem Tisch verstreut und die zweite Runde Bier wurde gerade von einer gestresst aussehenden Kellnerin gebracht, die sich geschickt zwischen den dichten Sitzreihen hindurchquetschte.

»Patroklos hat gefragt, wie es bei der Arbeit läuft«, sagte Maria und sah ihn erwartungsvoll an. Nikos zog eine Augenbraue hoch und sah auch Costas, der breit grinste, und Evangelia an, die wie Patroklos ehrlich interessiert schienen. Also faltete er die Hände um sein Bierglas und seufzte.

»Ihr wollt in Wahrheit wissen, wie es mit Konstantina läuft, oder?«

»Ohooo«, johlte Maria und wedelte mit ihrer rechten Hand, in der eine glimmende Zigarette steckte. Die andere hielt sie vor die Brust, als sei sie tief getroffen. »Also ich weiß ja nicht, wie es mit euch aussieht, aber wenn er es schon von selbst anspricht.«

»Du musst zugeben, dass es spannender ist, von der Ex am Arbeitsplatz zu hören, als von deinen Kindern, die sich in die Hose machen und mit ihrem Essen spielen«, pflichtete Costas ihr bei und lehnte sich auf seinem Stuhl zurück, um das Bierglas auf seinem stattlichen Bauch abzustellen und zufrieden zu gurren.

»Manchmal hasse ich euch«, scherzte Nikos und verzog den Mund, als Patroklos ihm beinahe väterlich eine Hand auf die Schulter legte und etwas näher kam. »Wir hassen dich auch, weil du es geschafft hast, diese Göttin von einer Frau zu verlieren!«

Nun lachten sie wieder und klatschten in die Hände.

»Ja, ja, immer auf meine Kosten. Aber so lange *ihr* euch

amüsiert.« Nikos zuckte mit den Achseln. »Sie hat sich letzte Woche als stellvertretende Leitung beworben.«

»Sag jetzt nicht, dass du zugestimmt hast«, meinte Evangelia entgeistert und tippte mit ihren langen Fingernägeln drohend auf die Tischplatte.

»Doch, ich habe zugestimmt.«

Die Empörung seiner Freunde war groß. Sie riefen ihre Unmutsäußerungen wild durcheinander und schüttelten die Köpfe. Ihre Ausrufe vermischten sich mit dem Meer aus Unterhaltungen Hunderter Kehlen, die die Straße säumten und ließen Nikos' Kopf schwirren, als er an Konstantina und seinen kleinen Sohn Ioannis dachte. Abstrakte Bilder, gespeist aus Erinnerungen, passierten seine Gedanken. Da war das Gesicht von Konstantina, ein ovales Abbild hellenischer Schönheit mit mandelförmigen Augen tief wie die See. Ioannis in seiner Wiege mit wachem Blick und ruhelosen Fingern, die mit einem Mobile spielten. Ein Fenster, durch das warmes Sonnenlicht strömte und einen frisch gedeckten Frühstückstisch flutete, der Heimeligkeit und Romantik ausstrahlte. Die Eindrücke erzeugten einen Strudel aus widerstreitenden Emotionen, die von Sehnsucht über Verlust, Angst, Wehmut und Trauer bis hin zu einer Leere in seiner Brust reichten, die schmerzte.

»Wieso das denn? Sie lässt dich sitzen, will dir sogar noch Ioannis wegnehmen und du belohnst sie mit einer Beförderung?«, echauffierte sich Maria und die anderen stimmten mit missmutigem Gemurmel zu.

»Ich finde es ja schön, dass ihr so zu mir haltet, aber ich habe diese Entscheidung aus professioneller Sicht getroffen. Privatleben ist eine Sache, aber wenn ich das auf unseren Beruf übertragen würde, wäre ich nicht bloß ein schlechter Chef, sondern auch ein schlechter Mensch, hm?«

Maria sah ihn an wie ein Alien und schnaubte. »Er ist zu gut für diese Welt.« Sie lehnte sich zurück. »Einfach zu gut.«

»Ich finde, das hast du richtig gemacht«, sagte Patroklos und hob beide Hände, als Maria, Costas und Evangelia protestierten. »Am Ende zählt die Selbstachtung. Wenn er sich auf ihr Niveau herab begibt, hasst er sich am Ende noch selbst und das ist weitaus schlimmer als einer schlechten Person etwas Gutes zu tun.«

»Sie ist keine schlechte Person.« Nikos schüttelte den Kopf und starrte in sein Bierglas. »Vermutlich passen wir wirklich nicht gut zusammen. Ich wünschte nur, sie hätte mir Ioannis nicht weggenommen.«

»Ich wünschte, sie hätte verstanden, was sie an dir hatte«, warf Evangelia ein und nippte an ihrem Martini. Das feine Gläschen wirkte zwischen den wuchtigen Biergläsern wie etwas sehr Zerbrechliches und genau so fühlte sich nun auch Nikos. Die Trennung lag bereits vier Wochen zurück, doch er konnte spüren, dass die Trauer wie ein tiefer See in seinem Geist lag, nur durch eine dünne Papierwand von seinen Gedanken getrennt. Wenn er stolperte, würde er hindurchstürzen und darin ertrinken. Er hatte den Boden bereits einmal erreicht und wusste, wie tief es war und wie schwer, wieder nach oben zu kommen. Doch so war das vermutlich mit Plänen – das Leben passiert immer, während wir Pläne schmieden.

»Immerhin läuft es bei der Arbeit«, sagte Patroklos betont gut gelaunt, nachdem er Nikos forschend gemustert und offenbar verstanden hatte, dass sie gerade dabei waren, die Wand aus Papier einzureißen. »Was hast du dir fürs nächste Jahr vorgenommen?«

»Mehr Spenden einzusammeln«, erwiderte Nikos, dankbar für den Themenwechsel. »Die staatlichen Gelder, die wir bekommen, sind geradezu lächerlich. Alle reden von Aufschwung und wirtschaftlicher Erholung, aber davon kommt bei der Erziehung der Kleinsten standardmäßig am wenigsten an. Wir müssen mehr Fundraising Events betreiben, um weiteres Personal beschäftigen zu können.«

»Ich kann wieder mitmachen«, schlug Evangelia vor und zwinkerte ihm zu.

»Klar, hat ja letztes Mal auch sehr gut geklappt im Minikleid am Syntagma mit einem Werbeplakat für eine Kindertagesstätte zu werben«, höhnte Maria, und Nikos musste wie die anderen kichern, als er zurückdachte, wie die alte Nonne im letzten Jahr versucht hatte, ihre Freundin mit einem Gehstock zu verprügeln – inmitten der Menschenmassen vor dem Parlamentsplatz.

Evangelia machte einen Schmollmund und verschränkte die zarten Arme vor der Brust. »Immerhin habe ich viel Geld eingesammelt. Bis zu diesem ... unschönen Vorfall zumindest.«

»Ich fand es ziemlich cool«, befand Maria auf ihre typisch kecke Art und zog eine Zigarette aus der Schachtel. Sie tippte Costas auf den Unterarm. »Gib mal Feuer, Dickerchen.«

Nikos dachte an den Tag, als seine Freunde ihn mit der Spendenaktion überrascht hatten. Sie hatten um die finanzielle Notlage seines Kindergartens gewusst und sich extra freigenommen, um am Nationalfeiertag mit Klingelbeuteln herumzugehen, und das würde er ihnen niemals vergessen.

»Ihr seid die besten Freunde, die man sich wünschen kann«, sagte er und ein kurzer Moment stillschweigender Zustimmung knüpfte das enge Band zwischen ihnen noch ein wenig fester.

»Gia mas«, sagte Patroklos und sie stießen ihre Biergläser – und Evangelias Martiniglas – aneinander. Costas deutete auf das zierliche Gläschen. »Darf man damit überhaupt anstoßen? Beim Tennis macht man den Aufschlag ja auch nicht mit einer Zahnbürste.«

Gut gelauntes Lachen mischte sich in die abendliche Straßenfeststimmung und Nikos lehnte sich nach einem langen Zug aus seinem Glas seufzend zurück, um seinen Blick in den Sternenhimmel schweifen zu lassen. In weniger als zwei Stunden war es so weit und der Jahreswechsel stand an. Er wusste schon ganz genau, was er sich wünschen würde. Noch während sich vor seinem geistigen Auge das Lächeln seines einjährigen Sohnes ausbreitete, runzelte er die Stirn. Der Himmel, eben noch schwarz mit vereinzelten hellen Punkten gesprenkelt, schien vor lauter Farben zu explodieren.

Nikos blinzelte einige Male, doch sie waren immer noch da: Lila- und Blautöne quollen aus einem tiefschwarzen Fleck am Firmament wie kochendes Plastik, das Blasen schlug und sich über das halbe Himmelszelt ausbreitete. Zuerst dachte er an verfrühte Silvesterraketen, doch das Farbenphänomen war zu gewaltig, um schlichte Pyrotechnik dafür verantwortlich machen zu können.

Die ersten um ihn sitzenden Gäste schienen es auch zu bemerken und nach einigen Augenblicken, in denen sich die Gesprächskulisse abdämpfte, als hätte jemand einen Regler heruntergedreht, wurden erste Rufe laut. Stühle scharrten über den Boden und Gemurmel mischte sich unter die lauteren Ausrufe.

»Scheiße, was ist das?«, raunte Patroklos neben ihm, ohne dass Nikos den Blick von dem mystischen Farbenspiel hätte abwenden können. Der Nachthimmel stand in Flammen und die wabernden Farben begannen, das Spektrum so schnell hinauf und hinunter zu rasen, dass ihm der Kopf zu schwirren begann. Dann gab es einen mächtigen Knall, der so allumfassend und vernichtend war, dass er zurücktaumelte und gegen den Tisch prallte. Schreie brandeten auf und wurden zu einer Kakophonie von hundertfachem Gekreische, als der Knall noch in seinen Knochen bebte und seine Ohren rauschten, als stünde er neben einem reißenden Fluss.

Dann waren die Farben plötzlich weg, als hätte es sie nie gegeben und hunderte Lichtblitze zuckten durch die Finsternis über der Stadt. Sie lebten auf und erstarben so schnell, dass es unmöglich war, sich vorzustellen, in welcher Höhe sie sich abspielten. Was nach den Blitzen verblieb, waren riesige, längliche Gebilde wie leuchtende Pylonen. Sie sahen zwar nicht größer aus als Stecknadeln am Himmel, doch die Tatsache, dass die Objekte vom Sonnenlicht angestrahlt wurden, musste bedeuten, dass sie oberhalb der Erdkrümmung aufgetaucht waren.

»Panagia mou«, rief Maria heiser. Und dann immer wieder: »Panagia mou!«

Die Objekte kamen näher, wurden offenbar von der Erdanziehung in die Tiefe gerissen und bildeten massive Feuerschweife, wo die Atmosphäre sich gegen sie wehrte. Was dann geschah, brachte Panik.

Die Objekte begannen, in einem Schauspiel aus Blitzen, Lichtstrahlen und Plasmawolken unterzugehen und sich gegenseitig den Tod zu schicken. Ein Strahl aus Lapislazuli durchtrennte einen Augenblick den Himmel von einem Horizont zum anderen und verschwand wieder. Eine Explosion von biblischen Ausmaßen blendete Nikos so stark, dass er instinktiv aufschrie, und grelle Nachbilder auf seiner Netzhaut tanzten, als er seine Augen wieder öffnete. Inmitten des Chaos, das seine Sinne an den Rand eines Kollapses brachte, breitete sich im nächsten Moment ein pechschwarzes Loch aus, bildete ebenso schwarze Geißeln, die die Farbexplosionen ringsum überlagerten und nach ihnen zu schnappen schienen, dann verschwand es wieder, kollabierte in sich selbst, als ränne es in einen kosmischen Abfluss zurück. Weitere Donnerschläge hämmerten auf die Stadt ein, sorgten für erneut aufwogende Schreie und erst als Nikos zusammenzuckte, bemerkte er, dass er inmitten eines Mahlstroms aus

Adrenalin und heilloser Panik stand, wie ein Monolith in der Brandung. Menschen flohen in blinder Angst auf die Straße, rannten wild durcheinander und die Straße hinunter, um sich in Sicherheit zu bringen.

»Nikos! NIKOS!« Erst jetzt bemerkte er, dass es Patroklos war, der ihn an der Seite gepackt hielt und mit aufgerissenen Augen anschrie. Die Laute schafften es kaum, das Fiepen in seinen Ohren zu übertönen.

»Was ... ich ...«, stammelte er benommen und bemerkte, dass der Asphalt der Straße zu leuchten schien, wie die Dächer und Scheiben der geparkten Autos, von denen die Hälfte blinkte und hupte, weil sich die Alarmanlagen aktiviert hatten.

»Müssen ... Sicherheit!« Patroklos zerrte an seinem Arm, deutete auf Costas, Maria und Evangelia, die sich dicht aneinander unter den Tisch gedrängt hatten. Er saß ebenfalls auf den Knien, was er gar nicht bemerkt hatte und sah der panischen Masse zu, wie sie auseinanderstob. Einige andere Gäste befanden sich noch in den Sitzbereichen und starrten wie angewurzelt den in Flammen stehenden Nachthimmel an.

Nikos wollte fliehen, etwas tun, seinem Adrenalin eine Richtung geben, doch stattdessen sah er von den Reflexionen auf der Straße und den Autos wieder in den Nachthimmel, wo sich die Schlacht der Götter abzuspielen schien. Die fliegenden Objekte waren jetzt deutlich näher, stoben vielleicht etwas höher als Flugzeuge dahin und sahen so fremdartig aus, dass es sein Gehirn schmerzte, sie überhaupt anzusehen. Sie sahen falsch aus, erinnerten ihn in ihrer Form und den merkwürdigen Farbwallungen, die sie umgaben, an nichts, was irgendeine Entsprechung finden könnte.

Obwohl sie so weit weg waren, konnte er erkennen, dass einige abrupt ihre Form änderten, von gleichschenkligen Pylonen zu Trapezen und zackigen Splittern. Ihre Oberflächen schimmerten und wirkten im einen Moment massiv, nur um im anderen flüssig auszusehen, wie Blasen schlagendes Quecksilber. Ein paar zerbrachen, als wären sie von einer unsichtbaren Axt geteilt worden wie Holzscheite, andere lösten sich auf oder verschwanden, als hätte es sie nie gegeben. Alles ging so schnell und brachte sein Gehirn dazu, nach Fassung zu ringen. Ohne sein Zutun fixierten seine Augen ein einzelnes Objekt, das sich von den anderen abhob. Es war lang und besaß eine breite Basis, von der aus je ein Dreieck in jede Richtung zeigte wie ein langgezogener Pylon. Es stach durch eine Wolke aus lilafarbenen Explosionen, die zwar flüchtig aussahen, aber gleichzeitig massiv und als gehörten sie nicht dorthin. Im nächsten Moment kollidierte es mit einem deutlich kleineren Gegenstand, der wie ein angespitzter Pfeil Zacken am Himmel schlug und den Pylonen in der Mitte durchdrang. Eine Explosion von der Größe des halben Firmaments machte die Nacht zum Tag und verschwand so unnatürlich schnell wieder, dass bloß das Brennen auf Nikos' Netzhaut noch davon zeugte. Die vordere Hälfte des zerstörten Objekts verharrte kurz in der unteren Stratosphäre, als hätte jemand die Zeit angehalten, und raste dann umso schneller in die Tiefe. Es kam näher und näher, als stieße Zeus eine Lanze auf sie herab. Bevor es das Stadtzentrum im Süden erreichte, brach die brennende Oberseite auseinander und sandte einen Regen glühender Feuerbälle ins Nichts. Die Bruchstücke explodierten unter der Reibungshitze der Atmosphäre und sandten eine Schockwelle aus, die wenige Sekunden später auf die Stadt einprügelte.

Nikos wurde von den Beinen gerissen und gegen den Tisch in seinem Rücken geschleudert. Das Platzen sämtlicher Fensterscheiben Athens klang, als riebe jemand eine Handvoll Krampen neben seinem Ohr aneinander. Dann folgte der Überschallknall und raubte ihm endgültig das Gehör. Sämtliche Haare auf seinem Körper stellten sich auf, als er inmitten des plötzlich stummen Alptraums ansah, wie das spitze Objekt weit hinter der Häuserfront der gegenüberliegenden Straßenseite niederging und eine Wand aus Schutt, Trümmern und Staub aufwühlte, die wie eine Flutwelle hunderte Meter in die Höhe schoss und auf sie zuraste.

»In die U-Bahn!«, kreischte er und hörte doch keinen Laut über seine Lippen kommen, als er sich zu seinen verängstigten Freunden umdrehte. Erst da sah er, dass Patroklos reglos neben ihm lag, das Gesicht von feinen Glasscherben zu einer unkenntlichen roten Masse zerstört. Costas lag halb über ihm, als wollte er die Leiche ihres Freundes schützen, doch sein Rücken war unnatürlich durchgebogen und ein klobiges Stück Beton lag neben ihm in dem Meer aus Scherben, Schutt und sich windenden Verletzten.

Nikos verspürte den heftigen Drang, sich zu übergeben und zu schreien, doch das Adrenalin trieb ihn zum Handeln und sein Geist verschaffte ihm einen kurzen Moment Klarheit. Er packte Maria und Evangelia an den Händen. Sie kauerten noch immer unter dem halb zusammengebrochenen Tisch, der ihnen und ihm vermutlich das Leben gerettet hatte, und hatten die Münder weit aufgerissen. Vermutlich schrien sie sich die Seele aus dem Leib, doch er hörte nichts außer dem Rauschen in seinen Gehörgängen, in das sich der stakkatoartige Trommelschlag seines Pulses mischte und ihn zur Eile antrieb.

So kräftig er konnte, zerrte er die beiden heraus und rannte auf die Straße, wo noch immer hunderte Menschen in Panik umherliefen. Er sah eine Frau mit zerrissenem Kleid, die sich eine blutende Bauchwunde hielt und wie angewurzelt über einem Gully stand. Ihr Gesicht war wie festgefroren. Ein Mann rannte mit seinem Baby auf dem Arm durch das flackernde Licht einer Laterne. Er hatte den Mund weit aufgerissen und die Arme des Babys wackelten leblos bei jedem Schritt.

»Zur U-Bahn!«, schrie Nikos erneut und zerrte seine Freundinnen mit sich in Richtung des Treppenabgangs auf der anderen Straßenseite. In einem Moment sah der noch aus wie ein dunkler Schlund im gelben Laternenlicht, dann kam die Nacht und holte sich ihren Straßenzug. Sie kam von Osten und breitete sich in Form nacheinander abschaltender Laternen aus, bis der Stromausfall das gesamte Viertel in Dunkelheit tauchte. Nikos lief weiter, verließ sich darauf, dass er in die richtige Richtung rannte und es in den Schutz des Metrotunnels schaffen würde, bevor die riesige Schutt- und Staubwelle sie erreichte und der Druck sie zerplatzen ließ wie zu stark aufgepumpte Luftballons.

Ein Körper stieß mit seinem zusammen. Er kam aus dem Nichts und hätte ihn beinahe von den Beinen gerissen, doch stattdessen war die fremde Masse plötzlich verschwunden und er knallte gegen etwas Hartes auf Hüfthöhe. Den unklaren Umrissen nach zu urteilen, die er sah, musste es sich um ein Geländer handeln, also machte er einen Schritt nach rechts und dann nach links und raste die Treppen hinunter, die er als weiche Linien in der Tiefe ausmachen konnte. Um sie huschten Schatten, glitten mit ihnen in die Tiefe, rempelten sie an, stürzten und überschlugen sich.

Es wurde immer dunkler um sie und die Stufen waren einem rutschigen Untergrund gewichen. Die Erde bebte unter ihren Füßen und Nikos verlor einen Moment Gleichgewicht und Orientierung. Taumelnd krachte er gegen eine Wand und schlug hart mit dem Kopf dagegen. Seine Stirn wurde feucht.

Wir sind unten, dachte er rastlos. *Unten nach rechts ist der Schacht. Eine Treppe.*

Ein Atemzug, und er lief weiter, spürte den Druck unter seinen Händen und zog seine Freundinnen mit sich. Die nächsten Treppen sah er nicht und stürzte ins Leere, als seine

Füße mit festem Boden rechneten und keinen fanden. Schmerzen explodierten in seinem Körper und der Druck unter seiner linken Hand war verschwunden. Als er sich wieder aufrappelte, als sei er halb gelähmt, erbebte die Erde erneut und die Luft wurde mit einem Schlag dicker. Staub legte sich in seinen Mund und trocknete ihn aus, dann schüttelten ihn Hustenkrämpfe, als seine Lungenflügel verkrampften. Mit letzter Kraft tastete er nach einer Wand, robbte näher und zog Maria oder Evangelia, die er noch an der Hand hielt, zu sich. Sie regte sich kaum, doch er schlang seine Arme um den Körper, der bei ihm war und nutzte das letzte bisschen Klarheit, welches er noch besaß, um leise zu beten.

Teil 1

DIE NEUE WELT

Kapitel 1:
Das Versteck

DIE AUSBEUTE WAR MAGER. Nikos zog den Fahrradanhänger hinter sich her durch das Labyrinth aus Schutt und Trümmerstücken und spürte, dass er zu leicht war. Nicht, dass es seinem abgemagerten Körper etwas ausgemacht hätte, sich weniger anzustrengen, doch die Konsequenzen waren schmerzhaft. Mit dem Gefühl einzuschlafen, während die Magenwände aneinander rieben und dann unruhig einen Schlaf der reinen Erschöpfung zu schlummern, der von Träumen mit ausschweifenden Buffets und den grundlegendsten menschlichen Bedürfnissen nach Nahrung und Schutz gestört wurde, war das Schrecklichste, das er je erlebt hatte. Früher war der drohende Hungertod etwas gewesen, das man im Fernsehen oder auf Werbeplakaten von Hilfsorganisationen an den Straßenrändern gesehen hatte: Afrika und vielleicht auch Teile Asiens waren betroffen, Orte, die weit weg waren von Griechenland. Heute wusste er, dass er niemals so desinteressiert an diesen Plakaten vorbeigegangen wäre, wenn er die Erfahrung des Hungers schon einmal gemacht hätte. Er würde spenden, was immer er erübrigen konnte. Doch dafür war es jetzt zu spät. Geld gab es nicht mehr, genauso wenig wie ein Entkommen in ein Leben, das auch nur ansatzweise dem ähnelte, das er vor dem Auftauchen der Außerirdischen geführt hatte.

Die vier Wochen, seit das Alienschiff südlich der Akropolis eingeschlagen war wie ein Meteor, hatten alles verändert und neue Regeln aufgestellt. Nun ja, de facto nur eine Regel, nämlich die, dass es keine Regeln mehr gab. Das Gerüst der Ordnung, das Menschen sich über hunderte Generationen gegeben hatten, und das gemeinhin als *Zivilisation* bezeichnet wurde, war zusammengestürzt. In nur einer Nacht. An seiner Stelle war etwas Ursprünglicheres, etwas Roheres aufgetaucht, das vor langer Zeit in den Hintergrund getreten war: Überleben um jeden Preis, eine Art neues Tierreich mit dem Menschen als dominanter Spezies, die sich nicht mehr als Krone der Schöpfung sehen konnte. Die Außerirdischen hatten mit ihrer Ankunft dafür gesorgt, dass der Mensch nichts weiter als eine von vielen Tierarten war, die auf der Nahrungskette nach unten die Zähne fletschen und sich nach oben ducken mussten. Sie waren jetzt das, was vor der Ankunft die Schimpansen gewesen waren – wenn überhaupt.

Nikos zog den Fahrradanhänger über einen Stahlbalken, der den Weg versperrte. Es kostete ihn wertvolle Kalorien und er würde das Hindernis wegtragen müssen – aber erst, wenn er etwas gegessen hatte. Rechts und links ragten die Trümmer von Nea Ionia ein oder zwei Stockwerke in die Höhe – graue Betonstücke, ineinander verkeilt und von abgerissenen Stahlstreben und feinem Staub gehalten. Der Geruch nach Verwesung und Schutt lag wie ein Leichentuch, das die Überlebenden daran erinnerte, dass sowohl die Stadt als auch seine Bewohner im Sterben lagen, über allem. Unter jedem Trümmerstück befanden sich die Leichen derjenigen, die die Ankunft nicht überlebt hatten. In Anbetracht der wenigen, die den Jahreswechsel gesehen hatten, mussten es viele Millionen sein und die kalten Temperaturen sorgten dafür, dass die Übriggebliebenen durch den Geruch täglich daran erinnert wurden, da sich der Verwesungsprozess hinzog.

Missmutig sah Nikos zum düsteren, wolkenverhangenen Himmel, als ein frischer Wind einsetzte und an seinem zerschlissenen Parka zerrte.

Wieder ein Gewitter, dachte er erschöpft und zog den Kopf etwas ein und die Schultern in Richtung Ohren, um seinen

Hals zu schützen. Eine einfache Erkältung konnte ein Todesurteil sein. Die Gewitter waren nur eine Veränderung, den der Sklithra mitgebracht hatte. Sklithra, *Splitter*, wurden die Aliens genannt, obwohl noch niemand sie zu Gesicht bekommen hatte. Zumindest niemand, mit dem er gesprochen hatte. Doch das kilometerhohe Trümmerstück, das aus dem vernichteten Herzen Athens ragte, sah nun einmal wie ein Splitter aus. Statt einiger Gewitter pro Jahr gab es jetzt beinahe jeden Abend ein Unwetter. Es schien beinahe, als zöge das monolithische Raumschiffstück die dunkelsten Wolken der Umgebung an, um täglich zum Mittelpunkt eines Mahlstroms aus Blitz und Donner zu werden. Die Gewitterformationen zogen sich mit fortschreitendem Tag zusammen und begannen dann um den Splitter zu rotieren wie ein Hurrikan. Gegen die mächtigen Entladungen half nur, sich möglichst weit unter die Erde zu verkriechen – immerhin eine Sache, die durch die Ankunft der Sklithra nicht schwieriger geworden war, sondern leichter. Was vom Athener Stadtgebiet übriggeblieben war, war kaum mehr als ein Haufen Häuser, denen das Fleisch vom Gerippe gefegt worden war. Jetzt sah man nur noch ihre blanken Knochen in einer Wüste aus Schutt, wie bei jenen Städten in Deutschland, die im Zweiten Weltkrieg bis zur Unkenntlichkeit zerbombt worden waren.

Das galt freilich nicht für einen Radius von einem Kilometer um den Splitter, der nicht mehr war als ein Krater, an dessen Rand sich ein Wulst aus weggeschleudertem Beton und Stahl gebildet hatte, der aussah wie eine festgefrorene Welle.

Am Eingang ihres Unterschlupfes angekommen, sah er noch einmal über die Schulter, um sicherzugehen, dass ihm niemand gefolgt war. Das Gewirr aus freigemachten Gängen sollte effektiv jeden abhalten, seine Energie zu verschwenden, aber heutzutage waren die meisten Überlebenden verrückt genug, so ziemlich alles zu versuchen. Als er sich vergewissert hatte, dass er allein war, zog er die Tür des LKWs zur Seite, die er vor zwei Wochen gefunden hatte und die von hässlichem Rost bedeckt war. Sie gab den Blick auf einen kleinen Durchgang zwischen zwei Militärjeeps frei, die von einem eingestürzten Betondach eingequetscht worden waren und jetzt so etwas wie unfreiwillige Stützpfeiler bildeten.

Als er in das Halbdunkel dahinter trat, ging er weit genug vor, um seinen Anhänger hinter dem rechten Autowrack zu parken, und dann zur LKW-Tür zurück, um sie wieder zuzuziehen und mit einem schweren Fahrradschloss zu verschließen. Als er das erledigt hatte, wartete er, bis seine Augen sich an das Halbdunkel gewöhnt hatten und lief zurück zum Wagen, um das wenige, das er gefunden hatte, in eine alte Plastiktüte von Carrefour zu stecken. Der Vorraum, wie er ihn nannte, sah aus wie eine Kanalisation, da der Boden – rissiger Beton, der vermutlich zu einem Stockwerk gehörte, das einmal das dritte oder vierte gewesen war und jetzt so etwas wie das Erdgeschoss, immer feucht war. Er wusste nicht weshalb, denn der Regen fand seinen Weg nie in den Vorraum. Der Schutt über ihnen war zu dicht. Im hinteren Bereich hatten die Eckpfeiler des ehemaligen Wohnhauses gehalten und das Dach war schräg auf die Militärjeeps gekracht, sodass es jetzt wie eine Dachschräge aussah.

Vorsichtig ging er über den nassen Beton, um nicht auszurutschen und sich mit einem gebrochenen Bein in einen langsamen Tod zu stürzen, und hielt auf die schwere Eisentür in der gegenüberliegenden Wand zu. Das Gebäude hatte vor der Silvesternacht dem Militär gehört und als Rekrutierungsbüro gedient, der Raum auf den er zuhielt, vermutlich als Waffenlager. Die Tür sah aus, als gehörte sie zu einem Tresor und hätte die perfekte Sicherheit vor Räubern und anderen Katastrophen bieten können, wenn der Lüftungsschacht nach oben nicht versperrt gewesen wäre. So hielten sie die Tür immer offen, um genug Luft zu bekommen.

Nikos stieg über den kaum sichtbaren Draht, der an den Wänden mit kleinen Glöckchen verbunden war. Sie bimmelten bei jedem Gewitter, aber er hatte noch keine bessere Alternative gefunden. Vorsichtig klopfte er an die Tür und wartete, bis von drinnen ein schwaches »Ja?« ertönte.

»Ich bin es, Nikos.« Erst dann zog er die schwere Tür weiter auf und schlüpfte in das ehemalige Waffenlager. Der Raum war ungefähr fünf mal fünf Meter groß und besaß eine hohe Decke, was gegen die Klaustrophobie eines Lebens unter losem Geröll ein wenig Abhilfe schuf. Durch die Wände zogen sich tiefe Risse, die sich nach jedem Erdbeben, von denen sie bereits einige mildere erlebt hatten seit der Ankunft, ausbreiteten. Die Schwerlastregale, einst voller Waffen, waren leer, geplündert, bevor sie dieses Quartier bezogen hatten. Stattdessen dienten sie jetzt als Lager für ihre wenigen Habseligkeiten: Einige Werkzeuge, alte Plastikplanen, Müllsäcke, jede Menge Zeitungspapier, nachdem er in den ersten Tagen einen Kiosk ausgeraubt hatte, Campingequipment und einige wenige Konserven und Süßigkeiten. Außenstehende hätten dies für die Höhle von Obdachlosen gehalten, zumal es auch nicht gerade angenehm roch. Doch Standards, die es früher einmal gegeben hatte, galten nicht mehr.

»Nikos«, freute sich Maria mit brüchiger Stimme und rappelte sich mit offensichtlicher Mühe ein wenig auf. Sie lag auf einem der beiden improvisierten Betten aus Zeitungspapier und einer halb kaputten Isomatte. Ihre Haut war fahl und ihre einst schwarze Mähne aus langen Locken war um mehr als die Hälfte ausgedünnt. Das Haar wirkte brüchig und krank, genau wie ihre blutunterlaufenen Augen – ein Effekt, der von dem blassen Licht der batteriebetriebenen Halogenlampe an der Decke noch verstärkt wurde. »Hast du etwas gefunden?«

»Keine Medikamente«, sagte er wahrheitsgemäß und spürte, wie sich seine Schultern verspannten. Ihm hatte vor diesem Moment gegraut, darum brachte er es direkt zur Sprache. Maria hatte ihm einmal das Versprechen abgenommen, sie niemals anzulügen, und Versprechen hielt man ein. »Es tut mir leid.«

»Ist schon gut«, gab sie zurück und legte sich mit einem erschöpften Seufzen zurück auf ihr schmutziges Lager. »Ist schon gut.«

»Nein, ist es nicht. Aber ich werde morgen wieder losziehen, diesmal ein wenig früher, damit ich mit dem ersten Tageslicht aus dem Labyrinth bin und mehr Zeit habe.«

»Es ist zu gefährlich im Dunkeln.«

Nikos dachte an die seltsamen Geräusche, die nachts in ihr Versteck drangen. Klicklaute, sphärisches Rauschen wie die Hintergrundmusik eines besonders bedrückenden Horrorfilms und Geräusche, für die er keine Entsprechung fand, die klangen, als riebe jemand einen Hohlkörper gegen ein Reißbrett. Manchmal fielen auch Schüsse oder sie hörten Schreie, doch die wurden mit jedem Tag weniger, seit sie sich hier vor etwas mehr als drei Wochen eingerichtet hatten.

»Morgen ist der erste Februar, glaube ich«, sagte er und zog das einzige wirkliche Fundstück des Tages aus seiner Plastiktüte: eine Fünferpackung Milka Tender. »Das sollten wir feiern, hm?«

»Ja, das wäre schön.« Maria lächelte, doch die Geste erreichte ihre wässrigen Augen kaum. »Falls du morgen noch ein Pastizio, Melidzanes sto furno und einen Choriatiki findest, kannst du die auch mitbringen und wir essen die Torten dann ...« Sie verzog das Gesicht, als bereitete ihr etwas Schmerzen, und entspannte sich dann wieder. »... dann essen wir die Torten als Nachtisch.«

»So machen wir das«, versprach er mit einem traurigen

Lächeln und ging zu einem der Schwerlastregale, aus dem er einen Kanister mit destilliertem Wasser zog. »Ich muss deine Wunden reinigen.«

»Ist gut.« Maria biss die Zähne zusammen und dabei riss eine ihrer Lippen auf. Ein dünner Faden Blut sickerte auf ihren Hals, doch sie bemerkte es offenbar nicht. Also nahm er eines der sauberen Tücher, von denen sie noch hunderte in einem blauen Plastiksack horteten und tupfte sie ab. Dann zog er ihren Pullover und das fleckige Hemd darunter hoch und musterte ihren Bauch und ihre freiliegende Brust. Seine Freundin war nur noch Haut und Knochen und erinnerte ihn an die schockierenden Bilder der KZ-Häftlinge, die sie damals auf Fotos im Geschichtsunterricht gesehen hatten. Die offene Wunde an ihrer Flanke war dunkelrot und an den Rändern schwarz. Sie war eines Tages plötzlich aufgetreten, genau wie die verkrustete Stelle unterhalb ihrer linken Brust. Er war kein Mediziner und konnte nur raten, was es war. Vielleicht Strahlenschäden, vielleicht durch die zusammengebrochene Stadt austretende Gase oder Giftstoffe einer Chemiefabrik, die jetzt unkontrolliert durch die Stadt flossen oder wehten – er wusste es nicht. Möglicherweise war es auch irgendetwas Unbekanntes von dem Alienwrack, wer konnte das schon mit Gewissheit sagen?

Im Grunde genommen spielte es keine Rolle. Sie war krank, schien sich langsam aufzulösen, als wäre sie bereits tot und würde verwesen, doch sie war noch am Leben. Also würde er sie pflegen, und das so gut er konnte. Vorsichtig tupfte er mit einem nassen Tuch ihre Wunden ab und murmelte eine Entschuldigung, als sie scharf Luft durch die Zähne einzog. Dann legte er alles beiseite und deutete zur Tür.

»Zeit für die Toilette, hm?«

»Ja«, murmelte sie und wich seinem Blick aus. Sie hatte es mittlerweile akzeptiert oder sie war zu schwach und krank, um sich noch den Kopf zu zerbrechen, aber das bedeutete nicht, dass sie sich daran gewöhnt hatte. Mit bestimmten Sachen konnte man sich vermutlich nicht abfinden und das hier gehörte wohl dazu, obwohl es ihm nichts ausmachte. Er tat es gern für sie.

Nikos stand auf und ging durch die einen Spalt geöffnete Panzertür, wartete, bis sich seine Augen an die Dunkelheit gewöhnt hatten. Draußen zuckte ein Blitz durch die einsetzende Nacht und sandte genügend Licht durch ein paar Ritzen und Öffnungen nahe dem Eingang, um eine Sekunde den gesamten Vorraum zu sehen. Es war, als erblickte er ein Foto in Falschfarben, dann war der Eindruck sofort wieder weg und es blieb nichts außer seiner Erinnerung auf seiner Netzhaut. Er machte zwei Schritte nach rechts, zu der kleinen Ecke zwischen einem alten Kleiderschrank, der nach Schimmel roch, und einem zerbrochenen Schreibtisch, und nahm den Eimer.

Als er in ihr Versteck zurückkam, donnerte es und das Grollen des Himmels ließ die Staubkörner auf dem Boden tanzen. Den Eimer stellte er neben Marias Schlafstätte ab und begann, ihr die Hose auszuziehen. Noch vor einem Monat wäre es ihm schon absurd vorgekommen, sie nackt zu sehen, geschweige denn sie auszuziehen, doch sie waren nicht mehr ausschließlich beste Freunde, eine unzertrennliche Parea, sondern auch Patient und Pfleger.

Maria sah die ganze Zeit zur Seite und gab sich Mühe, ihm nicht in die Augen zu sehen, während er sie mit geübtem Griff von vorne packte und auf den Eimer hievte. Er hielt sie die gesamte Zeit fest und spürte, wie seine Bein- und Rückenmuskeln kreischend gegen die Anstrengung protestierten. Während seine Freundin ihr Geschäft verrichtete, tat er, als würde er nicht mitbekommen, dass sie leise an seiner Schulter weinte.

»So, geschafft?«

»Mhm.«

»Sehr gut.« Nikos legte sie vorsichtig zurück auf ihr Lager und auf die Seite, um sie mit altem Küchenpapier und Feuchttüchern zu waschen, und brachte den Eimer in den Vorraum. Der Gestank machte ihm nichts aus. Ob es daran lag, dass sich seine Nase an den unterschwelligen Verwesungsgeruch der Ruinen gewöhnt hatte oder ihm die Zuneigung zu seiner Freundin half, wusste er nicht.

Als er zurückkam, weinte Maria und zuckte unter heftigen Schluchzern immer wieder wie ein Fisch, der an Land geraten war und nach Luft schnappte. Mitgefühl durchfuhr ihn wie eine Schockwelle, als er bei ihr eintraf, sie aufrichtete und sich hinter sie setzte, um sie vorsichtig mit dem Rücken an seine Brust zu lehnen und leicht zu wiegen. Da er ihre Verletzungen kannte, gab er sich Mühe, ihr nicht weh zu tun.

»Hey, ist schon gut«, versuchte er, sie zu beruhigen. »Ist schon gut. Ssscht.«

»Ich hasse es, Nikos«, wimmerte sie und der vollkommen hoffnungslose Tonfall ihrer Stimme versetzte ihm einen Stich.

»Es ist nicht schlimm, hörst du? Du würdest dasselbe für mich tun, das würdest du doch, oder?«

»Ja.« Maria nickte an seiner Brust und atmete ruckartig ein und aus. »Das würde ich. Aber ich will nicht, dass du meinetwegen stirbst. Dein Leben dreht sich nur noch darum, mich zu pflegen, obwohl ich mich langsam auflöse.«

»Nein, das tust du nicht!«, sagte er bestimmt.

»Doch!« Die Heftigkeit ihrer Antwort war wie eine Ohrfeige. »Ich spüre es, hörst du?« Sie legte ihren Kopf unnatürlich weit in den Nacken und sah ihn aus hochgezogenen Augen eindringlich an. »Ich kann es in meinem Körper spüren.«

»Ich ...« Er suchte nach Worten, fand jedoch keine und kniff die Lippen zusammen. »Ich lasse dich nicht sterben.«

»Wir haben keine Medizin und selbst wenn wir welche hätten, wüssten wir nicht einmal, was meine Krankheit verursacht, geschweige denn, welche Arzneien ich nehmen sollte.« Maria rollte sich wieder an seiner Brust zusammen. Sie war so leicht und brüchig, dass es ihm Angst machte.

»Du brauchst Antibiotika und Wundsalbe und Jodtabletten können sicherlich auch nicht schaden«, erklärte Nikos. »Und du musst essen. Dein Körper braucht mehr Nahrung, um gegen ...«, er machte eine Pause, »gegen die Krankheit anzukämpfen. Ich sage dir etwas: Ich habe heute auf dem Streifzug ein halbzerstörtes Schild gesehen, es sah grün-weiß aus, wie der Kopf einer Schlange. Ich könnte schwören, dass es zu einer Apotheke gehört hat. Heute habe ich es nicht mehr geschafft, aber wenn ich morgen direkt hingehe, kann ich es an einem Tag problemlos hin und zurück schaffen.«

Die Lüge tat ihm weh, doch ihr die Wahrheit zu sagen, hätte noch mehr geschmerzt. Er hatte sein Versprechen gebrochen, doch er würde es wieder tun, denn morgen begann ein neuer Tag und das bedeutete, dass er da draußen sein würde, um dafür zu sorgen, dass aus seiner Lüge Wahrheit wurde.

»Wirklich?«, fragte Maria mit dünner Stimme. Sie wurde schwächer und die aufgebaute Spannung in ihrem geradezu ätherischen Körper ließ immer mehr nach.

»Ja, wirklich«, versicherte er flüsternd und strich ihr sanft über die Haare. Bereits nach kurzer Zeit hatte er ein schwarzes Büschel zwischen den Fingern. Während ihm heiße Tränen über die Wangen liefen, ließ er den Kopf gegen die Wand hinter sich sinken und dachte fieberhaft nach. Das Gebiet um ihr Versteck war besonders unzugänglich, weil es sich um einen besonders stark zerstörten Bereich der ehemaligen Stadt handelte, der auch recht nahe am Zaun des Militärs lag, das Athen an den Stadtgrenzen abgeriegelt hatte. Nikos hatte einmal zugesehen, wie mit einer Gruppe Überlebender verfahren worden war, die sich dem fünf Meter hohen Zaun mit Stacheldraht genähert hatten. Sie waren über Lautsprecher gewarnt worden, umzudrehen, doch sie waren weitergegangen wie willenlose Zombies, zu schwach oder zu traumatisiert, um sich zurück in die Hölle zu begeben. Vielleicht hatten sie auch erschossen werden wollen, um einem möglicherweise schlimmeren Schicksal zu entgehen. Jedenfalls hatte das Militär ihnen den Wunsch erfüllt.

Außerhalb ihres Gebiets gab es natürlich noch die ehemalige Hauptstraße des Viertels, an der sich sämtliche Läden befunden hatten, aber die wurde von den Sammlern kontrolliert, und was die Sammler getan hatten, machte ihm beinahe noch mehr Angst als das Militär auf der anderen Seite der Absperrung. Noch bevor er vor Erschöpfung einschlief und sich seine Gedanken verloren, wusste er, dass er nach dem Aufwachen genau dorthin gehen würde, um Medizin für Maria zu finden. Das zu tun war nicht klug, doch die Silvesternacht zu überleben, war ebenfalls nicht klug gewesen und jetzt saß er in der Hölle fest und das Einzige, was er noch wollte, war, Maria diese Hölle ein klein wenig erträglicher zu machen.

Kapitel 2
Das Phänomen

NIKOS VERLIESS DEN UNTERSCHLUPF direkt nach dem Aufwachen. Er leerte zuvor noch den Eimer im Vorraum und legte der schlafenden Maria drei der fünf Milka-Törtchen neben die Schlafstätte. Das verbliebene aß er und lehnte dann vorsichtig die Tür hinter sich an.

Als er das schwere Fahrradschloss von der LKW-Tür löste und die nach außen schob, war es noch finster. Der Tag brach zwar bereits an, aber das Sonnenlicht jenseits der Wolken war noch zu schwach, um sich wirklich bemerkbar zu machen. Es reichte gerade so, um sich zu orientieren. Der verschlungene Weg zwischen den hoch aufragenden Trümmerwänden war schemenhaft zu erkennen. Gewissenhaft versperrte er den Eingang zum Versteck und verdrehte die Ziffern an dem Zahlenschloss. Dann zog er den Kragen seines alten Parkas hoch und machte sich mit seinem leeren Rucksack auf den Weg. Seine Beine brannten, als hätte er einen Marathon hinter sich und der Geruch aus seinem Mund erinnerte ihn an eine Phase vor einigen Jahren, als er einmal längere Zeit gefastet hatte. Der Kohlenhydratmangel in seinem Körper führte dazu, dass vermehrt Ketonkörper abgebaut wurden, die bei der Energiegewinnung aus Fetten entstanden. Als Nebenprodukt entstanden Acetonkörper, die er abatmete, und die einen widerlichen Gestank verbreiteten. Hinzu kam durch den Abbau körpereigener Proteine ein Geruch nach Ammoniak. Nicht zum ersten Mal fragte er sich, wo sein Körper noch Fettzellen finden konnte, denn er fühlte sich seit geraumer Zeit wie ein Skelett auf zwei Beinen.

Nikos schlurfte durch das Labyrinth, bog zweimal links ab,

rechts, wieder links und kroch dann geradeaus durch ein altes Abflussrohr, dessen Gitter zwar massiv aussah, sich aber anheben ließ. Da es in der Nacht wieder geregnet hatte, wurde er nass und begann heftig zu frieren, doch daran hatte er sich bereits gewöhnt. Sein Körper verfügte schon lange nicht mehr über ausreichend Kalorien, um sich warmzuhalten. Wahrhaftig grenzte es an ein Wunder, dass er sich noch keine schwere Erkältung oder Schlimmeres eingefangen hatte. Vermutlich war er zu beschäftigt, um zu überleben.

Als er das Labyrinth verlassen hatte, erreichte er eine Straße, die er *die Allee* nannte, weil dort einige Eckpfeiler eingestürzter Häuser standen, die wie Baumstämme die Straße säumten. Es gab inzwischen genügend Tageslicht, um alles in eine deprimierende, düster-graue Atmosphäre zu tauchen. Alles war bis zur Unkenntlichkeit zerstört, sodass er keine Ahnung hatte, welche Straße die Allee einmal gewesen sein könnte. Autos mit zersprungenen Scheiben, von Trümmern zerstörten Karosserien und jede Menge großer Betonbrocken und Löcher im Asphalt sorgten für eine Art Hindernisparcours, der sich über viele hundert Meter hinzog bis zu einem ehemaligen Verkehrskreisel. Die Häuserruinen rechts und links der Straße waren zwei bis drei Stockwerke hoch und beobachteten ihn aus den toten Augen zerstörter Fenster oder abgebrochener Fassaden. Vereinzelt sah er die Schilder von Geschäften und kleinen Firmen, doch diejenigen, die man noch halbwegs begehen konnte, hatte er bereits geplündert oder leer vorgefunden.

Weit in der Ferne, jenseits des Verkehrskreisels, sah er den Splitter in den dunklen Himmel ragen wie ein fremdartiges Monument. Er reflektierte das Licht auf eine Art und Weise, die nichts damit gemein hatte, wie eine spiegelnde Fläche Licht brechen sollte. Mal blitzte die Oberfläche hell, mal dumpf, dann wieder schien sie sämtliches Licht in der Umgebung zu verschlucken – aber nur an einigen Stellen, bevor auch dieser Eindruck wieder verschwunden war. Er schätzte, dass das außerirdische Trümmerstück etwa einen Kilometer in die Höhe ragte, wo die Spitze häufig in den Wolken verschwand, doch wie alles an diesem Objekt konnte auch hier der Eindruck täuschen. Dieser Stachel tief im Fleisch der Leiche, die einmal die griechische Hauptstadt gewesen war, erinnerte ihn und vermutlich auch alle anderen Überlebenden, dass sie nicht nur besiegt worden waren, sondern es nicht einmal zu einem Kampf gekommen war. Er hatte viel mit Maria darüber gesprochen, was in der Nacht des 31. Dezember geschehen war, als sie noch dazu in der Lage gewesen war. Sie waren sich einig gewesen, dass es sich vermutlich um zwei außerirdische Fraktionen gehandelt haben musste, die sich gegenseitig angegriffen hatten. Das, was Athen zerstört hatte, war ein Trümmerstück gewesen, ein Kollateralschaden, wenn man so wollte. Außerdem glaubte er nicht, dass nur seine Stadt getroffen worden war. Der Himmel hatte von Horizont zu Horizont in Flammen gestanden und das bedeutete, dass ein Großteil ihrer Hemisphäre unter dem orbitalen Schlachtfeld gelegen haben musste. In seinen Träumen sah er manchmal, wie das Militär zu einem Gegenschlag ausholte und die Aliens vertrieb, doch je häufiger er den Splitter sah, den Sklithra, desto klarer wurde ihm, dass das wohl naive Fantasie bleiben würde. Im Gegenteil konnte er sich eher vorstellen, dass der Rest der Erde oder zumindest große Teile davon längst besetzt oder vernichtet worden waren.

All das spielte aber keine Rolle, da es aus der abgeriegelten Stadt kein Entkommen gab. Also schlich Nikos die Straße entlang, hielt sich dicht an den Trümmern der rechten Seite, die den ehemaligen Bürgersteig verschüttet hatten, und spähte aufmerksam in die Löcher und offenen Wunden der verfallenen Häuser auf der anderen Seite. Auf seinen Streifzügen hatte er bisher nur wenige Überlebende gesehen – meist einzelne oder Pärchen, aber auch ein oder zwei Gruppen mit Hieb- und Stichwaffen, denen er lieber großräumig aus dem Weg gehen wollte. Eine dieser Gruppen hatte vor seinen Augen eine Frau erschlagen, die schwer krank gewesen war und in einem Rollstuhl nach Nahrung gesucht hatte. Die Männer und Frauen, die ihr aufgelauert hatten, hatten der Leiche anschließend alles genommen – sogar den Rollstuhl. Sie waren methodisch und kaltblütig vorgegangen, als hätten sie ähnliche Dinge schon öfter getan, und seither schlief er nicht nur schlechter, sondern gab sich noch mehr Mühe, niemandem zu begegnen. Besonders nicht den Sammlern, wie er diese Gruppe getauft hatte. In einer auf das Banalste heruntergedividierten Situation wie dieser hätte er selbst vor einem Löwen weniger Angst gehabt als vor einer Gruppe Menschen.

Als er gerade ein breites Feld dicker Glassplitter, die vermutlich von geborstenen Ladenscheiben stammten, umging, hörte er ein tiefes Rattern weit hinter sich und duckte sich unter das Dach einer zusammengebrochenen Bushaltestelle. Nach einigen Atemzügen verstand er, dass es sich um das Geräusch von Rotoren handelte, und verließ sein Versteck wieder, um am Himmel Ausschau zu halten. Es dauerte nicht lange, dann sah er sie auch schon: Drei olivgrüne Helikopter mit kleinen Stummelflügeln, an denen dicke, kastenförmige Anhängsel befestigt waren, jagten über ihn hinweg. Da sie einige hundert Meter hoch flogen, donnerten sie nicht so ohrenbetäubend durch den Himmel, wie bei den anderen Malen, als er das Militär beobachtet hatte, wie sie sich dem Alienartefakt näherten. Er blieb stehen, den Kopf in den Nacken gelegt und beobachtete das Manöver.

Die Maschinen steuerten auf den schimmernden Monolithen zu, hielten eine enge Dreiecksformation ein und teilten sich dann auf. Sie vergrößerten den Abstand zueinander um einige hundert Meter und jagten weiter. Offensichtlich hatten sie dazugelernt. Der vorderste Hubschrauber bremste seinen Flug zuerst ab und verharrte in der Luft vor dem oberen Drittel des Splitters, nicht größer als eine Fliege vor einem Baumstamm. Die anderen blieben ein wenig abseits. Unter ihren Flügeln begannen die angebrachten Apparaturen zu blinken, auch wenn es schwierig war, aus dieser Entfernung Genaueres zu erkennen. Etwas geschah jedenfalls und es war kein Beschuss, dessen war er sicher. In der ersten Woche nach dem Absturz des Splitters hatten einige Kampfjets Raketen auf das Objekt abgefeuert und der Effekt war in etwa so groß gewesen wie ein Wassertropfen, der in den Ozean fiel.

Der mittlere Hubschrauber verharrte noch einige Minuten vor dem wolkenkratzerähnlichen Gebilde, dann verlangsamten sich plötzlich seine Rotoren und er begann in der Luft zu schwimmen. Wie an einem Faden gezogen drehte er sich und bockte, als würde eine unsichtbare Hand die Kufen packen und hin und her schleudern. Einige Augenblicke später fiel die Maschine wie ein Stein zu Boden. Die beiden Begleithelikopter drehten sofort ab und rasten davon.

Wieder einer, dachte er und seufzte. Kopfschüttelnd senkte er den Blick wieder zur Straße und erstarrte, als hätte ihm jemand Beton in die Adern gegossen. Einen Steinwurf entfernt lief eine Gestalt in geduckter Haltung über die Straße und fror mitten in der Bewegung ein, als sich ihre Blicke trafen. Die Gestalt war etwas kleiner als er, aber genauso hager, und in Jeans und Daunenjacke gehüllt. Für einen lang scheinenden Augenblick regte sich keiner, dann drehte sich der Fremde zu ihm und Nikos ging in die Knie. Mit der rechten Hand tastete er nach irgendetwas, was er als Wurfgeschoss benutzen konnte, ohne seinen Blick von dem Anderen zu lösen. Seine Finger fanden einen Stein oder ein Stück Beton von der Größe eines Stücks Seife und er erhob sich wieder.

Die Gestalt schaute sich ebenfalls um und leckte nervös über die Lippen, doch da sie sich auf einer relativ freien Fläche zwischen zwei Autowracks befand, gab es nichts in unmittelbarer Reichweite. Schließlich hob sie die Hände.

»Ich will keinen Ärger.«

»Ich auch nicht«, erwiderte Nikos. Seine Finger lösten und schlossen sich immer wieder um sein improvisiertes Wurfgeschoss. »Hast du was zu essen?«

Die Gestalt regte sich ein wenig. Offenbar schätzte sie ihre Chancen ab, die sich allerdings daraus ergaben, wie gut Nikos werfen konnte – eine Unbekannte zu viel.

»Nein.«

»Schade«, murmelte Nikos. Ein Bild schoss durch seinen Kopf, wie er den Stein warf, den Unbekannten am Kopf traf, dessen Taschen durchsuchte und Medikamente und Proteinriegel fand. Doch sobald der Gedanke aufgetaucht war, schalt er sich, dass er so etwas überhaupt denken konnte. Laut sagte er: »Ist gut. Pass auf dich auf.«

»Hast ... hast du Essen?«, fragte der Fremde zaghaft. Seine Stimme klang sehr jung.

»Nein, tut mir leid.« Einem Impuls folgend, sagte er noch: »Wie heißt du?«

»Matteo.«

»Matteo? Ich heiße Nikos.« Er wusste, dass er fortgehen und nicht weitersprechen sollte, doch die Einsamkeit nagte an ihm. Noch nie hatte er gut mit Alleinsein umgehen können, falls es überhaupt Griechen gab, die das konnten. Er brauchte den Austausch, die Zugehörigkeit und das Wissen, dass er nicht allein im Universum und mit seinen Sorgen und Nöten war. »Bist du allein, Matteo?« Im nächsten Moment schalt er sich für die Frage, denn sie klang, als wollte er seine Chancen ausloten, den anderen zu überwältigen.

»Ja.« Matteo nickte.

Entweder er spielt mit dir und gehört zu einer Bande oder er ist naiv und damit eher ungefährlich, dachte Nikos.

»Suchst du etwas Bestimmtes?«

»Feuchttücher«, sagte Matteo. »Meine Schwester ist sehr krank, genau wie mein kleiner Bruder und ich kann sie nicht waschen. Ich glaube, das ist nicht gut. Hier gab es mal eine Drogerie, die ich schon seit Tagen suche.«

Ich habe sie am vierten Tag gefunden und geplündert, dachte Nikos und spürte einen Stich der Schuld in seinem Herzen. Er hatte nicht weiter nachgedacht, als er sämtliche Packungen eingesteckt hatte, die er hatte finden können. Es war automatisch geschehen, weil er und Maria sie benötigten. Andere Überlebende, die ein ähnliches Schicksal durchlebten, waren ihm nicht in den Sinn gekommen.

»Ich glaube, ich weiß, wo die ist.«

»Oh, willst du mir ...« Sein Gegenüber stoppte sich und hielt die Hände sorgfältig vor seiner Hüfte, damit Nikos sie sehen konnte. »Was suchst du?«

»Medikamente.«

»Ah.« Matteo machte eine Pause. »Ich könnte dir da vielleicht helfen.«

»Wirklich?«, fragte Nikos ein wenig zu schnell, als die Hoffnung die Kontrolle über seinen Mund übernahm.

»Ja. Wenn das hier die *Midias* ist, befindet sich ein paar hundert Meter hinter dem Kreisel ein kleiner Park, auf dessen Nordseite es eine Apotheke gab. Da musste ich immer Metformin für meine Oma kaufen.« Matteo nickte. Nikos verstand das Angebot und ließ den Stein fallen. Vielleicht war es dumm, vielleicht wäre es aber auch töricht, aus lauter Angst und Misstrauen seine möglicherweise einzige Chance zu verpassen, Maria wirklich zu helfen.

»Du hilfst mir mit der Apotheke und ich helfe dir mit den Feuchttüchern, einverstanden?«

Matteo zögerte, nickte jedoch schließlich und kam vorsichtig näher, als Nikos ihn zu sich winkte. Er bewegte sich wie eine scheue Katze, war jedoch bald nahe genug, um Nikos erkennen zu lassen, dass er es mit einem Jungen zu tun hatte, der ein wenig groß für sein Alter war, aber mit Sicherheit noch keine sechzehn Jahre vollendet hatte.

Und du hast überlegt, ihm einen Stein an den Kopf zu werfen, dachte Nikos und biss sich auf die Unterlippe.

»Darf ich?«, fragte Matteo, als sie sich gegenüber standen, und machte eine vage Geste mit der rechten Hand. Das Gesicht des Jugendlichen war schmutzig und die Wangen eingefallen, aber seine dunklen Augen, die unter einer löchrigen Mütze hervorlugten, waren klar und wirkten aufrichtig. Als Nikos verstand, was er meinte, nickte er und ließ sich von seinem Gegenüber abtasten. Als der keine Waffen fand, hob er die Arme vom Körper und ließ ihn dasselbe bei sich machen.

»Gut, wir sind also beide unbewaffnet.« Nikos deutete die Straße hinunter in Richtung des Kreisels in der Ferne. »Die Midias sagst du?«

Matteo nickte. »Ja, ich bin sicher. Im Kreisel liegt doch das Flugzeugwrack. Es ist in der Nacht abgestürzt, als die Aliens gekommen sind.«

»Ja, ich habe das Wrack gesehen, aber ich bin nie direkt am Kreisel gewesen.«

»Da sind überall so alte Steine, die gehören mit Sicherheit zu einer Kirche und in meinem Viertel kenne ich nur eine Kirche auf der Insel eines Verkehrskreisels und das ist die Eustathiuskirche.«

»Stimmt.« Nikos dachte über das Gehörte nach. Wenn das hier die Midias war, hatte ihre Flucht durch den U-Bahn-Schacht in der Nacht der Ankunft sie weiter geführt als gedacht und in die völlig andere Richtung. Er war mindestens zwei Kilometer von seinem alten Zuhause entfernt. Ein Teil von ihm sehnte sich jeden Tag danach, es zu suchen, in der Hoffnung, dass er dort sein Sofa und sein Bett wiederfinden würde, die wie durch ein Wunder nicht zerstört worden waren.

»Also kannst du mir helfen? Ich bringe dich zu der Apotheke«, fragte Matteo hoffnungsvoll, und Nikos wurde mit einem Mal misstrauisch.

»Wenn du weißt, wo die Apotheke ist, warum hast du sie dann nicht schon selbst geplündert?«

»Ich ...« Der Junge zögerte und knetete seine Finger vor dem Bauch. Sein Blick wich dem von Nikos aus und verlor sich in einem rastlosen Hin und Her auf dem rissigen Asphalt, der vom Regen der Nacht benetzt war. »Ich habe schon viel mitgenommen«, gab er schließlich zu. »Aber beim zweiten Mal habe ich das meiste liegen lassen, weil ...«

»Warum?«, wollte Nikos wissen und fühlte sich mit einem Mal, als beginge er gerade einen großen Fehler.

»Ich ...«

»Nun sag schon!« *Wieso bin ich so dumm? Warum sollte mir jemand freiwillig sagen, wo es das wertvollste Plündergut gibt?*

»Ich habe meinem Bruder Panos ein Mittel gegeben und er ... er ...« Matteos Nasenflügel blähten sich und er sah aus, als würde er keine Luft mehr bekommen. »Er ist nicht mehr aufgewacht. Er hat total gezittert und um sich geschlagen und dann, dann war er einfach ...«

»Hey, ist schon gut, ist schon gut«, versuchte Nikos, ihn zu beruhigen, und hätte sich am liebsten angeschrien, weil er den Jungen so bedrängt hatte. Offenbar hatte er das falsche Medikament gegeben oder sein Bruder hatte allergisch reagiert. Wie sollte ein Jugendlicher auch wissen, was er tat, wenn er in einer Apotheke voller Medikamente stand? »Tut mir leid, Junge, tut mir leid.«

Matteo schniefte und rieb mit einer Hand über das Gesicht, als versuchte er, die schmerzhaften Erinnerungen fortzuwischen. Als er schließlich den Mund wieder aufmachte, klang seine Stimme abgehärtet wie beschlagenes Metall, ein sicheres Zeichen, dass er gelernt hatte, ein Trauma in sich zu vergraben und durch eine kommunikative Maske vor anderen zu verbergen. Diese neue Welt gestattete keine Schwäche, wenn man überleben wollte, und dieser Junge hatte diese Lektion auf die eine oder andere Art und Weise offenbar lernen müssen. »Ich war schon lange nicht mehr dort und weiß nicht, ob uns nicht jemand zuvorgekommen ist, aber ich werde dich hinbringen.«

»Danke.« Nikos drückte den Jungen an den Schultern, doch der entwand sich seinem Griff. Er würde vorsichtiger mit ihm umgehen müssen. »Und ich werde dir deine Feuchttücher besorgen.«

Matteo nickte und bedeutete ihm, zu folgen. Gemeinsam gingen sie um Autowracks, von denen einige ausgebrannt waren, und hielten sich dann wieder an der rechten Seite, wo die intakt gebliebenen Erdgeschosse der einst sechsstöckigen Betonwohnhäuser ihnen ein wenig Deckung und Sichtschutz boten – vor wem auch immer.

Nach etwa zehn Minuten passierten sie die erste Abnormalität. Nikos bemerkte sie zuerst aufgrund der Gänsehaut, die sich von seinen Füßen zu seiner Kopfhaut ausbreitete und ihn erschaudern ließ. Sie standen gerade in einem kleinen freien Bereich zwischen zwei Ruinen, deren erdbebensichere Gerippe noch intakt und deren Wände von sämtlichen Stockwerken ins Erdgeschoss gekracht waren und dort einen wilden Haufen aus Beton und Stahl bildeten. Nikos stand auf den Überresten eines ehemaligen Kühlschranks und wollte gerade über einen querliegenden Pfeiler hinwegsetzen, als er stehenblieb und die Arme hob, um seine Hände zu betrachten. Vor sich, auf der anderen Seite des Pfeilers, tat Matteo instinktiv dasselbe. Sie fühlten sich an, als gehörten sie nicht mehr zu seinem Körper, als betrachtete er zwei völlig fremde Dinge, obwohl sie aussahen wie immer. Dann begannen sich die ersten Staubkörner vom wilden Durcheinander des Trümmerbodens zu lösen. Millionen, Milliarden schwebten in die Höhe, bildeten einen dichten Schleier nach oben strebender Materie, zu der sich bald auch erste Steinchen und Betonfragmente gesellten, die die Größe von Kaffeebohnen und kleinen Murmeln hatten. Der Bereich maß etwa fünf mal fünf Meter, außerhalb dessen alles ganz normal aussah und mitten darin standen sie, wie das Auge des Sturms, ohne Körpergefühl, als wären sie Beobachter ihrer selbst. Staub, Schmutz und Trümmerstücke schwebten an ihnen vorbei, strebten dem wolkenverhangenen Himmel entgegen und klatschten im nächsten Augenblick wie Hagel zurück auf den Boden. Mit dem Verschwinden der seltsamen Schwerelosigkeit kam auch das Körpergefühl zurück und Nikos war wieder Herr seiner Sinne. Die Gänsehaut war fort und nachdem es einige Male in der Luft geknistert hatte, als würde sich etwas elektrisch entladen, war alles wie zuvor und nichts wies mehr darauf hin, dass gerade etwas vollkommen aus der Wirklichkeit Gefallenes geschehen war.

»Das ist schon das zweite Mal heute«, keuchte Matteo. »Was ist das?«

»Ich weiß es nicht«, gab Nikos zu. »Aber es geschieht scheinbar zufällig. Ich habe vor einer Woche eine Katze gesehen, die durch eine kleine Schuttgasse gelaufen ist. Dann verharrte sie plötzlich mitten in einem Sprung und hing einfach in der Luft. Es sah aus, als hätte jemand die Zeit angehalten. Im nächsten Moment fiel sie leblos zu Boden.« Dass er sich nach anfänglicher Angst zu dem Kadaver begeben und ihn mitgenommen hatte, um die Katze zu häuten und zu essen, ließ er unerwähnt.

»Ich habe gesehen, wie bei einem der kleinen Beben eine Hauswand eingestürzt ist und dann im 45-Grad-Winkel in der Luft hing, als würde sie von unsichtbaren Händen gestützt. Das war wirklich gruselig. Als ich am nächsten Tag zur gleichen Stelle kam, lagen die Trümmer am Boden. Dieses Ding«, Matteo deutete auf den Sklithra in der Ferne, schimmernd und unheimlich wie eh und je, »macht mir wirklich Angst. Vielleicht haben die Aliens keine Form wie wir und tauchen nur als solche Effekte auf? Meine Schwester hat mich auf die Idee gebracht.«

Nikos dachte darüber nach und schüttelte sich, als er keinen Grund fand, diese Theorie nicht wie alle anderen als Möglichkeit zu betrachten.

»Los, gehen wir weiter«, sagte er schließlich und bemerkte erst jetzt, dass er die Luft angehalten hatte.

Kapitel 3
Die Apotheke

»WAS HAST DU VOR ALL dem hier gemacht?«, fragte Nikos, während sie ihren Weg über die Midias fortsetzten. Es war wie ein Hindernisparkour in einer apokalyptischen Landschaft oder dem Set eines Endzeitfilms, der großen Wert auf Realismus legte.

»Ich war im Fußballinternat von AEK.«

»Wirklich? Das war mein Lieblingsverein!«

»Ja«, seufzte Matteo und zog die Mütze etwas tiefer ins Gesicht. »Ich bin vor zwei Jahren hingezogen, nachdem ich mich zweimal beworben hatte, aber beim Probetraining durchgefallen bin. Beim dritten Mal hat es endlich geklappt.« Er machte eine Pause und seufzte erneut. »Das war der schönste Tag meines Lebens. Ich kann mich nicht erinnern, jemals so glücklich gewesen zu sein.«

»Das kann ich mir vorstellen«, erwiderte Nikos. »Du musst wirklich gut gewesen sein.«

»Wahrscheinlich schon. Aber was hat es mir gebracht? Heute weiß ich, wie sinnlos meine Freude damals war. Ich habe in Thessaloniki gelebt bei meinen Eltern. Hätte ich das Stipendium nicht bekommen, wäre ich jetzt nicht hier eingesperrt.«

»Das stimmt«, pflichtete Nikos ihm bei und duckte sich unter einem Stahlbalken hindurch, der vom Dach einer Ruine ein geparktes Auto aufgespießt hatte. »Aber die Sache hat einen Haken.«

»Welchen?«

»Du weißt nicht, was mit Thessaloniki geschehen ist. Vielleicht geht es denen noch schlimmer.« Nikos bereute die Worte, sobald sie seinen Mund verlassen hatten.

»Willst du sagen, dass meine Familie noch schlechter dran oder tot ist?« Matteo sah ihn von der Seite an, als hätten sie gerade einen schweren Unfall überlebt. »Ich habe gar nicht darüber nachgedacht, ich ...«

»Nein, nein, das denke ich nicht«, beeilte sich Nikos, die scheuenden Pferde wieder einzufangen. »Ich will damit nur sagen, dass es ... na ja, immer schlimmer kommen könnte. Wir beide leben noch und sind nicht krank geworden. Das ist doch schon mal was. Außerdem glaube ich nicht, dass der Rest von Griechenland so betroffen ist, wie wir hier. Sie haben immerhin einen riesigen Zaun gebaut und alles mit Soldaten und Panzern abgeriegelt. So viele Ressourcen hätte die Regierung mit Sicherheit nicht frei, wenn auch noch die zweite griechische Großstadt zerstört worden wäre.«

»Wir wissen doch gar nicht, ob das griechische Soldaten sind.«

»Auch wieder wahr.« Nikos überlegte einen Moment. Durch die Zerstörung Athens, dem wirtschaftlichen und kulturellen Zentrum seiner Heimat, war die ohnehin schon angeschlagene Ökonomie des Landes mit ziemlicher Sicherheit komplett zusammengebrochen. »Vielleicht hat auch Brüssel übernommen, das haben sie ja früher auch schon getan.«

»Was meinst du?«

»Ach, schon gut. Ich könnte mir vorstellen, dass es eine EU-Mission gibt, wie mit den Blauhelmen, und diese Soldaten vor der Stadt für die Quarantänezone sorgen.«

»Mein Vater hat immer gesagt, dass die Europäer uns im Würgegriff hätten. Dann ist das jetzt so etwas Ähnliches, nur mit Waffen?«, wollte Matteo wissen und machte ein noch düstereres Gesicht als zuvor.

»Wir machen immer gern andere für unsere Misere verantwortlich«, erwiderte er und schüttelte den Kopf. »Das macht es etwas leichter, von der eigenen Schuld abzulenken. Was würdest du tun, wenn ein außerirdisches Raumschiff in die Akropolis stürzt und den Großteil der Stadt vernichtet? Was würdest du tun, wenn seltsame Dinge in der Nähe des Wracks geschehen?«

»Ich würde dafür sorgen, dass niemand in die Nähe kommt.«

»Genau. Und du würdest dafür sorgen, dass niemand von dort wegkommt, wo die Phänomene auftauchen. Sie könnten ansteckend, infiziert mit irgendetwas oder von Aliens besessen sein.«

»Von Aliens besessen?«

»Was weiß ich. Mit dem Ding am Horizont«, Nikos deutete auf den Sklithra in der Ferne, »ist doch alles möglich, oder?«

»Das stimmt wahrscheinlich.« Sie erreichten eine umgestürzte Litfaßsäule und blieben an der linken Ecke stehen, um von dort nach vorne zu schauen. Als sie niemanden sahen, gingen sie weiter.

»Denkst du, dass sie wiederkommen?«, fragte Matteo und sah zu den düsteren Wolken, die aussahen wie mit Kohle verschmierte Watte.

»Ich weiß es nicht«, gab Nikos zu und atmete gegen einen sich ausbreitenden Kloß in seinem Magen an. »Ich weiß ja nicht einmal, ob sie noch da sind. Vielleicht sind die da oben im All.«

»Sie werden zurückkommen.«

»Was macht dich so sicher?«

»Wenn bei uns ein Flugzeug abstürzt, kommen doch auch immer Rettungsmannschaften und suchen nach Überlebenden, bergen die Opfer und schaffen die Wrackteile weg.«

»Das ist ein guter Punkt«, musste er zugeben und spürte,

wie sich der Kloß bei dem Gedanken verhärtete und schwerer wurde. Einige Augenblicke später umrundeten sie einen eingefallenen Nahverkehrsbus mit zerstörten Fensterscheiben und löchrigem Dach und standen vor dem ehemaligen Verkehrskreisel. Auf dem Skelett einer ausgebrannten Kirche, die aussah, als hätte ein riesiger Hammer auf sie eingeschlagen, lag der halbe Rumpf eines Flugzeugwracks, dessen Teile über den gesamten Platz verstreut waren. Eine Flügelspitze steckte in den Trümmern eines ehemaligen Reihenhauses, die Turbinen waren halb zerfetzt und nur noch an den Schaufeln zu erkennende Brocken auf dem zersprungenen Asphalt. Die Reste eines Flügels bildeten zwischen einem Mauerstück der ehemaligen Kirche und einer Bushaltestelle eine Art Brücke, unter der Matteo ihn hindurchführte. Der Anblick war furchteinflößend ob der hier stattgefundenen Zerstörung, doch das Schlimmste waren die vielen Kleidungs- und Gepäckstücke, die überall verstreut waren. Sie hingen in den Trümmern, lagen auf dem Asphalt, halb aufgeweicht und zerfetzt. Was noch brauchbar gewesen war, hatten mit Sicherheit schon andere Überlebende geplündert, doch es konnte nicht viel gewesen sein. Für die Leichen und Körperteile der Absturzopfer hatte man offensichtlich weniger Interesse übriggehabt, denn sie lagen gut sichtbar zwischen den Trümmern und allein der Geruch machte deutlich, wie lange sie schon der Witterung ausgesetzt waren.

Bis sie bei der Apotheke ankamen, schwiegen sie. Nikos musste gegen eine wallende Übelkeit ankämpfen, die auch nach Verlassen des Kreisels nur langsam schwinden wollte, also kam ihm die vorübergehende Stille nur allzu recht. Die weiße Schlange auf grünem Grund war so schwer zu erkennen, dass Matteo dreimal hinzeigen musste, bis er sie auch sah. Das Schild der Apotheke war halb abgerissen und lag auf dem Boden unter einem Trümmerhaufen von der Größe einer riesigen Schutthalde. Ein Torbogen aus Stahl, möglicherweise von einer Garage, hatte eine Art Höhle vor dem Eingang gebildet, der voller Glasscherben lag. Im Inneren war es dunkel.

»Da muss man schon sehr genau suchen, um das zu finden«, staunte Nikos und der Knoten in seinem Bauch löste sich in einem Anflug der Hoffnung auf. Medikamente. Medikamente! Vielleicht hatte er Maria doch nicht angelogen und konnte ihr noch eine Chance geben.

»Ja«, sagte Matteo, während sie näher auf die Höhle zugingen.

»Wieso pflegst du deine Geschwister und hast Medikamente für deine Oma geholt vor alledem hier, wenn du doch meintest, dass sie in Thessaloniki sind?«, versuchte Nikos, sich von der Hoffnung in seinem Geist abzulenken, aus Furcht, dass allein der Glaube an ein Wunder dazu führen konnte, es nicht eintreten zu lassen.

Matteo versteifte sich ein wenig und ließ sich mit der Antwort Zeit, bis sie bei dem Garagenbogen ankamen und die Scherben unter ihren Schuhen knirschten. »Tut mir leid, ich habe noch nie mit jemandem darüber gesprochen. Meine Großeltern haben mich zusammen mit meinen beiden kleinsten Geschwistern besucht, die gerade Schulferien hatten. Meine Eltern und meine große Schwester waren noch in Thessaloniki, als das hier geschah. Ich hoffe jetzt wenigstens für sie das Beste.«

»Du fühlst dich schuldig, weil sie wegen dir hier sind«, schlussfolgerte Nikos und Matteo nickte traurig und wich seinem Blick aus.

Es geht dich nichts an, also gib ihm Freiraum, ermahnte er sich und deutete auf den hüfthohen Durchgang ins Dunkel, um von ihrem Gespräch abzulenken. »Ziemlich finster da drin, wie hast du es geschafft, da etwas zu sehen?«

»Warte kurz.« Matteo duckte sich unter dem Bogen hindurch und verschwand im Inneren. Misstrauisch beäugte Nikos die Beton- und Stahlmassen, die sich darüber auftürmten und in die Ruine der Häuserreihe übergingen, und machte einen Schritt zurück, um besser in die Dunkelheit blicken zu können. Er konnte gerade so noch das grüne Schild der Apotheke erkennen, doch von dem Jungen fehlte jede Spur.

»Matteo?«, zischte er in die künstliche Höhle und meinte, ein kurzes Echo zu hören. Keine Antwort. »Matteo? Matteo!«

Es flüsterte, doch es klang wie ein Schrei, und immer wieder sah er sich um, ob irgendjemand auf ihn aufmerksam geworden war. Die Zeit zog sich hin und Matteo kam nicht zurück.

»Skatá!«, fluchte er und schlug sich in die geöffnete Faust. War er in eine Falle gelockt worden? War der Junge jemandem in die Hände geraten? Beide Möglichkeiten machten ihm Angst und doch konnte er nicht mit leeren Händen zurückkehren, ohne es versucht zu haben. Sein Verstand schrie, er sollte auf dem Absatz kehrtmachen und fliehen, doch seine Hoffnung trieb ihn, tief durchzuatmen und sich in die Höhle zu begeben.

Gerade, als er unter dem brüchigen Bogen aus Stahl und Trümmern hindurchgehen wollte, tauchte eine Gestalt auf und Nikos erschrak so heftig, dass er zurückstolperte und beinahe gestürzt wäre.

»Woah, ich bin es nur, ich bin es«, sagte Matteo, der einen Spiegel vom Format eines kleinen Fernsehers in den Händen hielt und ihn irritiert musterte. »Ich habe doch gesagt, warte hier.«

»Du warst so lange weg«, murmelte Nikos und straffte sich.

»Ich wusste nicht mehr genau, wo ich den Spiegel hingelegt hatte und brauchte etwas Zeit, um ihn zu finden. Es gibt neben dem ehemaligen Eingang eine kleine Nische, wo einmal der Übergang zum Nachbarhaus gewesen war.« Matteo nahm den Spiegel und stellte ihn schräg gegen einen Metallpoller, der einmal Bürgersteig und Straße voneinander getrennt hatte. Mit kleinen Handgriffen korrigierte er die Position des Spiegels ein paarmal und nickte zufrieden.

»Wirklich clever«, sagte Nikos anerkennend und duckte sich unter dem Bogen hindurch. Es war noch immer sehr dunkel, aber immerhin konnte er jetzt ein bisschen sehen. Die Verhältnisse waren nicht schlechter als im Vorraum seines und Marias' Verstecks am Tag, solange er nicht in den Reflexionsschein des Spiegels geriet. Der Eingang zur tatsächlichen Apotheke befand sich fünf Meter weiter vorne zwischen zwei dicken Stahlbalken und führte über jede Menge knirschendes Glas, das wie ein ausgerollter Teppich dalag und im Licht glitzerte wie Diamanten. Vorsichtig arbeitete sich Nikos vor, Schritt für Schritt und immer wieder mit dem Blick zu Matteo, der ihm folgte.

Der faktische Verkaufsraum war nicht größer als ein Wohnzimmer. Es gab vier Regale, von denen sich drei an den Wänden befanden und zum Großteil zusammengefallen waren. Eines trennte den Raum in der Mitte und führte auf einen kurzen Tresen zu. Die gute Nachricht war, dass sich außer ihnen offenbar niemand hier befand. Die schlechte allerdings, dass dasselbe auch für Medikamente galt. Nicht eine Dose, ein Blister oder eine Tube waren zu sehen. Nur zerbrochene Stücke von Rigipsplatten, die aus der einstmals abgehängten Decke gestürzt waren und ein Schachbrettmuster aus Metallverstrebungen hinterlassen hatten, lagen im Verkaufsraum.

Enttäuscht ging er zum Tresen und hob die Klappe an, die als Schranke für Kunden und Verkäuferin galt. In dem Zimmer hinter der Tür fand er die Lagerregale der Apotheke, doch auch hier gab es nichts mehr zu holen, bis auf einige leere Packungen, die die Plünderer zurückgelassen hatten.

»Verdammt!«

»Tut mir leid, wirklich«, sagte Matteo kleinlaut, doch Nikos schüttelte den Kopf.

»Ist nicht deine Schuld, Junge. Du warst ja lange nicht mehr hier und hast mich vorgewarnt. Ich hatte bloß gehofft, ein wenig Glück zu haben.« Enttäuscht atmete er aus und schüttelte wieder den Kopf.

»Vielleicht gibt es noch eine andere Möglichkeit, Medikamente zu bekommen.« Matteo zuckte mit den Schultern, als Nikos ihn fragend ansah. »Es gibt da diesen Ort, von dem ich gehört habe.«

»Was für ein Ort?«

»Er heißt *Basar*. Ich habe östlich von hier ein Mädchen getroffen, vor einer Woche oder so. Sie wollte sich nicht lange mit mir unterhalten, weil sie meinte, dass sie zum Basar will. Dann habe ich sie gefragt, was das ist und sie hat gesagt, dass man dort mit allem handeln könnte, was man so findet. Angeblich gibt es da sowas wie eine Polizei, die aufpasst, aber um ehrlich zu sein, habe ich ihr nicht geglaubt.«

»Hat das Mädchen dir gesagt, wo sich dieser Basar befindet?«, fragte Nikos.

»Ja, südlich von hier am Abgrund zwischen zwei großen Fahnen oder so.« Matteo machte eine vage Geste zur Wand.

»Am Abgrund?«

»Ja, da wo der Krater von dem Einschlag anfängt.«

»Ah, die Wulst.«

Matteo zuckte mit den Schultern. »Die meisten nennen es den Abgrund.«

»Die meisten?«, hakte Nikos nach.

»Ja, man trifft ja ab und zu jemanden und dann spricht man halt über Dinge.«

Ich versuche, nie jemanden zu treffen, antwortete Nikos in Gedanken und überlegte, ob das ein Fehler gewesen war. Matteo hatte offensichtlich eine andere Philosophie und er lebte noch.

»Und warst du schon bei diesem *Basar?*«

»Ich?« Matteo machte große Augen und eine abwehrende Geste mit beiden Händen, als wollte er sein Gegenüber vertreiben. »Nein, auf keinen Fall, ich hätte viel zu viel Angst, dass mich jemand fertig macht. Aber mit dir könnte ich hingehen. Du bist ziemlich groß und kräftig.«

»Das war ich mal.« Nikos war mit seinem ein Meter fünfundneunzig schon immer der Größte in seinem Freundeskreis und auch in der Schule, an der Universität und auf so ziemlich allen Veranstaltungen gewesen, die er besucht hatte. Zusammen mit seiner bärenhaften Statur und der Glatze wegen seines frühen Haarausfalls hatte er vielen, die ihm auf der Straße begegneten, sogar Angst gemacht. »Und wenn wir diesen Basar finden?«

»Dann kannst du da Feuchttücher tauschen. Ich bin sicher, dass die jeder gerne haben würde. Falls es wirklich einen Basar gibt, dann haben die dort vielleicht auch Medikamente zum Tausch«, schlug Matteo vor. »Falls du genug Feuchttücher hast, natürlich.«

»Hm, ich denke schon.« Nikos blickte auf seine Quarzuhr und hielt sie so, dass ein wenig des spärlichen Lichts auf das Ziffernblatt fiel. »Warte hier, ich gehe und hole ein paar Packungen und dann sehen wir nach diesem Basar, von dem du erzählt hast.«

Matteo machte hoffnungsvolle Augen und Nikos lächelte. »Ich werde dir auch eine Packung mitbringen.«

»Wirklich?« Der Junge klatschte in die Hände wie ein begeistertes Kind und zuckte gleich darauf zusammen. »Oh, t'schuldigung! Ich dachte, dass ... also ...«

»Du dachtest, dass ich dir nichts gebe, weil es hier nichts mehr zu holen gibt?«

Matteo druckste ein wenig herum, nickte aber schließlich.

»Ich bringe dir eine Packung. Warte hier auf mich, wenn ich mich beeile, bin ich in einer Dreiviertelstunde zurück«, versprach Nikos. »Nimm am besten den Spiegel vom Eingang weg, um niemanden auf dich aufmerksam zu machen.«

»Ja, das mache ich.« Als der Junge zögerte, fasste Nikos ihn an den Schultern und sah ihm direkt in die Augen. »Ich komme zurück, versprochen. Ich werde auch allein sein.«

»Okay.«

»Bleib hier«, sagte er und verließ die Apotheke und die Trümmerhöhle vor dem Eingang, nachdem er zuerst den Kopf hinausgestreckt und nachgesehen hatte, ob die Luft rein war. Dann machte er sich auf den Rückweg, vorbei an dem abgestürzten Flugzeug und der Kirche auf dem Kreisel. Er bemühte sich, den Blick auf Horizonthöhe zu halten, auch wenn das bedeutete, geradezu blind zu laufen, weil er nicht nach Beobachtern und Gefahren Ausschau halten konnte. Der Geruch der Leichen war schon schlimm genug, und allein zu sein, zog ihm noch heftiger den Magen zusammen als zuvor. Erst als er zurück auf der Midias war, kauerte er sich einen Moment in einen zerstörten Volvo Kombi und atmete mehrere Male tief durch. Nachdem er sich umgesehen und sichergestellt hatte, dass ihm niemand auflauerte, Matteo ihm folgte oder er wieder in einen Fremden rasseln würde, weil er sich nicht konzentrierte, setzte er seinen Weg fort. Das Gleiche tat er noch einige Male, bevor er das Abflussrohr erreichte, das zum Labyrinth führte. Im Versteck war Maria so tief am Schlafen, dass er einen Moment glaubte, sie sei gestorben, doch nachdem er sich vergewissert hatte, dass sie noch atmete und ihr Puls gleichmäßig ging, entspannte er ein wenig und weckte sie nicht. Aus einem der Regale nahm er fünf Packungen Feuchttücher – ein Fünftel seines Vorrats. Der Verlust würde weh tun, doch wenn Maria nicht bald Medikamente bekam, würde ihnen ein großer Bestand auch nicht weiterhelfen. Bevor er die fünfte Packung in seine Carrefour-Tüte stopfte, musterte er sie. Ein lachendes Baby in Windeln war abgebildet. Es schien mit einer ausgestreckten Hand nach einer Feder zu greifen. Er fragte sich, wie viele Babys wie dieses bei dem Absturz des Splitters gestorben waren und wie viele es noch immer taten, weil ihre Eltern keine Möglichkeit hatten, sie am Leben zu halten.

Rasch steckte er die letzte Packung zu den anderen und verließ das Versteck wieder. Erst durch das Labyrinth, dann durch das Abflussrohr und wieder die Midias entlang nach Süden, ab hier jedoch umsichtiger und vorsichtiger. Statt sich zu beeilen, hielt er immer wieder an und sah sich um, überprüfte, ob sich irgendwo jemand oder etwas regte, wenn er einige Zeit nicht mehr auftauchte, doch auch dieses Mal war er entweder allein oder wer auch immer ihn beobachtete gut versteckt und ohne großes Interesse an ihm.

Bei dem Kreisel wurde ihm wieder übel, noch bevor er die ersten Toten – oder Teile von ihnen – zu Gesicht bekommen hatte, wie bei einem Pawlowschen Reflex. Vor dem Höhleneingang zur Apotheke hielt er inne und rief leise: »Matteo?«

Keine Antwort.

»Matteo? Ich bin es, Nikos!« Als er erneut keine Antwort bekam, spannten sich seine atrophierten Muskeln instinktiv an und die Haare in seinem Nacken stellten sich auf. Vorsichtig duckte er sich und ging in die Dunkelheit. Als die Glasscherben unter seinen Turnschuhen knirschten, biss er die Zähne aufeinander und erstarrte.

»Nikos?«

Erschrocken fuhr er herum und stieß sich den Kopf am Beton der niedrigen Trümmerdecke.

Matteo stand draußen im Tageslicht.

»Was machst du da draußen? Du wolltest doch hier drinnen warten?«, fragte Nikos und trat durch den Bogen ins Freie. Mit der rechten Hand tupfte er immer wieder seine Stirn ab und suchte nach Anzeichen von Blut, fand jedoch keine. Eine Beule würde er aber mit Sicherheit davontragen.

»Tut mir leid«, erwiderte der Junge entschuldigend.

»Du vertraust mir nicht.« Es war eher eine Feststellung als eine Frage und er nahm es dem Jungen nicht übel. Ein fremder Erwachsener, der bei ihrer ersten Begegnung einen Stein in der Hand gehalten hatte, in einer Umgebung, die vor lauter Wölfen in menschlicher Gestalt nur so wimmelte. »Ist schon gut. Vielleicht hilft dir das weiter, was das angeht.«

Nikos griff in seine Plastiktüte und zog eine der Feuchttücher-Packungen hervor. Matteos Augen begannen zu leuchten, sobald er sie sah und fixierten Nikos mit Unglauben, als er sie auffing. »Du hast sie wirklich mitgebracht. Ich ... danke!«

»Gerne, Junge, gerne. Wenn es dir nichts ausmacht: Könntest du mich zu diesem Basar führen? Ich habe auch jemanden zu Hause, den ich pflegen muss, genau wie du und ich würde gern wieder bei ihr sein, bevor es dunkel wird.«

»Natürlich«, versicherte Matteo ihm und nickte eifrig. Die Feuchttücher steckte er in die Innenseite seiner Jacke und drückte sie fest vor seine Brust wie ein wertvolles Schmuckstück.

Wie sich doch die Werte verschieben können, dachte Nikos und folgte dem jungen Mann Richtung Süden, wo sich der Abgrund befand – und der Splitter. Wie ein Leuchtturm aus purer Fremdartigkeit, ein Leuchtfeuer der Anderswelt schien er nach ihnen zu rufen und mit jedem Schritt, den sie auf ihn zu machten, spürte er ein wenig mehr, dass dieser Tag ein anderes Ende nehmen würde als er erwartete.

Kapitel 4:
Der Basar

Der Basar war mit der Beschreibung, die das Mädchen Matteo gegeben hatte, erstaunlich leicht zu finden. Vermutlich war er genau aus diesem Grund am Abgrund eingerichtet worden. Den Rand des Kraters, den der Splitter in die Erde gestanzt hatte, konnte jeder, der ihn suchte, leicht finden: Einfach auf den Splitter zugehen, der von überall und immer gut zu sehen war. Bei Tageslicht stieß er seine seltsamen unregelmäßigen Reflexionen ab und bei Nacht schien er von innen zu leuchten – auch wenn Nikos aufgefallen war, dass dieses Leuchten mit der Zeit weniger geworden war und meist nur lokal und kurze Zeit auftrat. Sie brauchten etwa eine Stunde, bis sie den ehemaligen Stadtkern erreicht hatten. Die Zerstörungen nahmen immer mehr zu, je weiter sie sich dem Abgrund näherten. Zu den Schäden der Schockwellen, die näher am Epizentrum des Einschlags naturgemäß stärker waren, kam eine dicke Staub- und Erdschicht von dem aufgeworfenen Material des aufgerissenen Erdmantels. Die dominanten Farben veränderten sich von Grau- zu Brauntönen und schwarzen Flecken, wo Primär- und Sekundärbrände gewütet hatten, die niemand hatte löschen können. Doch das war nicht die einzige Veränderung, die sich bei ihrer Annäherung an den Sklithra zeigte: Sie sahen auch deutlich mehr Menschen. Zuerst versteckten sie sich noch jedes Mal, wenn sie eine oder mehrere Gestalten bemerkten, doch es gab bald immer weniger Orte, an denen das möglich war. Standen im Gebiet ihres Verstecks noch die meisten Grundgerüste der Häuser, gab es hier fast nur noch Schutthaufen und wirre Trümmerberge. Man könnte auch sagen, dass die äußeren

Gebiete eher einer von Bombenhagel zerstörten Stadt glichen und die inneren der Geröllhalde eines Bergwerks.

»Das muss es sein!«, sagte Matteo schließlich aufgeregt, als sie auf eine große freie Fläche traten, gemeinsam mit drei anderen Personen in Kapuzenmänteln, die ihnen immer wieder vorsichtige Blicke zuwarfen. Am anderen Ende der Fläche, auf deren Boden noch die halb geschmolzenen Markierungen von Parkplätzen zu sehen waren, erhob sich eine Häuserfront. Nein, keine Häuserfront – je genauer Nikos sie anschaute, desto klarer wurde, dass es sich um eine Seite eines ehemaligen Fußballstadions handelte. Der Betonbau ragte drei oder vier Stockwerke aus dem Schutt. Die Fenster waren gähnende Löcher und wo das Dach gewesen war, befand sich lediglich die verkohlte Mauer der obersten Etage. Ein breiter Eingang lag wie eine dunkle, langgezogene Höhle am Ende eines Trichters aus Autowracks, die man zu zwei Mauern aufgestapelt hatte.

Vor diesen künstlichen Barrieren stand ein halbes Dutzend Gestalten in schwarzen Uniformen und Gewehren.

»Verdammt!«, zischte Nikos und sah zu der anderen Gruppe, die allerdings unbehelligt weiter schlurfte. Sie legten denselben kraftlosen Gang an den Tag, den er auch bei allen anderen beobachtet hatte, die er seit der Silvesternacht zu Gesicht bekommen hatte. Aber sie zögerten nicht und hielten weiter auf die Bewaffneten zu. »Die haben Waffen.«

»Ja«, erwiderte Matteo kleinlaut und schien sich nach einem Ausweg umzusehen. »Vielleicht war das doch keine so gute Idee.«

»Doch, jetzt sind wir hier und diese anderen«, er deutete auf die Drei, die mit ihnen gekommen waren und nun vorangingen, »scheinen nicht besonders besorgt zu sein.«

»Vielleicht gehören die ja dazu.«

»Wozu?«

»Ich weiß nicht«, Matteo zögerte und knetete die Hände. »Zu denen eben.«

»Diese Leute sind maximal fünfzig Meter entfernt. Wenn sie uns erschießen wollten, hätten sie das längst tun können.« Nikos fragte sich, ob er mehr zu sich und seiner Angst sprach als zu dem Jungen und entschied sich dann für beides. Er zwang sich, weiter einen Fuß vor den anderen zu setzen, und es dauerte einige Schritte, bis Matteo aufholte.

»Was, wenn die uns ausrauben und nicht mehr gehen lassen?«

»Was sollen die uns denn stehlen wollen? Höchstens meine Plastiktüte mit den Feuchttüchern, sonst habe ich ja nichts, außer meiner Kleidung und die stinkt genauso sehr wie deine. Ich glaube nicht, dass sich jemand freiwillig daran zu schaffen macht.«

»Das ist ein gutes Argument. Trotzdem habe ich kein gutes Gefühl«, beharrte Matteo.

»Wenn du lieber umdrehen willst, kann ich das verstehen«, gab Nikos zurück, doch der Junge kehrte nicht um, sondern straffte stattdessen die Schultern.

»Nein, ich gehe mit dir. Ohne dich würde ich mich hier nicht wieder herwagen und dann hätte ich die Chance vertan, zu sehen, was es hier gibt. Wer weiß, vielleicht kann ich ja wirklich in Zukunft etwas tauschen.«

Als sie die Bewaffneten erreichten, fiel ihm auf, dass die schwarzen Uniformen Polizeiuniformen waren. Die Abzeichen waren entfernt worden, doch sie trugen noch immer das aufgestickte Logo der Athener Polizeidirektion. In ihren Gürteln steckten Pfefferspray, Schlagstöcke, Handschellen und Pistolen. In den Händen trugen sie Maschinenpistolen mit ausgeklappten Schulterpolstern. Die Waffen sahen abgenutzt und mitgenommen aus, als hätte man sie mit Schmirgelpapier und Stahlwolle auf alt getrimmt, doch das änderte nichts an ihrer Bedrohlichkeit. Da die Polizisten – falls sie denn welche waren – Sturmhauben unter ihren Hüten trugen, verstärkte sich dieser Eindruck noch und das ungute Gefühl in seinem Magen wurde drängender, trieb ihn immer nachdrücklicher zur Umkehr.

Vorsichtig näherten sie sich den Bewaffneten, die jeweils in einem Abstand von zwei Metern standen und damit die gesamte Längsseite des Trichters aus Autowracks wie eine Art Sieb abdeckten. Der Anblick wirkte ein wenig unwirklich, da alles darauf ausgerichtet zu sein schien, große Menschenmassen zu kontrollieren, die in die Stadionruine gelangen wollten.

»Äh, hallo«, sagte er, als die Polizisten nur noch eine Armlänge entfernt waren, doch sie reagierten nicht. Der ihm Nahestehendste musterte ihn kurz mit dunklen Augen und sah dann wieder geradeaus. Nach kurzem Zögern entschied er sich, weiterzugehen, und tatsächlich hielt ihn niemand auf. Also folgten sie den drei Kapuzenträgern, die gerade in den Schatten des Eingangsbereichs verschwanden.

»Da vorne müssen wir links«, sagte Matteo und deutete auf die Stelle, an der die drei Gestalten von der Dunkelheit verschluckt worden waren.

»Woher weißt du das? Ich dachte, du warst noch nicht hier?«, fragte Nikos halb überrascht, halb misstrauisch.

»Äh, ich war doch im Fußballinternat, schon vergessen?« Matteo runzelte die schmutzige Stirn. Während sie durch einen Durchgang schritten, der früher von Glastüren versperrt gewesen war, von denen nur noch die Rahmen und einige Splitter übrig waren, fuhr er fort: »Ich habe in fast jedem Stadion der Stadt trainiert oder gespielt. Das hier müsste das Georgios Kamaras Stadion von Apollon Smyrnis sein, auch wenn ich das Schild nicht gesehen habe. Apollon Smyrnis war nie besonders gut, aber ihr Stadion war sehr eindrucksvoll für so einen kleinen Verein.«

»Verstehe, dann kannst du mir ja ...« Nikos vergaß, was er hatte sagen wollen, als sie am Ende eines langen Betonganges ankamen und ins Freie traten. Unter ihnen befand sich ein Krater, der beinahe den gesamten Raum des ehemaligen Rasens einnahm und den Bereich zwischen den zerstörten Rängen um viele Meter vertiefte. In der Mitte des Kraters steckte ein Objekt, das ganz offensichtlich außerirdischen Ursprungs war. Es war etwa so groß wie ein Schulbus und besaß eine Form, die entfernt an ein Stück Seife erinnerte, die an einigen Stellen tiefe Ratscher abbekommen hatte. Die Oberfläche schimmerte in einem kalten Anthrazit und wirkte anders als der Sklithra im Hintergrund, der jetzt bedrohlich nahe war, schien kein Eigenleben mehr zu besitzen. Um das Objekt drängten sich hässliche Hütten und Verschläge aus Wellblech und Holz und eine Menge Menschen in dunkler Kleidung zwängte sich zwischen ihnen hindurch und feilschte und diskutierte laut. Die schiere Menge anderer Überlebender - es mussten annähernd zwei- oder dreihundert sein – war überwältigend und Nikos musste sich an der Wand festhalten, um nicht das Gleichgewicht zu verlieren. Die Einsamkeit war ein so allumfassender Begleiter gewesen, dass die Wucht, mit der die Erfahrung auf ihn einschlug, ihm den Atem nahm. Es gab noch Menschen und sie redeten und sprachen miteinander. Unter anderen Umständen hätte die Geräuschkulisse beinahe einem normalen Wochenmarkt geglichen, den er früher immer in seiner Straße besucht hatte. Doch über all dem thronte der Splitter als gigantisches Monument der Vernichtung, die sie erlebt hatten. Dessen Spitze verschwand in den Wolken, doch der massive Rumpf mit den funkelnden Stellen und den seltsamen Beulen und schwarzen Löchern erinnerte jeden Betrachter, wie klein und unbedeutend er wirklich war.

Matteo tippte ihn an und Nikos erschrak. Der Junge deutete mit knappen Gesten auf die ehemaligen Tribünen. Auf der anderen Seite waren sie halb eingefallen und wurden von einer Art Düne aus Trümmern und Erde einige Meter überragt. Sämtliche Stühle waren verschwunden oder mit Schutt bedeckt, jedenfalls sah man sie nicht mehr. Nur hier und da schaute blanker Beton unter dem Schmutz hervor. Erst jetzt sah er, was sein Begleiter ihm hatte zeigen wollen. Etwa ein Dutzend Polizisten in schwarzen Uniformen hatte sich rings um den Krater in erhöhter Position postiert und sah auf den improvisierten Marktplatz hinab.

»Also, wollt ihr handeln oder nur glotzen?«, riss ihn jemand aus seinen Beobachtungen, und als er wieder nach vorne sah, stand dort eine Frau in Polizeiuniform. Sie war zwar einen Kopf kleiner als Nikos, aber kräftig gebaut und zeigte keinerlei Anzeichen von Unterernährung. Ihr schwarzes Haar war zu einem strengen Zopf geflochten, der über die Schulter auf die Brust hing. Die Hände hatte sie in ihren Gürtel gehakt, die rechte nahe an der Pistole.

»Äh, handeln«, sagte er schnell und runzelte die Stirn, als sie ihn mit einer Geste bedachte, als würde sie ihn zu sich winken. Unsicher machte er einen Schritt auf sie zu, doch sie schüttelte den Kopf.

»Deine Tüte, Mann!« Sie zeigte auf seine Carrefour-Tüte, die sich mittlerweile schwer wie Blei anfühlte.

»Oh, das ist es, womit ich handeln will.«

»Das ist mir schon klar, Hungerhaken«, brummte die Frau. »Du sollst mir die Tüte geben.«

»Aber …«

»Nix aber.« Ihre rechte Hand legte sich betont lässig auf den Griff ihrer Waffe. Die linke hielt sie ihm auffordernd entgegen.

Widerstrebend reichte er ihr die Tüte. Sie nahm sie an, ließ von der Waffe ab und schaute hinein. Eine ihrer geschwungenen Augenbrauen hob sich, dann griff sie hinein und nahm eine Packung Feuchttücher heraus. Die warf sie einem zweiten Polizisten zu, der weiter links an der Mauer lehnte, und den Nikos noch gar nicht bemerkt hatte.

Ich muss aufmerksamer werden, ermahnte er sich und biss auf die Unterlippe. Als die Polizistin ihm die Tüte mit den restlichen Feuchttüchern zurückgab, atmete er erleichtert aus. Das hätte vermutlich schlimmer ausgehen können.

»Ihr wart noch nie hier, oder?«

»Nein«, gab er zu und Matteo nickte stumm mit gesenktem Blick.

»Gut, ich erkläre euch, wie es läuft. Bevor es dunkel wird, seid ihr hier weg, klar?«

»Ja, natürlich.«

»Was ihr da unten handelt, interessiert uns nicht, solange ihr wieder abhaut, und immer brav euren Tribut beim Eintritt abgebt. Ja?« Die Frau sah zu Matteo, der schüchtern eine Hand gehoben hatte.

»Die ... die Stinger ... also, sind die hier auch drin?«, fragte er mit brüchiger Stimme und noch immer gesenktem Blick.

»Jeder darf rein, aber wer handgreiflich wird, wird erschossen. Falls es euch noch nicht aufgefallen ist: Es gibt kein Justizsystem mehr und wir haben weder Zeit noch Lust, uns darum zu kümmern.«

»J-ja, ja, ist klar. Verstanden.«

»Darf ich auch etwas fragen?«

Sie sah zu Nikos und nickte ungeduldig. »Was ist?«

»Sind Sie wirklich Polizisten?«, fragte er.

»Das waren wir, ja.«

»Aber ...«

»Komm mir jetzt nicht mit der Frage, warum wir das machen oder warum wir nicht für Ordnung sorgen. Meine Wache ist die einzige, die den Einschlag überlebt hat, soweit ich weiß, und wenn es eine Art und Weise gibt, wie wir für ein Mindestmaß an Ordnung sorgen können, dann haben wir wohl die beste Idee gefunden. Außerdem bezahlt uns niemand mehr für unsere Dienste, schon vergessen? Warum sollen wir uns also für nichts umbringen lassen?« Die Polizistin schnaubte und winkte sie ungehalten fort. »Weiter mit euch.«

Nikos packte Matteo an der Schulter und beeilte sich, die Stufen nach unten zu nehmen. Diesen Teil auf der Tribüne hatte man von Schmutz und Trümmern befreit und als der Krater ansetzte, traten sie auf in den gespaltenen Fels und die Erde geschlagene Treppenstufen, die mit Holzlatten befestigt waren.

»Wer sind diese *Stinger*?«, fragte Nikos, während sie die letzten Stufen in den Marktbereich nahmen. Immer wieder sah er auf das fremdartige Alienfragment in der Mitte, als könnte es jeden Moment in Bewegung geraten und etwas ganz und gar Verheerendes anrichten.

»Das ist eine Art Bande, von der ich gehört habe. Die ziehen in Gruppen durch die Ruinen und klauen, was nicht niet- und nagelfest ist. Die Typen sammeln wirklich alles ein, was sie finden können und wenn sich ihnen jemand in den Weg stellt, wird er getötet.« Matteo schnippte mit den Fingern. »Einfach so! Außer natürlich die Läufer ...«

»Ich weiß, wen du meinst. Ich nenne sie *Sammler.*«

»Das ist auch ein treffender Name, aber ich glaube sie nennen sich selbst *Stinger.* Vielleicht war das mal eine Art Gang oder so.«

»Kann schon sein.« Nikos wurde mit einem Mal kalt, als er an die alte Rollstuhlfahrerin dachte, die von der Gruppe Marodeure getötet worden war. Mehr, um sich abzulenken, als aus wirklichem Interesse, fragte er: »Und was sind diese Läufer?«

Sie schoben sich an einer Gruppe Männer und Frauen vorbei, die vor einem zusammengenagelten Bretterverschlag standen und mit verschiedensten Gegenständen wedelten. Über dem Verschlag wehte eine verschimmelte Fahne, die irgendwann einmal weiß gewesen war und auf die jemand ein stilisiertes Huhn gemalt hatte.

»Läufer?« Matteo zwängte sich zwischen zwei Schreihälsen hindurch. Die Geräuschkulisse war erdrückend nach Wochen der Stille und Einsamkeit, hatte aber auch etwas Belebendes. »Das sind diese Verrückten, die durch den Abgrund zu dem Sklithra laufen.« Der Junge deutete nach oben, wo der mächtige Monolith drohend den Horizont in zwei Hälften spaltete.

»Warum sollten die das tun?«

»Keine Ahnung, ich habe einmal eine Gruppe von denen gesehen, die östlich von hier losgerannt ist, als ich das erste Mal den Abgrund gefunden habe. Ich glaube nicht, dass einer von denen angekommen ist.«

»Was ist passiert?«, fragte Nikos und schrak zurück, als vor ihm eine Frau mit einem flatternden Huhn unter den Armen vorbeilief, das gackernd gegen seine Gefangennahme protestierte. »Ein echtes Huhn? Wie ist das möglich?«

»Schätze, es haben nicht nur Menschen überlebt.«

Nikos wusste nicht, was er darauf antworten sollte, und ging mit fest an die Brust gedrückter Tüte weiter. Der Krater war zwar voll mit Buden und Verschlägen, doch immer noch groß genug, um den Anwesenden mehr als genug Platz zu bieten. Es stank erbärmlich nach ungewaschenen Leibern, saurem Mundgeruch und faulen Zähnen und dem abstoßenden Odor nasser Kleidung, die lange nicht mehr getrocknet war und sich mit altem Schweiß vermischt hatte. Doch es gab genügend Platz, dass man sich nicht aneinanderdrängen musste.

Polizisten gab es hier unten nicht, lediglich die Leute, die hinter den Buden und Verschlägen standen und laut ihre

Tauschware anpriesen. Matteo verabschiedete sich nach einer Weile, weil er sich umschauen wollte, und Nikos vereinbarte mit ihm, dass sie sich wieder am Eingang treffen würden, falls sie sich nicht vorher über den Weg laufen sollten.

Dann machte er sich auf die Suche nach Medikamenten. Er fand sie bei einer alten Dame, die neben einer Hütte im Dreck saß. Sie hatte eine kleine Plastikdecke vor sich ausgebreitet, auf der mehrere Fläschchen und Blisterpackungen lagen. Die Frau hatte fettiges graues Haar, das unter einer fleckigen Haube hervorlugte. Die Falten in ihrem Gesicht waren tief und ihre Wangen hingen schlaff über den Knochen, doch ihre Augen wirkten freundlich und zugewandt.

»Gia sas, Kyria«, sagte er höflich und hockte sich vor die Dame und ihre ausgebreiteten Waren. Angst, dass jemand etwas stahl, brauchte offenbar niemand haben. Da sie sich in einer Nische zwischen zwei Buden befanden, die nicht besetzt waren, zog das Gros der eintönig dunkel gekleideten Leute hinter ihnen dahin und sie waren recht ungestört.

»Gia sou, Paidi mou«, erwiderte die Dame mit einer Stimme, die warm und wohlklingend war. Sie lächelte breit – ein Ausdruck, der ihm schon beinahe fremdartig vorkam in dieser trostlosen Umgebung. »Ein höflicher junger Mann, das sieht man heutzutage selten.«

»Es gibt Dinge, die sollten sich niemals ändern.« Nikos seufzte und machte eine Geste in Richtung der Leute hinter sich. »Ich denke, am besten hätte sich gar nichts geändert, dann würde es allen besser gehen.«

»Nun, bestimmte Ereignisse lassen sich nun einmal nicht vorhersehen oder verändern. Wenn du erst einmal in mein Alter kommst, wird dir das schmerzlich bewusst werden.« Das Lächeln der Dame blieb warm und zugewandt. Was auch immer die Überlebenden gebrochen hatte – der Verlust von Familie, Geliebten, Freunden, des eigenen Hauses, einer strahlenden Zukunft oder auch nur der Hoffnung – sie schien nicht betroffen zu sein.

»Das meine ich nicht. Ich meinte, dass die Leute so hätten weitermachen sollen, wie vor dem Ding da.« Nikos nickte in Richtung des Sklithra. »Den Nachbarn bei einem Problem helfen. Herbeieilen, wenn es brennt, und sich einen Eimer schnappen. Solche Dinge.«

»Ja, das wäre wirklich schön«, fand die Dame. »Aber vermutlich wird eine Zivilisation von deutlich dünneren Fäden gehalten, als man denkt, und die lassen sich sehr leicht zerschneiden. Es musste nur ein Alienschiff abstürzen und dummerweise unsere Stadt treffen, um uns in die Steinzeit zurückzubefördern.« Sie machte eine Pause und zwinkerte ihm zu. »Und damit meine ich nicht die zerstörten Gebäude oder dass wir keinen Strom mehr haben.«

»Da haben Sie wohl recht.«

»Was brauchst du denn, mein Junge?« Wieder zwinkerte sie und deutete auf ihre kleine Auslegware.

»Wie haben Sie das überhaupt sicher hierherbekommen?«, fragte er und die Frage speiste sich aus tief empfundener Sorge um die Alte. Sie wirkte so ruhig und gütig, dass ihn der Gedanke schmerzte, jemand könnte sie überfallen und töten, wie die arme Rollstuhlfahrerin.

»Oh, sorgst du dich etwa um mich?« Die alte Dame gluckste vergnügt.

»Ja«, sagte er ernst.

»Die Polizisten sind gar nicht so übel wie sie sich gebaren«, antwortete sie vieldeutig. »Ich denke, dass sie nicht sicher sind, wie sie mit dieser Situation umgehen sollen und Ordnungshüter ohne Auftrag in einer Welt ohne Ordnung sind. Wenn man früher ausschließlich Raser und Kaugummidiebe aufhalten musste, sieht die Welt heute wohl ziemlich chaotisch für sie aus.«

»Ich verstehe. Also sind Sie etwas wie eine Ärztin oder so?« Er deutete auf die Medikamente.

»Nein, aber ich war Apothekerin. Meine Apotheke wurde leider geplündert, aber ich hatte noch einen kleinen Vorrat zu Hause, den ich nicht mehr brauche.«

Nikos zog eine Augenbraue hoch und sah auf ihre Hände. Eine davon zitterte in feinen Schlägen. Sie bemerkte seinen Blick und lächelte erneut.

»Sagen wir so: Ich möchte sie nicht mehr brauchen, verstehst du?«

Nikos schluckte und nickte. »Also meine Freundin ist sehr krank. Sie hat offene Stellen, die meisten Haare verloren und schon einige Fingernägel. Ihre Haut reißt sehr schnell und sie schläft fast nur noch.«

»Strahlenkrankheit, ganz bestimmt.« Der Blick der alten Dame wurde traurig. »Das ist vielen passiert. Ich weiß nicht, warum wir nicht alle betroffen sind, da Strahlung sich mit Luftbewegungen ausbreitet, genau wie über Wasser. Aber ich habe das öfter gesehen in den letzten Wochen. Ich fürchte, du kannst nicht viel für sie tun.«

»Bitte«, sagte er aus Sorge, sie könnte ihn abweisen. »Ich muss es wenigstens versuchen oder ihr etwas gegen die Schmerzen geben.«

Die Dame musterte ihn und nickte nachdenklich. »Was hast du denn anzubieten, mein Junge?«

»Hier«, sagte er mit dem Schwung neuer Hoffnung und griff in seine Tüte, um eine Packung Feuchttücher herauszuholen. Als er sie betrachtete und seiner Gegenüber entgegenstrecken wollte, fiel sämtliche Freude von ihm ab. Er saß hier und bot einer alten Frau eine Packung Feuchttücher gegen Medikamente an, dem wohl Wertvollsten, was es momentan noch gab – abgesehen von Nahrung natürlich.

Sie schien seine düster gewordene Miene zu bemerken

und lächelte mitfühlend. »Feuchttücher? Oh, das ist eine wunderbare Idee«, schien sie sich zu freuen und streckte die Hände nach der Packung aus. Nikos war ganz verdutzt und gab sie ihr. Sie musterte das Baby darauf und lächelte verzückt. »Du glaubst gar nicht, wie gerne ich mich waschen möchte. Dieses verseuchte Wasser – davon lasse ich lieber die Finger.«

Überrascht sah Nikos ihr zu, wie sie zwei Fläschchen und zwei Blister mit pinkfarbenen Tabletten nahm und in seine Richtung hielt. »Nimm schon, Junge.«

Er tat es und betrachtete die Etiketten. Zwei Fläschchen mit Amoxicillin und zwei Blister Ibuprofen 600.

»Das ... das ist zu viel, das kann ich nicht annehmen. So viel braucht sie bestimmt nicht, ich ...«

»Schon gut, mein Junge. Die Antibiotika sind nicht für deine Freundin, die sind für dich. Was deine Freundin braucht, habe ich leider nicht: Morphium. Auch die Ibuprofen werden ihr nicht viel helfen können. Ich schlage vor, dass du die einsetzt, um dich mit Essen zu versorgen.«

Nikos verstand, was sie tat, und mit dem Verstehen kamen ihm Tränen. Sein Blick war von einem Moment auf den anderen verschleiert.

»Ich weiß nicht, was ich sagen soll, Kyria. Gott segne Sie. Gott segne Sie wirklich«, schniefte er tief gerührt. Die alte Dame tippte mit einer Hand auf die Feuchttücher und zwinkerte ihm zu.

»Das war ein guter Handel und ich glaube, du bist ein guter Junge. Es wäre doch schön, wenn mehr gute Menschen am Leben sind, hm? Und jetzt sieh zu, dass du dir und deiner Freundin etwas zum Essen besorgst. Du siehst wirklich dünn auf den Rippen aus.« Mit einer wedelnden Geste ihrer zitternden rechten Hand verscheuchte sie ihn, auf dem Gesicht noch immer ihr warmes Lächeln.

Kapitel 5
Das Geschenk

Von der alten Dame ging Nikos zielstrebig zurück Richtung Eingang. Unterwegs tauschte er bei zwei jungen Frauen, die lilafarbene Carrhart-Jacken trugen, einen Blister Ibuprofen, für den sie ihm erst zwei Packungen eingeschweißtes Knäckebrot gaben. Als er zögerte – eigentlich nur, weil er sich Tränen aus den Augen wischen wollte – legten sie schnell noch zwei Dosen Ravioli dazu. Er stopfte alles in seine Tüte und hielt den Blick gesenkt, während er zu den Stufen ging, die wieder nach oben, hinaus aus dem Krater mit seinen Verschlägen und dem unheimlichen Alienbruchstück in der Mitte führten.

Noch vor der ersten Stufe tippte ihm jemand auf die Schulter. Nikos zuckte zusammen, weil er instinktiv fürchtete, jemand könnte ihm die wertvollen Lebensmittel und Medikamente stehlen, doch es war Matteo, der neben ihm auftauchte. Der Junge strahlte über beide Ohren, dass sich die Schmutzkrusten auf seinen Wangen teilten und auseinanderrissen wie getrockneter Lehm. Doch seine Miene verdüsterte sich sofort wieder, als sich ihre Blicke trafen.

»Hey, was ist denn los? Alles in Ordnung?«

»Ja«, schniefte Nikos und zwang sich, seine Rührung hinunterzuschlucken. »Alles in Ordnung. Jemand war sehr gut zu mir.« Er überlegte, als er den Jungen musterte und kramte dann eines der Antibiotikafläschchen aus der Innentasche seiner Jacke und sah sich verstohlen um, bevor er sie Matteo in die Hand drückte und sie mit seiner eigenen um das Glas schloss.

»Was ist das?«

»Das ist Amoxicillin. Ein Antibiotikum. Das kannst du deinen kranken Geschwistern geben, wenn sie eine Infektion haben«, erklärte er und es fühlte sich gut an, etwas Richtiges zu tun, so als renkte sich etwas ein, das zuvor aus dem Gleichgewicht geraten war.

Matteo sah ungläubig auf seine geschlossene Faust, öffnete sie und schnappte nach Luft. »Ich ... wow, das ist ... danke!« Ungestüm fiel er Nikos um den Hals, was vermutlich aussah, als klette sich eine Katze an einen Baum.

»Ist schon gut, Kleiner«, lachte Nikos und schniefte. »Ist schon gut. Danke, dass du mich hierher gebracht hast.«

»Ich habe auch etwas getauscht«, sagte Matteo stolz und zog aus einer Tasche irgendwo in seiner Jacke eine Tube Ketchup, die er grinsend ansah und ihm dann hinhielt. »Hier, für dich!«

»Oh nein, ist schon gut«, versuchte Nikos abzuwiegeln. »Das Antibiotikum war nicht an eine Gegenleistung gekoppelt.«

»Bitte, ich möchte dir etwas zurückgeben, sonst fühle ich mich schlecht.«

»Nein, nein, schon gut, wirklich.«

»Komm schon, es ist doch gut, sich gegenseitig zu helfen.«

»Du hast mir schon geholfen, und ... hey!«, protestierte er, als der Junge seine Tüte packte und den Ketchup hineinstopfen wollte. Instinktiv zog er sie weg und da Matteo sie an einer der unteren Ecken gepackt hielt, rissen sie ein kleines Loch hinein.

»Oh, tut mir leid, tut mir leid«, sagte Matteo entsetzt und legte sich eine Hand vor den Mund. »Ich wollte das nicht.«

»Ist nur eine Plastiktüte.« Nikos winkte ab und schnaubte, als der Junge den Moment der Ablenkung nutzte, um den Ketchup in seiner Tüte verschwinden zu lassen. Danach packte er sie und schüttelte kurz daran.

»So, jetzt liegt die Flasche ganz unten und du kannst sie

nicht mehr herausholen«, freute er sich und grinste spitzbübisch.

»Du bist mir einer«, seufzte Nikos und lächelte. »Danke. Das wäre wirklich nicht nötig gewesen. Das ist ein wirklich gutes Geschenk. Früher, vor all dem hier, habe ich alles mit Ketchup gegessen. Schon in deinem Alter. Meine Mutter hat es gehasst.«

»Dann iss nicht gleich alles auf einmal«, schlug Matteo vor und freute sich offensichtlich, sich ein wenig revanchiert zu haben.

Sie gingen gemeinsam die Stufen hinauf, ließen eine Gruppe Neuankömmlinge vorbei, die genauso stanken wie alle anderen und auch in gleicher Weise die Blicke zu Boden gerichtet hielten. Dies war offensichtlich die neue Art Passanten, so es sie denn noch gab: Keinen Ärger anfangen, möglichst unsichtbar bleiben und keine Aufmerksamkeit auf sich ziehen, weil die falsche Art schnell tödlich enden konnte.

Es war bereits sechzehn Uhr, was ihnen noch zwei Stunden Tageslicht ließ, die ausreichten, um zu sehen, wohin man trat, also beschleunigte er seine Schritte ein wenig. Am liebsten hätte er die Nahrungsmittel mit bloßen Händen aufgerissen und vertilgt, so hungrig und ausgezehrt war er, doch er zwang sich, alles zuerst nach Hause zu bringen. In Sicherheit und zu Maria, die noch dringender essen musste als er, um ihren kämpfenden Körper zu unterstützen. Beim Gedanken an seine Freundin schossen ihm wieder die Worte der alten Dame über Strahlenkrankheit durch den Kopf und er verdrängte sie in eine hintere Ecke seines Geistes, um klar denken zu können. Sorgen konnten einen Menschen blind machen und er war fest entschlossen, den Heimweg noch vorsichtiger anzutreten als sonst.

Matteo schien seine Anspannung zu bemerken und verhielt sich still, als sie den ehemaligen Parkplatz vor dem Stadion und die sechs bewaffneten Polizisten hinter sich ließen. Diesmal war niemand auf dem Platz zu sehen. Offenbar war es bereits zu spät, da die Polizei allem Anschein nach niemanden nach Einbruch der Dunkelheit im Basar duldete. Es war ein bedrückendes Gefühl, hier ganz allein zu sein, obwohl Nikos genau das wollte. Waren Fremde zu sehen, bekam man Angst, dass sie einem etwas antun könnten, doch war niemand zu sehen, bekam man Sorge, dass irgendetwas Gefährliches sie vertrieben hatte oder sie in den Schatten lauerten, um ihn zu überfallen. Er hasste es, so zu denken, doch jede andere Sichtweise war tödlich. Das war nun einmal die neue Realität.

Matteo begleitete ihn bis zur Apotheke und verabschiedete sich dort, als es gerade Viertel nach fünf war und Nikos anfing, nervös zu werden. Er würde sich beeilen müssen, um rechtzeitig zurückzukommen, und das bedeutete, fahrlässig zu sein.

»Ich muss jetzt hier lang«, meinte der Junge und deutete mit dem Daumen in eine kleine Gasse zwischen zwei Hausgerippen.

»Alles klar, ich gehe über den Kreisel zurück.« Nikos musste beim Gedanken an die Flugzeugopfer schlucken und spürte eine Mischung aus Angst und Widerwillen in sich aufsteigen.

»Also gut, ähm ...« Matteo schien sich ein wenig unwohl zu fühlen. »Also bis dann?«

Nikos überlegte, was er dem Jungen sagen sollte. Er wollte mit ihm im Kontakt bleiben, vielleicht konnten sie sich helfen, aber ... *Ich muss mich beeilen, es wird immer dunkler!* Die Wolken über ihren Köpfen zogen sich bereits wieder zu einem der nächtlichen Gewitter zusammen und strömten aus sämtlichen Himmelsrichtungen auf den Splitter im Herzen Athens zu, wo sie sich in ein paar Stunden in den rotierenden Mahlstrom aus Wolken, Blitz und Donner einfügen würden.

»Wir sollten uns wieder treffen«, sagte er schließlich kurz angebunden und sah in Richtung der breiten Midias mit ihren zahllosen Autowracks, die bereits zu Schatten wurden.

»Ja, das wäre gut. Wir könnten ein bisschen zusammen auf Suche gehen. Also, dann sind wir bestimmt ein wenig sicherer unterwegs, hm?« Matteo zuckte die Schultern und grinste, als Nikos nickte. »Super, dann morgen um acht?«

»Okay, ist ein Date.« Er zwinkerte dem Jungen zu und sah wieder auf die Uhr. »Ich muss jetzt wirklich schnell los. Komm sicher nach Hause, ja?«

»Du auch!«

»Danke.« Nikos machte auf dem Absatz kehrt und lief im Laufschritt zur ehemaligen Hauptverkehrsader seines Stadtteils. Da er die Strecke an diesem Tag bereits dreimal zurückgelegt hatte, kannte er die kleinen Verstecke und Stellen, an denen er innehalten und sich umsehen konnte. Er fand sie nicht alle wieder, da das Tageslicht bereits vor seinen Augen zu versickern begann wie Sand durch ein grobmaschiges Sieb. Immerhin regnete es noch nicht. Also lief er immer weiter, verharrte viel kürzer an seinen Checkpunkten, als er sich wohlfühlte, und hastete an den Seiten der Midias in Richtung seines Verstecks. Erst kurz vorher sah er sich einmal um, um sicherzugehen, dass ihn niemand verfolgt hatte. Er kauerte sich unter die Überreste eines Schreibtischs, der irgendwie unter einen Betonbalken gelangt war und jetzt einen winzigen Unterschlupf bot. Minutenlang beäugte er das Zwielicht der einsetzenden Nacht, fragte sich bei jeder Bewegung, die er wahrnahm, ob es sich um Lichtblitze auf seiner Netzhaut, Glaskörpertrübungen oder echte Gefahren handelte, doch mittlerweile konnte er diese Dinge recht gut voneinander unterscheiden. Immerhin war durch das fehlende Licht alles grau und schwarz, was es ihm ermöglichte, nur auf Bewegungen achten zu müssen. Seine Augen hatten unter der

Mangelernährung und seinem allgemein schlechten Gesundheitszustand stark gelitten, aber trotz allem hatte er sich daran gewöhnt und konnte die Sehstörungen als solche einordnen.

Als er sicher war, dass ihm niemand folgte, kam er unter dem Schreibtisch hervor und lief zu dem alten Abflussrohr, kroch hindurch, schob das aufklappbare Gitter hoch und ging durchs Labyrinth zum Versteck. Geradeaus, links, rechts, links, rechts und noch einmal rechts. Der Code des Fahrradschlosses, dann die LKW-Tür und wieder verschließen.

Erleichtert atmete er aus, tastete nach der Plastiktüte und den Taschen seiner Jacke und lächelte erleichtert. Er hatte es geschafft. Medikamente. Echte Medikamente.

»Maria«, rief er, als der erste Donner einsetzte, doch Nikos registrierte ihn kaum und lief gut gelaunt zu der Tresortür. Im letzten Moment konnte er sich abhalten, allzu überschwänglich zu sein und sich im Dunkeln noch zu verletzen, doch die Freude überwog die Sorge. Mit Antibiotika und Schmerzmitteln konnte er Maria vielleicht doch noch helfen. Die alte Dame hatte sie nicht persönlich gesehen und untersucht und außerdem war sie ja keine Ärztin gewesen und konnte sich geirrt haben.

Sie muss sich geirrt haben!

Die schwere Panzertür öffnete sich unter seinem Zug mit einem protestierenden Quietschen. Verbrauchte Luft wehte ihm entgegen, als stiege er in eine Gruft. Es war stockfinster – Maria musste eingeschlafen sein, bevor die Sonne unterging, oder aber sie hatte nicht genügend Kraft aufgebracht, um an dem kleinen Faden zu ziehen, mit dem sie die batteriebetriebene Leuchtstoffröhre anschalten konnte.

»Maria?«, fragte er leise. Dann noch einmal etwas lauter: »Maria?«

Als er keine Antwort bekam, wandelte sich seine Euphorie in Sorge. Er wartete ab, bis ein Blitz einen kurzen Eindruck von dem Raum lieferte, der sich auf einen breiten Spalt beschränkte, entsprechend dem Öffnungswinkel der Tür. Da Nikos wusste, wo er schauen musste, machte er rasch den Faden aus und stieg vorsichtig im Dunkeln über die Hindernisse, die er gesehen hatte. Den Faden fand er nach einigen im leeren Raum tastenden Bewegungen mit seinem rechten Arm. Ein kurzer Zug nach unten und es wurde hell.

Maria lag auf ihrem improvisierten Bett. Sie lag so reglos da, dass er sich versteifte, bevor er auf die Knie ging und sie vorsichtig an den Schultern anfasste, um sie aufzuwecken. Sie regte sich noch immer nicht. Das Herz drohte ihm in die Knie zu rutschen und er schluckte heftig gegen eine Enge in seiner Kehle an, als läge ein Strick um seinen Adamsapfel.

»Maria? Maria?«

»Was ... was ist?«, hauchte sie kraftlos, nachdem sie wie in Zeitlupe ihre Augen geöffnet hatte. Erleichtert atmete er aus und lächelte, als er wieder Luft holen konnte.

»Ich habe Medikamente gefunden! Und etwas zu essen«, freute er sich und zog die Carrefour-Tüte zu sich. Zuerst griff er jedoch in die Innentasche seiner Jacke und präsentierte ihr das Fläschchen mit Amoxicillin und dann den Blister mit Ibuprofen. »Sieh dir das an! Ein Antibiotikum und Schmerzmittel!«

»Oh, das ist toll«, sagte sie und ihre Stimme war so dünn wie Herbstlaub. Etwas an ihr war nicht echt, aber er ging nicht darauf ein, ließ sich von seiner Begeisterung tragen.

»Außerdem etwas zu essen! Zweimal Knäckebrot und zweimal Dosenravioli. Die sind ganz weich, kannst du gut essen. Oh, und ich habe einen netten jungen Mann getroffen, der war mal Fußballspieler beim Nachwuchs von AEK, Matteo heißt er. Er hat mir einen Ort gezeigt, an dem man handeln kann. Das ist wirklich unglaublich. Polizisten kontrollieren den Basar. Ich hatte schon Angst, dass mich jemand überfällt auf dem

Rückweg. Praktisch wäre es ja ganz einfach für diese Sammler-Bande, in der Nähe des Basars allen aufzulauern und sie nach ihren Tauschgeschäften zu überfallen, aber entweder hatte ich Glück oder die Polizisten passen ungesehen auch in der Umgebung auf. Na ja, jedenfalls hat Matteo mir auch eine Tube Ketchup geschenkt. Eine Plastikflasche, die können wir danach sicher noch gut brauchen ...« Nikos stockte, als er die Sachen aus der Tüte holen und vor sie legen wollte, um seinen Fang des Tages zu präsentieren. Seine rechte Hand war feucht und als er sie herauszog, war sie ganz rot. Den Bruchteil einer Sekunde dachte er, er würde bluten, doch dann stieg ihm der Geruch nach Ketchup in die Nase. Mit gerunzelter Stirn warf er einen Blick in die Tüte und tatsächlich war eine gesamte Seite mit Ketchup verschmiert. Er hob die Flasche heraus, die beinahe komplett leer war und musterte die Unterseite. Es dauerte einen Augenblick, bis er mit der Hand den Ketchup fortgewischt hatte, dann sah er ein Loch von der Größe eines kleinen Fingers, an dessen Rändern etwas wie Papierreste oder Ähnliches klebten, das sich scheinbar abgerubbelt hatte.

»Nanu«, murmelte er und überlegte, wie das Plastik der Flasche ein Loch hatte bekommen können. Als er genauer hinsah, fiel ihm auf, dass es so rund war, als wäre es von einem Präzisionsbohrer gedrillt worden.

Nikos dachte kurz nach und sah dann erstarrt von der Tüte auf den Boden Richtung Tür. Ein roter Fleck, etwa daumennagelgroß und rund, befand sich eine Handbreit von der Tür entfernt und glänzte fröhlich im kalten Licht der Leuchtstoffröhre.

»Was ist?«, fragte Maria.

»Ich ...« Er musste sich räuspern, um seine Stimme wiederzufinden. Kälte kroch in seine Adern, breitete sich rasend schnell aus und belegte seinen Atem wie mit einer Fessel aus Angst. »Ich glaube, ich habe einen Fehler gemacht.«

Nikos ging zur Tür, schob sie auf und wäre vor Schreck beinahe gestürzt. Zuerst sah er bloß den weiteren roten Fleck im Vorraum, der sich in der Mitte des Lichtkegels befand, welcher aus ihrem Versteck floss. Dann bemerkte er eine Bewegung an der improvisierten Tür, in deren von außen verdreckter Scheibe sich der Widerschein spiegelte. Es war die schwere Kette, das Fahrradschloss, das sich klimpernd bewegte und im nächsten Moment ratternd durch die improvisierten Ösen gezogen wurde. Die Bewegungen der Metallglieder waren nicht ruckartig, sondern langsam und dosiert, wie bei einer Schlange, die sich heimlich zurückzog.

Als die LKW-Tür aufgezogen wurde, wurden Nikos' Knie weich und er taumelte zurück, stürzte auf sein Hinterteil.

Eine Gestalt tauchte im Licht auf, das sich wie ein Teppich zwischen der offenen Panzertür und dem Eingang ausgerollt hatte. Die Gestalt war groß und massig und hielt einen Bolzenschneider in der Hand. Das breite Gesicht wurde von einem schmutzigen Grinsen gelber Zähne geteilt. Sie trat näher, kam gelassen schlurfend auf ihn zu, als hinter ihr drei weitere Personen auftauchten. Eine war klein und hager, das Haar grau, fettig und schulterlang. Die zweite war etwas größer und hatte den Kopf rasiert. In den Händen hielt sie einen Baseballschläger, während sie sich anerkennend umsah. Die dritte Person war Matteo. Der Junge hatte offenbar das Gesicht gewaschen, denn seine Wangen waren nicht mehr von Schmutz verkrustet. Die Mütze hatte er etwas tiefer in die Stirn gezogen und seine Augen wichen Nikos' Blick aus, aber es war ohne Zweifel Matteo.

Nikos krabbelte zurück, so schnell er konnte, versuchte mit den Händen die Panzertür hinter sich zuzuziehen, doch seine Arme waren kraftlos und der Große mit dem breiten Gesicht kam rasch näher und stellte einen Fuß gegen die Innenseite.

»Eh-eh«, meckerte er mit auf seiner Miene festgefrorenem Grinsen, das aussah wie bei einem Irren.

»Du ... du hast mich verraten«, stammelte Nikos in einer Mischung aus Unglauben und einer so tiefen Enttäuschung, dass die Erkenntnis etwas in seinem Inneren zerstörte, was er lange versucht hatte, sich zu bewahren.

»Tut mir leid«, antwortete Matteo und sah tatsächlich ein wenig niedergeschlagen aus. »Du bist ein guter Kerl, aber unser Ziel ist zu wichtig.«

»*Euer* Ziel? Du bist einer von diesen Sammlern? Die ganze Zeit?«

»Oh ja«, antwortete der Ältere mit den grauen Haaren. »Matteo ist einer unserer besten Köder. Wirklich ein guter Junge.« Er klopfte dem Jüngeren auf die Schulter und kam näher, bis er direkt vor Nikos stand. Die Frau mit dem Baseballschläger schickte er mit einem Kopfnicken in das Versteck, wo Maria lag – und all ihre Vorräte. »Das Abflussrohr mit dem Gitter und dein Labyrinth – wirklich beeindruckend. Ist wohl das beste Versteck, das ich bisher gesehen habe. Oder? Was meint ihr?«

»Ja, Boss, echt verwankelt!«, lachte Breitgesicht.

»Das heißt *verwinkelt,* Großer.«

»Ja, ja, genau das, Bossmann!«

»Du musst ihn entschuldigen, er kann besser Fahrradschlösser knacken als Smalltalk führen.« Der Alte hockte sich direkt vor Nikos und sah über dessen Kopf ins Versteck, wo sich die glatzköpfige Frau mit dem Baseballschläger befand. Er wollte aufspringen und schreien, um sie von Maria zu vertreiben, doch er hatte keine Kraft mehr. Hunger, seine schlechte körperliche Verfassung und Angst lähmten ihn, machten seine Glieder zu Pudding.

»Was wollen Sie?«, fragte Nikos mit bebender Stimme. Er wusste, dass es vorbei war, dass es kein Entkommen gab.

»Wir haben ein Ziel, weißt du? Dieses Ziel ist wichtig für alle in der Zone, aber jeder muss seinen Beitrag leisten, sonst funktioniert es nicht«, erklärte der Ältere. Sein Gesicht war schmal, wie das von einem Pferd, und seine Zähne schief, aber er hatte die Augen eines Intellektuellen – wach, aufmerksam, analytisch. Seine Stimme war kontrolliert und geschult, vielleicht war er einmal Lehrer gewesen oder Ähnliches.

»Was für ein Ziel? Und was für ein Beitrag? Sie bestehlen die Leute und bringen sie um!«, echauffierte sich Nikos in einem Anflug fatalistischer Empörung.

»Nun, die Leute sind wirklich unzivilisiert geworden, das muss man sagen. Niemand leistet mehr freiwillig einen Beitrag, genauso wenig wie vor dem Ganzen jemand freiwillig Steuern bezahlt hat, sich aber laut beschwert, wenn dem Land das Geld in den Kassen fehlt, um Schulen und Straßen zu finanzieren. So sind die Leute eben. Alles für sich selbst, nichts für die Gemeinschaft, aber die hat doch bitteschön für alles zu sorgen.« Das Schnauben des Alten zeigte, wie viel er von dieser Art Einstellung hielt. »Stella, wie sieht es bei dir aus?« Er schien eine stumme Antwort zu bekommen, denn er nickte, als würde er etwas verstehen, und blickte dann wieder Nikos in die Augen. »Deine Frau?«

»Eine Freundin. Wagen Sie es nicht, sie anzufassen.«

»Wir werden sie nicht anfassen«, versprach der Alte. »Aber sie ist sehr krank. Strahlenkrankheit.«

»Woher wollen Sie das wissen?«, fragte Nikos düster.

»Wir haben zwei Ärzte bei uns. Ich habe genügend Strahlenopfer gesehen. Sie ist vermutlich im vorletzten Stadium, das schlimmste Leid geht jetzt erst los. Ihr Körper löst sich langsam auf, von innen und von außen. Dann kann man zusehen, wie ihr Haut und Fleisch von den Knochen fallen und sie nicht mehr schlafen kann, weil sie ständig vor Schmerzen schreit.« Der Alte wirkte ehrlich bedrückt und schüttelte den

Kopf, als wollte er eine unangenehme Erinnerung verscheuchen. »Für sie kann man nur noch eine Sache tun.«

Während Nikos noch nachdachte, was sein Gegenüber damit sagen wollte, fuhr der Sammler fort und tippte ihm mit ausgestrecktem Zeigefinger auf die Brust. »Du aber bist gesund. Ein bisschen unterernährt, aber das werden wir schnell ändern. Matteo meint, du wärest ein geschickter Läufer und bewegst dich gekonnt zwischen den Trümmern.«

Da er nicht wusste, was er sagen sollte, blieb Nikos stumm. Matteo stand etwas versetzt im Schatten des Mannes und schien sich sichtlich unwohl zu fühlen. Immer wieder knetete er seine Hände und trat von einem Fuß auf den anderen, als müsste er dringend auf die Toilette,

»Wir werden zwar deine Sachen nehmen, aber du wirst viel mehr bekommen als du verlierst. Nämlich die Chance, etwas wirklich Gutes für uns alle zu tun. Manchmal verstehen wir den Sinn mancher Dinge erst hinterher, aber wir verstehen sie letztendlich immer«, verkündete der Alte und machte einen kurzen Wink in das Versteck. Da Nikos mit dem Rücken zur Türöffnung saß, konnte er nicht sehen, wem sie galt, doch die glatzköpfige Frau mit dem Baseballschläger war die Einzige, die sich dort befand. Mit Maria.

Er hörte ein schmatzendes Geräusch, das klang, als wäre eine Melone auf den Boden gefallen und zerplatzt. Dann hörte er es wieder, gepaart mit einem Knacken und gefolgt von einem widerlichen Knirschen. Ab diesem Moment überdeckten seine Schreie jeden anderen Laut.

Kapitel 6

Der Prinz

WIE EIN GEIST SCHLURFTE Nikos in der Mitte seiner Entführer. Seine Hände waren gefesselt und hinter den Rücken gebunden, wo Breitgesicht sie festhielt. Sie gingen auf offener Straße, ohne dass er hätte sagen können, wohin. Es war stockfinster und gewitterte heftig, ohne zu regnen. Bei gelegentlichen Blitzen sah er die Häuserruinen rundum wie erschreckende Eindrücke in einem Gruselkabinett. Der Alte, der mit der glatzköpfigen Mörderin von Maria vorne ging, hatte eine funktionierende Taschenlampe und beleuchtete den Weg, doch der Lichtkegel beschränkte sich auf einen kleinen, ovalen Ausschnitt, der meist nur löchrigen und halb verschütteten Asphalt zeigte.

Viel bekam er nicht mit, da alles um ihn wie im Traum zu geschehen schien. Sinneseindrücke kamen auf, zogen an ihm vorbei und verflogen wie unwirkliche Gebilde ins Nichts. Geweint hatte er nur in den ersten Minuten, nachdem er vom Schreien so heiser gewesen war, dass seine Stimme versagt hatte. Irgendwann war er zu erschöpft oder er hatte keine Tränen mehr besessen, die er hätte weinen können. Seither fühlte sich sein Körper noch ausgelaugter an als ohnehin schon. Er war für alles zu müde, bereits zweimal kraftlos zusammengebrochen, doch Breitgesicht hatte ihn jedes Mal wieder auf die Beine gezerrt. Sein Magen fühlte sich einerseits an, als würde er in den Kniekehlen hängen und andererseits wie von innen ausgehöhlt. Emotionaler Schmerz vermischte sich mit rohem Hunger und einem so übermächtigen Wunsch nach Nahrung, dass es ihm fast den Verstand raubte.

Kurz bevor sie ihn verschleppt hatten, hatte der Alte ihm

sein Knäckebrot angeboten, doch Nikos hatte sich lediglich übergeben, bevor er weitergeschrien hatte. Es war beinahe gewesen, als hätte eine ihm bisher unbekannte Instanz seines Körpers die Kontrolle übernommen und für nichts außer seinen Schreien Raum gelassen. Der Schmerz über Marias Verlust und die Brutalität des Mordes hatten für eine Art Kurzschluss gesorgt, der sogar die Zeit zum Stillstand gebracht hatte. Jetzt war da nicht mehr als reine Erschöpfung, die er nicht von seiner emotionalen Verletzung und dem Gefühl der Leere unterscheiden konnte. Er sah sich zu, wie er einen Fuß vor den anderen setzte wie ein Betrunkener.

Nach einer gefühlten Ewigkeit erreichten sie einen kleinen Berg, der sich immer wieder als Negativbild im Licht der Blitze vor dem Schwarz abzeichnete. Erst beim dritten Hinsehen erkannte er, dass es sich zwar um einen Schuttberg handelte, dieser allerdings einen gähnenden Schlund als Eingang besaß, der sich groß genug, dass ein LKW hätte hindurchfahren können, schräg in die Tiefe zog. Im Hintergrund des Berges sah Nikos so etwas wie eine Welle in Haushöhe, die in der Zeit eingefroren schien. Erst, als man ihn in den Eingang führte, vorbei an einigen schattenhaften Wächtern, realisierte er, dass sie sich am Rand des Abgrunds befinden mussten.

Die Dunkelheit des Eingangs währte nicht lange und wurde von dem warmen Licht von Fackeln und Kerzen abgelöst, je tiefer sie unter die Erde gingen. Da die Stufen für Nikos schwer zu bewältigen waren, hielt Breitgesicht ihn mit seinen breiten Pranken unter den Achseln fest und trug ihn halb hinab. Undeutlich zu erkennende Gestalten zogen an ihnen vorbei, Gesprächsfetzen, die für ihn nicht mehr waren als ein fernes Echo, umwehten ihn wie geisterhafter Widerhall aus dem Jenseits. Nichts schien echt zu sein und alles war so weit weg von seiner Realität aus purer Erschöpfung und Stress, dass er sich nicht wirklich anwesend fühlte. Wie flackernde Blitze erlebte er, dass sich die Welt in einen kleinen Raum verwandelte, sah etwas zu essen und beobachtete, wie sein Körper es von einem breiten Teller riss und gierig in sich schlang. Dann wurde er wieder gepackt – wo kamen bloß die Hände her? Wo war er überhaupt? Plötzlich drehte sich seine Welt und er lag in der Horizontalen. Der Untergrund war weich. So weich ...

Als Nikos erwachte, schmerzte sein ganzer Körper. Seine Zellen schienen sich aus reinem Feuer zusammenzusetzen und als er die Augen aufschlug, war er beinahe überrascht, nicht in Flammen zu stehen. Er lag in einem kleinen Zimmer mit nackten, unverputzten Wänden. In den Ecken regierten tiefschwarze Schimmelflecken, die er nur sehen konnte, weil auf einem kleinen Tischchen neben einer Tür eine Kerze mit einem munteren Flämmchen alles erhellte. Es war ein sanftes Licht, beinahe heimelig anmutend und dahingehend unpassend zu seinen Schmerzen. Sein Magen tat furchtbar weh, als hätte man ihn von innen mit Sandpapier bearbeitet. Als er sich ächzend zur Seite drehte, sah er einen kleinen Eimer mit Erbrochenem, der säuerlich stank. Daneben lag ein Teller mit Soßenflecken und Krümeln.

Obwohl ihm jede Faser seines Körpers wehtat wie bei einer schweren Grippe, spürte er noch etwas anderes, das er schon lange nicht mehr empfunden hatte: einen Anflug von Kraft und Vitalität. Der Schmerz hätte ihn bereits aufmerksam machen sollen: In den von Unterernährung und Stress geplagten Wochen nach der Ankunft der Außerirdischen hatte sich sein Körper schleichend, aber immer deutlicher dumpf angefühlt, als läge zwischen Nikos' Gehirn und dem Rest seines Körpers eine Art unsichtbarer Barriere, die einzig die Hälfte aller Informationen durchließ. Das hatte sich auch auf die Schmerzen ausgewirkt. Durch den Hunger und die

Schwäche hatte er es häufig kaum bemerkt, wenn er sich gestoßen hatte. Jetzt aber war es, als hätte jemand einen Lichtregler hochgedreht und alle seine Sinne zum Strahlen gebracht.

Er ließ sich wieder auf den Rücken fallen und schloss die Augen, denn er hatte das Gefühl, sich konzentrieren zu müssen, um die Schmerzen einigermaßen aushalten zu können. Einen Moment versuchte er, seinen Geist zu entspannen, und ...

Nikos fuhr hoch, als er das unnachahmliche Geräusch einer Tür hörte, die in ein Schloss fiel. Schlaftrunken rieb er die Augen und sah eine verschwommene Gestalt auf sich zukommen. Sie war klein und der Kopf sah irgendwie rosafarben aus, vielleicht, weil er keine Haare hatte.

Erschrocken kroch er zurück, bis sein Rücken an eine kalte, harte Wand schlug.

Die Mörderin!, dachte er, halb ängstlich, halb wütend. Die Tatsache, dass er Angst vor ihr hatte, machte ihn noch wütender und er stieß ein animalisches Knurren aus. Doch als sich sein Blick nach einem Blinzeln klärte, sah er nicht etwa die Glatzköpfige mit dem Baseballschläger vor sich, sondern Matteo. Der Junge hatte eine cremefarbene Mütze auf dem Kopf, die eng anlag und überraschend sauber aussah. Sein Blick war klar, doch seine Körperhaltung zeigte Angst, die sich auch in seinen bebenden Nasenflügeln widerspiegelte. Vorsichtig kam er näher und stellte eine Schüssel mit Wasser vor das Bett.

Ohne Nikos aus den Augen zu lassen, zog er den Eimer mit dem Erbrochenen näher zu sich und nahm auch den Teller vom Boden.

»Hast du Angst, dass ich dich anfalle wie ein wildes Tier?«, fragte er und war selbst überrascht von der Abfälligkeit seiner Worte.

»Ja«, gab Matteo leise zu.

»Warum kommst du dann herein?«

»Weil der Prinz mich gebeten hat.«

»Der Prinz?«

»Du wirst ihn kennenlernen«, erwiderte Matteo und atmete tief ein und aus. »Es tut mir leid.«

»Lass es«, knurrte Nikos.

»Ich meine es ernst. Es tut mir leid, was mit deiner Freundin passiert ist, und es tut mir leid, dass ich dich verraten habe. Ich wünschte, ich hätte das nicht tun müssen.«

»Aber du hast es getan. Ich habe dir vertraut und dir geholfen und du hast mich verraten. Was haben sie dir dafür gegeben, hm? Die Sammler? Essen? Medikamente ? Ich habe dir Medikamente gegeben! Einfach so!« Nikos konnte spüren, wie sich das Adrenalin in seinen Adern ausbreitete und sich seine Muskeln anspannten. Der Wunsch, den Jungen anzufallen, und seiner Wut eine körperliche Entsprechung zu geben, war beinahe überwältigend. Seine Fingernägel gruben sich tief in die Handballen.

»Der Prinz gibt mir nichts dafür. Ich mache es für ihn und die Mission«, gab Matteo zurück und obwohl noch immer ein trauriger Glanz seine Augen umgab, reckte er das schmale Kinn ein wenig vor. »Dass du so darunter leiden musst, tut mir leid. Du bist wirklich ein guter Kerl.«

»Mach, dass du rauskommst«, knurrte Nikos zurück und seine Fäuste zitterten so stark, dass er das Gefühl hatte, sein Bett würde wackeln. Der Junge dachte womöglich, dass er das sagte, um ihm zu zeigen, wie sehr er ihn hasste, doch das war nicht ganz richtig. Er sah deshalb mit Erleichterung, dass Matteo sich entfernte, weil er Angst hatte, dass er die Kontrolle verlor und ihm tatsächlich etwas antun könnte. Noch gab es einen Teil in ihm, der zu so etwas nicht bereit war, und dieser Teil entspannte sich etwas, als die Tür ins Schloss fiel und er wieder allein war. Doch dieser Moment währte nicht lange. Ein paar Minuten später, als sich seine Anspannung etwas abgebaut hatte auf ein Maß, das vermutlich für einen Verschleppten, der von einer brutalen Gang festgehalten wurde, die Norm darstellte, öffnete sich die Tür erneut.

Er rechnete wiederum mit Matteo, doch diesmal war es ein Mann mit kurzgeschnittenem schwarzem Haar, das an den Schläfen grau wurde. Attraktiv, aber nicht so, dass andere Männer ihn automatisch unterschwellig hassen mussten, trug er das Lächeln von jemandem zur Schau, der mit sich selbst und der Welt zufrieden schien. Sein Gang war sehr aufrecht und passte zu seiner Kleidung – Jeans und einem Sakko über einem schwarzen Hemd –, die zwar Flecken hatte, aber alles in allem nicht aussah, als wäre er tagtäglich mit harter körperlicher Arbeit oder nacktem Überleben beschäftigt.

»Hallo. Du bist Nikos, richtig?«, fragte der Fremde mit einem offenen Lächeln, das bis zu seinen Augen reichte.

»Ja.«

»Ich soll dich zum Prinzen bringen.«

»Was für ein Prinz?«

»Er ist so etwas wie unser Anführer, könnte man sagen.« Der Mann lächelte unverbindlich und zuckte mit den Achseln. »Kommst du mit?«

»Nein.«

»Hm.« Sein Gegenüber schien zu überlegen und nickte dann ernst. »Du hast etwas erlebt, das niemand von uns erdulden sollte, das verstehe ich und es tut mir leid.« Er schien ernstlich betroffen zu sein – oder aber er war der beste Schauspieler, den Nikos je erlebt hatte. »Der Prinz wird dir ein paar Fragen beantworten, die dir auf der Seele brennen, da bin ich sicher. Hier drin wirst du jedenfalls kaum Antworten erhalten, schätze ich.« Er legte eine Hand an seinen Mund und zwinkerte, als würden sie jetzt ein Geheimnis teilen. »Die Mauern sind ziemlich schweigsame Gesellen.«

»Okay«, sagte Nikos.

»Gut. Folge mir. Du wirst mich doch nicht von hinten angreifen oder so, oder?«, fragte der Fremde besorgt und nickte, als Nikos den Kopf schüttelte. »Gut, dann also los.«

Tatsächlich ging der Mann mit der warmen Stimme vor und drehte sich nicht wieder um, im Vertrauen, dass der Gefangene ihm folgte. Und genau das tat er. Durch die Tür traten sie auf einen langen Korridor mit unverputzten Betonwänden, auf die ein blauer Streifen in Brusthöhe gemalt war. Von der Decke hingen kindskopfgroße Öllampen, deren brennende Dochte in einem leichten Windzug flackerten. Der Gang führte weiter zu einem offenen Bereich, wo ein breites Treppenhaus eine Etage nach unten führte auf eine Plattform vor tief eingelassenen Bahngleisen.

Eine U-Bahn-Station, dachte Nikos überrascht und sah im Vorbeigehen die vielen Menschen an, die sich dort zwischen langen Tischen tummelten. Sie werkelten an Geräten, die er nicht erkannte, und unterhielten sich gedämpft. Sie sahen recht jung und gut ernährt aus. Irgendwo ratterte ein Generator. Dann war da plötzlich eine Wand, die ihm die Sicht abschnürte.

»Da wären wir schon.« Der Fremde war vor einer Tür stehengeblieben, auf der »Stationsmanager« geschrieben stand. Er drückte die Klinke hinunter und bedeutete Nikos, einzutreten.

Der Raum, in den er ging, war groß, aber spartanisch eingerichtet. Hinter einem Tisch aus Holzplatte und zwei Böcken stand ein Campingstuhl, vor ihm zwei Holzschemel, die aussahen wie grob und hektisch zusammengezimmert. Dahinter ein Rollwagen mit einem Fernseher, von dem mehrere Kabel zu allerlei Receivern und Boxen führten. Ein Feldbett an der linken Wand mit Decke und Kissen und eine Rollbahre an der rechten, die aussah wie aus einem Krankenwagen.

Einer einladenden Geste des Fremden folgend, ging er mit bleiernen Gliedern zu einem der Schemel und setzte sich.

»Oh, nein, nein«, meinte der Mann und deutete nun etwas deutlicher auf den viel bequemer aussehenden Campingstuhl mit Rücken- und Armlehnen auf der anderen Seite des Tisches. Nikos erhob sich stumm, ging herum und setzte sich in den Stuhl. Die Schmerzen waren nicht mehr so stark, doch an ihrer statt war eine Art unterschwelliger Muskelkater geblieben. Als er darauf wartete, dass der Mann wieder hinausging, schloss dieser die Tür hinter sich und setzte sich auf einen der Holzschemel, bevor er auf der Tischplatte seine Hände faltete.

»Sie sind der Prinz«, stellte Nikos fest und fühlte sich mit einem Mal sehr unbequem auf seinem Stuhl.

»Das bin ich«, erwiderte der Prinz und nickte. Sein Blick war noch immer offen und freundlich. »Wen hast du erwartet?«

»Ich weiß es nicht.«

»Jemand Brutales? Grobschlächtig mit Muskeln und Tattoos? Vielleicht eine markante Narbe und ein aggressives Auftreten?«

»Ja, vielleicht«, gab Nikos zu und sein Gegenüber lächelte.

»Ich habe dich persönlich hergeholt, nicht um dir einen Streich zu spielen, sondern weil ich meine Gäste gerne unerkannt einschätzen möchte. Das funktioniert erfahrungsgemäß besser, wenn sie nicht mit Erwartungen und Annahmen befrachtet sind, die den unverfälschten Blick verschleiern.« Der Prinz machte eine entschuldigende Geste.

»Bin ich das denn?«

»Was?«

»Ein *Gast.*«

»Ich fürchte, da habe ich einen Euphemismus benutzt«, gab der Prinz zu und verzog den Mund, als sei es ihm ein wenig unangenehm.

»Verstehe. Warum bin ich hier?«

»Ist es das, was du fragen möchtest?«

»Nein.«

Der Prinz nickte, als verstünde er etwas, an dem er längere Zeit herumgekaut hatte. Seine Miene wurde ernst und seine Stimme etwas gemessener, als er schließlich wieder sprach: »Du möchtest wissen, warum meine Leute deine Freundin getötet haben.«

Bei der Erwähnung von Maria spürte Nikos blanken Zorn in sich aufsteigen und ballte die Hände zu Fäusten. Der Anführer der Sammler nickte ernst und in seine Augen trat ein mitfühlender Ausdruck, der ihn noch wütender machte.

»Ja«, knurrte er.

»Weißt du, Nikos, vor der Ankunft der fremden Besucher war ich Arzt und habe zwei Jahre für Ärzte ohne Grenzen in Afrika gearbeitet. Als Herzchirurg habe ich Transplantationen vorgenommen. Wir hatten lange Wartelisten, die ich jeden Morgen durchgesehen habe, um mich zu erinnern, warum ich in Afrika bin und für Brot und Wasser arbeite und nicht für Geld. Um etwas zu erreichen, zu verbessern.« Der Prinz sah zu Boden und schien nachdenklich. »Das Leid ist dort so elend gewesen, dass es wirklich schwer war, bei klarem Verstand zu bleiben, und dieses Leid lag jeden Tag in Form der Wartelisten vor mir. All diese Namen waren echte Menschen, die auf ein Spenderherz und eine Transplantation warteten. Auf zehn Personen der Warteliste kam etwa ein Spenderherz. Wie hättest du entschieden, wer eines bekommt?«

Nikos, überrascht von der Frage, runzelte die Stirn und rutschte auf seinem Campingstuhl zurück, fühlte sich plötzlich unwohl. Worauf wollte der Mann hinaus?

»Ich denke, dass Kinder zuerst ein Spenderherz erhalten sollten«, antwortete er schließlich und dachte an seinen Kindergarten zurück und wie viele von seinen Schützlingen wohl bei der Katastrophe gestorben sein mochten.

»Und warum?«

»Weil sie noch am meisten Lebenszeit vor sich haben.« Diesmal kam Nikos' Antwort schnell und ohne zu zögern.

»Genau so haben wir auch entschieden«, sagte der Prinz und zeigte auf ihn, als habe er gerade etwas sehr Wichtiges gesagt. »Kinder zuerst und dann Frauen, je jünger, desto weiter oben auf der Liste. Ich denke, da sind wir Menschen altmodisch und das ist in dem Fall eine Stärke. Das Gleiche tun wir hier auch. Wir stehen vor der Frage, wer gerettet wird und wer nicht.«

Die Falten auf Nikos Stirn wurden tiefer, als ihm dämmerte, worauf der Prinz hinaus wollte und die Richtung, die das Gespräch genommen hatte, gefiel ihm immer weniger.

»Wir haben in diesem Gefängnis einer toten Stadt eine sehr begrenze Menge an Ressourcen ...«

»So? Ihre Leute sehen recht gut ernährt aus«, fuhr er dem Mann dazwischen, der die Unterbrechung mit einem geduldigen Lächeln zur Kenntnis nahm und nickte.

»Ja, das ist auch wichtig. Wenn wir die Stadt retten wollen, brauchen wir eine schlagkräftige und gesunde Truppe.«

»Die Stadt retten? Sie sind doch nicht einer dieser Wahnsinnigen, die sich während einer Katastrophe zu einem diktatorischen Sektenführer aufschwingen und anfangen, Unsinn zu erzählen, indem Sie Ihren Anhängern das Blaue vom Himmel versprechen, oder?« Nikos gab sich keine Mühe, seine Verachtung zu verhehlen.

»Was ist dein Eindruck?«, stellte der Prinz eine Gegenfrage und musterte ihn neugierig.

»Mein Eindruck ist, dass Sie meine Freundin haben umbringen lassen.«

Der ältere Mann ruckte ein wenig zurück, als wäre er von

etwas Hartem getroffen worden. »Ich verstehe deinen Schmerz und es tut mir leid, dass wir in Zeiten leben, wo so etwas notwendig ist.«

»*Notwendig?*« Nikos schrie beinahe.

»Ja. Sie hatte die Strahlenkrankheit im späten Stadium.«

»Woher wollen Sie das wissen? Sie waren doch gar nicht da, um diese Diagnose zu stellen.«

»Nein, aber Viktoras. Er war einer meiner Krankenpfleger vor der Ankunft und er hat die vielen Opfer mitbehandelt, die ich in den ersten Tagen nach dem Einschlag versorgt habe. Ich habe meinen gesamten Privatvorrat an Medikamenten aufgebraucht und ...« Der Prinz machte eine Pause und sein Blick wurde mit einem Mal glasig und schien etwas weit Entferntes zu betrachten. »Dann ist meine Tochter Magda krank geworden. Keine Strahlenkrankheit, nein, eine einfache Lungenentzündung. Ich hatte keine Antibiotika mehr und sie ist gestorben. An einer Lungenentzündung, weil ich meinen Medikamentenvorrat an Todgeweihte ausgegeben hatte. Sie hatten ohnehin keine Chance mehr, aber ich bin meinem hypokratischen Eid gefolgt und habe damit meine Tochter sterben lassen, die noch ein ganzes Leben hätte vor sich haben können. Diesen Fehler werde ich nie wieder begehen. Für meine Magda ist es zu spät und ich werde für den Rest meines Lebens damit leben lernen müssen. Aber dumm ist der, der denselben Fehler zweimal begeht, also werde ich niemanden mehr sterben lassen, der noch eine Chance hat.«

»Sie haben meine Freundin *umgebracht!*«, wiederholte Nikos, doch sein Tonfall war nicht mehr so aggressiv wie zuvor. Die Gedanken in seinem Kopf rasten wild hin und her und Gefühle von Zorn, Enttäuschung, Angst und Mitgefühl rangen miteinander und eine Art Schuldgefühl gesellte sich hinzu, weil er einige von den Dingen, die er hörte, nicht abstreiten konnte.

»Wir haben sie vor einem schlimmen Schicksal bewahrt, das kann ich dir als Mediziner versprechen. Deine Sorge um sie war löblich, aber sie hatte einen der schmerzhaftesten Tode vor sich, die ein Mensch erleiden kann. Außerdem«, der Prinz machte eine Pause und straffte sich ein wenig, als bereitete es ihm Schwierigkeiten, die nächsten Worte über die Lippen zu bringen, »haben wir es mit einer Situation zu tun, in der wir nicht erlauben können, dass kostbare Vorräte an Menschen verschwendet werden, die ohnehin in Kürze sterben, oder so schwach sind, dass sie nicht gerettet werden können und nur Qualen vor sich haben. Wir müssen uns auf diejenigen konzentrieren, die es hier hinausschaffen können und dafür sorgen, dass sie alles haben, was sie brauchen.«

»Damit meinen Sie bestimmt sich selbst.«

»Ich bin bei guter Gesundheit, also werde ich auch fliehen, wenn wir es schaffen, aber«, fügte er hinzu, als Nikos bereits gehässig den Kopf schüttelte, »ich werde als Letzter gehen, das habe ich jedem meiner Leute versprochen und das werde ich auch tun.«

»Ist ja toll, Ihr kleiner Euthanasieverein, wirklich. Moralisch unantastbar«, schnaubte Nikos ungehalten. »Wer nichts zur Gemeinschaft beitragen kann und ein Klotz am Bein ist, wird kurzerhand zu einem hoffnungslosen Fall für die aktive Sterbehilfe mit dem Baseballschläger erklärt und fertig. Wie können Sie sich überhaupt noch im Spiegel ansehen?«

»Indem ich mir vor Augen halte, dass wir die Überlebenden einer Katastrophe sind, die noch immer anhält. Wir haben im U-Bahn-Schacht eine Wand, in die wir die Namen aller einritzen, die durch unsere Hand gestorben sind und ihr Leben gegeben haben, damit wir eine Chance haben. Wenn uns die Befreiung gelingt, wissen wir ganz genau, wem wir das zu verdanken haben. Eine Zukunft für einen Teil von uns, statt des Todes für alle.«

»Sind das die Symbolik und der Pathos, den Sie sich ausgedacht haben, um sich eine moralische Note zu geben und sich eine künstliche Legitimation für Ihre Verbrechen zu schaffen? Eine Art Neo-Darwinismus für die Endzeit?«, fragte Nikos und durchbohrte sein Gegenüber mit funkelnden Augen.

Der Prinz machte eine abwehrende Geste. »Ich will dir die Wahrheit sagen. Du hättest deine Freundin nicht retten können. Stattdessen haben wir sie vor einem qualvollen und langen Todeskampf bewahrt, in dessen Zuge du sie früher oder später von ihrem Leid erlöst hättest.«

»Das hätte ich ...« Nikos unterbrach sich selbst. *Hätte ich es wirklich nie getan? Hätte ich zusehen können, wie sie rund um die Uhr vor Schmerzen schrie und weinte, und mich anflehte, sie von den Qualen zu erlösen?* Ist das wahr?

Der Prinz nickte traurig und in seinem Blick lag Verstehen. »Das, was du für sie getan hast, tue ich für all die anderen da draußen. Es ist nicht richtig und ich hätte mir gewünscht, dass wir nicht in einer Situation leben würden, die solch drastische Maßnahmen erforderlich macht. Ich wünschte, ich hätte die passenden Medikamente, um eine humanere Sterbehilfe leisten zu können, aber die habe ich nicht. Ich wünschte, ich könnte mich um jeden kümmern und wir hätten genug Ressourcen, um jeden hier raus zu bringen, aber das ist eben nicht die Realität in der wir leben.«

»Und Sie wissen, in welcher Realität wir leben?«

»Ja, in einer, in der wir eine Chance haben, diesen schrecklichen Ort zu verlassen, der uns zu solchen Taten gezwungen hat«, entgegnete der Prinz mit fester Stimme und durchdringendem Blick.

»Davon reden Sie schon die ganze Zeit. Von der Befreiung, dem Ausbruch, der Flucht. Ihnen ist doch klar, dass die ganze Stadt abgeriegelt ist und wir nicht durch den Zaun kommen, oder?«

»Oh ja, das haben wir bereits versucht und sind ... sagen wir mal, kläglich gescheitert. Wir haben aber einen Weg gefunden.«

»Ich glaube nicht, dass Sie einen Weg gefunden haben, an den das Militär noch nicht gedacht hat. Der Zaun ist elektrisch gesichert, von MG-Nestern umgeben und wird sicher mit Kameras überwacht und wer weiß was noch.« Nikos schüttelte den Kopf. Offenbar war er doch an einen Irren geraten, der sich im Chaos eine Sekte schuf.

»Aber nein, Nikos, der Weg hier hinausführt nicht durch den Zaun, sondern in den Splitter hinein«, erklärte der Prinz und die Ruhe seiner Stimme schuf einen starken Kontrast zu seinen Worten.

»Zu dem Alienschiff? Sind Sie vollkommen wahnsinnig? Niemand kann dorthin gehen!«

»Es gibt offenbar viel, was du noch nicht weißt. Es gibt ja auch keine Elektronik mehr in der Stadt, die nicht durchgebrannt ist in der Nacht der Ankunft, hm?«

»Ja!«

Der Prinz lächelte gnädig, nahm eine schwarze Fernbedienung vom Tisch, die unter einer aufgefalteten Karte gelegen hatte und drückte einen Knopf. Dann bedeutete er Nikos, sich umzudrehen.

Hinter ihm erwachte der Fernseher zum Leben und zeigte ein verwackeltes Kamerabild aus einer Art Höhle oder Kammer, die gerade von dem Lichtkegel einer Kamera abgetastet wurde.

»Was ist das?«, fragte Nikos heiser.

»Das ist eine Aufnahme aus dem Inneren des Splitters von vor einer Woche.«

Kapitel 7

Die Sammler

NIKOS STARRTE WIE GEBANNT auf den Fernseher. Der Träger der Taschenlampe, der offenbar auch die Kamera hielt, schien nervös, denn das Bild wackelte und vibrierte die ganze Zeit.

»Ich sehe die Wände. Sie sind dunkel. Sieht aus wie Anthrazit.« Der Sprecher ging etwas näher auf eine der Wände zu. Sie sah aus wie aus Myriaden kleiner Schuppen zusammengesetzt, die sich unten überlappten. Nach oben wölbte sie sich leicht und ging in die Decke über, an der sich das Licht der Taschenlampe zu brechen schien. Manche Areale blieben tiefschwarz, als verschwänden die Photonen in ihnen wie in einem schwarzen Loch. »Hey Mann, Leute, diese Scheiße ist hier drinnen noch gruseliger als draußen.« Wieder bewegte sich der Sprecher, suchte den Boden ab, der aussah wie Quecksilber und sich behäbig zu bewegen schien. Weiter hinten, direkt vor einem etwa hüfthohen Aufbau, der Nikos an eine Skulptur erinnerte, die er einmal im Museum von Heraklion gesehen hatte, befand sich ein Loch. Es hatte sich bei der Skulptur um eine kunstvoll modellierte Hand gehandelt, die eine Kugel umfasste. Direkt vor dem Aufbau führte das Loch in die Tiefe. Auf ihn wirkte es etwas größer als ein menschlicher Körper. Eine Art Luke öffnete und schloss sich in einem stetigen Takt, wie bei einem Kurzschluss.

Nein, dachte er und kniff die Augen zusammen, um genauer hinzusehen. Die Luke öffnete und schloss sich nicht, sie war in einem Moment da und im anderen verschwunden, als hätte es sie nie gegeben, als materialisierte sie sich aus dem Nichts. Der Anblick hatte etwas Unheimliches, weil es falsch aussah, wie ein Fehler in der Natur.

»Ich glaube, ich muss da hinuntergehen«, sagte der Sprecher und gab einen weinerlichen Ton von sich.

»Kein Weg zurück«, sagte eine zweite Stimme und der Träger von Kamera und Taschenlampe drehte sich um. Hinter ihm stand ein Mann mit zerrissener Kleidung und schmutzigem Gesicht. »Du weißt doch: *Kein Weg zurück*.«

»Scheiße, ja.« Der Sprecher wollte sich wieder umdrehen, als sein Begleiter sich eine Baseballcap vom Kopf nahm und mit dem Unterarm Schweiß von der Stirn wischte. Mit der anderen Hand lehnte er sich an eine der Schuppenwände und sah ungläubig auf seinen Arm, der sich von einem Augenblick zum anderen in eine Art Aschewolke auflöste. Der Effekt breitete sich aus und nach wenigen Augenblicken hatte sich der gesamte Körper des Mannes in dunkle Flocken zersetzt.

Die Schreie des Sprechers waren schrill und übersteuerten die Lautsprecher des Fernsehers, welcher sie automatisch abregelte. Der Lichtschein seiner Taschenlampe zuckte einige Male hin und her und es war schwer, dem Bild der Kamera zu folgen. Dann wuchs das Loch im Boden zu einem riesigen Kreis und es sah aus, als flöge die Kamera durch einen endlos langen Tunnel.

»Scheiße, Scheiße, Scheiße«, rief der Sprecher immer wieder mit heller Panik in der Stimme. Atemlos sah Nikos, wie er durch den Tunnel rauschte, bevor sich das Videobild mehrfach überschlug und dann still lag. Es zeigte eine Staubschicht, die von dem Taschenlampenlicht angestrahlt wurde – so nah, dass es blendete. Nur langsam erhob sich der Gestürzte und hustete einige Male laut. Die Lampe – und damit wohl sein Blick – hob sich und gab den Blick auf einen kugelrunden Raum frei, in dessen Mitte eine Kugel aus Flüssigkeit schwebte. Sie waberte hin und her, als stießen Hände aus dem Inneren gegen eine gummiartige Oberfläche und versuchten, diese zu durchstoßen.

»Oh Scheiße, was ist das denn wieder für eine kranke Scheiße?«, jaulte der Sprecher und sein Blick – und damit das einzige Licht – zuckte ruhelos hin und her, bis es auf einem Durchgang verharrte. Er rannte in einen langen Gang, bog bei erster Gelegenheit ab und tat das noch einige Male nacheinander, bis Nikos nicht mehr verstand, wo er war oder was geschah. Erst als er erneut in die Tiefe rutschte, als hätte sich der Boden plötzlich aufgetan, und irgendwo aufprallte, stabilisierte sich das Bild wieder.

»Ahrg«, knurrte der Sprecher und ächzte einige Male laut. Er sah sich um und zuckte ein wenig zurück, als er unter sich Erdboden und bloßen Fels sah.

»Unser Läufer ist offenbar am Grund des Splitters angekommen, tief unter der Erde, in die sich das Trümmerstück gegraben hat«, erklärte der Prinz und drückte einen Knopf auf der Fernbedienung. Das Bild fror ein und zeigte eine Apparatur, die aussah wie ein überdimensionierter Föhn mit einer sich verjüngenden Spitze, die an die Mündung einer Waffe erinnerte. Die Vorrichtung schwebte in der Mitte des Raumes, war jedoch über dicke schwarze Kabel an der Unterseite mit der Decke verbunden. »Wonach sieht das für dich aus?«

»Nach einem Föhn«, erwiderte Nikos, ohne nachzudenken.

»Für mich sieht das aus wie eine Waffe«, widersprach der Prinz und trat um den improvisierten Schreibtisch neben ihn, den Blick auf das Standbild im Fernseher fixiert.

»Das wäre meine zweite Wahl gewesen. Ich bin vermutlich nicht so gewalttätig wie Sie und assoziiere nicht alles sofort mit Waffen«, bemerkte Nikos spitz und der Prinz überging das mit einem milden Lächeln.

»Ich weiß, dass du jetzt und hier am liebsten aufspringen und mich angreifen würdest, aber was ist, wenn ich dir eine

Alternative biete und wir dafür sorgen, dass der Tod deiner Freundin nicht umsonst gewesen ist?«

»Wagen Sie es nicht, Maria zu instrumentalisieren, nachdem Sie sie umgebracht haben«, knurrte er wütend und der Drang, den kleineren Mann zu packen und zu erwürgen, wurde beinahe überwältigend. Der Prinz war charismatisch und seine Argumente so verlockend wie das Werbeplakat für einen saftigen Burger. Man wusste, dass es ungesund und falsch war, ihn zu essen, aber gleichzeitig wollte man nichts lieber als genau das tun. Hätte er eine Dokumentation über irgendeinen Anführer gesehen, der die Argumente hervorgebracht hätte, die der Prinz ihm serviert hatte, wäre er vermutlich nickend auf dem Sofa eingeschlafen. Ein überzeugender Mann, der zu seinen Ansichten stand. Jemand, der in Zeiten der existenziellen Krise Verantwortung übernahm und die schwierigen Entscheidungen traf, vor denen wir anderen uns lieber drückten, weil wir vor den Konsequenzen für uns und unsere Seelen zurückschreckten.

Diese Situation war jedoch etwas vollkommen anderes. Wenn Nikos den ruhigen Mann mit den wachsamen, analytischen Augen ansah, sah er immer denjenigen, der einer glatzköpfigen Frau mit Baseballschläger die Anweisung gegeben hatte, Maria den Schädel einzuschlagen. Einer schwerkranken, hilflos auf ihrem Lager liegenden Frau. Einer Frau, die vor der Krise nach ihren zwei Jobs, die sie machen musste, um über die Runden zu kommen, mehrere Stunden in der Woche ehrenamtlich in einer Obdachlosenmission gearbeitet hatte. Einer Frau, die zu den temperamentvollsten, lebendigsten und doch sensibelsten Menschen gehört hatte, die er kannte. Dieser Mann hatte dafür gesorgt, dass ihr Lebenslicht erloschen war.

»Was wollen Sie von mir?«

Der Prinz wartete mit seiner Antwort und musterte Nikos

eingehend. »Wir müssen wieder da rein.« Er deutete mit dem Zeigefinger der Hand, die die Fernbedienung umschlossen hielt, auf den Fernseher und die Kammer mit dem durchpflügten Erdreich am Boden und der schwebenden Apparatur. »Wenn das wirklich eine Waffe ist, vielleicht ein Laser oder so etwas, können wir damit möglicherweise einen Tunnel in die Erde stanzen und auf der anderen Seite hinausspazieren.« Als Nikos etwas einwenden wollte, hob er eine Hand, um ihn abzuhalten. »Einer meiner Leute ist Bauingenieur gewesen und hat anhand des Weges, den der letzte Läufer zurückgelegt hat, Berechnungen über die wahrscheinliche Tiefe der Kammer erstellt. Er schätzt, dass es etwa fünfzig bis hundert Meter sind. Wenn wir es schaffen, die Waffe so auszurichten, dass der Winkel nach oben zeigt, können wir es schaffen.«

»Mit *wir* meinen Sie bestimmt die Läufer.«

»Ja.«

»War ja klar.« Nikos schüttelte den Kopf. »Ein General, der seine Schlachten selber schlägt, das wäre mal was.«

»Ein General in der ersten Schlachtlinie ist nicht besonders viel wert, wenn er stirbt und seine gesamte Armee führerlos zerfällt, oder?«, hielt der Prinz dagegen.

»Warum zeigen Sie mir das?«

»Du bist groß und gesund, mindestens zehn, vielleicht zwanzig Jahre jünger als ich und drahtig.«

»Ich soll ein Läufer sein«, sprach Nikos aus, was er ohnehin schon verstanden hatte. Die Schlägertypen in seinem Versteck hatten es erwähnt und ihr Anführer verschwendete seine Zeit sicher nicht, indem er frisch Gefangenen eine kleine Einweisung in den Fernseher und die Aktivitäten der Sammler am Splitter gab. Er war mit Mitte dreißig relativ jung und wäre mit ein wenig Nahrung und genügend sauberem Trinkwasser halbwegs gesund und belastbar. Verschwendung war nicht sein Ding, das hatte der Prinz klargemacht, also rekrutierte man das Kanonenfutter aus den Verschleppten.

»Das wäre wirklich etwas Gutes und du würdest helfen, einen Ausweg zu finden«, bestätigte der Prinz nickend.

»Sie meinen das wirklich ernst, oder?«, brummte Nikos kopfschüttelnd. »Sie sehen ein Video aus dem Inneren dieses Dings da draußen, das vom Himmel gefallen ist, und nur, weil eine Apparatur zufälligerweise wie eine Art übergroßer Pistole aussieht, glauben Sie, dass es sich um einen galaktischen Laserbohrer handelt, der uns einen Tunnel hinausgräbt. Sie merken doch selbst, wie bescheuert das klingt, oder?«

»Es ist der erste Hoffnungsschimmer, den wir haben.«

»Das merkt man. Schon mal daran gedacht, dass niemand eine Waffe mit Mündung ins Herz eines Raumschiffes baut, sondern eher außen dran?«

»Ja, und ich bin zu dem Schluss gekommen, genau wie mein Ingenieur, dass die Waffe entweder durch den Aufprall ins Innere gedrückt wurde, in diesem Fall von unten, oder aber ...«, der Prinz machte eine Pause und deutete auf das Bild und den seltsamen Raum mit der schwebenden Apparatur, »ich bleibe bei dem sinnvollsten Argument, das wir haben: Wir wissen rein gar nichts über die Außerirdischen. Das einzige, von dem wir sicher ausgehen können, ist ihre extreme technologische Überlegenheit, die so weit jenseits unserer Möglichkeiten rangiert, dass alles, was sie tun und hinterlassen haben, wie Magie aussieht. Wenn die jetzt also eine Waffe im Herzen ihres Schiffes geparkt hätten, würde mich das nicht wundern, sondern ihre Andersartigkeit und Überlegenheit noch unterstreichen.«

»Wie haben Sie überhaupt die Aufnahmen bekommen?«, wechselte Nikos das Thema, weil er nicht in die Situation kommen wollte, dem Anführer der Sammler ein gutes Argument zuzugestehen.

»Zuerst haben wir versucht, ein lokales Netzwerk aufzubauen, aber irgendetwas stört sämtliche Übertragungen. Dann haben wir die Läufer mit den Action-Kameras losgeschickt in der Hoffnung, dass sie das Videomaterial mitbringen. Leider ...« Der Prinz machte eine umständliche Geste mit den Händen und schien sich mit einem Mal unwohl zu fühlen. »Leider sind die sechs Läuferteams vor dem letzten nicht zurückgekommen.«

»Gestorben, meinen Sie.«

»Ja. Aber das letzte Team *ist* immerhin mit der Kamera zurückgekehrt, die unser Held hier«, er deutete auf das Standbild, »dabei hatte. Leider war auch von ihm nur noch die Leiche zu finden gewesen. Die neuen Läufer aber haben es geschafft.«

»Und sind dann nach ihrer Rückkehr gestorben.«

»Aber nur einer. Die anderen haben versucht, zu fliehen«, gab der Prinz zu bedenken.

»Dann haben Sie sie umgebracht«, schloss Nikos. »Natürlich.«

»Was wir hier tun, ist zu wichtig, um etwas nach außen dringen zu lassen. Wenn die Polizisten davon hören, kommen sie und zetteln einen Krieg an. Bis jetzt verhalten sie sich ruhig in ihrem Basar, weil sie den Leuten genügend Zoll abknöpfen, um wie die Maden im Speck leben zu können. Aber diese Leute haben eine irrationale Angst vor dem Splitter. Für sie ist der Sklithra so etwas wie ein gigantischer Hammer, der jeden Augenblick auf uns niedergehen kann. Wenn die herausfinden, dass wir Leute hineinschicken, um etwas über das Artefakt zu lernen, werden sie durchdrehen. Dann ist unsere Chance auf einen Ausbruch dahin.«

»Klingt für mich ganz so, als hätten die Polizisten recht.«

»Nein!«, rief der Prinz laut und seine Maske der Selbstbeherrschung bekam für den Bruchteil einer Sekunde einen

Riss. »Nein«, wiederholte er leiser und wieder ganz gemessen. »Wenn wir uns mit dieser Situation abfinden, steuern wir auf einen langsamen Tod zu. Menschen brauchen Hoffnung, ein gemeinsames Ziel, an das sie glauben und für dessen Erreichen sie etwas tun können. Das lassen wir uns nicht nehmen. Darum ist es so wichtig, dass wir einen Ausweg finden und weitermachen.«

»Ich soll also durch den Abgrund laufen, was ohnehin schon extrem gefährlich ist, und versuchen, diese seltsamen Schläuche zu finden, die in die Tiefe führen, um dann die Apparatur in Gang zu setzen und neu auszurichten, damit wir uns den Weg nach draußen freisprengen«, fasste Nikos zusammen.

»Ja, das wäre das Idealergebnis.«

»Ich schätze nicht, dass ich hierher gebeten wurde, weil ich eine Wahl habe.«

Der Prinz schwieg einen Moment und machte den Fernseher aus. »Du wirst mit zwei Begleitern gehen, aber erst in zwei Tagen. Zuerst werden wir dir genügend Nahrung geben, dass du wieder so gut wie möglich zu Kräften kommst.«

»Die Sau wird vorm Schlachten noch gemästet, wie nett«, brummte Nikos und schüttelte stumm den Kopf, als der andere Mann seinen Einwurf ignorierte.

»Wir wissen zu schätzen, was du für uns tust.« Der Prinz machte einen Wink und im selben Moment kamen zwei Frauen mit Maschinenpistolen herein. Sie mussten direkt hinter der Tür gewartet haben. Vermutlich die gesamte Zeit. »Wenn du zurückkommst, wirst du ein Teil der Sammler werden.«

»Wenn ich zurückkomme?«

»Jedes Mitglied ist mindestens einmal durch den Abgrund gelaufen und hat den Splitter betreten. Betrachte es als eine Art Initiationsritual für neue Mitglieder. Ja, richtig gehört: Alle haben als Läufer angefangen.«

»Nur Sie vermutlich nicht. Aber Sie haben von ein paar Teams gesprochen.«

»Ja, ein paar Teams, die in die Tiefe gegangen sind und eine Mission hatten.« Der Prinz machte erneut einen Wink und die beiden Frauen mit den ernsten Gesichtsausdrücken kamen um den Tisch und führten Nikos ab. »Ich wünsche dir viel Erfolg, Nikos. Um unser aller Willen.«

Falls es ein Zeitfenster gegeben hatte, den Mann auszuschalten, hatte es sich spätestens jetzt geschlossen, als die Wachen ihn an den Armen packten und fest zudrückten. Ohne große Mühe schoben sie ihn nicht zu grob, aber doch bestimmt aus dem Raum. Vermutlich hatte es nie wirklich ein Zeitfenster gegeben, denn da die beiden Frauen auf einen einfachen Wink reagiert hatten, mussten sie den Raum die ganze Zeit überwacht haben, um eingreifen zu können. Männer wie der Anführer der Sammler überließen selten dem Zufall, was sie kontrollieren konnten.

»Schickt die anderen beiden herein«, sagte der Prinz noch, bevor die Tür hinter ihnen zufiel. Nikos sah die zwei Frauen, beide einen Kopf kleiner als er, aus den Augenwinkeln an und suchte nach Ähnlichkeiten mit der glatzköpfigen, doch die gab es nicht. Diese hatten dickes schwarzes Haar, das sie als Zöpfe auf dem Rücken trugen.

»Zurück zur Zelle, hm?«, fragte er, doch sie sahen stur geradeaus, führten ihn an dem Treppenabgang zum U-Bahn Gleis vorbei und hielten abrupt an. Nikos sah auf und in Matteos Gesicht. Der Junge stand direkt vor ihnen und hob eine Hand.

»Ich übernehme den Läufer«, sagte er und die Wachen warfen sich einen fragenden Blick zu. Als sie zögerten, fügte er hinzu: »Ihr kennt die Regeln. Ich übernehme die Verantwortung für ihn.«

»Wie du willst, Milchgesicht. Er ist vorlaut, ich wäre vorsichtig, für wen du deinen Kopf hinhältst«, sagte die Frau links von ihm und gab ihrer Kameradin ein kurzes Zeichen, indem sie mit der Stirn Richtung Büro des Prinzen deutete. Sie ließen ihn los und zogen sich zurück.

»Was tust du?«, wollte Nikos wissen. Der Schmerz in seinem Bauch kam in derselben Geschwindigkeit, in der seine Wut auf den Prinzen verflog, weil er ihn nicht mehr sehen musste. Sämtliche Innereien schienen sich in seinem Magen zusammenzuziehen und ineinander zu verschlingen und festzuzurren. Maria, wie sie lachte und sich neckisch über ihn lustig machte, wehte durch seine Gedanken wie ein Geist. Als er auf seine Hände sah, entdeckte er Blut an ihnen. Es war ihr Blut. Er hatte sie umgebracht, indem er einem fremden Jungen vertraut und sich durch seine Gutgläubigkeit hatte reinlegen lassen. Wie konnte er nur so dumm sein? So naiv?

»Ich will dir etwas zeigen.« Matteo bedeutete ihm mitzukommen und ging die Treppen hinunter zum U-Bahn-Gleis. Zwei Reihen improvisierter Tische waren aufgestellt und darauf lagen neben Hieb- und Stichwaffen jede Menge elektronische Geräte, die fein sortiert waren. Kameras, Laptops, Navigationsgeräte, Computer, Taschenlampen und vieles mehr, das er nicht sofort identifizieren konnte. Die vielen Menschen von zuvor waren verschwunden und geblieben waren zwei junge Männer, vielleicht etwas älter als sein Begleiter, die mit feuchten Lappen einige Geräte putzten.

»Woher habt ihr das? Ich dachte, sämtliche elektronischen Geräte wurden in der Nacht des Einschlags zerstört? Ein EMP oder sowas«, wollte Nikos wissen und sah erstaunt die ausgelegte Elektronikware an, als handelte es sich um ein Wunder. Jedes Wort musste er mühsam hervorpressen, vorbei an der lähmenden Depression, die sich in seine Glieder und seine Gedanken schlich und über alles ein Leichentuch der Schwere legte.

»Das stimmt, aber bei einem Streifzug haben wir einen Elektronikladen gefunden, in dem fast alles zerstört war, außer einem kleinen Bereich. Nichts außerhalb dieses Bereichs hat funktioniert. Tot, einfach wie tot. Aber das hier«, Matteo deutete auf die Gerätschaften, »hat eben doch funktioniert. Wir wissen nicht, warum, aber die momentan gängigste Theorie lautet, dass eine der Anomalien, die regelmäßig auftreten, zeitgleich mit diesem elektromagnetischen Impuls erschienen ist und den Effekt blockiert oder aufgehoben hat.«

»Warum erzählst du mir das?«, wollte Nikos wissen. Er würde am liebsten direkt in sein Zimmer gehen, sich hinlegen und nie wieder aufstehen.

»Weil ich dir sagen will, wie wichtig das hier ist. Wir haben etwas Unmögliches geschafft.« Matteo hob eine Actionkamera hoch und streckte sie ihm entgegen. »Alle dachten, es gibt keine funktionierende Elektronik mehr in der Stadt. Wir haben sie gefunden. Die Leute denken auch, dass es keinen Ausweg aus der Zone gibt, aber der Prinz wird ihn uns zeigen. Er hat es immer gesagt und jetzt haben wir diese Aufnahmen aus den Tiefen unter dem Splitter. Eine echte Chance.«

»Du glaubst nicht wirklich, was dieser Blender euch erzählt, oder? Ein Mörder, der euch was von Hoffnung erzählen will?«, schnaubte Nikos, als die Wut zurückkehrte, die er schon im Büro des Prinzen gespürt und die ihn an den Rand der Selbstbeherrschung gebracht hatte.

»Doch, das tue ich. Schwierige Zeiten erfordern schwierige Entscheidungen.«

Nikos rollte mit den Augen. »Klar.« Der Junge war offenbar so gründlich indoktriniert, dass er jeden Mist nachplapperte, den dieser Kriminelle in sein junges und verführbares Gehirn gehämmert hatte.

»Darum habe ich entschieden, dass ich mit euch gehen

werde«, überging Matteo seinen Zwischenruf und nickte, als Nikos ihn mit großen Augen und gerunzelter Stirn ansah.

»Was?«

»Ich werde mich als Läufer freiwillig melden und euch begleiten.«

»Das wirst du nicht. Dir ist doch klar, dass keiner das überlebt. Und, um ehrlich zu sein, werde ich einen Teufel tun und die Drecksarbeit eines Sektenführers erledigen, der sich selbst zum Prinzen ernannt hat.«

»Prínkipas.«

»Was?«

»Prínkipas. Prinz. Das ist sein Nachname. Dr. Konstantino Prínkipas«, erklärte Matteo.

»Na schön, ich werde trotzdem nicht da rausgehen und tun, was er will. Wieso sollte ich auch? Meinetwegen kann er mich stattdessen erschlagen. Das scheint ja seine Lösung zu sein«, beharrte Nikos. Seine Wut war beinahe schmerzhaft, doch sie war besser als die bleierne Schwere der Trauer.

»Ich werde mit euch gehen, weil ich schon Läufer war und den besten Weg kenne. Das erhöht deine Chancen.«

Nikos entging nicht, dass er *deine* und nicht *eure* gesagt hatte, und dachte nach.

»Wir müssen einen Ausweg finden und ich werde meinen Beitrag leisten. So nahe waren wir noch nie an einer Lösung und ich werde dir beweisen, dass ... dass ...« Matteo kam ins Stocken und sein Mund machte eigenartige Bewegungen, als jongliere er etwas glühend Heißes auf der Zunge.

»Was, hm?«, knurrte Nikos. »Mir beweisen, dass du kein Mörder bist, obwohl dir das Blut meiner Freundin an den Händen klebt? Dass du kein hinterhältiger Verräter bist, der mir ein Messer in den Rücken gerammt hat? Das soll ich alles vergessen, weil du dich heldenhaft mit dem zum Tode Verurteilten zum Splitter begibst? Mit demjenigen, der nur wegen dir in dieser Situation ist? Soll ich jetzt *danke* sagen?«

Matteo war mit jedem Wort blasser und blasser geworden und schluckte schwer.

»Ich … ich glaube, ich bringe dich besser zurück in dein Zimmer.«

Kapitel 8
Der Läufer

DIE NÄCHSTEN ZWEI TAGE verbrachte Nikos, indem er in seinem Zimmer, das eher einer kleinen Zelle glich, im Kreis ging. Es war ein winziger Kreis, den er ablief, gerade groß genug, um nicht durch die Krümmung über die eigenen Füße zu stolpern. Er dachte an Maria, an den Prinzen und an Matteo. Ihre Gesichter wirbelten in seinem Verstand umher wie Blitze in einem Gewitter. Nachts war es der Dieselgenerator, der ihm eine Art Takt für die unermüdlichen Runden lieferte. Tagsüber waren es seine Schritte, da es vor der Tür leiser wurde. Vermutlich waren die Schlägertrupps zu dieser Zeit am Ausschwärmen und auf der Suche nach Beute. Oder Opfern.

Nikos hatte nicht nachgesehen, ob die Tür von außen verschlossen war, weil es ihn nicht interessierte. Er wollte mit sich und seinen Gedanken alleine sein, wollte den heftigen Schmerz um Marias Tod irgendwie verarbeiten, obwohl er doch wusste, dass ihm das nicht gelingen würde. Stattdessen nutzte sich sein Geist an der Frage ab, wie er weiterleben konnte. Er war noch nie jemand gewesen, der zu Defätismus oder Fatalismus neigte, hatte selbst in herben Rückschlägen versucht, den Glanz einer Hoffnung zu sehen und immer weitergemacht. Mit einem Lächeln.

Jetzt aber war er in die Nähe einer Grenze geraten, die er an sich nicht kannte. Jeder Mensch besaß eine solche Grenze, die eine Trennwand zwischen dem, was sich zu leben lohnte, und dem, was das Leben zu etwas Unaushaltbarem machte, darstellte. Also versuchte er, zu rationalisieren, flüchtete in Logik und innere Listen. Er suchte nach einer Habenseite, auf der sich ein paar positive Dinge vermerken ließen. Da war zum einen, dass er noch lebte. Er hatte außerdem genug zu essen: Ein Junge in Matteos Alter brachte ihm dreimal täglich ordentliche Mahlzeiten, für die er sich vor einigen Tagen noch freiwillig einen Finger abgeschnitten hätte. Doch das Essen schmeckte fahl. Nicht, dass er es nicht gegessen hatte, dazu zwang ihn schon sein Körper, doch er schämte sich beinahe für jeden Bissen, als verdiente er ihn nicht. Als sollte er für seine Unvorsichtigkeit büßen, anstatt zwischen einem Bett und üppigen Mahlzeiten herumzutigern.

Der Junge, der das Essen brachte, war ein kräftiger kleiner Kerl mit knotigen Muskeln und kurzrasiertem Haar. Sein Grinsen war keck, hatte aber etwas Wahnsinniges an sich, das Nikos irritierte. Er hatte sich als Jacob vorgestellt, war aber nicht besonders redselig und bestimmt deshalb ausgewählt worden. Einmal fragte er ihn nach Matteo, doch der Junge zuckte mit den Schultern und grinste weiter.

Also dachte er weiter nach, bis er das Gefühl hatte, sein Kopf würde explodieren. Schmerz, Schuldgefühle, eine nagende Einsamkeit und die Aussicht auf einen brutalen Tod durch einen Baseballschläger hier im Versteck einer Bande oder einen Spießrutenlauf durch den Abgrund, der im besten Falle in einem Alien-Gruselkabinett endete. All das schrie um seine Aufmerksamkeit und war doch zu viel, um es zu sortieren oder gar zu verarbeiten. Er fühlte sich wie ein überlaufendes Glas, in das immer mehr giftige Flüssigkeit gefüllt wurde.

Hier sterben? Mit einem Stiefel im Nacken auf einen Pflock gedrückt werden, damit dir jemand mit einem Baseballschläger den Kopf einschlagen kann?, dachte er und erschauderte, als unwillkürlich das Geräusch aus seiner Erinnerung hochkam, das Marias Schädel gemacht hatte, als die Glatzköpfige sie getötet hatte.

Du kannst auch zu dem Alienschiff – oder dem, was noch übrig ist – laufen und hoffen, dass du dir im Abgrund kein Bein brichst und keine Anomalie deine inneren Organe nach außen dreht. Dann würdest du wenigstens etwas sehen, was du noch nie zuvor gesehen hast, vielleicht das eine oder andere Geheimnis lüften und dann sterben. Eine prickelnde Gänsehaut breitete sich auf seinem Körper aus, als er an den Splitter dachte. An die reflektierende Oberfläche, die im einen Moment schimmerte und im nächsten das Licht verschluckte und nie wieder freigab. Er dachte an die Sturmwolken, die sich regelmäßig aus allen Himmelsrichtungen an der Spitze des Splitters zusammenzogen und fortan im Kreis rotierten. Die Blitze, die in das Alienwrack einschlugen und jedes Mal, wenn es geschah, ein Farbspiel des kompletten Spektrums auf der Oberfläche erzeugten. Nikos erinnerte sich auch an etliche Morgen, an denen er den Eindruck gehabt hatte, dass die Form des Splitters sich minimal verändert hatte.

Dem Wunsch des Prinzen zu folgen und sich als Versuchskaninchen zu opfern, hatte tatsächlich einen Reiz: Sobald er das Versteck der Sammler verlassen hatte, befand er sich zwar im Abgrund, dem wahrscheinlich gefährlichsten Ort in dem, was von Athen noch übrig war, aber er wäre immerhin nicht mehr in Gefangenschaft der Sammler und konnte tun und lassen, was er wollte. Wenn er erst einmal in dem Niemandsland war, konnte ihn niemand zwingen, weiterhin den Befehlen des Prinzen zu folgen. Wieso sollte er dann noch diese Apparatur suchen? Eine Waffe? Das war lächerlich. Außerdem würde er sie lieber auf den Prinzen und sein Versteck richten als irgendwo anders hin.

Am Morgen des dritten Tages wurde er durch lautes Klopfen aus dem Schlaf gerissen. In seinem Zimmer war es stockfinster und einen Moment wusste er nicht mehr, wo er war. Jemand leuchtete ihm mit einer Taschenlampe ins Gesicht und er zog sich grunzend die Decke darüber, um seine brennenden Augen zu schützen.

»Nikos? Nikos! Es geht los«, flüsterte jemand und rüttelte leicht an seiner Schulter. Als sich Nikos' Erinnerungen ihren Weg durch seine müden Synapsen bahnten und er Matteos Stimme erkannte, forderte ein animalischer Impuls in ihm, mit der Faust nach dem Jungen zu schlagen.

»Nikos, wir müssen los.«

»Woher weißt du, dass ich mitkommen will?«

»Weil du jemand bist, der versucht, das Richtige zu tun.«

Nikos riss die Decke vom Gesicht und starrte den Jungen an. Der hatte wieder seine dunkle Mütze aufgesetzt und trug eine alte Bomberjacke mit aufgerissenen Ärmeln.

»Hat dein Prinz dir das gesagt?«

»Ja«, gab Matteo freimütig zu. »Aber ich glaube, er hat recht. Das hat er immer.«

»Er lässt alte und kranke Menschen erschlagen«, erwiderte Nikos düster.

»Wir müssen wirklich los.«

»Warum?«

»Weil es aufgehört hat, zu regnen, und das Gewitter nachlässt. Wenn wir uns fertig vorbereitet haben, müsste es vorbei sein und je weniger Blitze, desto inaktiver ist der Sklithra«, erklärte Matteo ungeduldig und winkte unruhig, als könnte er ihn allein Kraft seiner Geste aus dem Bett hieven. Als Nikos nicht antwortete, biss er sich auf die Unterlippe. »Was würdest du tun, wenn der Prinz dich freilassen würde? Zurückgehen in dein Versteck, das wir jetzt kennen? Dir ein neues suchen? Du weißt, wie gefährlich das ist. Außerdem bist du ganz allein. Du kannst nicht ändern, was geschehen ist, und ich kann es auch nicht. Ich kann nur ändern, was noch passiert, und ich werde dafür sorgen, dass du sicher zum Sklithra kommst, wenn ich auch sonst nichts tun kann.«

Nikos musterte den Jungen. Dessen Augen leuchteten unruhig, waren aber klar und er wich seinem Blick nicht aus.

»Wie alt bist du?«

»Spielt das eine Rolle?«, fragte Matteo zurück und reckte trotzig die Unterlippe vor.

»Geh vor«, war alles, was Nikos antwortete und schälte sich aus dem Bett. Er trug die Unterwäsche und den alten Blaumann, den man ihm bei seinem »Einzug« gegeben hatte, und brauchte nur in seine Schuhe schlüpfen, die neben dem Bett standen. Matteos Gesicht zeigte den Anflug eines Lächelns, dann drehte er sich um und ging zur Tür. Nikos folgte ihm zum U-Bahn-Gleis, an dem noch der Stationsname *Kato Patissia* geschrieben stand.

An den Tischen mit den Elektronikgeräten wartete der Prinz mit zwei anderen Unglücksraben, die an ihrer Körperhaltung zu erkennen waren, welche eher an nasse Säcke als an Säugetiere mit Skelett erinnerte. Der eine war ein großer, schlaksiger Kerl mit langen Haaren, beinahe auf Augenhöhe mit Nikos. Der andere eine deutlich kleinere Frau mit unstetem Blick und schüchterner Körpersprache. Sie sah zart und zerbrechlich aus und der Gedanke, dass man sie mit ihm in den Abgrund schicken würde, versetzte ihm einen Stich.

»Hallo Nikos«, begrüßte ihn der Prinz und lächelte nachsichtig, als er keine Antwort bekam. Er deutete auf den langen Schlaksigen und die zarte Frau. Beide trugen dieselben Blaumänner wie er, nur dass der des Großen zu klein und der der Frau zu groß geraten war. »Das sind Eleni und Giorgos, Läufer wie du und Mitglieder von Matteos Team. Ihr könnt wirklich stolz sein, dass einer meiner besten Sucher sich freiwillig gemeldet hat. Er hat verstanden, wie wichtig das ist, was ihr heute tut.«

»Erklären Sie uns jetzt noch, wie toll es ist, dass wir uns freiwillig gemeldet hätten? Oder kommen Sie direkt zu dem Punkt, dass Sie uns verschleppt, unsere Freunde und Familie getötet haben und uns als Kanonenfutter und Versuchskaninchen vorschicken?«, fuhr Nikos dazwischen und einen Augenblick funkelte Zorn in den Augen des Prinzen. Die Regung verschwand sehr schnell wieder aus seinem Blick und er lächelte seufzend.

»Ich verstehe, dass das eine angespannte und schwierige Situation ist. Aber manchmal stehen wir an einem Punkt, an dem es nur in eine Richtung gehen kann und diese Richtung ist die Zukunft«, fuhr der Prinz unbehelligt fort. Nikos hörte ihm nicht mehr zu, sondern musterte stattdessen seine Begleiter Eleni und Giorgos. Beide schienen ebenfalls nicht besonders auf die Rede des Prinzen zu achten. Elenis Beine zitterten so stark, dass er sich wunderte, dass sie noch aufrecht stehen konnte. Giorgos hingegen schien ganz anders mit seiner Angst umzugehen und sah aus wie zur Salzsäule erstarrt. Sein Blick war versteinert geradeaus gerichtet, als müsste er sich auf etwas konzentrieren, um nicht ohnmächtig zu werden. Er hatte in seinem Kindergarten traumatisierte Kinder erlebt, die ähnlich ausgesehen hatten, bevor sie an die Psychiatrie oder das Jugendamt weitergereicht wurden.

Irgendwann schien der Prinz seine Rede beendet zu haben und verabschiedete sich mit einem Nicken. »Wir zählen auf euch.«

Nikos sah ihm noch mit einem Kopfschütteln hinterher, als er sich entfernte, und sich aus den Schatten hinter einer der Säulen des Bahnsteigs die beiden Frauen mit den Maschinenpistolen lösten. So viel dazu, dass er sich nur auf sein Charisma und seine Beliebtheit verließ.

»Also gut«, sagte Matteo und winkte sie näher zu sich. Zögernd kamen Eleni und Giorgos seiner Geste nach und starrten den Jungen an wie zwei scheuende Pferde, kurz bevor sie durchgingen. »Wir gehen mit dem ersten Tageslicht. Der Boden draußen ist uneben und hart. Der Einschlag hat das gesamte Erdreich aufgewühlt und eine Menge Steine und Felsen freigelegt. Es gibt auch vereinzelte Trümmerteile, meist größere Betonbrocken oder Stahlkonstruktionen, die nicht ganz zerstört wurden. Bleibt unbedingt dicht bei mir, damit ihr keine Umwege macht. Ich bin schon einmal hin und zurück gekommen und kenne die Strecke. Das Gefährlichste sind neben den Hindernissen die Anomalien. Sie treten häufiger auf, je näher wir dem Splitter kommen und während eines Gewitters. Da das Gewitter bereits verebbt ist, sollten wir keine Probleme erhalten. Wichtig ist, dass ihr weiterlauft, wenn wir in eine Anomalie geraten. Bleibt nicht stehen, seht euch nicht um und egal, was ihr seht oder erlebt: Konzentriert euch auf euer Ziel: den Sklithra. Wenn es einen von uns erwischt, was macht ihr dann?«

»Wir laufen weiter?«, fragte Eleni kleinlaut und Nikos hätte sie am liebsten in den Arm genommen und ihr versprochen, dass sie nicht da raus gehen musste. Sie sah so klein und zerbrechlich aus, dass er in ihr nur einen Grund mehr sah, den Prinzen zu hassen.

»Genau«, sagte Matteo und stach mit einem Zeigefinger in ihre Richtung. Sie erschrak ein wenig, doch der Sammler schien es nicht zu bemerken und teilte stattdessen Stirnbänder aus, an denen je eine Actioncam und eine Stirnlampe befestigt waren. »Wir schalten beides erst ein, wenn wir den Splitter erreicht haben, damit wir Batterie und Speicherplatz sparen, klar?«

Damit wir nichts verschwenden auf dem Teil der Strecke, auf dem wir vermutlich sterben werden. Sie nickten reihum.

»Gut, dann los« Matteo deutete in Richtung der Stufen, wo wie aus dem Nichts sechs Gestalten mit Äxten, Baseballschlägern und Messern aufgetaucht waren und offenbar auf sie warteten.

»Ist das unsere Ehreneskorte?«, fragte Nikos abschätzig und wunderte sich über den Zynismus, den Marias Tod offenbar in ihm geweckt hatte. Matteo sagte nichts dazu und nahm seinen Zwischenruf mit einem Zucken in seinen Mundwinkeln zur Kenntnis.

Die sechs Wächter führten sie durch einen langen Gang zu zwei stillgelegten Rolltreppen, die nach oben führten. Durch den großen Abstand der Stufen war es anstrengend, nach oben zu gelangen, und bot gleichzeitig wohl nur einen Abklatsch eines Eindrucks von dem, was sie an Anstrengung im Abgrund erwarten würde. Oben angekommen befanden sie sich in einem großen Areal, wo früher Tickets verkauft worden waren und automatische Ticketscanner eine Art Damm bildeten. Sie teilten sich auf und glitten zwischen den toten Maschinen einher. Ein Satz Treppen, der erneut von Rolltreppen flankiert wurde, führte nach oben zu dem Höhleneingang, wo vier weitere Wächter sie mit grimmigen Mienen erwarteten.

Die sechs Aufpasser von unten trieben sie in einem lockeren Halbkreis vor sich her ins Halbdunkel des beginnenden Morgens und um den riesigen Schutthaufen, der den Eingang zur U-Bahn wie ein Berg umgab. Nikos fragte sich, wie die Sammler es geschafft hatten, einen Durchgang nach unten freizubekommen.

Der Himmel war düster und wolkenverhangen und es war ungewöhnlich kalt. Nikos konnte seinen Atem vor sich als kondensierende Wolke sehen und blies mehrfach in die gefalteten Hände, damit sie nicht zu kalt wurden. Der Kraterrand türmte sich etwa hundert Meter entfernt wie eine Welle aus Schutt und Erde auf und bildete eine Quermauer durch die breite Hauptstraße, auf dessen begrünter Insel einst der Eingang zur U-Bahn gelegen hatte. Von dem Grün war freilich nichts mehr zu sehen, da es vermutlich in den ersten Sekunden des Aufpralls verdampft war.

Mit geknurrten Anweisungen, die ganz und gar nicht klangen, als würden gerade vier Helden eskortiert, lenkten die sechs Wachen sie in eines der zertrümmerten Häuser, das zur Hälfte vom Kraterrand zerstört war. Die Böden und Säulen aus Beton standen noch, genau wie ein Treppenhaus, das sich über zwei Etagen erstreckte. Es handelte sich um das einzige Gebäude, das nicht so von Schutt bedeckt war, dass es nicht mehr als Hausruine erkennbar war, also mussten die Sammler es vermutlich freigeräumt haben, um einen Zugang zum Kraterrand zu bekommen. Der Gang über die Treppen, in vollkommener Stille und nur begleitet von den gelegentlichen Anweisungen der Wachen, fühlte sich für Nikos an, wie der Gang aufs Schafott. Oben wartete dann auch der Henker, nicht in Form eines fleischigen Mannes mit schwarzem Sack auf dem Kopf und einer Axt in der Hand, sondern in Form des freien Blicks auf den Abgrund. Der Betonboden des dritten Stocks schloss genau an den Kraterrand an, der von hier oben unnatürlich aussah, als wäre die Welle aus aufgewirbelter Erde und Gestein gegen eine unsichtbare Mauer gestoßen, und hätte sich dann verfestigt. Die Männer drängten sie an den Übergang zwischen Gebäude und Erdreich.

Nikos stockte der Atem, als er vollständig realisierte, was sie im Begriff waren, zu tun. Der Abgrund bildete einen anscheinend perfekten Kreis um den Sklithra in seiner Mitte, der in seiner Basis, wo er wie in den Boden gerammt feststeckte, am dicksten war. Nach oben verjüngte er sich und schimmerte in einem unnatürlichen Anthrazit wie ein grimmiger Wächter, der den Krater für sich beanspruchte. Der Krater sah aus wie jeder andere auch – am tiefsten in der Mitte und dann erst leicht und mit der Distanz immer stärker ansteigend wie eine Exponentialkurve. Das gesamte Erdreich sah pechschwarz aus, als wäre es mit einem Flammenwerfer bearbeitet worden, und bildete ein gruseliges Niemandsland, das ihn an Fotografien der Schlachtfelder Ostfrankreichs aus dem Ersten Weltkrieg erinnerte. Vereinzelte Trümmerstücke bildeten scharfe und zackige Kontraste zu dem wie weggefrästen Erdreich und Gestein ringsum. Doch was immer sich dort befand, jeder Blick in den Abgrund wurde unweigerlich immer wieder von dem Splitter angezogen. Dem Sklithra, dem Monument der Vernichtung, welche die Erde befallen hatte. Es sah fremdartig aus, unheimlich, vielleicht sogar faszinierend in morbiden Momenten, es ließ sich in keine bekannten Kategorien einordnen, aber eines vermittelte es doch ganz sicher: Die Überlegenheit der Fremden, die sie heimgesucht hatten, und dass die Menschen nicht mehr Herr über ihren Planeten waren. Nicht, solange dieses Trümmerstück aus dem Kosmos tief im Fleisch ihres Heimatplaneten steckte und jeden Betrachter erinnerte, dass es keinen Weg an ihm vorbei gab. Manchmal fragte er sich, ob es sich tatsächlich um ein Trümmerstück handelte, wie jeder annahm, oder um eine Art Zeichen für einen Besitzanspruch, als hätten die Aliens ein Schild mit ihrem Namen in den Boden gerammt.

»Los jetzt«, grummelte einer der Wächter hinter ihnen. Es roch nach Urin und Nikos sah sich mit gerümpfter Nase um. Eleni, die neben ihm stand, zitterte am ganzen Leib. Ihr Overall war in der Leistengegend durchnässt und der dunkle Fleck breitete sich weiter aus. Er nahm ihre Hand in seine und hielt sie gedrückt.

»Ich bin bei dir und werde nicht loslassen«, versprach er ihr. »Kannst du mir denselben Gefallen tun?«

Eleni löste sich aus ihrer Starre und sah zitternd zu ihm auf. Ihre Nüstern blähten sich mehrfach, doch schließlich nickte sie.

»Ich habe auch Angst. Ich weiß nicht, was uns erwartet, aber ich kann dir sagen, dass ich lieber hier draußen mit dir dem ins Auge blicke, was uns dort erwarten wird, als mit diesen Mördern und Dieben unter der Erde eingepfercht zu sein.«

Eleni nickte, als habe sie ihn nicht richtig verstanden.

»Was hast du vorher gemacht?«, fragte er und die Frage schien sie zu überraschen.

»W-was?«

»Was war dein Beruf, Eleni?«

»Ich ... ich war Automechanikerin«, antwortete sie mit bebender Stimme. Das anbrechende Tageslicht quälte sich durch die dunklen Wolken und zeichnete tiefe Schatten auf ihr Gesicht. Ihre Augen glänzten feucht.

»Wow, das machen bestimmt nicht viele Frauen.«

»Nein. Ich war die einzige in der Stadt, glaube ich«, erwiderte sie und sah steif geradeaus, als versuchte sie, den Blick auf ihren Overall um jeden Preis zu vermeiden. Nikos war erstaunt, dass selbst unter Todesangst noch Gefühle wie peinliche Berührtheit die Oberhand gewinnen konnten.

»Und jetzt bist du die einzige Frau, die genug Mumm hat, an den unheimlichsten Ort des Planeten zu gehen«, sagte er anerkennend und hätte am liebsten nach dem Wächter ausgeschlagen, der ihm mit sanftem Druck seines Knüppels im Rücken zu verstehen gab, dass man keine weitere Verzögerung dulden werde.

»Genug Mumm?«, fragte Eleni halb irritiert, halb empört.

»Nun, ich sehe zumindest nicht, dass diese großmäuligen Schlägertypen hinter uns loslaufen«, gab er zurück und rang sich ein tapferes Lächeln ab, obwohl er vor lauter Angst bereits Schwierigkeiten hatte, zu schlucken.

»Jetzt!«, rief Matteo und lief los. Nikos fluchte und stürzte mit Eleni an der Hand ebenfalls in die Tiefe.

Kapitel 9

Der Splitter

DER SPRUNG IN DEN KRATERRAND glich dem auf einer Wasserrutsche. Der Boden war nass vom nächtlichen Gewitter und das Erdreich von Wochen feuchter Witterung aufgeweicht. Nikos hatte damit gerechnet, sich den Körper an sämtlichen Stellen aufzureißen, doch stattdessen pflügte er durch Matsch und das harte Erdreich darunter. Zugegeben, es tat weh und sein Rücken würde die eine oder andere Schürfwunde aufweisen, wenn er unten ankommen sollte, doch den Umständen entsprechend war er froh, am Leben zu sein. Er ließ Elenis Hand nicht los, selbst dann nicht, als lehmiger Matsch ihm die Sicht nahm. Die Fontäne aufgeweichten Erdreichs raste von seinen nach vorne gerichteten Schuhen, die er mit den Hacken nach unten drückte, um sich zu bremsen, direkt auf seinen Oberkörper und in sein Gesicht.

Am Anfang hatte er vor Schreck geschrien, als es in die Tiefe ging, doch wäre er beinahe an dem Schlamm erstickt, der ihm in den offenen Mund geflogen war. Also kniff er Lippen und Augen zusammen und hoffte, dass die nachlassende Neigung des Kraterrands ihn bald verlangsamen würde, ohne dass er an einem Trümmerstück zerschellte wie eine Glühbirne an einem Stein.

Nikos hatte Glück. Er konnte spüren, dass seine haltlose Rutschpartie sich mäßigte, und als seine Füße gegen etwas Hartes krachten, war der Schmerz so heftig, dass er dachte, sich sämtliche Knochen gebrochen zu haben. Doch er hatte angehalten und konnte sich ächzend aufrappeln. Mit der Linken tastete er nach vorne und spürte harten, kalten Untergrund. Mit der Rechten hielt er weiterhin Eleni fest, zog sie zu sich und war erleichtert, als er Bewegung in ihren Fingern spürte. Er hatte schon befürchtet, sie könnte sich irgendwo unterwegs den Kopf aufgeschlagen haben und seine Augen eine Leiche erblicken, sobald er sich die gesäubert hatte.

»Nikos?«, hörte er ihre Stimme. »Nikos!«

»Ja«, krähte er und versuchte, mit Händen und Knien Halt zu finden, als er Elenis Hände auf seinem Rücken spürte. Nach einem Moment des Durchatmens hatte er das Gefühl, wieder zu wissen, wo oben und unten waren, und der Schwankschwindel war verschwunden. Also rieb er mit dem Handrücken den Matsch aus den Augen und sah sich um. Er hockte wie ein Hund neben Eleni, die auf ihren Füßen stand und Richtung Splitter blickte. Sie befanden sich auf einem annähernd quadratischen Stück Beton an der Stelle, wo der Kraterrand zwar noch abschüssig war, aber langsam in einen Teil der Kurve überging, der nicht mehr zu steil war, um darauf zu laufen. Hier gab es deutlich mehr Trümmerstücke und blanken Fels. Es trennten sie noch sechs- oder siebenhundert Meter von dem Bruchstück des außerirdischen Raumschiffes, das jetzt noch riesiger, noch gewaltiger vor ihnen aufragte. Die Basis war unfassbar groß, bestimmt hundert Meter im Durchmesser und die Spitze so weit oben, dass er sie selbst mit abgeschirmten Augen nur erahnen konnte.

»Beeilt euch!«, rief jemand und Nikos war erst zu verwirrt und desorientiert, um auszumachen, von wem der Ruf zu ihnen herüberwehte. Dann sah er jemanden winken. Es war Matteo, der mit Giorgos, der aussah wie eine Vogelscheuche, eine Buslänge vor, beziehungsweise unter ihnen Richtung Splitter lief und ihnen wild zuwinkte. »Macht schon!«

»Komm, Nikos«, sagte Eleni und obwohl ihre Augen noch immer vor lauter Furcht geweitet waren, zeigte ihr entschlossener Ausdruck um den Mund, dass sie den Kampf gegen ihre Gefühle aufgenommen hatte und nicht gewillt war, aufzugeben. Also durfte er es auch nicht. Mit brennendem Rücken, der sich anfühlte wie ausgepeitscht, und pulsierenden Schmerzen im Gesäß rappelte er sich auf und nickte Eleni zu, die die Geste stumm erwiderte. Diesmal war sie es, die ihm die Hand hinstreckte. Er nahm sie und als sich der vertraute Druck einstellte, liefen sie links um das Betonstück und im Laufschritt den Krater hinab. Immer wieder mussten sie größeren und kleineren Trümmerstücken ausweichen und zusehends aufpassen, nicht über scharfkantigen Felsboden zu stürzen. Offenbar hatte der Absturz das Gestein abgefräst oder sogar eingeschmolzen und das Erdreich an den Rand verdrängt, auch wenn er gedacht hätte, dass der Regen alles wieder nach unten spülen müsste. Doch in Gegenwart des Splitters war bekanntermaßen nichts normal.

Sowohl er als auch Eleni gerieten einige Male ins Straucheln, fingen sich jedoch wieder oder konnten sich gegenseitig zurück in die Balance bringen. Nikos' Blaumann war auf der Vorderseite so nass und mit Matsch und Lehm verklebt, dass er das Gefühl hatte, sein doppeltes Körpergewicht mit sich herumzuschleppen. Trotz des vielen Essens der letzten Tage, das ihm einiges an Kraft zurückgegeben hatte, war er doch von den Wochen des Muskelabbaus, in denen sich sein Körper die Proteine aus Muskelmasse genommen hatte, schwer gezeichnet. Er war dürr und schwach und würde diesen Sprint zum Splitter vermutlich mit dem Muskelkater seines Lebens bezahlen – oder vorher entkräftet zusammenbrechen. Seine Beine protestierten bereits mit überschießender Milchsäure gegen die Überbelastung und seine Lunge fühlte sich an wie ein ausgewrungener Lappen.

Vor ihnen verlangsamten Matteo und Giorgos ihre Schritte ein wenig, um sie aufschließen zu lassen. Als sie eine Art Käfig aus Beton erreichten, bei dem es sich offenbar um die Reste eines einstöckigen Hauses handelte, das auf der

Seite lag und halb zerstört war, hielten sie kurz inne und stemmten die Hände auf die Knie, um hechelnd nach Luft zu schnappen.

»Wir haben über die Hälfte geschafft«, keuchte Giorgos und klang erleichtert. Sein langes Pferdegesicht war tief eingefallen und seine Augen wässrig, als hätte er die ganze Nacht durchgeweint.

Nikos nickte stumm und sog gierig frische Atemluft ein. Mit jedem einzelnen Zug bemerkte er jedoch, dass von »frisch« keine Rede sein konnte. Neben dem schweren Lehmgeruch lag nämlich auch der Gestank nach Ozon in seiner Nase. Der war nicht allzu stark, hatte sich allerdings deutlich verstärkt, je näher sie dem Splitter kamen. Ändern ließ es sich allerdings nicht mehr, und falls etwas Giftiges in der Luft lag, war es längst zu spät. Also setzte er sich hin und sah den anderen zu, wie sie es ihm gleichtaten.

»Geht doch recht leicht. Ich glaube, ich habe mir irgendwas am Rücken aufgeschnitten«, fuhr Giorgos mit gequältem Gesichtsausdruck fort und deutete zwischen der schrägen Betonwand und den zwei Säulen des schräg liegenden Trümmerstücks zum Splitter, dessen schimmernde Oberfläche einzelne Wolken reflektierte. »Aber alles in allem war es nicht so schlimm wie gedacht.«

»Wir hatten Glück bisher«, bestätigte Matteo, der als einziger nicht aussah, als würde er demnächst kollabieren und an einem Herzinfarkt sterben. »Aber das muss nichts heißen. Bleibt wachsam und vorsichtig. Sobald ihr ein Anzeichen für eine Anomalie seht, ruft ihr ganz laut und zeigt zu der Stelle, damit wir sie großflächig umgehen können, klar?«

Nikos fand es seltsam, dass er es nicht einmal komisch fand, von einem Jugendlichen herumkommandiert zu werden, als er nickte.

»Meinst du so etwas wie das?«, fragte Eleni schüchtern und

deutete in die Mitte ihres kleinen Kreises. Zuerst verstand Nikos nicht, was sie meinte, doch dann sah er es auch: Ein Licht von der Größe eines Stecknadelkopfes zuckte zwischen ihnen hin und her. Es war so klein, dass er es zuerst für eine seiner Sehstörungen hielt, doch es verschwand auch nach einem Blinzeln nicht. Dann geschah etwas noch Seltsameres. Das Lichtlein verharrte, als sich durch ein Loch in dem schräg liegenden Betondach, das einmal eine Decke gewesen war, ein Lichtstrahl verirrte, der eine Lücke in den Wolken gefunden zu haben schien. Er fiel wie eine Lanze aus warmem Sonnenlicht auf Giorgos' Beine, die er angewinkelt vor sich abgelegt hatte, und ringsum begannen Staub- und Schmutzkörner sich wie schwerelos zu erheben.

Mit offenen Mündern sahen sie zu, wie sich die glitzernden Moleküle in dem scharf abgegrenzten Sonnenstrahl sammelten und plötzlich verharrten, als hätte jemand einen Knopf gedrückt. Rings um ihre kleine Ruine war das Sonnenlicht verschwunden und die Wolkendecke offenbar wieder geschlossen, doch der Strahl war noch immer dort, klebte in der Luft zwischen ihnen wie festgefroren.

»Wir ... wir müssen weg«, sagte Matteo so leise, dass Nikos es erst gar nicht registrierte. »Los, wir müssen weg!« Diesmal war er lauter und sprang mit einem kalten Schauer, der ihm über den Rücken lief, auf.

Giorgos wollte dasselbe tun, als in dem Augenblick der Lichtstrahl verschwand und mit ihm sämtliche Staubkörner. Zuerst war da Giorgos' gellender Schrei, dann senkte sich Nikos Blick und er sah, dass dem hageren Riesen beide Beine fehlten, wo zuvor der Lichtstrahl geschienen hatte. Knapp unter seiner Hüfte endeten sie in blutigen Stümpfen, die wie mit einem Präzisionslaser abgetrennt zu sein schienen. Giorgos schrie bitterlich und starrte ungläubig auf seine verschwundenen Beine, während seine offenliegenden Beinschlagadern im Takt seines Pulses Unmengen Blut auf das Gestein spritzten.

Nikos stürzte auf ihn zu, um etwas zu tun – irgendetwas, um zu helfen –, doch Matteo hielt ihn am Arm zurück. Er fuhr wütend herum und blickte in das bleich gewordene Gesicht des offenbar schockierten Jungen.

»Lass mich los!«, knurrte Nikos, doch Matteo deutete nur mit einem Nicken über seine Schulter. Als er sich umdrehte, bemerkte er nicht nur, dass die Schreie abgeebbt waren, sondern auch, dass Giorgos leblos in sich zusammengesackt war. Neben ihm übergab sich Eleni geräuschvoll und lehnte mit einer ausgestreckten Hand an einem der Betonpfeiler.

»So eine Scheiße«, fluchte er. Sein Magen schien unruhig auf und ab zu hüpfen und sich nicht entscheiden zu können, ob er ihrem Beispiel folgen oder ihn zur Flucht animieren sollte. Er entschied sich für Letzteres und packte die zierliche Frau am Arm, um sie gröber als ihm lieb war, hinter sich her zu zerren. »Wir müssen los, Eleni, wir müssen los!«

Sie folgten Matteo und stolperten aus der Ruine und auf den Splitter zu, obwohl sich jedes Atom seines Körpers in die entgegengesetzte Richtung aufzustellen schien. Es war falsch, dorthin zu laufen, ins Zentrum der Gefahr, in diese Terra Incognita im Herzen Athens. In das Bruchstück einer fremden Zivilisation, das mit seinem Absturz eine der ältesten Städte Europas ausgelöscht hatte. Er wollte schreien und ein Trümmerstück finden, unter dem er sich verkriechen konnte, doch seine Beine, kreischend vor Empörung über die neuerliche Anstrengung, trugen ihn weiter hinter Matteo her, der wie ein Kaninchen im Zickzack kleinere Brocken und Steine umrundete und unbeirrt auf den gigantischen Splitter zuhielt, dessen Rumpf vor ihnen immer mehr zu einer gigantischen Wand heranwuchs. Seine Oberfläche sah aus der Nähe immer mehr aus wie die Haut eines Wals – matt, aber doch irgendwie flüssig und schimmernd, als könnte sie Licht sowohl brechen als auch verschlucken. Erst jetzt, wo der Abstand zu dem unheimlichen Objekt immer geringer wurde, konnte er aber auch Schäden erkennen. Ein Riss zog sich vom grau-braunen Grund des Kraters viele Dutzend Meter in die Höhe. An der breitesten Stelle maß er etwa zwei Meter Breite und an der schmalsten ganz oben war er so klein, dass Nikos das Ende nicht mehr erkennen konnte. Auch kleinere und größere Löcher verunzierten die Hülle an mehreren Stellen und hinter jedem war es tiefschwarz, als würde das Licht dort aufhören, zu existieren.

Atemlos rannte er weiter, zuckte einmal kurz zusammen, als offensichtlich wurde, dass Matteo direkt auf den Riss zuhielt. Er stellte sich vor, wie er in die Dunkelheit schlüpfte und verschwand, so wie das Licht, und erschauderte. Ein Feld schimmernder Scherben, welche ihn an perfekt geschliffenes Obsidian erinnerten, übersäte die letzten zwanzig Meter zum Alienobjekt und knirschte unter ihren Sohlen. Sie rannten wie von der Tarantel gestochen, wurden nicht langsamer, obwohl ihm die Furcht bis in den Hals schlug und sich anfühlte, als wollte sie ihn erwürgen. Dann verschwand Matteo direkt vor ihm in dem dunklen Riss. In einem Moment war er da, im nächsten verschwunden.

Nikos stockte der Atem und doch bremste er seine Schritte nicht. Stattdessen kniff er die Augen zusammen und schrie aus vollem Halse, als er die Schwärze beinahe erreicht hatte. Als er schon befürchtete, gegen eine massive Wand zu rennen und sich das Gesicht zu zerschmettern, wurde ihm für den Hauch einer Sekunde kalt bis auf die Knochen. Er schlug die Augen auf und stand in einem Korridor mit konisch zulaufenden Wänden, die schroff und kratzig aussahen. Hinter ihm knallte Eleni gegen seinen Rücken und sie wären beinahe nach vorne gestürzt.

»Alles in Ordnung?«, fragte er hustend und Eleni nickte zögernd, als sie sich wieder aufrichtete. Hinter ihr sah er den Riss, doch der war nicht schwarz, sondern transparent. Da war rein gar nichts zu sehen. Er hatte freien Blick auf das Obsidianfeld und den Kraterrand in der Ferne.

»Panagía mou«, flüsterte er und Eleni wiederholte seinen ungläubigen Ausspruch, als sie sich umdrehte.

»Das muss ein Durchschuss sein«, sagte Matteo hinter ihnen und deutete auf die andere Seite, weit entfernt, wo sich eine ähnliche Öffnung auftat, die vage den Umrissen des Risses zu ähneln schien. »Die Struktur des Ganges sieht aus wie die Form des Risses von außen.«

Nikos bereitete es Unbehagen, der Öffnung hinter ihnen den Rücken zuzuwenden, als könnte ihnen jemand gefolgt sein und sie überfallen, doch er zwang sich, in den Korridor zu blicken. »Du warst doch schon mal hier, hast du gesagt. Wo müssen wir hin?«

»Ich ... also ...«

»Was ist los?«

»Ich war hier drinnen, ja, aber ich habe nichts gesehen«, erwiderte Matteo und klang geknickt. Er wich Nikos' Blick aus und sah zu Boden. Mit einem Mal wirkte er sehr jung und verletzlich.

»Warum nicht? Gab es kein Licht? Hat sich etwas verändert?«

»Ich bin durch den Riss gegangen, habe aber die Augen geschlossen gehabt und bin direkt zurückgelaufen«, gab der Junge zu und knirschte mit den Zähnen. »Ich hatte zu viel Angst.«

Nikos atmete tief durch und stupste Eleni an, die neben ihm stand und ihre Unterarme musterte, als handelte es sich um die größten Mysterien des Universums. »Hey, Eleni.«

»Schaut mal.« Sie nickte auf ihre Unterarme, die sie freigelegt hatte, indem sie die Ärmel hochgeschoben hatte. Sämtliche Haare auf ihnen standen hoch, als wären sie elektrisch aufgeladen.

»Vielleicht ist die Luft statisch aufgeladen«, mutmaßte er laut und schob seine Ärmel zurück. Auch seine beachtliche Armbehaarung stand rechtwinklig von der Haut ab, als zögen unsichtbare Finger daran. Der Ozongeruch war hier deutlich intensiver und vermischte sich mit etwas, das wie der Duft an einer Tankstelle roch. Als er zu seinen Füßen sah, erschrak er und ein Quieken entfuhr seinem Mund. Einen Moment hatte er gedacht, in einer silbrigen Flüssigkeit zu versinken. Der gesamte Boden sah aus, als würde Quecksilber in einem steten Strom den Korridor hinunterfließen. Lediglich um ihre Schuhe war er pechschwarz und strukturlos. Prüfend hob er einen Fuß und setzte ihn vorsichtig einen Schritt nach vorne. Auch dort wurde das Quecksilber rings um die Schuhsohle schwarz, wo sie vorher noch silbern geglänzt hatte.

»In dem ersten Video gab es ein Loch im Boden, aber ich glaube, vorher ging es irgendwo nach links ab«, sagte Matteo mit entrückter Stimme und räusperte sich mehrere Male. Als niemand etwas erwiderte und sie ihn bloß stumm ansahen, verharrte er unschlüssig, bis Nikos tief durchatmete, nickte und an ihm vorbei voranging.

»Ich habe einen verdammten Kindergarten voller kleiner Monster geleitet, da werde ich auch mit ein paar Aliens fertig«, murmelte er in einem Anflug von Galgenhumor in den Bart und vermied es, das Quecksilber unter sich zu beachten, da ihm von dem ruhelosen Anblick übel wurde. Stattdessen sah er einmal hin, um sicherzugehen, dass er nicht in irgendein Loch stürzte, das er übersehen hatte, und konzentrierte sich auf die linke Wand. Sie erinnerte ihn an ausgewaschenes Vulkangestein, das er einmal bei einem Urlaub auf Lanzarote betrachtet hatte. Spröde und porös sah es beinahe aus wie sterbende Korallen, die langsam ausblichen. Es schien nicht so recht zu der glatten, teils flüssig wirkenden Fremdartigkeit zu passen, die den Rest des Objekts umgab. Im Gegenteil sah die Wand geradezu mundan aus. Nikos streckte eine Hand in Richtung der Wand, zog sie jedoch zurück, kurz bevor seine Finger sie berührten.

Stirb wenigstens nicht an Dummheit, wenn du schon hier bist, ermahnte er sich in Gedanken und ging stattdessen weiter, setzte einen Fuß vor den anderen und hoffte, nicht in die Strömung aus Quecksilber zu geraten und zu versinken.

Ihre Schritte erzeugten keinerlei Laute und auch sonst herrschte eine perfekte Stille, abgesehen von dem gelegentlichen Rascheln ihrer Kleidung. Sie war unheimlich und unnatürlich, da sie sogar den Wind auszusperren schien, der draußen toste. Da der Riss hinter ihnen noch immer offen war und den Blick freigab, als befände sich dort keinerlei Barriere, wirkte die Stille falsch und bescherte ihm eine unangenehme Gänsehaut.

»Ich glaube, ich sehe da was«, flüsterte er. Er hatte das Gefühl, dass jedes zu laut gesprochene Wort jemanden – oder etwas – in diesem Friedhof aufwecken könnte. Einige Schritte voraus befand sich eine Öffnung in der Wand, die zuerst als schwarzer Schatten in Erscheinung trat. Je näher sie kamen, desto deutlicher wurde jedoch, dass es sich um ein Loch handelte. Kreisrund und etwas niedriger als seine Brust, bildete es eine Art schwarzes Loch inmitten des Vulkangesteins.

»Gib mir deine Kamera«, forderte er Matteo auf, der zuerst die Stirn runzelte, dann jedoch das Stirnband vom Kopf zog, und es ihm hinhielt. »Du hast ein Messer, oder?« Nikos deutete mit dem Stirnband in seiner Hand undeutlich in die Richtung von Matteos Gürtel. Der Junge nickte und hob seine Jacke hoch, darunter kam ein Messer in einer Scheide zum Vorschein. Er zog es und hielt es Nikos mit dem Griff voran hin.

»Was hast du vor?«

»Er stolpert nicht mehr blind voran«, antwortete Eleni leise von hinten.

Nikos schaltete derweil die Kamera und die Stirnlampe ein und legte beide direkt vor den schwarzen Kreis auf den Boden. Seine Hoffnung bestätigte sich, dass sich das Quecksilber auch unter den beiden kleinen Gegenständen schwarz verfärbte und fest aussah. Dann nahm er das Messer und schob Kamera und Lampe vorsichtig durch die vermeintliche Öffnung.

Die Dunkelheit schien sich wie eine Flüssigkeit um beide Geräte zu stülpen und dann waren sie verschwunden. Nikos schob sie noch ein wenig weiter, bis das Messer fast mit dem Griff in der Schwärze steckte. Er zählte bis fünf und zog es zurück. Mit der anderen Hand packte er den Rest des Stirnbands und zog Kamera und Lampe heraus. Beides nahm er in die Hände und spulte die Aufnahme der Kamera zurück. Das Display auf der Rückseite war klein, aber groß genug, um das achtsekündige Video anzuschauen.

»Kommt her«, sagte er und Matteo und Eleni drängten sich an seine Seiten. Die Kamera hielt er ein wenig tiefer, damit sie gucken konnten, und drückte auf »play«.

Es handelte sich tatsächlich um eine Öffnung, denn auf der anderen Seite hatte die Kamera einen großen Raum aufgenommen, in dem seltsame Fäden von der Decke hingen wie Stalaktiten in einer Höhle. Der Boden sah auch hier nach grauem Quecksilber aus, das ständig im Fluss zu sein schien. Apparaturen oder Gegenstände bemerkte er keine, dafür aber etwas, das wie ein Loch im Boden aussehen könnte, in dem sich etwas bewegte.

»Das da«, meinte Matteo und deutete auf die Mitte des Displays. »Das sieht aus wie das Loch mit der sich ständig schließenden Luke.«

»Du meinst die, die die Angewohnheit hat, Leute zu durchschneiden wie eine Kreissäge, wenn sie zu langsam sind?«, fragte Nikos und schüttelte sich.

»W-wir müssen da runter?«, fragte Eleni entgeistert.

»Ja. Aber erstmal müssen wir da rein.«

»Können wir nicht fortlaufen?«, fragte sie. »Wenn wir auf der anderen Seite des Korridors hinauslaufen und den Kraterrand hinauf, dann sind wir auf der anderen Stadtseite im ehemaligen Piräus. Da können die Sammler uns nicht abfangen, oder?«

»Vielleicht, vielleicht nicht. Aber dann müssen wir immer noch an den Anomalien vorbei und du hast gesehen, was sie mit Giorgos gemacht haben«, erwiderte er und musste mehrmals gegen das Bedürfnis schlucken, sich bei der Erinnerung an die abgetrennten Beine zu übergeben.

»Den Kraterrand kommen wir nicht ohne Hilfe hoch«, gab Matteo zusätzlich zu bedenken. »Zu steil und zu rutschig. Da brauchst du jemanden, der von oben ein Seil runterwirft und dich hochzieht. Glaub mir, ich habe es erlebt.«

Eleni nickte nicht, widersprach jedoch auch nicht und senkte stattdessen den Blick.

»Also, dann los«, seufzte Nikos und schloss die Augen, als er einen Schritt nach vorne und durch die schwarze Scheibe machte.

Kapitel 10
Die Kammer

»IST DAS EINE KATZE?«, fragte Eleni, als sie durch das schwarze Loch in der Wand gegangen waren und nebeneinander in dem neuen Raum standen. Er war groß und besaß keine erkennbare Form, da es statt Wänden nur Schwärze jenseits eines ausgeleuchteten Kreises in der Mitte gab. Dieser Kreis maß in etwa fünf Meter, in deren Zentrum sich das schmale Loch befand, in welchem in stetem Rhythmus eine Art Luke auf und zu ging, indem sie sich seitlich vor das Loch und wieder zurückzog. Woher das Licht stammte, das den hellen Bereich beleuchtete , war nicht zu erkennen. Es gab keinerlei Lichtquelle.

Nikos und Matteo folgten Elenis Geste und tatsächlich fanden die Lichtkegel ihrer Stirnlampen eine Katze, die weiter links in einem eben noch dunklen Bereich lag und sie missbilligend anstarrte, als hätten sie sie bei irgendetwas gestört.

»Hey, kleine Mautzmautz«, sagte Eleni und ging langsam und mir vorgestreckter Hand auf den Vierbeiner zu.

»Eleni!«, zischte Nikos, doch die Frau war schon bei dem Tier, das offenbar nicht besonders scheu war, und nahm es schützend in die Arme, wo sie ihm den Kopf kraulte.

»Setz sie wieder ab«, meinte Matteo aufgebracht. »Wir wissen nicht …« Er brach ab, als Nikos ihn am Arm berührte und den Kopf schüttelte.

»Vielleicht beruhigt sie das etwas«, flüsterte er und der Junge nickte schließlich.

»Was macht denn das arme Kätzchen hier drinnen«, wunderte sich Eleni und murmelte beruhigende Worte in Richtung der Katze, die schnurrte und immer wieder die Augen schloss. Nikos wusste aus seiner Fortbildung für Heilerziehungspflege, wie tiergestützte Therapie funktionierte, und war einmal mehr erstaunt, wie die Möglichkeit, anderen Schutz, Geborgenheit und Zuspruch zu geben, selbst den ängstlichsten Menschen aus seiner Not zu holen schien. Offenbar brauchte man nur die Aufgabe, anderen die Angst zu nehmen, die einen selbst umtrieb, um wieder zu funktionieren. Vielleicht hatte er dasselbe Phänomen genutzt, als er begonnen hatte, Eleni zu helfen und ihr Mut zuzusprechen?

»Vielleicht ist sie irgendwie in den Krater geraten und nicht wieder hinausgekommen«, mutmaßte er und strich dem schnurrenden Fellknäuel lächelnd über den weichen Kopf. Seine Schwester Nefeli hatte einen Kater gehabt, den er sehr gemocht hatte. Diese Zuneigung hatte allerdings nicht auf Gegenseitigkeit beruht, da Bazaraki ihn lieber gekratzt hatte, als sich streicheln zu lassen. Seither machte er für gewöhnlich einen großen Bogen um Katzen. An diesem Ort jedoch schien die Banalität deren Niedlichkeit so etwas wie einen Ruhepol inmitten der beinahe greifbaren Angst zu bilden, die über dem Raum lag. Wo Nefeli jetzt wohl sein mochte? In der Silvesternacht hatte sie sich mit ihrem Mann Panos im Urlaub in Finnland befunden . Er hoffte sehr, dass sie jetzt irgendwo in Sicherheit war und den Splitter nur aus dem Fernsehen kannte.

Ob sie sich um mich sorgt?, dachte er und ihm wurde noch schwerer ums Herz. *Ich hoffe, dass sie nicht zu sehr leidet.*

»Was ist das da oben?«, fragte Matteo und deutete auf die fingerdicken Fäden, die über ihnen aus der Dunkelheit herab wuchsen, gerade außerhalb ihrer Reichweite. Sie leuchteten in schimmerndem Lapislazuli, mal heller, mal dunkler, als besäßen sie ein Eigenleben.

»Wenn es hier Licht gibt«, dachte Nikos laut und ließ von der Katze ab, »muss es eine aktive Energiequelle geben.«

»Da hast du wohl recht.« Matteo sah aus, als würde er jeden Augenblick auf dem Absatz kehrtmachen und sich nie wieder umdrehen. »Aber das heißt doch, dass *sie* noch hier sind, oder?«

Nikos wusste, wen er mit *sie* meinte und sah sich bei dem Gedanken unbehaglich um. »Naja, es könnte auch eine beschädigte KI oder so etwas sein, die die beim Absturz nicht zerstörten Systeme steuert. Wir haben zumindest noch keine Leichen gesehen, also waren vielleicht gar keine Aliens an Bord und das hier ist ein komplett autonomes Raumschiff gewesen?«

»Keine Ahnung, Mann«, murmelte Matteo und deutete auf die Luke. »Sollen wir wirklich da hinunter?«

»Weißt du einen besseren Weg zu dieser angeblichen Waffe?«

»Ich ...« Der Jugendliche sah sich hilfesuchend um und ließ dann die Schultern hängen. »Nee.«

»Dann müssen wir wohl hinunter. Wir können nicht zurück und hier verhungern können wir auch nicht. Ist ja nicht so, als hätten deine Freunde uns Pausenbrote mitgegeben.«

Matteo zog die Mundwinkel hinunter und wich seinem Blick aus. Stattdessen ging er näher an das Loch. Vorsichtig, immer einen Schritt vor den anderen machend, als ginge er auf eine gefährliche Klippe zu, die jeden Moment einbrechen konnte. Der Verschluss des Lochs schnappte alle paar Sekunden zu und verschwand wieder, als hätte es ihn nicht gegeben. Nikos zählte exakt zwei Sekunden und tat das noch einige Male, um sicherzugehen, dass der Rhythmus immer derselbe war.

»Scheiße, ich will da nicht hinunter«, jaulte Matteo. Nikos fand es erstaunlich, wie schnell der Mut und Enthusiasmus des Jungen verflogen waren, seitdem sie den Splitter betreten hatten. Auch er fühlte sich bedrückt, doch gleichzeitig elektrisiert. Ob es die in seinem Blutkreislauf zirkulierenden Stresshormone waren, die ihn zur Neugier trieben, da eine Flucht nicht möglich war, oder er tatsächlich nicht von dem Gedanken lassen konnte, den der Prinz ihm eingepflanzt hatte, wusste er nicht.

Aber wenn es wirklich einen Weg aus dieser Hölle geben sollte, kann ich ihn dann ignorieren oder so tun, als würde ich nicht alles tun, anderen dieses Leben zu ersparen?

»Ich gehe hinunter«, sagte Eleni mit einem Mal und trat neben sie an den Rand des Lochs. Es war gerade groß genug für einen Menschen und sah etwas weitläufiger aus als auf dem Video der verstorbenen Läufer, die vor ihnen hierher gekommen waren. Aber es sah auch weitaus furchteinflößender aus, wenn man mit eigenen Augen in den finsteren Abgrund starrte und alle zwei Sekunden wie aus dem Nichts eine Art Deckel auftauchte. Mal wirkte es, als würde er wie ein Messer von der Seite zustechen, dann wiederum, als würde er sich materialisieren oder von unten nach oben rasen.

»Ich gehe zuerst«, widersprach Nikos und trat direkt an den Rand. Er warf einen letzten Blick nach oben zu den seltsamen pulsierenden Fäden und atmete tief ein. Als der Deckel das nächste Mal zuschnappte, machte er einen Schritt nach vorne und fiel kerzengerade in das Loch. Über sich hörte er ein Geräusch, als schlügen zwei Klingen aneinander und er dachte schon, dass er zu lange gebraucht hatte, doch er fiel weiter und immer weiter. Das Licht seiner Stirnlampe erzeugte seltsame Sinnestäuschungen von Ringen aus weißen Strahlen, durch die er raste. Es fühlte sich an, als würde er von etwas angesaugt werden. Dann wieder zischten über ihm kleine, schattenhafte Ausstülpungen haarscharf an seinem Gesicht vorbei. Mit dem Hinterteil zuerst landete er auf einem harten Untergrund, dann mit den Schultern und dem Hinterkopf. Doch der Aufprall war nicht hart, da die Wand des Schachts abschüssig war. Wie auf einer Rutsche rauschte er nach unten, spürte, wie sein vom Kraterrand angeschlagener Rücken zu brennen begann und durch die Reibungshitze immer wärmer wurde, als er plötzlich Schwung verlor, als würde ihn eine unsichtbare Kraft bremsen. Einen Herzschlag später wurde er in eine deutlich kühlere Umgebung gespuckt. Hastig machte er einen Satz zur Seite und sah nach rechts und links. Der Lichtkegel strich über den Quecksilberboden und zwei brusthohe Aufbauten, die aus Schatten geschmiedet zu sein schienen, so dunkel trotzten sie dem Licht seiner Stirnlampe. Wände, so es denn welche gab, fand er nicht. Entweder war seine Lampe zu schwach, oder aber die Wände fraßen ihr Licht wie gefräßige Schatten.

Hinter sich hörte Nikos mit einem Mal einen seltsamen Laut, der näher zu kommen schien. Nein, er wurde lauter. Er fuhr herum und identifizierte den Ton recht schnell als anhaltenden Schrei. Kurze Zeit später raste ein Ring aus Licht auf ihn zu und spuckte Eleni aus, die mit der Katze im Arm aus dem Loch geschossen kam und hart auf dem Rücken landete. Sie grunzte schmerzerfüllt, als Nikos zu ihr eilte und sie auf die Füße zerrte – keinen Moment zu früh, da genau zwei Sekunden später auch Matteo neben ihnen landete.

»Scheiße, das war krank«, hechelte er atemlos und rappelte sich mühsam auf. Als er den Blick – und damit den Lichtschein seiner Stirnlampe hob, zuckte er zurück. »Was ist das?«

»Ich weiß es nicht«, gab Nikos zu und sah zu den beiden Gegenständen, die einige Meter entfernt standen. Er sah Eleni ins Gesicht, die tapfer nickte und die Katze hinunterließ, da sie sich unzufrieden zu räkeln begann. Dann drehte er sich den seltsamen Gebilden zu und machte zwei langsame Schritte auf sie zu. Sie waren dreieckig und spitz, wie exakte mathematische Figuren und pechschwarz. Am Boden, wo sie in das scheinbar fließende Quecksilber übergingen, sah er keinerlei Übergang oder Fuge, als wäre beides miteinander verschmolzen. Der Bereich zwischen den beiden Objekten glänzte in einem quadratischen Abschnitt, als wäre das Quecksilber mit glitzerndem Staub bedeckt.

Nikos machte einen weiteren Schritt auf die Artefakte und den ungewöhnlichen Bodenabschnitt zu und hielt alarmiert inne, als es unter seinen Schuhen knirschte, als sei er auf Scherben getreten. Er blickte an seinem Overall entlang zu seinen Füßen, wo seine Stirnlampe einen runden Ausschnitt aus Licht bildete, als gäbe es über ihm einen Bühnenscheinwerfer. Verwirrt runzelte er die Stirn und bückte sich, um den kieselartigen Staub, der sich anfühlte, als wäre er auf eine Sanddüne getreten, zu untersuchen. Noch während er sich fragte, wie er das kleine Feld aus dunklen Staubkörnern hatte übersehen können, zerrieb er einige zwischen den Fingern und musterte sie mit zusammengekniffenen Augen.

»Ist es wirklich eine gute Idee, das anzufassen?«, fragte Matteo, der neben ihm auftauchte und mit gerunzelter Stirn zu ihm sah.

»Wahrscheinlich nicht, aber es ist auch keine gute Idee, überhaupt hier zu sein«, hielt Nikos dagegen und stand auf, ohne den Staub zwischen seinen Fingern aus den Augen zu lassen. »Am liebsten wäre ich mit einem Chemieschutzanzug hergekommen.«

»Oder gar nicht«, schlug Eleni von der anderen Seite vor und lächelte ängstlich, als er ihr einen Blick zuwarf.

»Touché. Ich frage mich, wo dieser Staub herkommt.«

»Vielleicht ist das einer der Läufer, die vor uns hier waren, und die Aliens haben ihn in Staub verwandelt, wie in Krieg der Welten«, schlug Matteo vor und seine Augen weiteten sich, während er die Worte aussprach, als hätte er Angst vor seinen eigenen Gedanken.

»Du meinst dieses Ding aus den Fünfzigern?«

»Hä? Nein, den Film mit Tom Cruise!«

Nikos antwortete nicht, sondern schüttelte seufzend den Kopf, bevor er die Hände an seinem Blaumann abklopfte und inständig hoffte, dass er sich nicht gerade eine Art Alienvirus eingefangen hatte, das ihn langsam in ein Monster verwandelte.

Ich hätte weniger Fernsehen gucken sollen, dachte er erschaudernd und sah auf, als er eine Bewegung wahrnahm. Bevor der Schreck wie eine Welle aus Kälte seine Zehen- und Fingerspitzen erreicht hatte, beruhigte er sich wieder, als er die Katze sah, die in den Bereich zwischen den beiden Dreiecken stolzierte. Zu dritt sahen sie dem Tier schweigend zu, wie es den glitzernden Bodenbelag erreichte und miaute. Im selben Moment verwandelten sich die gerade noch pechschwarzen Dreiecke in konturloses Licht, das in einem düsteren Blauton schimmerte wie das Wasser der Tiefsee. Die Katze miaute erneut und begann die Pfoten zu putzen, offenbar unbeeindruckt von den zum Leben erwachten Objekten.

»Was ist das?«, quiekte Eleni und machte einen Schritt zurück, ehe Nikos auffiel, dass er bereits zurückgegangen war und Matteo mit sich gezogen hatte.

»Ich habe keine Ahnung«, gestand er flüsternd und sah der Katze zu, wie sie sich wieder in Bewegung setzte und den glitzernden Bereich verließ. Sobald ihr letzter Hinterlauf wieder auf dem Quecksilber stand, das sich unter den Pfoten schwarz verfärbte, verwandelten sich die Dreiecke wieder in schwarzes Nichts.

»Die Katze hat diese Dinger aktiviert«, meinte Matteo und zeigte nach vorne, als hätten sie es nicht gesehen. »Die Katze hat sie aktiviert!«

»Vielleicht ist das so etwas wie eine Steuerkonsole?«

»Du meinst wie bei einem Schiff oder so?«

»Ich weiß nicht«, gab er zu. »Es könnte auch etwas ganz anderes sein, aber es interagiert offenbar mit wem oder was auch immer in diesen Bereich tritt.«

»Wir könnten also von hier etwas steuern?«, fragte Eleni ungläubig.

»Wäre schon möglich, aber das gilt für so ziemlich jede Theorie, die wir hier aufstellen.«

»Dann sollten wir es ausprobieren«, entschied Matteo und deutete nach hinten über seine Schulter, wo das Loch sie ausgespuckt hatte. »Einen Weg zurück gibt es so oder so nicht. Ich glaube nämlich nicht, dass wir diese glatte Rutsche wieder hinaufklettern, geschweige denn an dieser zuschnappenden Luke vorbeikommen könnten.«

»Zu gefährlich.« Nikos schüttelte den Kopf und hob mahnend einen Finger in seine Richtung, als er etwas erwidern wollte. Matteo wich seinem Blick aus, doch in seinen Augen lag Unglauben und Nikos folgte ihm.

»Nein, nicht!«, rief er, als er Eleni sah, die bereits zwei Schritte vorwärts gemacht hatte und jetzt in den glitzernden Bereich trat. Die Reaktion erfolgte sofort. Dieses Mal leuchteten die Dreiecke nicht blau, sondern in einem kalten Orangeton. Eleni drehte sich noch zu ihnen um und sah an sich hinab, dann dröhnte ein dumpfer Basslaut durch die Kammer und Nikos fiel mit gegen die Ohren gepressten Händen auf die Knie. Seiner Kehle entfuhr ein Schrei, den er nicht einmal hörte. Zeitgleich verwandelte sich Eleni in eine Art Wolke. Zuerst dachte er, sie wäre zu Staub zerfallen, doch die Einzelteile waren zu groß. Sie hatte sich vom einen zum anderen Moment ausgedehnt und in tausende oder Millionen winziger Teilchen aufgelöst, wie ein überkompliziertes Bausteinmodell oder Puzzle aus menschlichen Molekülen. Das gesamte Gebilde rotierte um eine unsichtbare Achse, schwebte gleitend dahin. Keuchend sah Nikos zu, wie sich rote, weiße und hautfarbene Teilchen umeinander drehten wie ein Schwarm der ineinander aufgetrennten Grundbausteine eines Menschen, und musste gegen eine aufsteigende Übelkeit ankämpfen, die ihm sauer in den Rachen stieg.

»Skatá«, jaulte Matteo und zupfte immer wieder an Nikos' Arm. Doch der reagierte nicht, war unfähig, den Blick von diesem widerlichen und gleichzeitig auf eine erschreckende Art faszinierenden Anblick loszureißen, der ebenso verstörend wie überwältigend auf seine Sinne einhämmerte. Im nächsten Augenblick gab es einen Knall und die Wolke aus auseinandergenommenen Teilen, die einmal eine Frau namens Eleni dargestellt hatten, klatschten mit einem widerlichen Geräusch auf den Boden. Die Dreiecke leuchteten nicht mehr und waren wieder schwarz. Stille breitete sich aus.

Nikos und Matteo starrten entgeistert das matschige Gebilde vor sich an, dessen rote und helle Flüssigkeiten sich langsam in ihre Richtung ausbreiteten. Auf einer Art Finger aus Körperbestandteilen, der ihnen entgegenfloss, schwamm ein Haar. Bei dessen Anblick drückte sich eine Welle durch Nikos' Speiseröhre und er entleerte seinen Mageninhalt röchelnd auf den Boden. Erst als er aus irritierender Nähe sein Erbrochenes anstarrte, fiel ihm auf, dass er auf alle viere gestürzt sein musste. Stöhnend krabbelte er zurück, um den sich ausbreitenden Überresten Elenis zu entkommen, bis sein Rücken gegen eine Wand stieß und er schwer atmend gestoppt wurde.

»Matteo!«, rief er außer Atem und wischte sich ätzende Magensäure vom Mund, ohne darauf zu achten, dass sein Overall erbärmlich stank und er sich angekotzt hatte. »Matteo! MATTEO!«

»Ich ... ich bin hier«, kam die kleinlaute Antwort, und ein Schatten huschte so schnell auf ihn zu, dass er instinktiv einen Arm hob, um sich zu schützen, doch es war der Junge, der vor ihm auftauchte und ihn am linken Arm zerrte. Offenbar wollte er ihn hochhieven, doch Nikos hatte kaum noch Kraft. Sie war aus ihm geflossen, als hätte jemand einen Stöpsel gezogen. »Komm schon! Wir müssen hier weg! Los, komm schon!«

»Was ... ich ... ich kann nicht ... Eleni, sie ...« Wieder musste er sich übergeben und stürzte kraftlos zur Seite. Stöhnend versuchte er, die störenden Hände abzuwehren, die ihn zu Anstrengungen verleiten wollten, die er nicht mehr leisten konnte.

»Nikos!«, schrie Matteo wild und Nikos spürte Hände, die sein verklebtes Gesicht packten und nach oben zwangen, bis ihre Gesichter sich ganz nahe waren. Es roch nach Ozon und Lösungsmittel. »Wir. Müssen. Weg!«

Im nächsten Moment hievte der Junge ihn mit einem Aufschrei der Anstrengung auf die Beine und er kam wankend zum Stehen. Ein überwältigender Schwindel wollte ihn zu Fall bringen, doch Nikos fing sich gerade noch und stolperte Matteo nach, der ihn an einem Arm hinter sich herzog. Immer wieder rasten die Bilder von Eleni durch seinen Kopf, pochten dumpf gegen seine Schläfen und sprangen zwischen ihnen hin und her. Erst drehte sie sich zu ihnen um und dann sah sie auf und verwandelte sich in ihre Einzelbestandteile. Aufflackernde Eindrücke des Haufens Biomasse, der einmal ihr Körper gewesen war, droschen auf seinen Verstand ein. Entfernt nahm er wahr, wie sie in die Dunkelheit liefen, die sich nur widerstrebend dem Licht ihrer Stirnlampen zu unterwerfen schien. Plötzlich standen sie in einem Korridor mit glitzernden Wänden, als wären sie aus purem Diamant gebaut. Wie die Halluzinationen eines Drogenrausches flackerten einzelne Bilder auf seiner Netzhaut und kämpften sich in seinen trüben Geist vor.

Matteo rief etwas, nein er schrie es, doch die Worte waren nur ein unverständliches Kauderwelsch, in dem Nikos keinen

Sinn erkennen konnte. Also lief er weiter, folgte dem Umriss des Jungen vor sich, stieß einmal gegen die Wand, die plötzlich näher gekommen war, und taumelte weiter. Sie bogen nach links ab, glitten durch ein Stück perfekter Finsternis. Ihre Lampen flackerten, gingen kurz aus und sprangen wieder an, als sie in einem weiteren Korridor standen. Dann erreichten sie wieder ein Loch im Boden, dieses Mal war es jedoch deutlich größer und sah nicht aus, als wäre es natürlichen Ursprungs. Die Ränder waren schroff und eingerissen, als hätte ein Meteorit eingeschlagen. Die Schwärze darin wirkte zackig, wo die schimmernden Konturen des Quecksilberbodens sich in das Loch stürzten, als würden sie die Wände benetzen und hinabfließen. Noch während er sich vornüberbeugte und mit dem Pochen seines Herzens rang, das so heftig und schnell war, dass er fürchtete, einen Herzinfarkt zu erleiden, wurde er geschubst. Vor Schreck schrie er auf, als sein Körper vom einen zum anderen Moment Gewicht verlor und fiel. Er stürzte jedoch nicht lange, denn schon zwei Herzschläge später schlug er mit den Füßen und dann den Knien auf etwas Weichem auf.

Mit den Augen starrte er unter sich und kreischte, als seine Stirnlampe das aufgerissene Gesicht einer Frauenleiche anstrahlte. Er taumelte zurück und sah um Atem ringend nach oben, um die Leiche nicht ansehen zu müssen.

Da war es: Ein Gebilde, das inmitten der Dunkelheit schwebte, einen Meter über einem kalten, aufgewühlten Boden aus Gestein und Erde, der schwarz verkohlt war. Das Gebilde erinnerte entfernt an eine Pistole, jedoch war der »Lauf« verdickt und der Griff eher so etwas wie eine knorrige Wurzel. Sie hatten die Kammer erreicht, in der der Prinz den Ausweg aus der Hölle von Athen vermutete.

Kapitel 11

Der Ausweg

»GEHT ES DIR BESSER?«, fragte Matteo besorgt. Sie saßen vor einer unsichtbaren Wand aus Dunkelheit und blickten den Lichtstrahlen ihrer Stirnlampen nach, die die seltsame Apparatur in der Luft anleuchteten. Das, was an einen Griff erinnerte, bestand bei genauerem Hinsehen aus Unmengen tentakelartiger Fortsätze, die aus dem länglichen, horizontal schwebenden Hauptteil hingen. Da sie eng umschlungen waren, wirkten sie auf den ersten Blick wie ein einziges Ganzes.

»Ja, geht schon«, antwortete Nikos und gab dem Jungen dessen Mütze zurück. Da sie aus dicht gewobenem Kunststoff bestand, hatte er sie benutzt, um hinein zu atmen und die Sauerstoffzufuhr zu seinem Gehirn einzugrenzen. Es hatte relativ gut funktioniert, um seinen Schockzustand abzumildern. Jetzt konzentrierte er sich, seinen Atem wahrzunehmen und das Ein- und Ausatmen zu zählen, um sein Gehirn zu beschäftigen. So dachte er zumindest nicht ständig an die schrecklichen Bilder von Eleni. »Es ist zu blutig.«

»Was?«

»Das Ganze hier. Es ist zu blutig.« Nikos machte einen kraftlosen Wink, der alles und nichts einzubeziehen schien.

»Äh ...«

»Ich habe früher Bücher und Filme rezensiert auf einem großen Onlineportal und meinem Blog. Ich hatte so einen Multimediablog, weißt du?«, erzählte er und bemerkte, wie das Reden über etwas scheinbar Banales ihn weiter beruhigte, wie eine Salbe aus Normalität auf seinen Wunden, die das Mystische ihm zugefügt hatte. »Bücher, Filme, Serien, meistens Science Fiction und Mystery Zeugs.«

»Ich habe viel Netflix und Prime geguckt vor dem hier. Zumindest, wenn ich nicht trainieren musste«, seufzte Matteo und gluckste freudlos. »Science Fiction habe ich aber gehasst. Jetzt weiß ich auch, wieso.«

»Kann ich verstehen. Das alles ist aber keine Science Fiction, sondern Horror, wenn du mich fragst. Na jedenfalls habe ich Bücher und Filme oft abgestraft, weil sie zu brutal waren. Ich fand es immer störend, blutige Szenen zu zeigen oder zu beschreiben, die man auch weniger explizit darstellen kann. Jetzt sehe ich all diese kranke Scheiße – bitte entschuldige – und weiß doch, dass es nichts bringt, Dinge zu beschönigen. Wenn jemand sich in seine Moleküle auflöst, sieht das eben nicht appetitlich aus. Ich wünschte nur, dass Bücher und Filme die einzige Quelle von Brutalität in meinem Leben geblieben wären. Das hier ist wirklich ... wirklich ...«

»Krank?«, schlug Matteo vor und Nikos nickte.

»Ja, echt krank.«

»Wenigstens sind wir noch keinem Alien über den Weg gelaufen.«

»Beschwör es bloß nicht herauf.« Unbehaglich lugte Nikos in die Dunkelheit, die sich wie ein lauernder Organismus um die Lichtkegel ihrer Lampen schlang, als wollte sie jeden Moment zuschlagen und sie in Finsternis ertränken.

»Vielleicht sehen wir sie auch schlicht und ergreifend nicht und sie existieren irgendwie anders«, entgegnete Matteo, als hätte er nichts gesagt.

»Wenn die nicht stofflich wären, würden sie ja keine Raumschiffe bauen.«

»Stimmt.« Der Junge machte eine Pause und deutete auf die riesige Apparatur, die in der Dunkelheit schwebte, offenbar von den Newtonschen Gesetzen unberührt. »Weißt du, was wirklich dumm ist?«

»Einiges.«

»Ja, aber vor allem die Tatsache, dass wir in der Hoffnung hierhergekommen sind, das da«, Matteo deutete wieder auf das schwebende Objekt, »zu verstehen und zu benutzen. Wir wissen ja nicht einmal, wozu es gut ist. Außerdem scheint dieser Ort uns zu hassen.«

»Die Katze hat er jedenfalls nicht gehasst, also muss es irgendein System hier drinnen geben, das auf Menschen nicht gut zu sprechen ist. Oder auf intelligente Wesen.«

»Es sah fast aus, als wollten diese Dinger da oben Eleni studieren. Erst zerlegen und dann bis ins Detail analysieren.«

»Sag bitte nicht *zerlegen*«, bat Nikos ruhig und wusste doch, dass der Junge recht hatte. Diese Vorrichtung hatte Eleni seziert wie ein Studienobjekt, nur auf eine Art und Weise, die … Ein erneuter Schwall Übelkeit drohte ihn zu übermannen und er konzentrierte sich schnell wieder auf seinen Atem, das Heben und Senken seines Bauchfells.

»Aber so war es doch«, fuhr Matteo aufgebracht fort. »Diese ganzen Aliensachen, die sind komplett verrückt!« Er stand auf und deutete erst nach oben und dann zu dem Objekt hinter sich. Im Lichtschein von Nikos' Lampe sah er blass und leuchtend aus. »Der Boden sieht aus wie flüssig und mir wird übel, wenn ich ihn zu lange ansehe. Der Scheiß da hinter mir fliegt, als gebe es sowas wie oben und unten gar nicht.«

»Schwerkraft.«

»Ja, genau das. Dann diese verrückten Anomalien. Wir wissen nicht einmal, woraus die Hülle des Sklithra besteht, warum du mit dem Rücken an der Dunkelheit lehnst. Da ist doch gar nichts und das Licht dieser Lampen«, Matteo schlug sich aufgebracht gegen den Kopf, »wird dort verschluckt. Außerdem ist der Splitter vom Himmel gefallen und einige Systeme funktionieren offenbar immer noch. Selbst wenn die NATO kommen und alles studieren könnte, würde sie wahrscheinlich erst in fünfzig Jahren etwas herausgefunden haben.«

»Aber sie kommt nicht«, seufzte Nikos. »Ich weiß nicht, wieso sie den Krater nicht abriegeln und Wissenschaftler reinschicken. Es wird aber einen Grund haben, dass sie es nicht tun. Vielleicht wissen sie etwas über die Aliens, das wir nicht wissen, und niemand sollte hineingehen.« Er überlegte einen Moment. »Oder aber die Politik kann sich nicht auf ein Vorgehen einigen. Vier Wochen sind für die Mühlen der Politik nicht besonders viel, schätze ich.«

»Aber die müssen doch scharf auf Informationen von hier drinnen sein!«

»Sind sie bestimmt. Aber ich denke, dass nach den vielen Helikopterabstürzen keiner begierig darauf ist, die Verantwortung für ein Team zu übernehmen, das hier rein kommt. Es könnte sogar sein«, dachte er laut und runzelte die Stirn, »dass sie niemanden hier reinschicken, weil die Aliens noch da oben sind.« Er zeigte vage in Richtung der Decke, die tatsächlich nicht existierte, weil es dort nichts als Finsternis gab. Sie konnte drei oder vier oder hundert Meter entfernt sein, sie würden es nicht wissen. »Dann könnten sie ein Eindringen als kriegerischen Akt sehen.«

»*Kriegerischen Akt?*«, fragte Matteo und klang mit einem Mal hitzig. »Die haben Athen zerstört!«

»Ja, aber möglicherweise nicht willentlich. Soweit wir wissen, ist es nichts weiter als ein Trümmerstück, das ... ungünstig vom Himmel gefallen ist.«

»Hmpf«, machte der Junge und ließ sich wieder auf den Hosenboden fallen, direkt neben Nikos. »Ich bin so dumm, dass ich gedacht habe, wir könnten hier hereinspazieren und irgendwo einen Knopf drücken, der uns durch einen Tunnel hinausschießt.«

»Das ist nicht deine Dummheit«, widersprach Nikos. »Deine Dummheit war, dass du diesem Verführer namens *Prinz* geglaubt hast. Aber charismatische Blender wie er haben nun einmal das Zeug, uns glauben zu lassen, dass der Himmel lila ist. Das da«, er deutete auf die Apparatur, »ist ganz sicher keine Waffe.«

»Was macht dich so sicher?«

»Ich habe Sozialpädagogik studiert, da lernt man solche Dinge wie Symbolischen Interaktionismus, das ist eine Handlungstheorie aus der Mikrosoziologie. Sie besagt im Grunde, dass wir mit Dingen interagieren auf Grundlage der Bedeutung, die wir diesen Dingen geben. Für uns ist das eine Waffe oder ein Föhn.«

»Ein Föhn?«

»Warte. Wir verbinden es mit den Bedeutungen, die diese Dinge durch unsere Erziehung und unsere Kommunikation mit anderen bekommen. Eine Gesellschaft in Weiß ist für Chinesen eine Trauergemeinde, die bei uns ganz in Schwarz antreten würde. Eine Kerze ist im Wohnzimmer ein Accessoire, in der Kirche aber ein religiöses Zeichen. Ein Kreuz besteht faktisch nur aus zwei Holzbalken, steht aber für Tod und Wiederauferstehung. Die Bedeutung entsteht durch soziale Interaktion und gemeinsam geteilte Überzeugungen. Nichts von beidem gibt es zwischen uns und den Außerirdischen, die all das hier erschaffen haben. Das Ding da könnte alles sein, aber wahrscheinlich hat es rein gar nichts mit der Bedeutung zu tun, die wir ihm überstülpen aufgrund unserer Erlebniswelt, denn was auch immer es ist, es ist weiter von unserem Erleben und Wissen entfernt als der Andromedanebel, wo auch immer der ist.«

»Also sind wir nur zwei Vollidioten, die hierhergekommen sind und rein gar nichts tun können«, schlussfolgerte Matteo und begrub sein Gesicht in den Händen.

»In Wirklichkeit nur du«, widersprach Nikos ernst. »Ich bin nicht freiwillig hergekommen und nur hier, weil du geholfen hast, mich zu kidnappen und meine Freundin zu töten.«

Matteo sah langsam auf und schluckte schwer. »Ich ... ja. Ja, du hast recht. Ich wünschte, ich könnte es rückgängig machen, wirklich, aber ich dachte ... ich ... ich dachte, dass ich das Richtige tue. Wirklich.«

»Ich weiß«, seufzte Nikos traurig. Er wollte den Jungen für das hassen, was er Maria und ihm angetan hatte, wollte ihn verdammen, schütteln und schlagen und schämte sich doch gleichzeitig für diese Impulse. Er war noch sehr jung und von einem überaus charismatischen Bandenführer eingelullt worden, dem sogar er beinahe zum Opfer gefallen wäre. Einen Jungen fertig zu machen, der in der chaotischen Hölle einer zerstörten Stadt um seinen Platz kämpfte und versuchte, das Richtige zu tun, verteufelte man nicht. Man hatte Mitgefühl mit ihm. Mit seiner Schuld würde er für immer leben müssen und Nikos verstand genug von jungen Menschen, um zu wissen, dass Matteo kein böser Mensch war. Verirrt vielleicht und wenig zentriert, aber wer war das nicht in seinem Alter? Schließlich zwang er sich, zu sagen: »Ist schon gut, Kleiner. Ich werde nicht vergessen, was du getan hast, das kann ich nicht. Aber ich bin auch nicht in der Position, dich zu bestrafen oder zu verurteilen.«

Jedes einzelne Wort musste er über seine Lippen pressen, als kämpfte er gegen eine reißende Strömung. Etwas in seinem Hinterkopf schrie danach, aufzuhören und es nicht zu sagen, doch sobald die Worte seinen Mund verlassen hatten, spürte er an einem deutlich tieferen Ort, dass er das Richtige tat und Maria stolz auf ihn gewesen wäre.

»Es tut mir leid«, wiederholte Matteo flüsternd. Nikos wischte die Tränen aus dem Gesicht und atmete tief durch, bevor er aufstand und sich seine Augen weiteten.

»Was ist?«

»Sieh mal«, gab er zurück und deutete auf den Staub zwischen dem Loch in der Dunkelheit, durch die sie in den Raum gefallen waren, und dem mysteriösen Apparat. Sofort sprang Matteo auf und machte einen Schritt zurück.

»Eine Anomalie!«

»Ja.« Nikos musterte die Staubkörner, die zu groß für Staubkörner waren. Sie schwebten in einer Art Wolke umher, kollidierten miteinander und veränderten ihre Richtung wie in einem perfekten Chaos. Vorsichtig ging er darauf zu und hielt einen Arm in den Bereich, der von der Schwerelosigkeit betroffen war.

»Hey, sei vorsichtig!«

»Bin ich«, log Nikos und machte einen Schritt vor, bis er in der Wolke stand. Sobald er es getan hatte, verlor sein Körper an Gewicht und er begann ebenfalls zu schweben.

»Skatá!«, fluchte Matteo und riss die Mütze vom Kopf. »Warte, ich helfe dir!«

»Nein!« Nikos versuchte, sich mit strampelnden Bewegungen in Richtung des Lochs in der Dunkelheit zu bewegen, und konnte tatsächlich mit seiner Stirnlampe eine Art ringförmige Öffnung entdecken. Sie besaß keine Begrenzung, keine Konturen und war doch dort. Ein unmögliches Objekt in einer unmöglichen Umgebung. Nach wenigen Schwimmbewegungen, die ihn in eine unangenehme Rotation versetzten, bemerkte er, dass er langsam, aber stetig nach oben gedrückt oder gezogen wurde und in das Loch schwebte. »Wir könnten es wieder raus schaffen.«

»Wieder raus?« Matteo schrie beinahe, als würde die Anomalie den Schall nicht mehr normal leiten.

»Ja, ich habe eine Idee, wie wir nicht sinnlos hier unten sterben. Stell dich da vorne hin und lass dich einfach hochziehen.«

»Ich ...«

»Los!«, rief Nikos ungehalten und Matteo sagte nichts mehr. Er schwebte weiter nach oben, bis er den Korridor erreichte, wo die Anomalie nachzulassen schien, denn jetzt glitt er langsam nach unten. Also packte er hektisch den Boden, der sich unter seinen Fingern schwarz färbte und verhärtete und zog sich aus dem Loch, nur um sich rasch umzudrehen und Matteo zu packen. Ächzend hievte er ihn zu sich, als die Anomalie verschwand und der Junge beinahe wieder in die Tiefe gestürzt wäre. Doch Nikos konnte ihn gerade so festhalten und zu sich ziehen, indem er sich in dessen Jacke krallte und nach hinten fallen ließ.

»Danke«, keuchte Matteo und blieb einen Augenblick schwer atmend auf dem Rücken liegen.

»Kannst du uns zurück zu dem Raum bringen, in dem ... du weißt schon?«

»Ja.« Sein junger Begleiter raffte sich auf und deutete den Korridor hinab, dessen Wände seltsam geformt waren, als hätten sie Wellen gebildet, die mal verharrten und sich mal bewegten. Gemeinsam gingen sie vorsichtig Schritt für Schritt weiter. Sie folgten ihren Lichtkegeln, wie zwei einsame, verlorene Seelen in einem Ozean aus Dunkelheit und Stille. »Was hast du vor?«

»Du hast alles aufgenommen, seit wir hereingekommen sind, oder?«, stellte Nikos eine Gegenfrage.

»Ja, wieso?«

»Ich habe vergessen, den Aufnahmeknopf zu drücken und wir brauchen deine Aufnahmen.«

»Du willst sie doch nicht dem Prinzen bringen, oder? Ich dachte, dass ...«

»Nein.«

Sie erreichten den Raum, in dem Eleni von dem Gerät seziert worden war, und hielten sich weit links, den Blick streng zu Boden gerichtet. Zwar kroch ihm die unspezifische Angst ins Genick, dass etwas in den Schatten auf sie lauern könnte, doch das Entsetzen, welches allein der Gedanke auslöste, zu

Elenis verflüssigten Überresten sehen zu müssen, war stärker als die Angst vor der Dunkelheit.

Kurze Zeit später standen sie wieder vor dem kleinen Loch in der Wand, das sie ausgespuckt hatte. Nikos drückte den Aufnahmeknopf seiner Actionkamera und filmte die Röhre hinter dem Loch. Im Licht seiner Lampe sah sie aus wie eine anthrazitfarbene Rutsche, die statt nach unten nach oben führte. An der Oberseite befanden sich einige kastenartige Auswüchse und die Oberfläche war nicht glatt, sondern gewellt, anders als die Unterseite.

»Was hast du vor?«, fragte Matteo erneut. Nikos filmte weiter, während er sprach.

»Als wir durch diesen Schlauch gekommen sind, hast du da auch das Gefühl gehabt, angesaugt zu werden? Und hattest du, kurz bevor wir herausgekommen sind, auch das Gefühl, abgebremst zu werden? Mit der Geschwindigkeit, die wir drauf hatten, hätten wir wie ein Geschoss in die gegenüberliegende Wand krachen und zerschellen müssen.«

»Denkst du, dass die Röhre so etwas wie ein Transportsystem in zwei Richtungen ist?«

»So etwas in der Art, ja.«

»Selbst wenn das so ist, gibt es da noch immer diese Luke, die uns zerschneidet, wenn wir Pech haben«, gab Matteo zu bedenken.

»Ja«, sagte Nikos und straffte seine Schultern. Unter einem ungläubigen Ausruf des Jungen duckte er sich und kletterte in die Öffnung der Röhre. Sobald er mit seinem Oberkörper darin verschwunden war, geschah es tatsächlich: Wie von Geisterhand wurde er nach oben gesaugt, rutschte über die glatte Oberfläche wie ein Geschoss. Das ringförmige Licht seiner Lampe in dem Schlauch zeigte ihm die Kastenauswüchse über sich wie blitzschnell auftauchende und verschwindende Schatten. Dann wurde er abgebremst und in einen Raum geschleudert, der von sphärischem Licht erhellt wurde. Er wirbelte einige Male mit den Armen rudernd um die eigene Achse und sah die Luke zuschnappen oder auftauchen und wieder zurückschnappen oder verschwinden. Ungläubig bemerkte er, dass er noch lebte, und krachte durch seinen Schwung zurück auf den Boden. Bei der Landung verkeilte sich sein linker Arm unter seinem linken Rippenbogen. Beides brach mehrfach unter lautem Knacken und Knirschen. Er schrie schmerzerfüllt auf und hielt sich den verletzten Arm mit dem rechten, als das Loch Matteo ausspuckte wie ein Vulkan heiße Lava. Der Junge schrie ebenfalls, sobald er auftauchte, und wurde von einem Bogen roten Blutes verfolgt, der mit ihm in die Höhe stieg und bogenförmig zu Boden stürzte.

Nikos sah, noch bevor Matteo in das fließende Quecksilber krachte, dass die Luke ihm das rechte Bein unterhalb des Knies abgeschnitten hatte. Der drohende Schock kam nicht und sein Verstand funktionierte mit einem Mal erstaunlich klar, als er seinen Blaumann öffnete, das T-Shirt auszog und den Beinstumpf des schreienden Jungen abdrückte.

»Ist gut, Kleiner, ist gut«, redete er auf ihn ein, doch Matteo schien ihn nicht wahrzunehmen und schrie außer sich vor Schmerzen. Die Augen hatte er zusammengekniffen und den Mund weit aufgerissen. Nikos presste das zerknäulte Shirt auf die Wunde und zog Matteo das Stirnband mit Kamera und Stirnlampe vom Kopf. Beides riss er grob aus den Befestigungen und nutzte das Gummiband, um den improvisierten Verband um das Knie zu fixieren. Der Stoff tränkte sich erschreckend schnell mit frischem Blut, doch immerhin spritzte es nicht mehr.

Wenn dein Plan nicht funktioniert, ist er tot, dachte Nikos erschrocken und hockte sich neben Matteo, um ihn sich mit umständlichen Handgriffen und Bewegungen auf den Rücken zu hieven. Danach stand er knurrend vor Anstrengung auf und hatte das Gefühl, seine Beine würden auseinanderbrechen. Seinen gebrochenen Arm durchfuhr ein Schmerz, der ihm beinahe das Bewusstsein raubte, aber er knirschte nur grimmig mit den Zähnen und begann, zu gehen. Zuerst passierte er die dunkle Scheibe zum Riss, der sich wie ein Korridor durch die Basis des Splitters zog, und hielt sich taumelnd nach links zur nächsten Öffnung. Mittlerweile war es draußen hell und der Krater wirkte im Tageslicht geradezu grell. Fels und Matsch erstreckten sich bis zum Kraterrand, der aus dieser Perspektive extrem steil und hoch aussah. Ungefähr auf halber Strecke befand sich das Gerippe der Betonruine, in der sie Giorgos verloren hatten.

»Nicht dieses Mal«, knurrte er vor sich hin und zwang einen Fuß vor den anderen, wie ein Roboter, dessen Gelenke schlecht geölt waren. »Nicht dieses Mal. Nicht dieses Mal.«

Als Nikos mit Matteo auf dem Rücken durch den Riss ins Tageslicht trat, musste er mehrmals blinzeln, weil er so stark geblendet wurde. Außerdem wurde es schlagartig um mindestens zehn Grad kälter und war nicht mehr so feucht. Er machte eine kurze Pause und drehte sich um. Der Riss war von dieser Seite noch immer pechschwarz.

Hundert Meter, dachte er und blähte die Wangen, bevor ihm ein Schrei entfuhr und er weiter stolperte. Sein gebrochener Arm hatte ein Schmerzniveau erreicht, das jenseits dessen lag, was er verarbeiten konnte, und sein Gehirn schien die Verbindung getrennt zu haben. Er spürte ihn nicht mehr und doch wusste er, dass Matteo noch auf seinem Rücken lag, denn dafür sorgte der Druck auf seinen knochigen Schultern, als versuchte ein Lastwagen, ihn zu zerquetschen. Irgendwann konnte er nicht mehr und stolperte und beide stürzten zu Boden.

Nikos schlug sich an dem freigefrästen Fels die Knie auf,

zuckte jedoch nicht einmal zusammen. Dafür war er zu erschöpft und damit beschäftigt, durch den Schleier der Schmerzen zu funktionieren.

Zuerst beugte er sich über Matteo, dessen Augenlider flatterten. Sein Mund war unablässig in Bewegung und er wisperte etwas Unverständliches vor sich hin. Es war nicht zu verstehen. Puls und Temperatur schienen normal.

»Ich bringe dich hier raus, hörst du?«, sagte er laut und schnappte die Actionkamera des Jungen, bevor er sich wieder auf die Beine kämpfte, und sie gut sichtbar über sich in die Luft streckte. »Seht hierher, hierher. Ihr seht mich, da bin ich sicher. Ich wette, dass jeder Satellit, der noch funktioniert, und jede Überwachungskamera, jeder Helikopter seine Sensoren auf den Splitter gerichtet hat. Ja, seht nur her, was ich hier habe.« Nikos sprach mit übertriebenen Mundbewegungen, weil er dachte, dass vielleicht jemand von seinen Lippen ablas. »Ich habe Videoaufnahmen aus dem Inneren des Sklithra! Die wollt ihr doch bestimmt haben, oder? Na dann kommt besser her!«

Natürlich geschah erst einmal nichts, außer dass er meinte, in der Ferne am Kraterrand einige Gestalten gesehen zu haben, die gleich wieder verschwunden waren. Aber was wollten sie ihm schon anhaben? Niemand außer den Polizisten schien Schusswaffen zu besitzen und selbst wenn die ihn erschießen wollten, wäre ein Kilometer Entfernung für einen geübten Scharfschützen kein leichter Schuss.

Zumindest hoffte er das.

»Kommt her, verdammt!«, schrie er und reckte weiterhin seine Hand mit der Kamera in die Höhe, obwohl sein rechter Arm vor Überanstrengung bereits zitterte.

Noch immer geschah nichts und er wurde so müde, dass nur noch seine reine Willenskraft, losgelöst von allem, was sein Körper durchmachte, ihn aufrecht hielt. Wie in Trance stand er da, trotzte der Kälte und dem Wind wie eine Statue, als er endlich Bewegungen sah. Doch sie kamen nicht aus der Luft, sondern vom Kraterrand. Eine Handvoll schwer zu erkennender Gestalten stürzte den Abgrund herab und rutschte in erstaunlicher Geschwindigkeit nach unten – auf ihn und Matteo zu.

Nikos sah abwesend zu, wie sie den Abstand verkürzten. Einer blieb am Ende des Kraterrands, wo der Anstieg in den waagerechten Teil überging, reglos liegen. Die anderen vier jedoch liefen weiter und weiter und bald erkannte er die unverkennbaren Umrisse von Hieb- und Stichwaffen in ihren Händen.

Läufer.

Als wäre er weit entfernt und steuerte seinen Körper von jenem Ort, knirschte er mit den Zähnen und plumpste kraftlos auf sein Hinterteil. Die Schmerzen erreichten sein Bewusstsein nicht mehr, auch nicht die heißen Tränen, die ihm über die Wangen rasten.

Und so sah er die drei Armeehelikopter nicht mehr, die über den Kraterrand jagten und auf seine Position zuhielten.

Teil 2

DAS FLÜSTERN DER STERNE

Kapitel 12

Der Zugriff

»WARST DU SCHON MAL IN SERBIEN?«, fragte Reinhard »Hardy« Feldmann seinen Vorgesetzten und Jacek schüttelte den Kopf.

»Nee«, sagte Jacek und zupfte an dem Gurtzeug seines Fallschirms, das sich eng an seine Kampfuniform schmiegte und seinen Brustpanzer so fest an seinen Körper drückte, dass er kaum Luft bekam. Seine fünfköpfige Einheit saß wie verloren in der riesigen A400M Transportmaschine der Luftwaffe und war gerade dabei, die letzten Ausrüstungschecks vorzunehmen.

Franziska von Ufzhausen, die sie aufgrund ihres eigenwilligen Nachnamens nur »Uffe« nannten, streichelte ihr G29 Scharfschützengewehr, als handelte es sich um ein innig geliebtes Haustier. Die Gefreite saß ihm gegenüber auf der Bank, direkt neben seinem ABC-Aufklärer Lutz »Knut« Ammon, als Oberfeldwebel Jaceks Stellvertreter. Er redete angeregt auf die blonde Scharfschützin ein, die jedoch einzig von Zeit zu Zeit eine Augenbraue hob und ansonsten nicht viel Interesse zu zeigen schien. Knut lachte auf und steckte seine überprüfte Pistole zurück ins Oberschenkelholster.

Jacek saß zwischen seinem Fernmeldetechniker Hardy und dem Junior Paul Koslowski, dem sie aufgrund seiner Vorliebe für allerlei Nahrungsergänzungsmittel den Spitznamen »Pille« gegeben hatten, seit er vor einem Jahr direkt nach der Ausbildung zu ihnen gestoßen war. Er war etwas kleiner als der Rest, der eher dem klassischen Gardemaß entsprach, aber zäh und gedrungen.

»Ist bestimmt ein Scheißland«, befand Hardy über den

Lärm der Propeller hinweg und grinste so breit, dass Jacek den vom Kautabak schwarz verfärbten Speichel zwischen seinen Zähnen sehen konnte. Von rechts beugte sich Pille vor und sah zu ihnen herüber. Den Helm hob er leicht an, als habe er Schwierigkeiten, etwas zu sehen.

»Hast du schon wieder mit deiner Scheiße die Zähne geputzt?«

»Wenigstens putze ich sie mir überhaupt. Vitamin-C-Tabletten sind kein Ersatz für die tägliche Mundhygiene, Kleiner«, konterte Hardy und hauchte dem Gefreiten einen Kuss zu, was mit dem bärtigen Breitgesicht des Feldwebels aussah wie eine Karikatur.

»Ich könnte dir was gegen deine Gesichts-Muschi empfehlen.« Pille fummelte mit ausgestrecktem Zeigefinger am Pallium zwischen Nase und Oberlippe herum und grinste gehässig.

»Was denn? Fischöl, aus deinen Eiern gewonnen?«

Jacek musste unfreiwillig grinsen, als er die Brandwunde über Hardys Oberlippe sah, die nicht nur seinen dichten roten Bart versengt hatte, sondern das Fleisch darunter rot und aufgequollen aussehen ließ. Beim Schusstraining war eine von Jaceks Gewehrpatronen aus dem Auswurfschacht in Hardys Gesicht geflogen und noch so heiß gewesen, dass er jetzt diese seltsam aussehende Wunde herumtrug. Das war natürlich ein gefundenes Fressen für die ständig frotzelnden Kameraden gewesen.

»Nein. Make-up«, gab Pille zurück und grinste, als der ältere Feldwebel ihm einen Stinkefinger zeigte.

»Ist ein Versprechen.«

»Also gut, Leute«, beendete Jacek das typische Gewitzel vor einem Einsatz, das er noch nie so recht verstanden hatte, da es dümmlich, primitiv und so klischeebesetzt war, dass er nur den Kopf schütteln konnte. Aber immerhin schien es seine Soldaten irgendwie zu beruhigen oder in einen Modus zu bringen, der sie funktionieren ließ wie die Kommandosoldaten, die sie waren. »Ab an den Sauerstoff!«

Der Rest des Teams reagierte sofort auf sein gebelltes Kommando, als im selben Augenblick die weiße Beleuchtung des Innenraums der Transportmaschine auf Rot wechselte. Sie klemmten die Visiere an ihre Helme, sodass ihre Gesichter hinter verdunkelten Masken verschwanden und zogen die Sauerstoffleitungen aus flexiblem Plastik von hinten zu sich, um sie an die dafür vorgesehene Öffnung auf Höhe des Mundes zu klemmen.

Jacek spürte, wie die trockene Stickstoff-Sauerstoff-Mischung seine Lungen füllte und sofort das leichte Kratzen in seinem Rachen einsetzte.

»Funk Check!«, sagte er in das ins Mundstück seines Helms eingebaute Mikro.

»Uffe: check«, antwortete seine Scharfschützin und reckte ihm einen Daumen entgegen. Mit dem geschlossenen Helm sah sie aus wie ein Insekt.

»Knut: check«, bestätigte auch Lutz Ammon neben ihr und hob den Daumen.

»Hardy: check.«

»Pille: check.«

»Jessy: check«, sagte Jacek und stand auf. Der Rest folgte seinem Beispiel. »Fallschirmcheck.«

Nacheinander überprüften sie gegenseitig den Sitz ihres Gurtzeugs, die ordnungsgemäße Befestigung der Gefechtsausrüstung, die richtige Einstellung des barometrischen Höhenmessers, den Sitz der Sauerstoffflasche auf dem Rücken und des Dreiringsystems sowie den Auslöser des Reserveschirms und dessen Pins. Nachdem jeder mit kurzen Gesten bestätigt hatte, dass alles war, wie es sein sollte, blickte Jacek auf seinen Höhenmesser, der aussah wie eine übergroße Armbanduhr.

»Dreihundert Meter bis Absprunghöhe«, verkündete er. »Denkt daran: folgt den GPS-Anweisungen in euren Visierdisplays. Bei einem Problem, egal wie klein es scheinen mag, landet ihr nicht auf dem Zielpunkt, sondern beim vereinbarten Plan B. Öffnungshöhe 800 Meter. Die Hausherren denken, das ist ein normaler Überflug in Richtung Afghanistan und dabei soll es auch bleiben, also Öffnungshöhe einhalten und Funkstille bis zur Kappenöffnung, danach Nahbereichsfunk. Das Paket befindet sich unserer Aufklärung zufolge im dritten Obergeschoss, also ein Stockwerk tiefer als das höchste direkt unter der Landezone. Uffe bleibt auf dem Dach und schlägt Alarm, falls Polizei, Anwohner oder andere Störenfriede im Verzug sind. Knut und Hardy nehmen die Fenster auf der Westseite, Pille und ich gehen über das Dach rein. Ihr habt den Major beim Briefing gehört: Wir gehen kein Risiko ein, und wir sind keine Blauhelme, klar?«

»Verstanden«, bestätigten sie im Chor.

»Gut. Extraktionspunkt Alpha wird sofort angesteuert, sobald wir das Paket haben. Uffe sucht während des Zugriffs ein Fluchtfahrzeug, um das sich Hardy kümmert. Wenn wir Extraktionspunkt Alpha nicht ansteuern können, bleibt uns Fluchtpunkt Beta, dann übernimmt Knut. Klar?«

»Klar, Hauptfeldwebel!«

»Gut«, sagte er nickend, als im selben Moment eine rote Lampe neben der Rampe im Heck hektisch zu blinken begann. Kurz darauf glitt die Rampe auch schon hinunter und gab den Blick auf die Nacht über dem südlichen Serbien frei. In der Ferne konnte er die Lichter einzelner Städte und Siedlungen sehen, die sich wie Geschwüre aus Helligkeit auf dem schwarzen Boden ausbreiteten. Rasch bildeten sie zwei Reihen und postierten sich vor der Rampe. Jacek stand vorne links, Knut als sein Stellvertreter vorne rechts. Selbst durch das geschlossene Visier glaubte er, das freche Dauergrinsen des bulligen Oberfeldwebels sehen zu können, als sie sich zunickten.

»Vertikalzug Eins einsatzbereit«, verkündete Jacek über Funk und es rauschte kurz in seinen Ohren, bevor die Antwort kam.

»Verstanden. Gute Jagd, Jungs!«, antwortete der Pilot. »Erreichen des Absetzpunktes in fünf, vier, drei, zwei, eins, Los!«

Jacek machte einen Satz nach vorne und sprang mit dem Kopf voran in die Tiefe. Durch den Dive entging er dem relativen Wind hinter der Maschine, der einen unachtsamen Springer schnell einige hundert Meter versetzen konnte und so das Erreichen der designierten Landezone schwieriger machte. Gerade bei Nacht und einem so schwierigen Landepunkt konnte das über Erfolg und Misserfolg der Mission entscheiden. Abgesehen davon mochte er die Ausstiegsmethode, weil sie das typische »Wegsacken« des Horizonts beim normalen Sidestep-Ausstieg umging, und er sich vorstellte, einen Kopfsprung ins Meer zu machen – nur, dass dieses Meer aus Luft bestand.

Mit angelegten Armen schoss er in die Tiefe, zählte bis zehn und klappte sie zur Seite aus, bog den Rücken durch, um den Schwerpunkt seines Körpers mittig über der Hüfte zu halten. Die Arme winkelte er in neunzig, die Beine in fünfundvierzig Grad ab und brachte sie unter Spannung. Als er stabil auf dem relativen Wind lag und mit 200 Kilometern die Stunde auf das nächtliche Kursumlija zuraste, überprüfte er seinen Höhenmesser, indem er die immer kleiner werdende Zahl in der linken unteren Ecke seines Visiers anschaute. Nach etwas mehr als neunzig Sekunden war er bereits von 9.600 Metern auf 2.200 gefallen.

In gleicher Position suchte er den Boden ab und sah auf den rot markierten Punkt inmitten der Lichter der Kleinstadt unter sich, den sein GPS-Zielführungssystem einblendete. Durch eine Drehung seines Kopfes nach links konnte er das grüne Schimmern des Passivlichts im Helm eines Kameraden erkennen, der keine fünfzig Meter entfernt auf ähnlicher Höhe in die Tiefe raste.

Als sein Höhenmesser noch 1000 Meter anzeigte, winkte er aus Gewohnheit ab und griff zu seinem Deploy unter dem Fallschirm. Einen Atemzug später waren die 800 Meter erreicht und der HALO-Sprung neigte sich dem Ende zu. Mit einem Ruck riss er den Hilfsschirm heraus und machte eine werfende Handbewegung, bei der er sein Handgelenk eindrehte, damit sich die Schnur nicht darum wickelte und ihm beim Abbremsen den Arm abriss. Der Hilfsschirm zog die Hochleistungskappe aus ihrem Container und der Slider verzögerte seine Öffnung auf ungefähr vier Sekunden, damit er nicht von 200 auf 0 gebremst und dabei zerfetzt wurde. Trotzdem gab es einen heftigen Ruck, der sich als brutales Ziehen an den Gurten um seine Brust und seine Oberschenkel bemerkbar machte, bevor es schlagartig still wurde und er scheinbar friedlich durch die klare Nachtluft glitt. Nach einem schnellen Kappencheck – der Schirm war rechteckig und alle Kammern mit Luft gefüllt – zog er die Griffe der Steuerleinen von ihren Kletthalterungen und flog eine enge Kurve nach rechts, nachdem er seinen GPS-Sender eingeschaltet hatte. Da seine Teammitglieder das Gleiche getan hatten, zeigte ihm sein Visier jetzt mit kleinen Pfeilen deren relative Position zu seiner an, damit sie nicht aus Versehen miteinander kollidierten.

Durch die mittlerweile recht geringe Höhe konnte er im Mondlicht erste Häuserumrisse und die moosartige Struktur der scheinbar endlosen Nadelwälder in den Hügellandschaften des südlichen Serbiens erkennen. Die Landezone war ein vierstöckiges Haus aus grauem, unverputztem Beton am südlichen Rand der Kleinstadt Kursumlija, das die *Custodes Veritatis* offenbar als sicheres Versteck ansahen. Vermutlich wäre es das auch gewesen, denn mit Satelliten und Drohnen waren die Extremisten nicht zu fassen, da sie keine auffälligen Materialbewegungen vornahmen. Aber eine Million Euro für Hinweise konnte selbst den härtesten Extremisten gierig werden lassen.

Er visierte das Flachdach des hässlichen Sowjetbaus an, überprüfte ein letztes Mal den seichten Ostwind und ging in den Gegenanflug über, der ihn an dem Haus vorbei über eine Straße und den Beginn des Waldes führte. Dann knickte er 90 Grad nach links zum Queranflug und kurz darauf wieder 90 Grad nach links zum Endanflug ein. Als er noch etwa fünf Meter hoch war, befand er sich ein paar Meter von der Dachkante entfernt und bremste durch, indem er beide Steuerleinen ruckartig nach unten zog, bis seine behandschuhten Hände seine Hüften berührten. Den verbliebenen Schwung lief er auf dem Dach aus und kappte seinen Fallschirm, indem er das Trennkissen packte und nach unten riss.

»Jessy gelandet«, funkte er und wich nach links aus, als hinter ihm der nächste landete. Es war eine saubere Landung, weich und präzise.

»Knut gelandet.« Sein Stellvertreter kappte ebenfalls seinen Schirm und kam zu ihm gelaufen. Beide hatten bereits ihre G36-Sturmgewehre abgeschnallt und sondierten in den Knien hockend die nähere Umgebung.

»Hardy gelandet. «

Ein weiterer Schatten rauschte aus der Nacht heran und wurde auf dem Dach zu einer laufenden Gestalt mit riesigem hinterherwehendem Schirm.

»Uffe gelandet.«

Als Letzter kam Pille über den Dachrand, rauschte ein wenig zu weit über das Dach, da er zu langsam durchgebremst hatte, fing sich jedoch kurz vor der gegenüberliegenden Dachkante. Jacek nickte erleichtert, als er das etwas verzerrte »Pille gelandet« hörte.

Im Training hätten sie alle Witze über den Neuen gerissen und sich über ihn lustig gemacht, doch sie waren im Einsatz und niemand sagte ein Sterbenswörtchen. Dafür wäre noch genug Zeit bei der Nachbesprechung. Stattdessen entfernten sie ihre Atemmasken und Visiere, bis sie nur noch ihre Sturmhauben und Kampfhelme trugen und setzten ihre Splitterschutzbrillen auf. Auch die Sauerstoffflaschen setzten sie ab und ließen sie an Ort und Stelle liegen. Uffe würde alles einsammeln und mit den Fallschirmen in einen Transportsack stecken, während sie sich in Richtung des Pakets vorarbeiteten.

Als alle aus ihren Fallschirmgurten gestiegen waren – immer zu zweit, während die drei anderen Feuerschutz gaben – machte Jacek einen kreisenden Wink mit seiner Linken und hielt dann auf den kleinen, turmartigen Aufbau in der südwestlichen Ecke des Dachs zu, in dem er die unverkennbaren Umrisse einer schattenhaften Tür sehen konnte. Pille folgte ihm und machte einen weiten Bogen nach links, damit sich ihre Schussfelder schräg überlappten, sollte unerwartet jemand durch die Tür gelaufen kommen.

Knut und Hardy verplombten derweil ihre Abseilhaken im Beton und befestigten die Leinen an ihren Brustgeschirren.

An der Tür angekommen gab Jacek Pille einen Wink und der junge Feldwebel drückte vorsichtig die Klinke hinunter. Der rechteckige Schatten schien ihnen entgegenzuschweben und gab den Blick frei auf einen kurzen Treppenabsatz, der von hellem Weißlicht erhellt wurde. Pille nickte und Jacek lief mit vorgerecktem Sturmgewehr los. Sie bewegten sich schnell, glitten wie Raubtiere durch das enge Treppenhaus. Die Mündungen ihrer Gewehre zuckten immer hin und her, suchten nach Gefahren oder Zielen. Die Wände waren hier nicht nackt, sondern verputzt und vor jeder der vier Wohnungstüren, die von dem Flur abgingen, lagen unterschiedliche Fußabtreter und kleine Klingelschilder zeigten die Namen der Anwohner. Der Eindruck war geradezu heimelig und wollte nicht zu der Tatsache passen, dass sich inmitten dieser kleinbürgerlichen Wohnungsidylle Terroristen und Staatsfeinde versteckten.

Auf leisen Sohlen gingen sie weiter zur Treppe, die sich breit und karg in der Mitte des Hauses im Zickzack nach unten wand. Bevor er die erste Stufe genommen hatte, klackte hinter ihm eine Tür und er fuhr blitzschnell herum.

Hindurch kam eine junge Frau mit dunklen Locken und entließ eine Flut ihm unverständlicher Worte aus ihrem Mund. Ihrem Gesichtsausdruck nach schien sie mit jemandem zu schimpfen – ganz offensichtlich jemandem am Telefon, das sie ans Ohr gepresst hielt. Als sie die beiden KSK-Soldaten erblickte, erstarrte sie. Das Telefon entglitt ihren Händen und sie wurde blass.

Jacek schüttelte bloß leicht den Kopf und sie machte einige Schritte zurück in ihre Wohnung. Er nickte und sie schloss die Tür.

»Weiter«, flüsterte er über Funk und sie gingen das Treppenhaus hinab in die dritte Etage. Die Wohnung, die der Informant als Versteck der Custodes angegeben hatte, befand sich links um die Ecke, doch Jacek blieb an der Betonwand stehen und atmete durch.

»Jessy hier. Status?«

»Bereit zum Zugriff«, kam das statische Flüstern von Hardy zurück. Da es sich um Terroristen handelte, mit denen sie zu tun hatten, und diese in der Regel überaus paranoid waren, mussten sie mit Kameras vor der Tür rechnen, hätten also nicht viel Zeit für ihr Überraschungsmoment, selbst mitten in der Nacht nicht.

Jacek nahm die kleine Jagdzwille von seinem Gürtel, für den ihn viele Kollegen belächelten, und drehte die Schlaufe für das Geschoss um. Dann zog er einen der beiden Bälle mit Klebesprengstoff aus der Halterung an seinem Gürtel und entfernte die Folie. Er stopfte den Auslösefaden hinein und rollte ihn ab. Das Ende steckte er in den Mund und biss darauf, damit es ihm nicht entglitt. Als Pille ihm zunickte, drehte sich Jacek um die Ecke und sah die Tür ganz links, die zu dem Appartement der Terroristen führte. Erwartungsgemäß befand sich eine halbkugelförmige Kamera direkt über der Tür an der Decke. Rasch zielte er und zog die Zwille auf. Als er losließ, klatschte der Klebesprengstoff kurz darauf direkt auf das Schloss unter der Klinke wie Knete. Er zerplatzte zu einem dicken, gelartigen Fleck, der über das Zündkabel mit seinem Mund verbunden war. Die Zwille steckte er zurück in ihre Halterung und das Ende des dünnen Kabels in ein schmales schwarzes Kästchen an seinem Gürtel, das einen einzigen Knopf besaß. Er drückte ihn und ein elektrischer Impuls zündete den Sprengstoff am anderen Ende.

Ein hoher Knall ertönte und ließ die Wände erzittern, dass sich grauer Staub von ihnen löste und im weißen Licht des Flurs tanzte.

»Zugriff!«, rief er über Funk und gab Pille einen Wink. Der junge Feldwebel riss eine Schockgranate von seinem Gürtel, sprang in den Flur und warf sie mit einer kegelartigen Bewegung durch den Qualm der halb zerstörten und jetzt offenen Tür. Kurz darauf drückte er sich neben Jacek an die Wand und wartete, bis das unterdrückte Bollern der Detonation ertönte.

Dann stürmten sie los. Um die Ecke und in schnellem Schritt durch den Flur. Jacek presste das G36-Sturmgewehr mit Zeiss-Optik gegen seine Schulter und die Wange an den Kolben. Mit einem Finger am Abzug und der linken Hand am Vordergriff hielt er sich links, Pille rechts. Die Tür war halb aus den Angeln geflogen und hing schräg in einem weiten Hausflur, in dem sich Rauch gebildet hatte. Jemand stöhnte im Inneren. Eine Tür ging nach links ab, eine nach rechts und eine geradeaus.

Jacek winkte mit der freien Hand nach links, damit sein Kamerad die linke Tür übernehmen konnte. Er selbst drückte sich gegen die Wand und zielte vorsichtig durch die rechte Tür gegenüber. Irgendwo klirrten Fensterscheiben, also waren Hardy und Knut eingedrungen. Es donnerte zweimal, dann stürmte Jacek durch die rechte Tür.

In einem großen Raum mit Schreibtischen und Computern lagen zwei Personen am Boden und hielten sich stöhnend die Ohren zu. Eine dritte Person taumelte mit einer Pistole in der Hand von einem Sofa hoch. Als die Mündung eher zufällig in Jaceks Richtung schwenkte, drückte er ab und schoss ihr in die Stirn. Der Kopf des Bewaffneten zuckte zurück und er segelte zu Boden. Sonst befand sich niemand im Raum und die am Boden Liegenden waren unbewaffnet. Er fesselte sie rasch mit Kabelbindern hinter dem Rücken und zog ihnen zwei vorbereitete Säcke über den Kopf.

»Raum Zwei gesichert, zwei FK sichergestellt«, meldete er über Funk und hörte das unverkennbare laute Zischen schallgedämpfter Schüsse.

»Raum Eins gesichert, FK neutralisiert«, verkündete auch Pille kurz darauf.

»Raum Drei gesichert. FK neutralisiert.« Die Stimme gehörte Hardy.

»Hardy, Knut, Gefangene sichern. Abtransport vorbereiten. Ich suche nach dem Paket.« Jacek ging zu den Rechnern, die noch liefen. Insgesamt fünf Monitore zeigten allesamt Eingabekonsolen. Er setzte sich an den linken Computer und tippte einen Befehl ein, der ihn ins Root-Verzeichnis brachte.

Dann tippte er eine lange Codezeile ein und suchte nach den letzten geöffneten Dateien. 198 Treffer in den letzten sechs Stunden.

Die waren aber fleißig, dachte er und gab einen weiteren Befehl ein, der jene Dateien aus den Ergebnissen filterte, die ein Videoformat aufwiesen.

Drei Treffer. Rasch öffnete er sie, sah jeweils die ersten fünf Sekunden an und zog die beiden USB-Sticks aus seiner Gürteltasche. Er kopierte die Videodateien auf beide Sticks. Die 70 Sekunden, die der Transfer dauerte, kamen ihm wie eine Ewigkeit vor.

»Zwölf Uhr, Pick-up, Marke Ford«, funkte Uffe vom Dach. Ihre Stimme klang wie immer, als würde man Süßholz mit einer Kettensäge raspeln.

»Hardy und Knut unterwegs«, antwortete Knut. Im Hintergrund konnte Jacek Schritte hören. Vermutlich liefen sie bereits mit den Gefangenen die Treppe hinunter.

Als der Transfer abgeschlossen war, sprang er vom Stuhl und warf einen der Sticks Pille zu, der in der Tür wartete und diesen geschickt auffing. Den anderen steckte er in eine der mit Reißverschlüssen gesicherten Taschen an seiner Kampfweste und zog einen länglichen Gegenstand aus seiner Ausrüstung, mit dem er nacheinander an sämtlichen Rechnern entlangfuhr. Jedes Mal, wenn er das tat, flackerten die Monitore kurz und wurden schwarz. Als er fertig war, bedeutete er Pille mit einer knappen Geste, den Hausflur zu sichern, bevor er in Raum Eins lief, die Küche. Hier saßen zwei Männer mit Löchern in Brust und Kopf an einem Tisch, auf dem mehrere großkalibrige Waffen lagen.

Jacek lief zum Herd. Gas. Mit einem Ruck riss er den gesamten Herd ein Stück von der Wand und zückte sein Kampfmesser. Die beiden fingerdicken Schläuche, die in der Wand verschwanden, schnitt er durch und roch sofort den süßlichbeißenden Geruch des austretenden Gases. Er lief zurück in den Flur und entzündete sein graues Sturmfeuerzeug. Vorsichtig stellte er es auf den Türabsatz zur Küche und vergewisserte sich, dass die Flamme ruhig brannte. Dann lief er eilig in den Hausflur und bedeutete Pille, vorzugehen. In diesem Moment kam auch Uffe mit ihrem langen G29 Scharfschützengewehr auf dem Weg nach unten an ihnen vorbeigerauscht.

Pille folgte ihr, Jacek sicherte nach hinten und lief ebenfalls hinab, immer drei Stufen auf einmal nehmend. Im Erdgeschoss fand er ein rotes Kästchen an der Wand, schlug die kleine Scheibe ein und zog den Hebel hinunter. Der Feueralarm schellte in einem aufdringlichen hohen Klingeln. Eine Sprinkleranlage gab es nicht, aber die hätte vermutlich auch nichts gegen das Sturmfeuerzeug ausgerichtet.

Vor dem Haus stand ein weißer Ford Ranger Pick-up, den Hardy, der am Steuer saß, offenbar gerade kurzgeschlossen hatte. Jacek folgte Uffe und Pille auf die Ladefläche und sah zu dem Haus. Hinter jedem Fenster brannte bereits Licht, als eine fauchende Explosion eine Stichflamme aus einem der Fenster schleuderte und einen Moment die stille Nacht auf der Straße erhellte.

Jacek klopfte gegen die Fahrerkabine und Hardy gab Gas.

»Einfach«, verkündete Uffe, während sie durch die Dunkelheit fuhren. Sie klang beinahe enttäuscht. Der geplanten Fluchtroute folgend bog Hardy nach kurzer Zeit auf einen Feldweg ein, der sie über eine alte Passstraße, die laut ihrer Informanten nur noch von Wanderern und einigen Hirten genutzt wurde, in Richtung Grenze zum Kosovo folgten, wo sie vom Bundeswehrstützpunkt ausgeflogen werden würden.

»Besser einfach als kompliziert«, antwortete Pille und ruckelte auf und ab wie eine Puppe, als sie über einen Stein hinwegsetzten. Die Gefangenen stöhnten auf dem Boden zwischen ihnen und wanden sich wie Aale.

»Kaum zu glauben, dass solche Amateure an so wichtige Daten gelangt sind. Hüter der Wahrheit am Arsch«, fand Uffe. Da wird sich Big G aber freuen.

»Immerhin sind die *Custodes Veritatis* an Daten gelangt, die den Papierschiebern in Berlin wichtig genug sind, um uns zur Schnitzeljagd herzuschicken«, hielt Pille dagegen.

Uffe winkte ab. »Zählt nicht. Die haben wieder Hilfe von irgendeinem Insider bekommen, der die Daten weitergegeben hat, weil er Schiss vor E.T. hat.«

Jacek lächelte unter seiner Sturmhaube und machte eine Faust mit seiner linken Hand, als sie anfing, zu zittern. Sein Lächeln verschwand.

Kapitel 13

Das Treffen

JACEK WARTETE GEDULDIG vor dem Konferenzraum A001 im Kanzleramt gegenüber des Reichstags. Da er mit einem Fahrstuhl lange abwärts gefahren und von den beiden Bundespolizisten auf eine Wartebank in einem modernen Flur mit kalter weißer Beleuchtung gesetzt worden war, befanden sie sich vermutlich tief unter der Erde. Die beiden Männer waren GSG 9 Beamte oder zumindest gewesen, bevor sie im Personenschutz für Politiker angeheuert hatten. Raubtiere erkennen ihresgleichen am Geruch, hatte mal ein israelischer Kollege gesagt, als seine Einheit mit der Sajaret Matkal in Israel im Wüstenkampf fortgebildet worden war. Bei über 250 Übungstagen im Jahr kam man schnell durcheinander, wo man wann was gehört hatte, aber dieses Zitat hatte er nicht vergessen. Es brachte die lauernde Wachsamkeit und den federnden, sprungbereiten Gang jedes Menschen, der eine Ausbildung zum Kommandosoldaten oder Elitepolizisten durchlaufen hatte, auf den Punkt. Niemand brachte die härtesten Qualen, die ein demokratisches System erlaubte, ohne eingebrannte Verhaltensweisen hinter sich.

Der Flur, in dem er saß, war lang und besaß wenige Türen. Es gab kein Treppenhaus – zumindest keines, das er sehen konnte, und lediglich die zwei Aufzugtüren. Wände und Fußboden waren klinisch weiß und schmucklos, genau wie die Bank mit den fünf unbequemen Sitzen, auf dessen ganz rechtem er neben einer massiv aussehenden Tür saß. Andere Menschen gab es nicht und die wenigen Zugänge, die es gab, hatten sich seit seiner Ankunft nicht geöffnet.

Jacek hasste Termine wie diesen. Er mochte keine Politiker

und schon gar keine hochrangigen, weil sie ihn verlegen machten. Er wusste, dass er sie respektvoll behandeln musste, war aber nie sicher, wie genau. Außerdem fiel es ihm schwer, dicke, verweichlichte Männer und Frauen, die Entscheidungen trafen, von denen sie nichts verstanden, mit Respekt zu behandeln. Männer und Frauen, die noch nie siebzig Kilogramm Gefechtsgewicht über Marathondistanz geschleppt hatten. Männer und Frauen, die noch nie jemanden hatten töten müssen, oder mitten in feindlichem Gebiet gehungert und gefroren hatten. Doch sie waren es, die Entscheidungen trafen, welche anderen das Leben kosteten – häufig wegen deren Dummheit. Aber sie hatten das Sagen und er war lediglich ein Bauer in ihrem Spiel, also hatte er hier zu sein und dem Ruf seines Kommandeurs zu folgen.

Als die Tür neben ihm aufging, sprang er auf und nahm instinktiv Haltung an.

»Rühren, Hauptfeldwebel.« Jacek entspannte eine Nuance und nahm die hinter dem Rücken gefalteten Hände nach vorne.

Brigadegeneral Georg Driedler war ein drahtiger Mann Anfang/Ende fünfzig mit militärisch kurz rasierten grauen Haaren und den schmalen Wangen eines Asketen. Seine stahlgrauen Augen sahen aus wie die eines Habichts, zumal seine Augenbrauen geschwungen waren und den Eindruck vermittelten, er wäre die ganze Zeit wütend. Dabei war Driedler ein kluger, bedacht agierender Mann – zumindest hatte er ihn bisher immer so erlebt. Außerdem schien Driedler einen Narren an Jacek gefressen zu haben, auch wenn er nicht verstand, weshalb. Immer wenn es besonders sensible Missionen gegeben hatte, die aus dem Verteidigungsministerium kamen, bat er Jacek um einen Einsatz. Einerseits fühlte er sich geehrt, dass ihm solches Vertrauen entgegengebracht wurde, andererseits war die Einsatzbelastung hoch. Wie die meisten Kollegen, die nicht mehr Ende zwanzig waren, schluckte er seit über einem Jahr Schmerzmittel gegen die Gelenkschmerzen, auch wenn man in der Einheit nicht darüber sprach. Lange würde er die dauernden Anstrengungen eines Kommandosoldaten nicht mehr durchhalten und vor dieser Zeit graute ihm.

»Wie fühlen Sie sich?«, fragte Driedler.

»Gut, Herr General«, log Jacek und ballte seine linke Hand zur Faust und entspannte sie wieder. »Darf ich fragen, weshalb Sie mich herbeordert haben? Meine Einheit und ich sind erst vorgestern nach Calw zurückgekommen und ...«

»Genau deshalb sind Sie hier. Wegen Ihres Einsatzes. Der Kanzler hat um Ihre persönliche Anwesenheit gebeten.«

»Um meine?«

»Ja, um Ihre. Sie werden auf einen weiteren Einsatz geschickt, wenn alles gut geht.«

»Wenn alles gut geht?«, fragte Jacek und blinzelte verwirrt.

»Politik ist kompliziert. Kommen Sie.« Driedler nickte in Richtung der offenen Tür, aus dem gedämpfter Gesprächslärm auf den Flur wehte. Der General straffte seine graue Uniform und Jacek tat es ihm gleich. Sein Vorgesetzter lächelte und nickte.

Der Raum, in den er trat, war riesengroß, bestimmt wie ein halber Tennisplatz, und besaß hohe Decken. Eine Wand bestand aus einer riesigen Videoleinwand, die aktuell schwarz war. Ein ovaler Tisch in der Mitte wurde von Strahlern unter der Decke in warmes Licht getaucht. Es gab insgesamt sieben Stühle, von denen fünf besetzt waren. Als Jacek erkannte, wer da saß, versteifte er sich. Erst als er Driedlers dezente Hand in seinem Rücken spürte, die ihn nach vorne schob, ging er weiter und räusperte sich.

Zuerst wandte er sich Bundeskanzler Günther Leopold zu, der rechts neben einem freien Stuhl saß, welcher etwas nach hinten geschoben war. Offenbar hatte Driedler dort gesessen. Leopold war ein großer, bärenhafter Mann mit weichem Gesicht, das jedoch von Schlafmangel und Sorgenfalten gezeichnet war.

»Herr Bundeskanzler.« Jacek nickte und sah zu dem französischen Präsidenten François Vienne, einem kleinen Mann mit Nickelbrille und wirrem Haar, der aussah wie ein nie erwachsen gewordener Student in einem Anzug. »Je suis honoré, Monsieur le Président.«

»Sie sprechen Französisch«, stellte der Franzose anerkennend fest. Sein Englisch war erstaunlich gut.

»Gehört zur Ausbildung. Wir beherrschen mindestens zwei Fremdsprachen fließend«, antwortete Jacek und deutete einen Salut in Richtung des Generalleutnants der französischen Luftwaffe an, einem steifen Kerl, der neben seinem Präsidenten saß, als würde er an einem Faden hochgezogen.

»Trés bien, trés bien.«

Jacek hoffte, das bedeutete, dass er sich den anderen Gästen zuwenden konnte. Die britische Premierministerin Theresa June trug einen dunklen Hosenanzug, der einen starken Kontrast zu ihren schlohweißen Haaren bildete. Neben ihr saß ein Colonel mit gepflegtem Äußeren, der einen entfernt nahöstlichen Eindruck machte mit seiner gebräunten Haut, der scharf abgegrenzten Lippenpartie und den dunklen Augen.

»It's an honor to meet you, Prime Minister«, sagte Jacek höflich und sie nickte lächelnd.

»Danke, dass Sie gekommen sind, Herr Stratholm«, sagte der Bundeskanzler, als Jacek schon fürchtete, er hätte etwas Falsches gesagt und müsste jetzt eine unangenehme Stille ertragen – ganz zu schweigen von einem Rüffel des Kommandeurs. »Nehmen Sie doch bitte Platz.« Leopold deutete auf den freien Bürostuhl mit der hohen Lehne neben Driedler.

Jacek nickte und setzte sich. In die Tischplatte waren Touchscreens eingebaut, auf denen ein Wappen mit Bundesadler vor blauem Hintergrund langsam im Kreis rotierte.

»Sie fragen sich bestimmt, weshalb Sie hier sind, Soldat«, fuhr der Bundeskanzler fort und lächelte müde. »Sagt man das so?«

»Tatsächlich sagen wir Hauptfeldwebel«, meinte Driedler nachsichtig lächelnd und machte eine wegwerfende Handbewegung. »Aber beim Kommando Spezialkräfte werden wir ausgebildet, uns über so etwas keine Gedanken zu machen.«

Das nennt man eine Untertreibung, dachte Jacek und nickte in Richtung von Leopold.

»Also gut, Hauptfeldwebel. Sie sind hier, weil ich Theresa und François einen Einsatz vorschlagen will. Dafür muss ich ein wenig ausholen.« Diesmal sprach der Bundeskanzler in erstaunlich gutem Englisch und die mächtigen Anführer Frankreichs und Großbritanniens beugten sich interessiert vor.

Leopold drückte vor sich auf dem Touchscreen herum und Jacek sah auf seinem ein Bild erscheinen. Es zeigte eine Animation der Erde, die beinahe echt aussah.

»Als die Außerirdischen vor beinahe genau sieben Wochen im niedrigen Erdorbit über unserem Kontinent auftauchten, hat sich schnell herausgestellt, dass es sich um zwei Parteien handelt, die im Krieg liegen. Unsere ersten Annahmen, dass es sich um eine Invasion handelt, haben sich nicht bestätigt. Wir wissen aus den USA, dass das Trümmerstück eines Raumschiffes nicht bloß die Appalachen eingeebnet und das Land mit einer Aschewolke eingedeckt hat, sondern haben auch Berichte erhalten, dass die Hälfte des Kontinents verstrahlt ist. Da beinahe der gesamte Regierungsapparat ausgelöscht wurde, gehen wir davon aus, dass die USA, wie wir sie kannten, nicht mehr existieren. Von unseren mexikanischen Amtskollegen wissen wir, dass sich riesige Flüchtlingsströme über die Grenze nach Mexiko bewegen und glücklicherweise nehmen unsere mexikanischen Freunde so viele Menschen auf, wie sie können, da es Mittelamerika offenbar nicht so schwer getroffen hat. Die amerikanischen Streitkräfte in Europa wurden ins EUROCOM eingegliedert. Aber auch uns hat es schwer getroffen. Große Trümmer wie in Athen gab es glücklicherweise nicht, aber der hat ausgereicht, um das südeuropäische Land zusammenbrechen zu lassen. Der Rest des Kontinents ist von über vierhundertachtzig Trümmern getroffen worden. Deren Größe schwankt zwischen einigen Dutzend Metern bis zu kleinen, einen Meter großen Objekten. Nachdem wir bei ersten Untersuchungen hohe Strahlenwerte festgestellt haben, wurden einem Beschluss des Europarats folgend sämtliche Absturzzonen zu Sperrzonen erklärt und großräumig eingezäunt, um die Bevölkerung zu schützen. Erste Untersuchungen haben wenig erbracht. Wir konnten nicht einmal die Hüllen der Trümmer öffnen, um das Material zu analysieren. Keines der Objekte war intakt und die Schäden enorm. Bis auf weiteres haben wir beschlossen, keine Teams mehr zu den Absturzstellen zu schicken, da beinahe alle Forscher und Soldaten, die ihnen zu nahe gekommen sind, heute entweder nicht mehr unter uns weilen oder in einem Krankenhaus behandelt werden.«

»Unser Geheimdienst arbeitet aktuell daran, wirksame Schutzanzüge zu entwickeln, aber wie ich es verstanden habe, ist das nicht besonders leicht«, warf der französische Präsident ein. »Die Strahlung ist exotisch und einige unserer Leute haben von Anomalien berichtet, die sich anhören wie Fantasiegeschichten.«

»Das ist eine gute Idee.« Leopold schien kurz angebunden und machte einen Wink. Die Darstellung der Erde auf den Touchscreens drehte sich, bis Asien in den Vordergrund rückte und das Bild auf das nördliche China heranzoomte. Erst jetzt erkannte Jacek, dass es sich um eine Satellitenaufnahme handelte. Sie zeigte ein seltsames Objekt, das aussah wie ein riesiger schwarzer Käfer mit großem Rüssel und mächtigen Werkzeugarmen. Das Bild wechselte auf eine verwackelte Kameraaufnahme. In dem Video rief der Halter der Kamera oder des Smartphones aufgeregt etwas auf Chinesisch.

Jacek stöhnte auf, als er begriff, was der Augenzeuge da filmte. Es handelte sich um ein Raumschiff, das so groß war wie eine Kleinstadt. Die Hülle war so unheildrohend und konturlos wie ein schwarzes Loch. Der Kopfbereich des käferartigen Gebildes sah unruhig aus und saugte einen steten Strom trichterförmig aufsteigenden Gesteins aus dem Boden, der sich in riesigen Abschnitten zu lösen und in die Höhe zu schweben schien. Der Chinese hinter der Kamera wurde immer aufgeregter, als aus dem wolkenfreien Himmel ein strichförmiges Objekt mit heller Abgasflamme fiel und kurz darauf das Käferraumschiff traf. Ein Lichtblitz, der so hell war, dass das Bild auf dem Touchscreen komplett weiß wurde, erstrahlte, und der Bildschirm wurde schwarz.

Meine Güte, was ist das?, dachte Jacek, verhielt sich aber ruhig.

»Die Chinesen haben offenbar mit einem Nuklearangriff versucht, es zu zerstören«, erklärte Leopold und auf dem Bildschirm war wieder das Satellitenbild von zuvor zu sehen, das den Käfer von oben zeigte. Nur dieses Mal war die Wüste, in der er entlangkroch, aufgewühlt wie ein frisch gepflügtes Feld. »Diese Aufnahmen entstanden einige Stunden nach dem Raketenangriff von einem unserer Spionagesatelliten, die nicht bei dem Angriff in der Neujahrsnacht zerstört wurden.«

»Keine Wirkung«, kommentierte die britische Premier ministerin das Bild und schürzte die Lippen. »Wie schon beim Raketenangriff auf den Splitter in Athen.«

»Ja«, stimmte Driedler zu und beugte sich etwas vor. »Aber auch keine Reaktion.«

»Diese Aliens sind wie zwei Fechtende, die aus Versehen in einen Ameisenbau getreten sind. Und wir sind die Ameisen«, stimmte der britische Colonel mit dem nahöstlichen Aussehen dem KSK-Kommandeur zu und warf die Hände in die Luft. »Warum sollten sie uns auch beachten, wir stellen keinerlei Gefahr dar und uns würde ein Ameisenbau auch nicht sonderlich interessieren, wenn wir gerade mit jemandem kämpfen. Scheiße, uns würde ein blutiger Ameisenhaufen nicht einmal interessieren, während wir vorbeigehen, wenn wir nicht gerade Zoologen auf Forschungsreise wären.«

»Genau darauf möchte ich hinaus, Colonel Al Ghabra«, sagte Leopold und schnippte mit den Fingern. »Wir müssen einen Weg finden, uns zu schützen, und das geht nicht, wenn wir rein gar nichts über den Feind wissen.«

»Wir wissen ja etwas«, widersprach der französische Präsident. »Dass wir sie nicht bekämpfen können. Darum läuft doch auch gerade dieser Kontaktversuch mit deinem Wunderdiplomaten, oder?« Vienne sah zu Premierministerin June und sein Gesichtsausdruck ließ keinen Zweifel, dass er es jedenfalls nicht gewesen war, der diese Entscheidung mitgetragen hatte.

»Das ist ein wichtiges Projekt und, auch wenn Ergebnisse unwahrscheinlich sind, heißt es nicht, dass wir es nicht probieren sollten.« Leopold schüttelte den Kopf, als wollte er diesen Teil des Gesprächs fortwischen. »Wir müssen ihre Technologie verstehen und zwar schnell.«

»Da sind wir uns einig«, stimmte Vienne seufzend zu und lehnte sich wieder etwas zurück.

»Unsere Wirtschaft steht am Rand des Kollapses. Die Globalisierung hat gezeigt, dass die extreme Verflechtung der Weltwirtschaft, einst ein Garant für Wachstum, zur Falle geworden ist. Asien ist nach hunderten Tsunamis in Folge von Trümmerabstürzen zu einem riesigen Grab geworden. Sämtliche Küstenstädte sind zerstört, die innere Mongolei nach dem Nuklearangriff verseucht und durch den Zusammenbruch von Infrastruktur und behördlichen Strukturen gehen unsere Experten davon aus, dass der Rest bald von Seuchen dahingerafft wird. Wir haben es uns im Europarat nicht leicht gemacht, aber sämtliche Grenzen zu schließen, war das einzig Richtige. Trotzdem werden wir nicht lange überleben. Unsere Börsen existieren so gut wie gar nicht mehr. Ganze Wirtschaftszweige sind aufgrund durchbrochener Lieferketten untergegangen und wir arbeiten mit Mühe und Not daran, Nahrungsmittel und Medikamente bereitzustellen. Da wir nicht direkt angegriffen werden, haben wir eine Chance zu überleben, aber wir brauchen auch eine Strategie.« Leopold machte eine bedeutungsschwangere Pause. »Die Bevölkerung ist zwiegespalten. Die einen geben sich dem Defätismus hin und erscheinen nicht mehr zur Arbeit, die anderen folgen unseren Aufrufen, sich dem Militär anzuschließen. Es mangelt nicht an Neueintritten, aber abgesehen von der massiven Militarisierung, die wir vornehmen müssen, könnten wir uns bald die Frage stellen, wen wir überhaupt noch schützen, wenn der Rest der Bevölkerung nicht mitzieht. Wir befinden uns auf dem Weg zu einer zwangsweisen Planwirtschaft und das wird wehtun. Diesen Prozess bekommen wir nur geregelt, wenn wir die Menschen motivieren können und das geht nur …«

»Mit Hoffnung«, beendete Colonel Al Ghabra den Satz des Bundeskanzlers und nickte nachdenklich. »Ich denke, da wir tief unter Ihrem Amtssitz in kleiner Runde sitzen, haben Sie auch schon eine Idee, Sir?«

»Ja, die habe ich. Kürzlich haben wir von einem Informanten erfahren, dass die Terrororganisation *Custodes Veritatis* über Aufnahmen einer möglicherweise wegweisenden Entdeckung verfügt.«

»Diese Alienanbeter?«, fragte die Premierministerin und rollte mit den Augen.

»Genau.« Leopold stützte sich mit einem Ellenbogen auf den Tisch und zeigte mit ausgestrecktem Zeigefinger auf sie. »Einem unserer Spezialkommandos ist es nach dem offenbar guten Tipp des Informanten gelungen«, er zeigte auf Jacek, »Videoaufnahmen sicherzustellen, die alles ändern könnten.«

»Jetzt bin ich aber gespannt«, erwiderte June.

Der Bundeskanzler gab Driedler einen Wink und der General räusperte sich, bevor er auf seinem Touchscreen tippte und ein Video auf der riesigen Leinwand abgespielt wurde. Es zeigte eine Gruppe Schwarzafrikaner, die gerade von einem Berg abstiegen. Einer zeigte auf dem Video in den Himmel und das Bild wurde hochgerissen. Ein Schatten löste sich aus den Wolken und senkte sich auf den Dschungel. Es besaß die Form eines Tropfens mit glänzender grauer Oberfläche. Ein lapislazulifarbener Schimmer umgab das Raumschiff wie magischer Staub, der über die Oberseite wallte und von der Unterseite eingesaugt zu werden schien.

»Was wir hier sehen ist die Landung eines Raumschiffes«, erklärte Driedler mit tiefer Stimme. »Es handelt sich wohlgemerkt um die erste dokumentierte Landung der Außerirdischen auf unserem Planeten.«

»Wo ist das?«, fragte François Vienne, während Theresa June gleichzeitig fragte: »Von wann ist das?«

Driedler lächelte. »Die Aufnahme ist eine Woche alt und stammt aus Zentralkongo. Die *Custodes Veritatis* wollten das Material offenbar nutzen, um zu einer Pilgerfahrt für Alienanbeter aufzurufen. Das haben sie aber noch nicht getan, also waren es vermutlich die einzigen Aufnahmen. Durch die Regulierung des Internetverkehrs im Zuge der noch immer EUweit geltenden Notstandsgesetze konnten sie es offenbar noch nicht verbreiten.«

»Warum landen die im Kongo?«, fragte Al Ghabra verwundert. Jacek fand, dass seine Stimme angenehm klang, beinahe wie bei einem geschulten Politiker. »Wir sind in unseren Risikoeinschätzungen bisher davon ausgegangen, dass, wenn sie landen, sie vermutlich ihre Trümmer einsammeln oder zerstören, um uns keinen Zugang zu ihren Technologien zu erlauben. Aber im Kongo ist doch nichts, oder?«

»Nichts, von dem wir wissen, aber unsere Aufklärungsmöglichkeiten sind durch die vielen Satellitenausfälle begrenzt«, gab Driedler zu. »Darum schlagen wir eine Mission zu dem Raumschiff vor.«

»Mit welchem Ziel?«, fragte Vienne.

»Das höchste Ziel muss vermutlich sein, in Besitz außerirdischer Technologie und vielleicht sogar eines Außerirdischen zu gelangen. Es handelt sich um das erste intakte Schiff, das gelandet ist.«

»Abgesehen von diesem Riesenkäfer, der in Nordchina den Boden aussaugt«, gab Al Ghabra zu bedenken.

»Ja.« Driedler nickte und schien für einen Moment besorgt. »Aber es ist deutlich kleiner. Unsere Experten haben es anhand der Aufnahmen auf etwa dreißig Meter Länge geschätzt. Außerdem ist es mitten im Dschungel gelandet und gibt dadurch die Möglichkeit, sich ungesehen zu nähern. Diese Chance sollten wir wahrnehmen.«

»Danke, General«, sagte der Bundeskanzler und Driedler lehnte sich in seinen Stuhl zurück. »Neben dem Interesse an der Technologiegewinnung, hat das Verteidigungsministerium noch weitere Ziele ausgemacht: Gefangennahme eines außerirdischen Individuums, falls möglich, Aufklärung des Grundes für die Landung und eine Möglichkeit zur Identifikation der beiden Konfliktparteien. Bisher haben wir Schwierigkeiten, überhaupt zu erkennen, wer gegen wen kämpft und wie wir sie auseinanderhalten können.«

»Du willst unsere Unterstützung für dieses Vorhaben im Europarat«, schloss Theresa June aus dem Gehörten und schmunzelte.

»Ja.«

»Das wird nicht leicht. François will sicher, dass französische Einheiten die Aufklärung übernehmen. Das Problem habe ich nicht. Ich bin froh, wenn jemand anderes seine Ressourcen ausdünnt, wir stecken schon bis zum Hals in eigenen Problemen. Aber es gibt noch ein ganz anderes Problem«, gab die Premierministerin zu bedenken. »Was du vorschlägst, Günther, ist hochriskant. Ein Alien zu entführen könnte dafür sorgen, dass seine Spezies ihre Haltung überdenkt, die Ameisen zu ignorieren. Damit könnten wir von lästigen Insekten zu Insekten werden, die man lieber unter dem Schuh zermatscht.«

»Du hast vollkommen recht«, gab Leopold zu und nickte nachdenklich. »Aber noch wissen wir rein gar nichts über das Objekt und seine Besitzer. Wenn wir nicht hingehen, verpassen wir eine wichtige Chance. Die bisher einzige Chance, wohlgemerkt.«

»Wir haben ein paar Daten über den Splitter von Athen von den beiden Überlebenden erhalten«, warf Vienne ein.

»Aber wie hilfreich waren die?«, fragte Driedler den Franzosen. »Klar, wir haben einen kleinen Horrorfilm gesehen und wissen, dass sie offenbar über morphende Materialien verfügen und das Raumschiff oder was davon übrig ist, entweder leer ist oder sich die überlebenden Aliens versteckt halten. Das ist nicht viel.«

»Du willst also dein KSK-Team mit der Rückendeckung des Europarats hinschicken und das Risiko eingehen, dass wir die Aliens richtig wütend machen«, fasste der Präsident mit leierndem französischem Akzent zusammen.

»So würde ich es nicht ...«, setzte Leopold an, wurde jedoch von der Premierministerin unterbrochen.

»Wir wissen, dass sich zwei Alienflotten aufeinander zu bewegen und ohne Kursänderungen in drei Tagen über Skandinavien aufeinandertreffen werden. Dieses Mal sind wir vorbereitet und werden versuchen, herabfallende Trümmer abzufangen. Das ist eine Verteidigung, die kein Angriff ist, und sich nicht gegen intakte Raumschiffe richtet. Ich denke, dass wir abwarten sollten, was Operation Iron Dome bringt. Dann werden wir über genügend Daten verfügen, um zukünftige Schutzmaßnahmen besser einschätzen und vorbereiten zu können«, meinte June und Al Ghabra nickte, als sie ihm einen fragenden Blick zuwarf. »Ihr Raumschiff im Kongo stehlen können wir dann immer noch.«

Der Bundeskanzler seufzte enttäuscht. Jacek hatte von Operation Iron Dome gehört. Riesige Kampfverbände der europäischen Streitkräfte wurden seit Wochen nach Schweden, Finnland und Norwegen verlegt, seitdem bekannt geworden war, dass sich außerirdische Flotten von Venus und Mars gelöst hatten, wo sie sonst was taten, und aufeinander zuhielten. Wieder einmal schien die Erde im Weg zu sein und deren Aufeinandertreffen über Europa stattzufinden. Er hatte gehört, dass über zwanzigtausend Soldaten beteiligt sein sollten.

»Wenn wir warten, habe ich eure Unterstützung im Falle eines Scheiterns von Operation Iron Dome?«, fragte Leopold und die Britin und der Franzose zögerten. June nickte jedoch nach kurzer Zeit und auch Vienne erwiderte die Geste mit einem Lächeln.

»Operation Overlord wird aber nicht scheitern, mein Freund«, beteuerte der Franzose. »Dieses Mal wissen wir, womit wir es zu tun haben, und die beiden Flotten bestehen aus weniger als zehn Schiffen.«

»Da wäre noch etwas«, überging der Bundeskanzler den Optimismus seines Amtskollegen. »Ich würde der Mission gerne einen Zivilisten zuteilen, der sich in den Händen deines Geheimdienstes befindet.«

Vienne zog überrascht eine Augenbraue hoch. »Jetzt bin ich aber neugierig.«

»Nikos Antoniadis, der Überlebende des Splitters, den deine Heeresflieger geborgen haben.«

»Aaah, der Informant. Er wird noch immer von meinen Leuten befragt, aber die Kommission hat vollen Zugang zu ihm, ich ...«

»Ich würde ihn gerne unter Hauptfeldwebel Stratholms Kommando stellen und die Mission in den Kongo begleiten lassen«, gab Leopold zurück.

»Herr Bundeskanzler, einen Zivilisten auf eine Kommandomission mitzuschicken, das ist bei allem Respekt ...«, wollte Jacek protestieren und versteifte sich.

»Eine überaus gute Idee«, schnitt Driedler ihm mit mahnendem Funkeln in den Augen das Wort ab. »Nikos Antoniadis war in einem ihrer Wracks und hat es wieder herausgeschafft. Er weiß vielleicht nicht viel, aber immerhin mehr als Sie und Ihr Team, und könnte sich als wertvoll erweisen, wenn Sie das Schiff betreten sollten.«

»Ja, Herr General«, sagte Jacek gehorsam und schloss und öffnete seine linke Hand, um das Zittern zu unterdrücken. Bei dem Gedanken, einen Zivilisten in den Dschungel mitzunehmen, in unbekanntes Gebiet, das von feindlichen Kräften kontrolliert werden könnte, die nicht einmal von der Erde stammten, wurde ihm übel. »Das wird kein Problem sein, Herr General.«

Kapitel 14
Der Zivilist

»IRON DOME WAR JA EIN voller Erfolg«, raunte Uffe und schnaubte verächtlich. »Hätte niemand vorher denken können.«

»Natürlich hätte das niemand vorher denken können«, stimmte Knut ihr breit grinsend zu. »Weil diejenigen, die mit dem Denken betraut sind, fette Sesselfurzer und Abknicker sind. Die kannst du doch in der Pfeife rauchen.«

»Wartet!« Uffe machte große Augen und warf ihren Pferdeschwanz über die Schulter. »Ich habe eine grandiose Idee! Die Aliens juckt es nicht, wenn die Bambusbieger ihnen einen Nuklearsprengkopf auf den Balg werfen, also machen wir es richtig schlau und schicken ganz viele Kampfjets, Raketenstellungen und Flugabwehrkanonen nach Skandinavien und ballern die ganzen Trümmer ab, die nach der Schlacht vom Himmel regnen. Das wird bestimmt ein voller Erfolg.«

»Ja, fantastische Idee«, stimmte Knut ihr lakonisch zu und machte ein betroffenes Gesicht. »Oh, wir haben rein gar nichts bewirkt, aber einige tausend Soldaten und Hardware verloren, weil ihnen Schrott auf den Kopf gefallen ist. Wie enttäuschend.«

»Hey«, ging Jacek dazwischen und legte ein Full House auf den Tisch. Hardy und Pille, die als einzige noch im Spiel waren, fluchten wild und warfen ihre Karten achtlos in Richtung des Chipstapels. »Das reicht jetzt. Da sind Kameraden gestorben, klar? Die können nichts dafür, wenn irgendwelche Politiker in Brüssel dumme Entscheidungen treffen.«

»Die Generalheinis sind es doch, die sie beraten. Bestimmt haben die sich diesen Murks ausgedacht«, brummte Uffe.

»Wir haben jetzt noch eine Stunde, bis der Zivilist eintrifft. Willst du die ganze Zeit meckern oder lieber ein bisschen Geld verlieren?«

»Meckern«, erwiderte sie entschieden und Jacek seufzte ergeben.

»Ich habe eine Gefreite, die seit acht Jahren Feldwebel sein müsste, aber bei jeder Beförderung umgangen wird, weil sie ihre Vorgesetzten anpisst, einen Zivilisten am Bein und ...«, Jacek sah zu Knut, doch der hob eine Hand und sein Grinsen verschwand.

»Wenn du etwas Schlechtes über mich sagst, töte ich mich heute Abend, während ihr schlaft«, verkündete er bierernst. »Ich werde es leise tun, damit ihr mich erst morgens entdeckt. Eine Trauerfeier brauche ich nicht.«

»... einen Stellvertreter, der chronisch schrägen Humor hat«, fuhr Jacek kopfschüttelnd fort und sah zu Hardy, der ihn mit hochgezogenen Brauen erwartungsvoll ansah. »Hm, du bist cool.«

Hardy grinste und streckte ihm einen Daumen entgegen.

»Dein Bart sieht aus wie um die Eier eines Hornochsen, aber man kann nicht alles erwarten.«

»Na toll, ich hatte mich schon gefreut, dass du bei mir mal etwas Positives aus deinem Gesichtsloch drückst.«

»Nö.« Jacek grinste und sah zu Pille, der ihn bereits erwartungsvoll ansah und die Daumen in die Träger seines Unterhemds hakte. Auch die anderen wirkten gespannt. »Und ein Kind.«

Uffe, Knut und Hardy grölten und polterten mit den Fäusten auf den Tisch, während Pille den Kopf schüttelte.

»Sehr kreativ«, befand der Jüngste in der Runde und nickte ironisch. »Wirklich, muss ich schon sagen. Ich kann sehen, warum du es zum Hauptfeldwebel gebracht hast.«

»Ich erkenne einfache Wahrheiten und nehme keine Umwege«, stimmte Jacek ihm zu. »Wenn du jetzt ein bisschen Pipi in der Hose hast, gibt's da bestimmt was von Ratiopharm.«

Wieder brandete Gelächter auf, als Jaceks Handy klingelte.

»Stratholm«, meldete er sich und legte einen Zeigefinger auf seine Lippen, damit die anderen schwiegen. »Ja, mhm, verstehe. Verstanden.«

»Und?«, fragte Uffe, als er das Smartphone auf den Tisch zurückgelegt hatte. Sie war gerade dabei, das Kartendeck zu sortieren.

»Wir sollen zur Einsatzbesprechung kommen.«

»Jetzt schon?«, nölte sie und rollte mit den Augen. »Wir haben doch noch frei.«

»Wenn E.T. unseren Planeten durchnimmt, gibt es keine Freizeit mehr.« Jacek stand auf. »Lasst alles liegen und zieht euch vernünftig an. Besprechungsraum in fünf Minuten. Driedler selbst leitet das Briefing.«

Fünf Minuten später standen sie in ihren Uniformen in dem kleinen Besprechungsraum in der General-Steinhoff-Kaserne westlich von Berlin und warteten mit unter die Arme geschlagenen Barretts auf Driedler, der kurz darauf eintrat. Sofort schlugen sie die Hacken aneinander und nahmen Haltung an.

»Rühren«, sagte der Brigadegeneral und schritt an ihnen vorbei zu dem kleinen Pult vor der Leinwand, die von einem Beamer unter der Decke mit dem Wappen der Luftwaffe angestrahlt wurde: Eisernes Kreuz und Schwinge.

Es gab nur ein Dutzend Sitzplätze, die anders als bei ihnen in Calw gepolstert waren wie Kinositze. Jacek ging vor und setzte sich mit seiner Einheit in die erste Reihe. Driedler schloss einen kleinen Laptop an und schien sich zu sortieren. Er sah sehr müde und mitgenommen aus, hatte vermutlich die letzten Tage im Kanzleramt verbracht und den gesamten Stress der verlorenen Schlacht in Skandinavien erlebt.

»Wenn Sie Fragen haben, bevor wir mit der Einsatzbesprechung beginnen, können Sie die jetzt stellen«, sagte Driedler und sah sie ernst an. Uffe beugte sich vor und sah fragend zu Jacek. Als er zustimmend nickte, hob sie die Hand.

»Ja, Gefreite?«

»Herr General, Sie haben gesagt, *die Schlacht verloren* – war es wirklich eine Schlacht oder wurden wir einfach von den Trümmerschauern zerlegt?«, fragte die Scharfschützin.

»Wir sind nicht sicher.« Driedler wirkte beinahe verlegen, was Jacek noch nie bei ihm gesehen hatte. Offenbar war ihm dieses Thema unangenehm. Dass er trotzdem mit einer Erklärung fortfuhr, zeigte einmal mehr, dass es sich lohnte, ihrem Vorgesetzten Respekt zu zollen. »Die meisten Verluste haben wir durch Trümmer erlitten, aber dieses Mal ist etwas Neues geschehen. Als sich eine französische Dassault-Staffel einem tieffliegenden Schiff genähert hat, das wir fälschlicherweise als Trümmer identifiziert hatten, wurde sie ausgelöscht von etwas, das aussah wie ein Schrapnellschauer, der sich aus dem Schiff gelöst hat. Aufgrund des schlechten Wetters mussten wir uns viel auf Radarüberwachung verlassen, was sich als problematisch erwiesen hat.«

»Vielleicht war das etwas wie die Nahbereichsverteidigung oder so?«, fragte Uffe dazwischen und schien den tadelnden Blick des Generals nicht zu bemerken. Jacek war erstaunt, wie wenig Gespür seine Soldatin für korrektes Verhalten besaß. Noch weniger schien sie allerdings den Ehrgeiz zu besitzen, etwas an diesem Defizit zu ändern. Dass sie noch nicht rausgeflogen war, lag vermutlich daran, dass sie zu hübsch war, um etwas so Schönes inmitten kalter Hässlichkeit zu entfernen. Allerdings war sie abgesehen davon auch die beste Scharfschützin, die je in Calw ausgebildet worden war.

»Das ist möglich. Zumindest gab es danach keinerlei Angriffe mehr auf unsere Einheiten, aber einer der zerstörten Kampfjets ist in eine niederländische Fregatte gestürzt und hat sie schwer beschädigt«, antwortete Driedler und schüttelte den Kopf. »Jedenfalls wird es nicht mehr leicht sein, einen so großen Verband aufzustellen. Der Europarat ist in heller Aufregung.«

Knut hob eine Hand und grinste breit.

»Ja, Oberfeldwebel?«

»Wieso? Ist doch alles wie vorher? Wir haben keine Chance, denen Kratzer zuzufügen, das ist doch nichts Neues.«

»Auf den eigenen Händen zu sitzen hilft jedenfalls am wenigsten«, brummte Driedler und Hardy machte eine abwehrende Geste mit beiden Händen. »Darum schicken wir Sie jetzt in den Kongo. Ich habe der Verteidigungsministerin und dem Bundeskanzler bereits im Vorfeld empfohlen, das sofort anzuordnen und nicht zu warten. Jeder Tag, den wir zögern, erhöht die Chancen, dass das fremde Schiff wieder verschwindet. Aber offenbar spielen selbst heute noch politische Erwägungen eine große Rolle.« Der saure Gesichtsausdruck des Generals ließ keinen Zweifel, was er davon hielt.

Wieder hob Uffe einen Arm.

»Ja?« Das Knirschen von Driedlers Zähnen war nicht zu überhören.

»Darf ich offen sprechen, Herr General?«

»Ich fürchte, dass ich das bereuen werde, aber in diesem Fall: Sprechen Sie schonungslos, Gefreite.«

»Danke. Drehen Sie uns in den Fleischwolf und machen das Briefing deshalb selbst? Ich weiß, dass Sie für'n Lamettaträger nen ganz cooler Typ sind und selbst Ihre Schwielen am Abzugsfinger hatten. Bin schon lange dabei, aber nen G-Man hat uns noch nie gebrieft, also ist die Kacke am Dampfen, oder?«

Jacek wollte sein Gesicht in den rauen Händen vergraben, während Uffe scheinbar unbedarft drauflos plapperte, doch zu seiner Überraschung blieb der betagte Offizier ruhig.

»Ich würde Sie ja gerne degradieren lassen, aber da Sie Gefreite sind, ist das kaum möglich.« Das dünne Lächeln, das den schmalen Mund des Generals umspielte, verriet, dass er es nicht ernst meinte.

»Ist meine Strategie.« Die blonde Scharfschützin zuckte mit den Schultern und lehnte sich lässig zurück. »Wenn man ausschließlich der Herde karrieregeiler Stoppelhopser hinterherläuft, hat man zwar nur Ärsche vor sich, aber dafür sieht man, wenn die Scheiße geflogen kommt. Außerdem will jeder in der Herde jemanden hinter sich haben, wenn der Wolf kommt.«

»Ich bin froh, dass Sie lediglich frech sind und nicht dumm. Mit ersterem kann man arbeiten«, erwiderte Driedler. »Zu Ihrer Frage: Sie haben recht. Diese Mission wird ein Problem werden. Der Kongo war schon vor dem Auftauchen der Außerirdischen ein vom Bürgerkrieg zerrüttetes Land, aber seit Anfang des Jahres sind dort auch die letzten Strukturen zusammengebrochen. Warlords kämpfen um Einfluss und Macht, töten alles und jeden, der ihnen und ihren Vorräten zu nahe kommt. Über das Raumschiff wissen wir rein gar nichts und Sie haben einen Zivilisten im Gepäck.«

»Okay, also wir dürfen in einen Scheißhaufen springen und dabei ein Stück Scheiße in der Hand balancieren«, fasste Uffe zusammen. Als der General ihr einen vernichtenden Blick zuwarf, runzelte sie scheinbar verwirrt die Stirn. »Reden wir nicht mehr frei?«

Jacek bedachte sie mit einem durchbohrenden Blick und schüttelte grimmig den Kopf. Sie sah es und murmelte ein nicht besonders aufrichtiges »Sorry«, bevor sie sich zurücklehnte und schwieg.

Driedler drückte einen Knopf auf seinem Laptop und auf der Leinwand erschien eine Karte von Zentralkongo. Die gesamte Region am Äquator war tiefgrün. Dschungel. Ein Punkt war rot markiert.

»Wir konnten einen unserer Satelliten neu positionieren und haben den genauen Landeort des Schiffes lokalisiert und bestätigt. Es handelt sich um ein Objekt, das sechsunddreißig Meter lang ist und an der breitesten Stelle neun Meter misst. Es ist also etwas kleiner als ursprünglich geschätzt oder hat seine Form geändert, was ja bisher schon häufiger bei anderen UFOs beobachtet wurde. Ihr Auftrag wurde von den Führern Großbritanniens, Frankreichs und Deutschlands abgesegnet und autorisiert. Wie immer ist die Operation geheim und wird nie ans Licht irgendeiner Öffentlichkeit gelangen. Der Auftrag besteht darin, so viele Daten über das Flugobjekt zu sammeln wie möglich, von innen und außen. Außerdem sollen Sie herausfinden, ob es bemannt ist und falls ja ... bringen Sie ein Exemplar mit.«

»Das ist auch der abgesegnete Auftrag?«, fragte Jacek vorsichtig, als er sich an das Gespräch im Kanzleramt erinnerte.

»Das ist ein Zusatz von Bundeskanzler Leopold«, entgegnete Driedler gelassen.

»Verstehe.«

»Lassen Sie mich noch etwas erwähnen«, fuhr der General fort. »Ich weiß, dass ich Ihnen kaum etwas sagen kann außer dem Plan, wie wir Sie in den Kongo schaffen, da uns so gut wie keine Daten zu dem Zielobjekt vorliegen. Eines aber möchte ich Ihnen mit auf den Weg geben: Nutzen Sie den Zivilisten. Ich habe persönlich an einer Befragung des Griechen teilgenommen und dieser Mann ist weder ein Dummkopf noch ein Spinner. Er hat Dinge durchgemacht ... sagen wir, dass er und Sie mehr gemeinsam haben, als Sie vielleicht denken.«

Pille hob eine Hand.

»Ja, Feldwebel?«

»Sollen wir überhaupt Waffen mitnehmen?«

»Nein, nimm einfach deine Vitamin-C-Tabletten mit, Pille, vielleicht sind die dagegen allergisch«, schlug Uffe vor. Hardy und Knut kicherten unverhohlen.

»Uffe, halt die Klappe«, ermahnte Jacek sie und die Gefreite rollte mit den Augen in ihrer typischen *keiner-versteht-mehr-Spaß*-Manier, blieb jedoch still.

»Ich will ja nur sagen, dass wir ziemlich viel schleppen müssen und das ist Dschungel. Die grüne Hölle ist nicht gerade wegsam und wenn es ein längerer Aufenthalt wird, frage ich mich, was wir mit Waffen anfangen sollen, die höchstwahrscheinlich nichts bewirken, außer die Besitzer dieses Raumschiffes anzupissen«, erklärte Pille ungerührt.

Driedler nickte mehrfach und schnalzte mit der Zunge. »Ich will Sie was fragen: Wenn Sie in einem Panzer sitzen und auf zwei Indianer mit Pfeil und Bogen zuhalten, wie viele Sorgen müssen Sie sich dann um Ihr Leben machen?«

»Keine, ich würde den Rothäuten was mit dem Browning geben.« Pille kicherte und schlug mit seiner Faust gegen die von Knut, die der ihm grölend hinhielt.

»Was machen Sie, wenn Sie sich neben dem Panzer aufhalten und die beiden Indianer mit Pfeil und Bogen dastehen?«

»Schon verstanden.«

»Technologie ist ein wichtiger Vorteil im Kampf, aber selbst ein mittelalterlicher Ritter wäre in dem Fall besser dran als sie mit dessen alter Stahlrüstung. Nur weil ihre Raumschiffe für uns undurchdringbar sind, heißt das nicht, dass die Außerirdischen im Inneren nur mit dicken Panzeranzügen herumlaufen. Also würde ich empfehlen, dass Sie Ihre Bleispritze einpacken, hm?«, erklärte der General und Pille nickte. »Gut. Sie werden mit einer A400M in niedriger Höhe abgesetzt, da nicht mit feindlichem Abwehrfeuer zu rechnen ist. Das Gebiet um die Landezone ist gar nicht oder kaum besiedelt. Falls die Aliens Sie vom Boden aus runterholen ... na ja, dann haben Sie wohl Pech gehabt.«

Jacek und seine Einheit kicherten.

»Die ausgemachte Landezone ist ein Fluss, der zu dieser Zeit recht wenig Wasser führen sollte. Leider konnten wir keinerlei Lichtungen oder Felder ausmachen. Der nächste Landepunkt auf dem Fluss ist zwei Klicks von der Landezone entfernt, Sie werden es also nicht weit haben. Der Zivilist ist nicht am Fallschirm geschult, einer oder eine wird also einen Tandem ausführen müssen.«

Hardy hob eine Hand.

»Ja, Feldwebel?«

»Wie sieht es mit der Wahl des Spielzeugs aus? Freie Hand?«

»Ja.«

»Na das hört man gern.« Hardy reckte einen Daumen hoch.

»Abflug in zwei Stunden.«

»In zwei Stunden?«, fragte Jacek überrascht.

»Ja, wir wollen doch nicht, dass die Außerirdischen wieder abdampfen, bevor Sie einen kidnappen können, oder?«

»Kidnappen, das klingt toll«, fand Knut und grinste sein breites Pferdegrinsen. »Dann kann ich endlich mal mein Chloroformfläschchen mitnehmen, das bei mir im Spind versauert.«

»War ja klar, dass du deine perverse Ader an einem Alien auslassen willst«, kommentierte Uffe und verzog angewidert den Mund.

»Ich kann nicht ewig warten, bis du mir mal den Rücken zuwendest.«

»Leute, seid ihr fertig?«, blaffte Jacek seine Soldaten an.

»Jo«, meinte Knut, ohne dass sein Grinsen sich verändert hätte. Uffe zuckte wie gewohnt mit den Schultern und schwieg.

»Stratholm, bringen Sie diesen Sauhaufen in Ordnung und kümmern Sie sich um Ihren Gast. Sein Debriefing ist mir recht nahegegangen und ich wünsche von Ihnen persönlich, dass Sie sich gut um ihn kümmern, ja?«, befahl Driedler und Jacek nickte gehorsam.

»Verstanden, Herr General.«

»Gut. Er landet in zwanzig Minuten. Abtreten.«

Sie standen auf, nahmen Haltung an und salutierten. Nachdem der General den Salut nachlässig erwidert hatte, ging Jacek voran auf den Flur, aus dem Gebäude und zu ihrer Baracke. Zurück im Aufenthaltsraum wartete er, bis Pille als Letzter die Tür hinter sich geschlossen hatte und brüllte los.

»Seid ihr vollkommen bescheuert? Ihr führt euch auf wie der letzte Dreckhaufen frischer Rekruten, wenn der Kommandant anwesend ist und uns brieft? Bin ich zu nett zu euch oder was ist das Problem?«

Alle machten lange Gesichter und schwiegen.

»Ich denke, jetzt werde ich mich wirklich umbringen«, befand Knut ernst.

Dann konnte Jacek seine ernste Miene nicht mehr halten und begann zu kichern. Die anderen stimmten ein und nach einigen Augenblicken winkte er ab.

»Ihr seid scheiße, wisst ihr das? Da will ich einmal den Macker spielen, um euch auf Linie zu bringen, und ihr nehmt mich gar nicht ernst«, machte er ihren alten Spieß aus der Ausbildung nach, indem er seine Stimme ein wenig höher werden ließ.

Nikos Antoniadis landete um 20:17 Uhr Ortszeit auf Landepad 2 in einem Eurocopter. Er war ein großer Mann, noch eine Handbreit größer als Jacek, und von bärenhafter Statur, wenn er auch ein wenig ausgezehrt wirkte. Sein Haar war spärlich und kurzgehalten und sein Bart sah nach gewolltem Dreitagebart aus – gut frisiert und akkurat getrimmt. Ihm entgingen jedoch nicht der leicht schlurfende Gang und die etwas gebückte Haltung des Griechen. Beides wirkte nicht wie natürliche Bestandteile seines Habitus, sondern wie Zeichen von jemandem, der Dinge erlebt hatte, die er nicht hätte erleben sollen. Er kannte diese Art Gangbild von vielen Abbrechern in der Spezialkräfteausbildung – vorwiegend jungen Männer, die als Athleten und besondere Schießtalente aus dem Heer oder der Luftwaffe nach Calw kamen und die Tortur der Ausbildungsblöcke durchliefen, nur um nach Tagen oder Wochen halb gebrochen das Weite zu suchen, wie geprügelte Hunde. Das war nie ein schöner Anblick, aber immer noch besser, als wenn sie im Einsatz oder bei einer Übung starben, ohne dort hingehört zu haben.

»Geia sou Niko, eimai o Jacek, ti kaneis?«, begrüßte er den Neuankömmling auf Griechisch und lächelte, als der hochgewachsene Mann erstaunt große Augen machte. Er antwortete mit einem Schwall Griechisch, doch Jacek wedelte abwehrend mit den Händen, nachdem sie sich die geschüttelt hatten, und nahm seinem Gast den schweren Rucksack ab.

»Ich hatte mal eine griechische Freundin, das ist alles«, sagte er auf Englisch und winkte dem Piloten zu, bevor er auf den schmalen Weg zwischen den Hangars deutete.

»Ah, verstehe. Wo kam sie her?«

»Aus Athen.« Sofort ärgerte er sich, dass er das gesagt hatte, und sah zugleich, wie Nikos leicht in sich zusammensackte und seine Augen von einem dunklen Schleier verhüllt wurden. »Tut mir leid.«

»Ist schon gut.« Der Grieche winkte ab. »Ich habe nicht überlebt, weil ich mich in Seide gebettet habe. Athen war die Hölle, wortwörtlich, aber ich kann Ihnen sagen ...«

»Bitte, sag Jacek.«

»Ich kann dir sagen, Jacek, dass diese Zeit nicht die schlimmste war ...«

»... sondern die danach«, komplettierte er den Satz des Zivilisten und nickte verständnisvoll.

»Ja«, sagte Nikos überrascht und Jacek entging nicht, wie er von der Seite gemustert wurde, als sähe sein Gesprächspartner ihn zum ersten Mal richtig.

»In Afghanistan war ich an einem Angriff auf das Versteck eines Warlords in den Bergen beteiligt. Ich habe vier feindliche Kombattanten erschossen, drei waren minderjährig, wie sich später herausstellte. Sie hatten Kalaschnikows in den Händen, also habe ich sie ausgeschaltet. Im Einsatz habe ich kaum darüber nachgedacht, weil wir auf dem Rückzug in einen Hinterhalt gerieten und von den Amis mit Hubschraubern evakuiert werden mussten. Als ich zu Hause war, habe ich überlegt, wie ich meine Dienstpistole aus der Kaserne mitnehmen kann, um mich zu erschießen«, erklärte Jacek und ballte seine linke Hand zur Faust, als sie zu zittern begann. Es machte ihn wütend, aber das verschlimmerte das Zittern.

»Aber du bist noch hier.«

»Ja, ich bin zum psychologischen Dienst gelaufen. Wir werden jährlich auf psychologische Eignung getestet und können vermutlich mehr verkraften als jeder andere, aber das bedeutet nicht, dass man ein Stein ohne Gefühle oder Gewissen ist. Im Einsatz sind wir fokussiert und nichts bringt einen so effizient in die Gegenwart und raus aus dem Terrorcamp namens Kopf wie ein Überlebenskampf. Aber wenn du in Sicherheit bist ...«, Jacek tippte mit der freien linken Hand gegen die Schläfe, »dann geht der wirkliche Kampf erst los.«

»Ja«, hauchte Nikos mit entrücktem Blick. »Ja, das stimmt.«

»Man sollte sich also zweimal fragen, was Sicherheit wirklich bedeutet. Die Entspannung für den Kopf liegt in der Gefahr und die für den Körper in der Sicherheit. Falls noch jemand mehr Beweise braucht, dass es keinen gütigen Gott gibt, ist ihm nicht mehr zu helfen, schätze ich.«

»Das klingt ein wenig fatalistisch, aber ich kann nicht widersprechen.«

»Du hast einen Jungen gerettet, habe ich gelesen?«, wechselte Jacek das Thema und bog mit Nikos nach rechts ab auf einen geteerten Weg, der direkt auf ihre Baracke zuführte.

»In Wirklichkeit hat er eher mich gerettet«, widersprach der Grieche mit entrücktem Blick. »Die einzige Person, die ich hätte retten können ... sagen wir, dass ihr Blut an meinen Händen klebt.«

»Hast du sie ermordet?«

»Nein!«, rief Nikos empört.

»Dann hast du sie auch nicht getötet«, entgegnete Jacek mit fester Stimme. »Was du erzählst, ist Mind-Fuck der schlimmsten Art, das solltest du dir gleich abgewöhnen. Ich habe Fehler gemacht, die anderen Soldaten das Leben gekostet haben, aber schnell gelernt, dass der Anspruch, keine Fehler zu machen, nur Dummheit ist, weil das mit Realismus nichts zu tun hat. Wir gestehen anderen Menschen immer Fehler zu und wissen, dass wir nicht fehlerlos sind, aber sobald ein Missgriff Konsequenzen hat, beginnen wir uns selbst zu geißeln, als seien wir der Teufel persönlich.«

Nikos schwieg, bis sie die Tür zur Baracke erreichten und Jacek innehielt, eine Hand auf der Klinke. Er sah dem Zivilisten ernst in die Augen. »Wir gehen jetzt auf eine gefährliche Reise, Nikos, und es wäre besser, wenn du schnell einer von uns wirst, für dich und für uns. Das Motto des KSK lautet *facit omnia voluntas,* alles entscheidet der Wille. Wir haben uns entschieden, eine Schwachstelle der Aliens zu finden, vielleicht einen gefangen zu nehmen, denn wenn wir das schaffen, können wir eine ganze Menge Leute retten. Wir können nie ändern, was wir bisher an Fehlern begangen haben, aber wir können die Zukunft verändern, indem wir jetzt etwas tun. Die Wahrscheinlichkeit für einen Erfolg unserer Mission? Gering. Gehen wir trotzdem? Verdammt ja, das werden wir. Durch Nichtstun wurde noch nie jemandem geholfen, genausowenig wie man sich durch Grübeln und Selbstkasteiung hilft. Also frage ich dich, Nikos: Bist du einer von uns?«

Der Grieche erwiderte seinen Augenkontakt mit festem Blick und ließ sich mit seiner Antwort Zeit. In diesem Moment spürte Jacek, dass in ihm der Respekt für diesen Mann wuchs, dessen Augen die düstere Tiefe eines Menschen ausstrahlten, der viel erlebt hatte. Jacek war nur von solchen Augen umgeben und erkannte sie als die seinen.

»Ja«, antwortete Nikos schließlich.

»Gut.« Jacek lächelte und drückte die Klinke hinunter. »Jetzt kannst du keinen Rückzieher mehr machen, das ist gut, denn ich werde dir die Verrückten vorstellen, die in den nächsten Tagen deine Familie sein werden.«

Kapitel 15

Die Grüne Hölle

NIKOS HASSTE ES, ZU FLIEGEN. Er verabscheute das Auf und Ab, wenn die Maschine in ein Luftloch brauste und es sich anfühlte, als würde sie zwischen zwei Luftströmungen zerrieben. Er hasste das Dröhnen der Propeller und in einer Militärmaschine die Tatsache, dass sie keine Fenster besaß. Die Soldaten scherzten und lachten die ganze Nacht auf Deutsch und er konnte kein Wort verstehen. Ihre harte, aggressiv klingende Sprache erinnerte ihn ein wenig an das Klingonisch der alten Star-Trek- Folgen, die er als Kind so geliebt hatte. Sie passte zu den harten Soldaten, die ihn umgaben und sich gerierten, als wären sie auf Klassenfahrt. Keiner schien auch nur im Geringsten besorgt oder auch nur aufgeregt zu sein, während er bereits spüren konnte, wie sich seine Schultermuskeln unter der Anspannung verknoteten.

Was Matteo jetzt wohl gerade macht? Er hätte das sicher spannend gefunden, dachte Nikos und sein Seufzen wurde von dem Propellerlärm verschluckt. Er hatte den Jungen in Paris zurückgelassen, wo er in einer psychosomatischen Klinik akzeptiert worden war. Der französische Geheimdienst hatte sein Versprechen wahr gemacht, ihm einen Platz mit griechischem Arzt zu geben, wenn er sich für die einwöchigen Befragungen zur Verfügung stellte. Es war nicht schön gewesen, anzusehen, wie Matteo nach dem Überleben ihres Martyriums in seine Einzelteile zerfallen war. Ständige Durchfälle, Magenkrämpfe und Anfälle von Cluster-Kopfschmerzen waren noch die harmloseren psychosomatischen Symptome seiner einsetzenden posttraumatischen Belastungsstörung gewesen. Nikos hatte sich täglich mit dem ihm angebotenen Psychologen zusammengesetzt und es hatte ihm schon gutgetan, mit jemandem über alles reden zu können, was ihm an schmerzenden Erinnerungen durch den Kopf ging. In Paris war jedoch alles sehr fern gewesen, geradezu unwirklich. Der Sklithra im Herzen Athens hatte ihn täglich erinnert, dass die Welt nicht mehr die alte war. Doch dieser Eindruck verschwand schnell, wenn man von normalen Häusern umgeben war, Menschen, die ihrem Alltag nachgingen und keinen Außerirdischen in Reichweite. Zwar war die Militärpräsenz enorm gewesen, viele Geschäfte geschlossen und das Sortiment im Supermarkt stark eingeschränkt, aber insgesamt wirkte doch alles relativ normal. Erst, als er in den Helikopter gestiegen war, um nach Berlin zu fliegen, und man ihm gesagt hatte, dass er einer deutschen Eliteeinheit helfen sollte, sich Zugang zu einem gelandeten Alienschiff zu verschaffen, war die illusorische Blase der Normalität zerplatzt wie ein Luftballon.

Nikos wollte schimpfen und sich beschweren, wollte herausschreien, dass er nicht geeignet war, weil er doch nichts getan hatte und nichts wusste, aber das hätte nichts bewirkt. Er war nun einmal der Einzige, der in den Splitter eingedrungen, ihn untersucht und wieder herausgekommen war. Das machte ihn wahrscheinlich zum einzigen Experten auf diesem Gebiet, auch wenn das natürlich lächerlich war. Ganz abgesehen davon, dass das nicht stimmte. Die meisten Läufer waren zwar im Splitter gestorben, aber ein paar andere mussten es hinein und heraus geschafft haben, um dem Prinzen die Kameraaufnahmen zu bringen. Als er mit Matteo tief im untersten Segment des Alienwracks gewesen war, hatte er noch geglaubt, dass er sehr clever war, weil er den Ansaugeffekt der vertikalen Röhre herausgefunden hatte. Fakt war jedoch, dass schon andere Läufer vor ihm Gleiches geleistet haben mussten. Darauf hätte er schon in der Tiefe kommen müssen – aber es hatte funktioniert, nur das zählte. Er fragte sich, warum diese anderen Läufer direkt zum Kraterrand gelaufen waren, statt sich evakuieren zu lassen. Vermutlich war die Angst vor dem Schlägertrupp, der auch ihm entgegengerannt gekommen war, größer als die Hoffnung auf echtes Interesse des Militärs gewesen. Es war wahrscheinlich wie bei Kindern: Beim Heranwachsen und auch später besaßen sie genau zwei Arten Motivation: Hoffnung auf Erfolg und Angst vor Misserfolg. Beides konnte motivierend sein, doch die meisten Menschen agierten aus Letzterem und nicht aus Ersterem. Diejenigen, die aus Hoffnung auf Erfolg agierten, waren diejenigen, welche wegweisende Firmen gründeten, sich in gemeinnützigen Organisationen engagierten und Risiken eingingen, um etwas zu erreichen oder zu bewirken.

Die Ansprache des Anführers der Eliteeinheit, in deren Mitte er jetzt saß und kein Wort verstand, hatte ihn aufgerüttelt. Nicht nur die Worte des sehnigen Mannes mit dem knochigen Gesicht und den dunklen Augen, die eine unvermutete Tiefe und Ruhe ausstrahlten, war hilfreich gewesen. Nein, sie hatten ihm auch gezeigt, welche Sorte charakterimmanenter Motivationsstrategie den Hauptfeldwebel ausmachte. Das gab ihm Hoffnung für diese Mission. Nicht, dass es unbedingt die Chance auf sein Überleben erhöhte, aber es steigerte die Chance, dass sie, wenn sie wider Erwarten doch lebend aus dem Dschungel kommen sollten, auch etwas bewirkten. Dieser Mann würde nicht gehen, bevor er mindestens ein Ziel erreicht hatte und so wie seine Soldaten ihm unbemerkte Blicke zuwarfen, war er sicher, dass sie durch jede Hölle gehen würden, in die er sie schickte.

Nikos schlief noch einige Stunden, in denen er allerdings immer wieder wach wurde, weil sein Nacken schmerzte oder seine Waldtarnuniform zwickte. Er hing in den Gurten wie ein Stofftier, das von den Turbulenzen hin und her geschüttelt wurde und jedes Mal knirschte und knackte es ein wenig in seiner Wirbelsäule. Die entbehrungsreiche und anstrengende Zeit in den Ruinen Athens hatte Spuren hinterlassen und auch wenn die ihn nicht umbrachten, zeigten sie ihm doch, dass er in einer erschreckenden Größenordnung gealtert war. Er hatte vermutlich Lebensjahre verloren, mindestens aber Lebensqualität auf rein körperlicher Ebene – von seinen geistigen Verletzungen ganz zu schweigen.

Als er aufwachte, ging alles sehr schnell. Die Kommandosoldaten bereiteten ihre Fallschirmausrüstung vor, überprüften ihre erschreckend umfangreiche Ausrüstung und dann wurde er auch schon von Jacek vor dessen Brust geschnallt wie ein Baby. Es fühlte sich schrecklich an, wie nutzloses, totes Gewicht an dem Hauptfeldwebel zu hängen, aber das Einzige, was er tun konnte, war, es dem Mann nicht noch schwerer zu machen. Sie übten noch ein paarmal, wie er die Beine erst anwinkeln und dann zusammen nach vorne strecken musste, wie er beim Ausstieg und vor der Landung die Arme vor der Brust überkreuzen und beim Flug zur Seite spreizen sollte. Bei dem Sprung aus der Laderampe schrie Nikos aus vollem Halse, sobald das Rauschen des Luftstroms an seine Ohren drang, obwohl er einen Kampfhelm und eine Brille trug. Der Horizont sackte unnatürlich weg und plötzlich befanden sie sich im freien Fall. Sein Schrei wurde von dem relativen Wind fortgetragen, der sich gegen ihn stemmte, während sie mit 200 Stundenkilometern auf das Meer aus unendlich vielen Grüntönen zustürzten, das sich von Horizont zu Horizont erstreckte. Im ersten Sonnenlicht des anbrechenden Tages sah es geradezu einladend und friedlich aus.

Plötzlich tippte Jacek ihm auf die Schulter und Nikos erinnerte sich daran, die Arme zu überkreuzen, dann wurden sie gefühlt nach oben gerissen, als sich der breite Tandemfallschirm öffnete und es mit einem Mal ruhig wurde. Der Wind war fort und sie schwebten lautlos über der Waldlandschaft. Er konnte den Fluss sehen, der wie eine Schlange durch den Urwald glitt, braun und matt vom schlammigen Wasser. Weiter im Norden befand sich ein unnatürlicher Fleck inmitten des grünen Teppichs wie ein schwarzer, tränenförmiger Basaltstein.

Das Raumschiff, dachte er und wäre sein Mund nicht bereits vor lauter Schreck wie ausgetrocknet gewesen, hätte er jetzt den letzten Rest Speichel eingebüßt.

Jacek drehte sie in engen Spiralen in die Tiefe und der Fluss unter ihnen kam so schnell näher, dass ihm bald schwindelig wurde. Für die Landung riss er die Beine hoch und streckte sie parallel zur schmutzigen Wasseroberfläche aus, als der Deutsche offenbar eine kleine Wiese am Ufer entdeckt haben musste, denn plötzlich war es unter ihm grün und dann rutschte er auch schon über den Boden und saß einfach da.

Ungläubig klopfte er neben sich auf das Gras und sein Herz machte einen Hüpfer der Erleichterung.

»Aufstehen!«, keifte Jacek laut und scheuchte ihn auf die Beine. Nikos war nicht mehr festgeschnallt, wie er jetzt feststellte, und rannte wie ein aufgeschrecktes Huhn zwischen einige mächtige Bäume rechts von sich. Jacek folgte ihm mit zusammengerafftem Schirm und dann wurde auch schon der Grund für seine Eile ersichtlich: Es rauschte, als raste etwas an ihnen vorbei und er sah den nächsten Soldaten landen, indem er nach hinten wippte, bei wahnsinniger Geschwindigkeit bremste und nach vorne schaukelte, um auf den Füßen zu landen, den Schirm zusammenzuziehen und zu ihnen zu laufen. Dem breiten Dauergrinsen nach zu urteilen musste es der mit den zerzausten Locken sein, der sich als »Knut« vorgestellt hatte. Es folgten Hardy, Pille und Uffe, die mit dem riesigen Gewehr auf ihrem Rücken aussah wie eine an eine Holzlatte geschnallte Puppe. Kurze Zeit später standen sie mit ihren riesigen Rucksäcken und durchgeladenen Waffen im Wald.

»Also gut, von jetzt an auf Englisch«, befahl Jacek und deutete mit seinen behandschuhten Händen Richtung Nordosten. »Zwei Klicks nordöstlich liegt das Zielobjekt. Das Terrain soll hügelig und unwegsam sein. Keine Bauernwege, also konzentrieren wir uns so weit möglich auf Wildwechselpfade, wenn wir welche finden. Ihr kennt das Spiel: Überprüft den Sitz der Stiefelverschlüsse«, er sah zu Nikos, »wegen der Blutegel.«

»Was ist mit Schlangen?«

»Hier gibt es alles, was zu giftig ist, um niedlich zu sein.«

»Panagia mou.«

»Englisch, Großer«, scherzte Uffe und wackelte mit ausgestrecktem Finger in seine Richtung.

»*Heilige Mutter Gottes*, würde man das wohl übersetzen.«

»Ist das die, die Jesus rausgedrückt hat, ohne dass Joseph vorher ...«, sie machte eine eindeutige Geste, »du weißt schon, *unartig* gewesen wäre?«

»Wow, das klingt, als würde ein Bauarbeiter Habermas interpretieren«, kommentierte ein grinsender Knut die Worte der Scharfschützin und plötzlich war das Grinsen wie weggewischt. »Das verletzt meine religiösen Gefühle.« Der Oberfeldwebel öffnete seine Feldflasche und schüttete ihr in einer ruckartigen Geste etwas Wasser ins Gesicht. Uffe war einen Moment baff, während die Tropfen von ihrem schmalen Gesicht liefen, dann begann sie zu kichern.

»Alter, warum hast du das gemacht?«

»Keine Ahnung.« Knut zuckte grinsend mit den Schultern.

Nikos sah zu Pille, der, einen Kopf kleiner, neben ihm stand und seinen Blick achselzuckend erwiderte, bevor er mit seiner freien Hand eine drehende Zeigefingerbewegung neben seiner Schläfe machte. »Die beiden sind komplett irre, wenn du mich fragst. Oder ich verstehe ihren Humor nicht.«

»Schluss jetzt«, ermahnte Jacek seine Leute, nachdem er Nikos einen kleinen Rucksack gereicht hatte. »Wir gehen los.«

Wie eine gut geölte Maschine brachten die Soldaten ihre Gewehre in Anschlag – abgesehen von Uffe, die ihr riesiges M82 Barrett auf dem Rücken beließ und eine Maschinenpistole hielt – und wirkten ernst und konzentriert. Pille führte die kleine Kolonne an, indem er weit vorauslief, wendig und ausdauernd wie ein Pitbull, und bald in dem Gemisch aus Blättern, Ästen, Lianen und Wurzeln verschwand. Jacek, der direkt vor Nikos ging und geschickt auf dem unebenen Boden navigierte, ohne aufzuhören, die Umgebung mit seiner Waffe abzusuchen, führte den Rest an.

Der Dschungel war schrecklicher als er gedacht hatte. Aus Dokumentationen kannte er solche Orte, ohne sie je gesehen zu haben. Er hatte immer gedacht, dass sie etwas anziehend Exotisches ausstrahlten, wie Oasen des Lebens. Was er hier jedoch gewahrte, erschreckte ihn eher. Die Vegetation war sehr dicht und so chaotisch, dass es das Auge verwirrte. Weder Sonne noch Himmel waren zu sehen zwischen all den bewachsenen Ästen, von denen jeder ein eigenes Habitat aus Pilzen, Flechten, Moos und Insekten bildete. Die Geräuschkulisse war weniger laut als erwartet, aber immer noch unheimlich, da ihm keiner der unendlich vielen Tierrufe bekannt vorkam. Ab und zu vernahm er einen fernen Schrei, der von einem Affen stammen mochte, oder das hohe Trällern eines besonders lauten Vogels, während der Rest ein undefinierbarer Klangteppich blieb. Ebenso rätselhaft war auch der Boden, der gar nicht so zugewachsen war, wie er gedacht hatte. Stattdessen lag hier viel abgestorbene Biomasse: tote Blätter, dicker Matsch nie getrockneten Erdreichs und morsche Baumreste. Es roch nach Tod und Verfall, dem ewigen Kreislauf eines vom Menschen unberührten Biotops, das sich ohne fremde Hilfe in einer natürlichen Balance zwischen Leben und Tod hielt.

»Hast du Schiss?«, fragte Hardy, der plötzlich neben ihm auftauchte. Nikos sah sich um und stellte fest, dass Knut und Uffe nicht mehr hinter ihm waren.

»Wo sind die hin?«

Statt zu antworten, löste Hardy seine linke Hand von dem Unterlaufgranatwerfer seines Sturmgewehrs und deutete mit zwei Fingern erst nach links und dann nach rechts in den Wald. »Schützen die Flanken, damit wir quatschen können.«

»Echt?« Nikos spürte eine Gänsehaut, die sich auf seinen Armen bildete, und jedes Prickeln verstärkte die Furcht, dass sie die ganze Zeit beobachtet wurden. Er fühlte sich wie eine Labormaus in einem Experiment. In dieser Umgebung könnte man ein rotes Auto in zehn Metern Entfernung parken, ohne es zu entdecken – und die Aliens waren ihnen in allen Belangen so weit voraus, dass ihn die Angst nicht mehr losließ. Er klammerte sich einzig an die Hoffnung, dass die Invasoren auf fremdem Gebiet gelandet waren und nicht so angepasst waren wie sie. Ob das jedoch ein Wunschtraum, genährt aus furchtsamer Hoffnung oder Naivität war, würde sich vermutlich zeigen. Vor diesem Moment graute ihm.

»Nein«, gluckste Hardy in seinen dichten Bart und runzelte die kleine, knubbelige Neandertalerstirn. »Sie erkunden und stehen mit uns im Funkkontakt.« Er tippte gegen sein Headset mit dem schmalen Mikrofon, das sich wie ein kurzes starres Kabel an seine Wange schmiegte. »Gefällt dir der Dschungel?«

»Ich bin nicht sicher«, erwiderte Nikos wahrheitsgemäß mit leiser Stimme.

»So?«

»Ich finde ihn gruselig und gleichzeitig faszinierend. Ich habe mal bei einem Physiker und Philosophen gelesen, dass *Leben* und *Tod* künstliche menschliche Konstrukte sind, die wir nur für wahr halten, weil wir ein Ich-Bewusstsein, also ein Ego besitzen. Aus Natursicht hingegen gibt es beides nicht. Ein Körper, der zerfällt, verschwindet nicht, er ändert lediglich seine molekulare Zusammensetzung, die Form, die die Moleküle bilden.«

»Verwesung meinst du.«

»Ja. In dieser neuen Form ist der tote Körper Dünger für den Erdboden, in dem Kartoffeln wachsen können, die dann wiederum Babys und andere Menschen ernähren und den Kreislauf in Gang halten. Es gibt also keinen Tod, sondern nur Leben, das sich immer weiterdreht. Die formveränderten Teile meines Körpers werden irgendwann jemanden ernähren und so weiterleben, verlassen den Kreislauf des Lebens nie«, erklärte Nikos. Er empfand eine Art tief empfundenen Trostes bei diesem Bild, seit er das Buch gelesen hatte, an dessen Titel er sich nicht mehr erinnern konnte.

Hardy nickte bedächtig. »Klingt logisch, wenn du mich fragst. Manchmal, wenn ich im Einsatz bin, denke ich an gar nichts, weil ich zu konzentriert auf den Moment bin. Dann fühle ich mich nicht mehr wie ich, sondern wie ein Teil des Ganzen. Oder nicht einmal das.«

»Nicht mehr wie eine Welle, sondern wie der Ozean.« Nikos lächelte.

»Coole Metapher«, befand Hardy. »Schade nur, dass diese Außerirdischen Teil des Ozeans sind. Haben ziemlich viele Wellen geglättet.«

»Ja«, hauchte Nikos in einem Anflug von Wehmut und Schuld, als er an Maria denken musste.

»Du warst in diesem Splitter«, stellte Hardy fest, während

sie über einen umgestürzten, halb verrotteten Baumstamm kletterten. Der Rucksack des Kommandosoldaten war so riesig, dass Nikos schon fürchtete, er würde hintüber kippen.

»Ja.«

»Was war dein Eindruck?«

»Was meinst du? Was ich gesehen habe? Ich denke, ihr alle habt die Videoaufzeichnungen ...«

»Ja, ja, die habe ich alle gesehen«, unterbrach ihn der Oberfeldwebel und winkte ab. »Ich meinte, was dein Gefühl war, als du hineingegangen bist. Rein subjektiv.«

Nikos pustete ein Insekt von seinen Lippen, das allzu aufdringlich versuchte, sich einen Weg in seinen Mund zu bahnen, und überlegte einen Moment.

»Kalt«, sagte er schließlich. »Alles fühlte sich kalt an.«

»Meinst du das Klima im Schiff?«

»Nein, das war eher warm und feucht, genau wie hier. Auch da habe ich geschwitzt. Das ist es nicht, es ist eher eine Art abweisende Kälte, als sei das Innere des Schiffs so lebensfeindlich wie das Weltall. Nichts darin wirkte so, als wäre es für Lebewesen gemacht.«

»Zumindest für keine, die fühlen können oder einen Sinn für Schönheit haben?«, fragte Hardy ernst.

»Ja, so könnte man das sagen.« Nikos erschauderte, als er darüber nachdachte, aber die Worte des Soldaten waren tatsächlich treffend. »Entweder das Schiff war nie für Lebewesen gemacht und sie sind Roboter oder ich will denen nie begegnen.«

»Na dann sind wir ja auf genau der richtigen Mission.«

»Ich habe noch Hoffnung, dass es sich vielleicht um die andere Fraktion handelt.«

»Du meinst, dass es Gute und Böse gibt?« Hardy schnaubte. »Sorry, Großer, aber meiner Erfahrung nach gibt es diese Konzepte genauso wenig in der Realität wie Leben und Tod in der Wahrnehmung deines Physiker-Philosophen. Es gibt nur Motive und gegenläufige Interessen.«

»Hast du dich mal gefragt, warum sie gerade über der Erde kämpfen?«

»Ist der einzige bewohnbare Planet im Sonnensystem, macht doch Sinn.«

»Aber dann wären sie doch gleich gelandet, oder?«

»Vielleicht wollen sie es erst ausfechten und der Gewinner lässt sich dann nieder, wer weiß das schon«, erwiderte Hardy ohne besonderes Interesse. »Ich hab nicht mal meine Exfreundinnen verstanden, da werde ich jetzt nicht beginnen, zu versuchen E.T. zu begreifen.«

»Sind wir nicht genau deshalb hier?«

»Schon, aber um das Verstehen können sich die Eierköpfe zu Hause kümmern. Wir schnappen uns den hässlichen Scheißer nur. Jeder das, was er kann, hat schon meine Oma gerne gesagt, bevor sie mich mit einem Nudelholz verdroschen hat, nachdem ich ihre Katze am Schwanz gepackt und Helikopter gespielt habe.« Hardy schien noch etwas sagen zu wollen, hielt jedoch so abrupt inne, dass Nikos vor Schreck wie elektrisiert stehen blieb. Der Soldat schien zu lauschen, dann bedeutete er ihm mit einer flachen Hand, seinem Beispiel zu folgen, und sich auf den Boden zu knien.

»Was ist?«, flüsterte er aufgeregt.

»Pille hat etwas entdeckt.«

»Das Raumschiff?«

»Nee.« Hardy schüttelte den Kopf. »Irgendein kleineres Objekt von der Größe eines Kleinwagens.« Der Soldat sah auf das GPS-Gerät an seinem Handgelenk. »Wir sind noch einen halben Klick vom Zielpunkt entfernt.«

»Können wir es ansehen?«, fragte Nikos neugierig und schalt sich in Gedanken sofort dafür, als die Angst ihm einen Stich versetzte und zu sagen schien: *Bist du bescheuert?*

»Hm-hm«, machte der Soldat und schüttelte erneut den Kopf. »Der Boss geht vor und untersucht es mit Pille. Wenn es sicher ist, folgen wir ihnen.«

Sicher, dachte Nikos und seufzte. Welch ein utopisches Wort aus der Vergangenheit.

Kapitel 16

Das Objekt

JACEK BLICKTE DURCH DIE Zeissoptik an seinem G36 auf das Objekt und schürzte die Lippen. Es schwebte etwa zwanzig Meter entfernt zwischen zwei mächtigen Bäumen mit moosbewachsener Rinde.

»Sieht aus wie ein schwarzer Ball«, kommentierte Pille das seltsame Gebilde über Funk. Es sah mit seiner offensichtlichen Künstlichkeit inmitten der unberührten Natur des Dschungels fehl am Platz aus.

»Ich schätze es auf ungefähr zwei Meter im Durchmesser mit gleichmäßiger Längs- und Querachse«, antwortete Jacek flüsternd. Er hatte den Ghillie-Anzug übergeworfen und sich zwischen zwei knorrigen Wurzeln auf die Lauer gelegt. Durch seine leicht erhöhte Position und den günstigen Winkel konnte er zwischen den meisten Bäumen hindurchsehen und das fünfzig Meter entfernte Objekt betrachten. Pille lag ein paar Dutzend Meter weiter links, ohne dass Jacek ihn gesehen hätte, da auch er mit dem Tarnüberwurf bedeckt war, der ihn mit der Umgebung verschmelzen ließ. Sie lagen nun schon seit zwanzig Minuten auf der Lauer – ein kurzer Augenblick im Vergleich zum Scharfschützentraining in Kanada, bei dem sie zwölf, manchmal zwanzig Stunden im Schnee oder Matsch gelegen hatten, um Beharrlichkeit und Konzentration zu üben.

»Jacek an Knut«, funkte er schließlich seinen Stellvertreter an.

»Höre.«

»Position?«

»Wenn du dich nicht weiterbewegt hast, etwa einen halben Klick hinter euch«, kam die Antwort des Oberfeldwebels.

»Gut. Schlagt ein Lager auf und haltet euch bereit. Hardy soll den Zivi herbringen, verstanden?«

»Sollen wir den nicht behüten wie unsere Eier?«

»Wir sollen ihn in erster Linie einsetzen, weil er einen Wissensvorsprung mit Alien-Tech hat«, erwiderte Jacek. »Ich liege, wo die beiden Mahagoni-Bäume sich überkreuzen.« Er blickte auf sein Handgelenk-GPS und gab die Koordinaten durch.

»Bin jetzt im Funk, sind unterwegs«, antwortete Hardy und Jacek konzentrierte sich wieder auf das extraterrestrische Objekt. Erneut suchte er nach Hinweisen, wodurch es in der Luft gehalten wurde, doch falls er nicht einer optischen Täuschung erlag, gab es da rein gar nichts. Es schwebte, als befände es sich in der Schwerelosigkeit des Weltalls, als sei es nicht an die Gesetze der Physik gebunden.

Etwas raschelte im Gebüsch vor ihm und sein Blick zuckte mitsamt der Optik und dem Lauf des Sturmgewehrs in Richtung des Geräuschs. Der rote Punkt seines Ziellasers ruhte auf einem Wust aus raschelnden Blättern, die aussahen, als wären sie von einem Windstoß erfasst worden. Darunter raste ein Schatten entlang. Das Zielfernrohr maß 23,2 Meter Abstand zum Laserpunkt.

»Möglicher Kontakt«, flüsterte er in sein Headset. »Ziel bewegt sich schnell in Ost-West-Richtung und in Bodennähe. Abstand ...«

»Ich sehe es«, unterbrach ihn Pille via Funk. »Befehle?«

»Beobachten und warten. Keine akute Gefährdung.« Jacek folgte dem Blätterrascheln mit dem kreisrunden Ausschnitt seiner Zieloptik und verharrte ruhig, trotz des Kitzelns in seinem Nacken, das sich immer dann einstellte, wenn er aufziehende Gefahr spürte.

Einen Augenblick später brach ein schwarzes Tier aus einem Busch und verschwand blitzartig hinter einer besonders dicht gedrängt stehenden Baumgruppe. Es tauchte wie aus dem Nichts in seinem Bildausschnitt auf – unwirklich wie eine Comicfigur. »Entwarnung, war nur ein ... keine Ahnung, was es war«, wisperte er ruhig.

»Verstanden.«

Es dauerte noch eine Viertelstunde, bis Hardy und Nikos seine Position erreichten. In dieser Zeit blieb der Regenwald still – abgesehen von einer Schlange, zwei eichhörnchenartigen Kleintieren und jeder Menge Insekten, die ihm den Platz streitig machen wollten, aber nicht sonderlich viel Interesse an einem wie eingefroren liegenden Menschen zeigten und sich einen anderen Ort zum Verweilen suchten. In dieser Zeit hatte sich das Objekt nicht bewegt und auch sonst war nichts geschehen. Keine unnatürlichen Bewegungen, keine ungewöhnlichen Vorkommnisse. Er hörte die beiden – beziehungsweise den Zivilisten – bereits eine Weile vorher.

»Wir gehen näher ran«, erklärte er an niemanden Bestimmtes gewandt, wusste aber, dass das gesamte Team und der Zivilist ihn hören konnten. Langsam stand er auf und hörte das erschrockene Einatmen von Nikos hinter sich.

»Wo ist es?«, fragte der.

Jacek deutete mit dem Lauf seines Gewehrs in die Richtung. »Wir gehen hin und untersuchen es aus der Nähe. Uffe. Geh in Position und gib uns Feuerschutz. Knut, du lässt die Drohne steigen und sagst Bescheid, wenn irgendwas im Luftraum auftaucht, klar?«

»Jo, Boss«, kam erst Uffes Antwort, dann folgte das förmlichere »Verstanden« von Knut.

»Nimm deinen Feldstecher und sieh hin«, forderte er den Griechen auf, der an seiner Brust zu tasten begann, bis sich seine großen Hände um das kleine Fernglas schlossen und er den Wald abzusuchen begann. Jacek seufzte und half nach, indem er ihn korrigierte.

»Ah«, machte Nikos. »Das Ding schwebt.«

»Ja. Hast du sowas schon mal gesehen?«

»Nein.«

»Irgendetwas, was du uns noch sagen willst, bevor wir näher gehen?«

»Hmm. Nur, dass in der Nähe ihrer Sachen immer seltsame Dinge geschehen. Wir haben es in Athen ... wie sagt man das auf Englisch ... *Anomalie* genannt. Manchmal wurde in einem klar abgegrenzten Bereich die Schwerkraft aufgehoben, allerdings nicht für uns, nur für unbelebte Dinge wie Steine oder Staub. Dann war das Phänomen von einem auf den anderen Moment wieder fort. Es gab aber auch, also .... seltsamere Dinge.«

»Seltsamere Dinge?«, hakte Jacek nach, ohne beim Absuchen der Umgebung innezuhalten.

»Ja, ich habe eine Katze gesehen, die mitten in der Luft wie eingefroren aussah und kurz danach tot gelandet ist. Ein Läufer, der mit uns zum Splitter laufen musste, wurde von einem Sonnenstrahl erfasst, der zurückgeblieben ist, als die Wolken sich wieder zugezogen haben. Als er verschwand, verschwand mit ihm auch jeder Teil von Giorgos – das war sein Name –, der von dem Strahl berührt worden war«, erklärte Nikos und es war seiner Stimme zu entnehmen, dass ihm unwohl war, als er davon berichtete.

»Kann man sich irgendwie schützen?«

»Nein, nicht, dass ich wüsste.«

»Gut«, befand Jacek und stimmte sich zu. »Dann brauchen wir auch nicht warten. Knut. Du gibst uns von hier Deckung.«

»Verstanden.«

Jacek nickte Nikos zu und bedeutete ihm, zu folgen. Vorsichtig arbeitete er sich durch das dichte Unterholz, teilte seine Aufmerksamkeit zwischen dem Boden und dem Objekt auf und verließ sich darauf, dass sein Team die Umgebung im Blick behielt. Wenn die Aliens das Objekt irgendwie gesichert hatten, wollte er wenigstens Kenntnis haben, was auf ihn zukam – falls es noch etwas zu sehen gab. Bei allem, was sie nicht wussten, und das war eine ganze Menge, konnte es genauso gut sein, dass die schwarze Kugel vor ihnen ein Alien *war.* Oder es gab gar keine Aliens, nur ihre Maschinen. Im Bereich des Unmöglichen war alles möglich, das hatte er durch die Ankunft der Fremden gelernt.

Sie näherten sich weiter und immer weiter, umrundeten Bäume und Wurzeln, die wie Schlagbäume den Weg versperrten, kletterten über eine kleine, rutschige Anhöhe und standen dann keine fünf Meter von dem Objekt entfernt. Aus der Nähe sah es noch größer und bedrohlicher aus. Die Oberfläche schien flüssig und in Bewegung zu sein, als zögen dunkle Wolkenbänder darüber hinweg – anthrazitfarbene Gebilde vor einem schwarzen Hintergrund, nur dass Hintergrund und Vordergrund ein und dieselbe Sache waren. Ein statisches Knistern lag in der Luft, kaum hörbar, aber doch nicht zu ignorieren, als ob irgendwo in der Nähe ein Kurzschluss knisterte. Jacek streckte seine linke Hand aus und legte sie Nikos auf die Brust, um ihn anzuhalten. Mit der rechten hielt er weiterhin den Griff seines Sturmgewehrs umschlossen, ohne das Objekt aus den Augen zu lassen.

»Halt«, flüsterte er und sah zu dem Griechen. Der hatte die Ärmel hochgekrempelt, vermutlich wegen der Hitze. Sämtliche Haare standen rechtwinklig von der Haut ab.

Der Grieche folgte seinem Blick und machte große Augen. »Oh.«

»Mach das nicht im Dschungel. Zieh die Handschuhe

über die Ärmel, irgendwas kriecht dir immer rein«, murmelte Jacek und sah wieder zu der großen schwarzen Kugel, die bedrohlich dicht zwischen den Bäumen schwebte. Er hatte das Gefühl, dass es in ihrer Nähe etwas kühler geworden war, schob es aber auf die Aufregung. »Kommt dir jetzt etwas bekannt vor?«

»Ja«, hauchte Nikos und folgte Jaceks Beispiel, bis sie beide geduckt im Unterholz hockten. »Die Oberfläche von dem Ding erinnert mich ein wenig an den Boden im Sklithra. Der war zwar gräulich wie Quecksilber, sah aber auch aus, als wäre er flüssig und ständig in Bewegung.«

»Vielleicht irgendein morphendes Material, wie der ganze Nanokram aus den Science Fiction Filmen?«, dachte Jacek laut und blinzelte, um seine Augen wieder zu befeuchten.

»Ich weiß es nicht. Immer wenn ich darauf getreten bin, war es massiv und hat an der Stelle seine Farbe verändert.«

»Sonst noch etwas, das dir vertraut vorkommt?«

»Nein.« Nikos schüttelte den Kopf. »Der Splitter hatte eine mal reflektierende, mal matte, fast lichtverschluckende Oberfläche. Das hier sieht irgendwie gleichmäßiger und verblasst aus.«

»Das liegt vielleicht daran, dass dieses Objekt nicht beschädigt ist im Vergleich zu dem Splitter.«

»Ich weiß es nicht.«

»Irgendetwas ist jedenfalls seltsam. Dieses statische Knistern war eben noch nicht da«, murmelte Jacek und machte einen halben Schritt zurück, bevor er den Kopf leicht senkte. »Uffe, ich brauche ein Versuchskaninchen.«

»Wird gemacht, Boss.«

»Was hast du vor?«, fragte Nikos halb ängstlich, halb neugierig. Es klang, als wäre er sehr interessiert, zu erfahren, welche Dummheit er vorhatte.

»Ich will wissen, ob es sich um einen Verteidigungsmechanismus, einen lokalen Nebeneffekt der Präsenz dieses Dings oder um etwas anderes handelt.«

»Habt ihr dafür Gerätschaften mitgebracht?«

Jacek lächelte in sich hinein. »Nicht direkt *mitgebracht*, nein. Genau genommen ist es auch kein Gerät. Warte einfach ab.«

Der halbe Schritt, den er zurückgemacht hatte, ließ das Kribbeln auf seiner Haut verschwinden – ein Indiz mehr für seine Vermutung, dass sie in eine Art mehr oder weniger scharf umgrenztes Kraftfeld geraten waren. Nun mussten sie nur noch herausfinden, wie es wirkte, denn er glaubte nicht, dass es sich um eines handelte, das Fremde mit einem leichten Kribbeln abhalten sollte, sich der Kugel zu nähern. Es war jedoch auch möglich, dass es sich gar nicht um ein Kraftfeld, sondern um einen gerichteten Effekt handelte.

»Warte hier«, befahl er an Nikos gewandt und wartete dessen bestätigendes Nicken ab, bevor er sich seitlich nach rechts bewegte, bis er einige Schritte zwischen sie gebracht hatte. Dann machte er erneut einen halben Schritt nach vorne. Sofort setzte das Kribbeln wieder ein und das Knistern in der Luft kehrte zurück. Diesmal konnte er sogar spüren, wie sich seine kurzgeschnittenen Haare unter dem Helm aufrichten wollten. »Ein Kraftfeld.«

Er machte einen Schritt zurück und ging vorsichtig wieder zu Nikos. »Es ist ein Kraftfeld«, flüsterte er, ohne die schwarze Sphäre aus den Augen zu lassen, die es schaffte, gleichzeitig massiv und durchlässig auszusehen, wie ein winziger Gasplanet.

»Ich glaube, ich hab' da was, Joss!«, verkündete Knut über Funk. Jacek entging das leise Hintergrundrauschen nicht, das das Signal störte. Es war vorher noch nicht da gewesen. Instinktiv spannte er sich ein wenig mehr an.

»Joss?«, fragte Nikos irritiert.

»Eine Mischung aus Jacek und Boss. Er findet so etwas

lustig«, erklärte Jacek, als endlich wieder die Stimme seines Stellvertreters ertönte.

»Ah, ja, ich halte mich direkt über den Wipfeln, um Aufmerksamkeit auf unseren kleinen Flattermann zu lenken, auch wenn ich davon ausgehe, dass diese Aliens sowieso alles finden können, was hier an Elektronik rumfliegt. Jedenfalls bin ich gerade über dem Objekt auf dem Weg nach oben durch das Gewirr aus Ästen und Blättern entlanggeflogen. Wenn ihr einen Bogen nach links schlagt, gibt es eine kleine Erhöhung zwischen zwei Mahagonibäumen. Da solltest du hingehen und unter dieses Ding gucken.«

»Verstanden.« Jacek bedeutete Nikos, ihn vorbeizulassen und sich ihm dann anzuschließen. Mit überlegten Schritten hielt er sich links, darauf bedacht, das Kribbeln auf seiner Haut als Gradmesser zu nutzen, um dem Kraftfeld nicht zu nahe zu kommen. Die Erhöhung, von der Knut gesprochen hatte, bestand aus zwei hochgebogenen Wurzeln zweier Mahagonibäume, die wie knotige Bögen aus der Erde wuchsen und über denen sich ein kleiner Haufen aus Erde, Moos und altem Gestrüpp gebildet hatte. Um hinaufzukommen, musste er kurz von seiner Waffe lassen und seine Hände benutzen. Als er oben war, bedeutete er Nikos, zu warten, und sah zu dem Objekt.

Die Sphäre schwebte noch immer etwa einen Meter über dem Boden und sah aus wie zuvor mit ihrer matten, flüssig wirkenden Oberfläche aus Schwärze. Doch tatsächlich hatte sich aus dieser Perspektive etwas verändert, das er zuvor nicht hatte wahrnehmen können, weil der flache Winkel nicht ausgereicht hatte, es zu erkennen: Direkt unter dem extraterrestrischen Objekt befand sich eine kleine Vertiefung, die er zuerst für eine Mulde hielt, sich bei genauerem Hinsehen jedoch als Loch im Boden herausstellte. Es war kreisrund, etwa einen Meter im Durchmesser und besaß – soweit er das sehen konnte – glatte Wände, als hätte ein Präzisionsbohrer das Loch gebohrt.

»Das ist interessant«, flüsterte er über Funk. »Unter dem Objekt befindet sich ein Loch.«

»Ein Loch?«, fragte Uffe atemlos über Funk, als würde sie gerade Sport treiben.

»Ja. Ein Loch.«

»Vielleicht war es im Erdboden versteckt und ist herausgekommen, als seine Erbauer eingetroffen sind«, mutmaßte Hardy. »So wie bei Krieg der Welten.«

»Ich glaube nicht«, widersprach Jacek mit zusammengekniffenen Augen. »Das Loch ist zu klein.«

»Ich habe das Versuchskaninchen«, verkündete Uffe. Ein Stoßseufzer folgte. »Ich komme zu deiner letzten Position, Boss.«

»Verstanden.« Jacek kletterte von dem Wurzelbogen und kehrte mit Nikos zu ihrer vorherigen Position zurück. Dort überlegte er kurz und nahm einen unterarmlangen Ast vom Boden auf, den er mit der freien Hand in Richtung des Objekts warf. Das morsche Holz traf die Sphäre an ihrem Äquator und die gesamte Kugel blitzte für einen Herzschlag hell auf, als hätte jemand ein Foto mit extrem starkem Blitz geschossen. Als er schon dachte, der Ast würde von der flüssigen Oberfläche verschluckt werden, prallte er geräuschlos ab und fiel ins Unterholz.

»Hab ne Schlange in die Finger bekommen«, wurde er von hinten aus seiner nachdenklichen Beobachtung gerissen und drehte sich um. Uffe stand neben Hardy, der ihr M82 Scharfschützengewehr hielt, und streckte ihm eine braune Schlange von etwa einem Schritt Länge hin. Mit einer Hand hielt sie den Kopf der jungen Würgeschlange so, dass er fixiert war, und mit der anderen das hintere Drittel, damit sie sich nicht um ihren Arm festziehen konnte.

»Gute Arbeit«, sagte Jacek und deutete in Richtung der Sphäre. »Wirf sie auf die Sphäre.«

Nikos, der sich gegen einen nahestehenden Baum drückte, als könnte die Schlange jeden Augenblick explodieren, schien am liebsten fortlaufen zu wollen. Als Uffe die Schlange warf, zuckte er zusammen und murmelte leise »Fidi!«

Das schlauchartige Tier segelte durch die Luft und schien nach zwei Schritten wie auf Knopfdruck zu versteifen. Wo sie sich eben noch im Flug gewunden hatte wie ein elektrisierter Muskel, war sie jetzt steif wie ein Brett und wurde im nächsten Moment zurückgeschleudert. Jacek und Uffe mussten in Deckung gehen, um nicht von der Schlange getroffen zu werden, die vor Hardy liegenblieb, der sie mit verwundertem Blick musterte.

»Scheint ein Kraftfeld zu sein, das auf Lebewesen reagiert, die sich nähern«, fasste Jacek das Gesehene zusammen, als sich der junge Python langsam und behäbig wieder zu regen begann und immer mehr Kraft aufnahm, bis er schließlich ins Unterholz schlüpfte.

»Ich kann mich nähern und nachsehen, wie der Effekt ist«, schlug Nikos vor. Als Jacek ihn musterte, suchte er nach einem lebensmüden Ausdruck in den Augen des Griechen, fand jedoch nur bedachte Ruhe. Da sein Gesprächspartner die kurze Pause als bevorstehendes *Nein* fehlzuinterpretieren schien, fuhr er fort zu erklären: »Es ist offensichtlich nicht tödlich.« Bei diesen Worten sah er sich mit unverhohlenem Unwohlsein nach rechts und links um, als könnte die Schlange ihn jederzeit anfallen. »Das Schlimmste, was passieren kann, ist, dass ich abpralle und Kopfschmerzen habe, oder?«

»Na ja, vielleicht sondert das Kraftfeld auch Strahlung ab oder sowas und du kriegst in ein paar Jahren Krebs, oder so«, gab Uffe zu bedenken und zuckte mit den Schultern, während sie von Hardy ihr Gewehr zurückerhielt, das beinahe so lang war wie sie selbst.

»Das ist tapfer von dir, Nikos«, entgegnete Jacek bedächtig. »Aber ich werde es tun. Du hast recht, es ist offenbar kein direkt tödlicher Effekt, außer er wirkt bei Menschen anders, aber dein Wissen könnte noch wertvoll sein, wenn wir das Raumschiff erreichen.«

»Äh, und du bist unser Anführer«, brummte Hardy. »Ich gehe!«

»Ich fange keine Diskussion an«, widersprach Jacek und winkelte sein Gewehr ab. »Ich schicke keinen von euch da rein. Es ist eine riskante Entscheidung und die treffe ich und ich führe sie auch aus.« Als seine linke Hand in kurzen Ausschlägen zu zittern begann, legte er sie an den Granatunterlauf seines G36. »Verteilt euch, überlappende Feuerpositionen, Mindestabstand. Los!«

Sie gehorchten und verschwanden rasch zwischen den schützenden Blättern und Gebüschen. Nikos ging ebenfalls zurück, und schien nicht genau zu wissen, wo er hinsollte, als Pille wie aus dem Nichts auftauchte, und ihn mit sich zerrte.

Jacek atmete ein paarmal gleichmäßig ein und aus und machte einen Schritt vor. Das Prickeln auf seiner Haut wurde stärker und in seinen Ohren begann es zu knistern, als zerknüllte jemand Aluminiumfolie direkt neben seinen Ohrmuscheln. Vielleicht war es nicht seine beste Idee, einen Selbstversuch mit dem Kraftfeld zu starten, aber sie hatten nur begrenzte Zeit und mussten Informationen gewinnen – so viele, wie sie nur konnten, das hatte der General deutlich gemacht. Er machte noch einen vorsichtigen halben Schritt nach vorne und das Knistern wurde zu einem voluminösen Dröhnen, das in seinen Gehörgängen zu vibrieren schien und sich in seine Gelenke und Knochen fortsetzte, als schüttelte ihn der sphärische Ton bis in die Grundfesten durch. Seine

Haut prickelte jetzt nicht mehr, sondern juckte und brannte und jeder Hauch von Instinkt, den er besaß, schrie, er solle sich zurückziehen, damit es aufhörte. Doch Jacek machte noch einen Schritt vor, war nur noch zwei Armlängen von dem Objekt entfernt, das jetzt wie ein schwarzer Planet mit rastlosen Wolkenbändern, die sich kaum von seiner Oberfläche abhoben, vor ihm schwebte und langsam zu rotieren schien. Als sein Gehirn im Bruchteil einer Sekunde überlegte, ob er gerade längliche und kastenförmige Strukturen inmitten der morphenden Wolkenoberfläche gesehen hatte, spürte er eine Art Stromschlag aus dem Nichts und wurde zurückgeworfen. Nicht so weit wie die Schlange, aber weit genug, dass er sich nicht fangen konnte, und rückwärts gegen einen Baum flog. Der Aufprall war hart, aber nicht so sehr, dass er ein leichtes Klingeln in seinem vom Kampfhelm geschützten Kopf überstiegen hätte.

Ächzend rappelte er sich wieder auf, als bereits Pille neben ihm auftauchte und ihm auf die Beine half.

»Schon gut«, keuchte Jacek und straffte die Schultern. »Der Abpralleffekt steht offenbar in direkter Korrelation zu der Aufprallgeschwindigkeit des eindringenden Subjekts.«

»Sieht ganz danach aus«, stimmte Pille ihm zu und hob seine Waffe in Richtung der Sphäre, die wieder friedlich und dunkel wie zuvor einfach da schwebte, als wäre nichts gewesen. »Irgendwelche erhellenden Erkenntnisse bei diesem ziemlich riskanten Manöver?«

»Ich glaube, ich habe sowas wie Apparaturen oder so hinter der Oberfläche gesehen. Die scheint ursprünglich transparent zu sein, aber kaum Licht zu reflektieren, weshalb sie schwarz aussieht.«

»Äh, Leute«, meldete sich Knut über Funk. »Ich weiß nicht, ob es an der kleinen Aktion von Joss lag, aber meine Drohne hat etwas aufgeschnappt.«

»*Was* hat sie aufgeschnappt?«, hakte Jacek alarmiert nach.

»Es nähert sich ein kleines Flugobjekt aus Richtung der Landezone des Raumschiffes.«

Kapitel 17
Der Kontakt

»WELCHEN KURS NIMMT die Drohne?«, fragte Jacek atemlos und rannte mit Pille durch den Dschungel, weg von dem Objekt. Blätter und feuchte Schlingpflanzen, die von den Ästen herabhingen, peitschten auf ihn ein, während er sich mit gesenktem Kopf und vorgeschobener Waffe durch die grüne Wand kämpfte.

»Sieht aus, als würde sie in Richtung der Sphäre fliegen«, antwortete Knut.

»Verstanden. Verteilt euch weiträumig und zieht die Ghillies über. Sobald sie unter das Blätterdach taucht, verschanzt ihr euch und bleibt liegen, klar?«

Nacheinander bestätigte das gesamte Team über Funk.

»Wo ist Nikos?«, fragte er Pille, als sie hinter einem breiten Mahagonibaum rasteten. Er nutzte die Verschnaufpause, um auf sein GPS-Gerät am Handgelenk zu schauen. Zweihundert Meter Abstand hatten sie bereits gewonnen – im Dschungel eine ganze Menge. »Ich habe ihn an Uffe weitergereicht, als ich zu dir gelaufen bin, sie wird sich schon um ihn kümmern.«

Jacek knirschte mit den Zähnen und seufzte. »Genau das ist meine Befürchtung.«

»Du kennst sie. Sie ist ein vorlautes Miststück ohne Taktgefühl, aber sie ist auch die Taffste von uns und so loyal wie ein Pitbull.«

»Das stimmt, aber kein guter Babysitter.«

»Dann ist es ja gut, dass unser griechischer Gast kein Baby mehr ist. Er hat seinen Anteil Scheiße erlebt«, hielt Pille dagegen und lugte vorsichtig um den Baum in Richtung des Objekts, das längst nicht mehr in Sichtweite war.

»Touché.«

»Das Flugobjekt ist über die Position des Objekts in Richtung Süden geflogen«, meldete sich Knut mit unterdrückter Stimme im Funk. »Meine Drohne hat es offenbar ignoriert.«

»Wie weit?«, fragte Jacek und fragte sich, was hier los war. Die Aliens hatten sicherlich mitbekommen, dass sie da waren. Entweder, weil sie die Drohne erfasst hatten, oder aber, weil die Sphäre Sensoren besaß. Dass sie keinerlei Möglichkeit besitzen sollten, sich nähernde Personen und technische Geräte aufzuspüren, konnte er sich beim besten Willen nicht vorstellen. Aber warum schossen sie die Drohne dann nicht ab? Wieso wurden sie ignoriert?

»Uffe hier, bin mit Nikos in südlicher Richtung unterwegs«, meldete sich die Scharfschützin. »Gebe meine Position durch.«

Es knackte und zirpte im Funk.

»Das Ding fliegt nicht auf dich zu«, stellte Knut kurz darauf fest. »Aber ... scheiß die Wand an!«

»Was ist los?«, wollte Uffe wissen.

»Es ist gerade im rechten Winkel nach unten gestürzt, unter das Blätterdach und in die Tiefe. Ungefähr hundert Meter von deiner Position entfernt.«

»Sollen wir uns mal angucken, was es da treibt?«

»Ja, aber seid vorsichtig. Der Schutz des Zivilisten hat Priorität, hörst du?«, verlangte Jacek und fletschte die Zähne aus lauter Ärger, dass nicht er es war, der näher dran war.

»Verstanden, Boss. Uffe Ende.«

Er schloss einen Moment die Augen und sandte ein Stoßgebet aus, dass seiner Kameradin und Freundin und Nikos nichts zustieß, als er eine Hand auf seiner Schulter spürte. Pille musterte ihn mit seinen jungen, aber immer wieder erstaunlich tiefschöpfenden Augen.

»Uffe wird sich schon gut um ihn kümmern«, versprach der Feldwebel ruhig.

»Genau das ist meine Befürchtung.«

»Weißt du, was viel über Menschen aussagt, Nikosius?«

»Nikos«, korrigierte Nikos sie geduldig, während er mit der Scharfschützin durch den Dschungel wanderte. Er fühlte sich wie ein Schwächling mit seinen leeren Händen neben der viel kleineren Frau mit dem riesigen Scharfschützengewehr und dem noch überdimensionierteren Rucksack auf dem Rücken.

»Jau«, machte Uffe und sah ihn verschmitzt von der Seite an. »Also weißt du es?«

»Ich schätze, die Art und Weise, wie sie Schwächere behandeln.«

»Oh, sehr tiefsinnig. Gibt aber trotzdem den *Zonk!* Viel über Menschen sagt die Art und Weise aus, wie sie kacken.«

»Äh, was?«, fragte er verdutzt und spürte, wie seine Wangen ein wenig heiß wurden. Er hatte von der unverblümten Direktheit der Deutschen gehört, doch das war tatsächlich ein wenig unangenehm.

»Ja, sei doch mal ehrlich: Wenn du früher ein Date hattest und bei deiner Angebeteten übernachtet hast, musstest du doch bestimmt schon mal kacken, während du bei ihr warst oder sie bei dir«, fuhr Uffe ungerührt fort. Entweder sah sie die Röte in seinen Wangen nicht oder aber es war ihr egal. Er tippte auf Letzteres.

»Ähm, ja, ich schätze schon, dass ich schon mal ... *groß* musste in einer solchen Situation.«

»Und wenn es ein Klo war, wo die Kacke direkt ins Wasser plumpst, so *platsch,* hast du dann Toilettenpapier genommen und es auf das Wasser gelegt, damit es nicht so laut *platscht?*«, fragte die blonde Frau im Plauderton, als würden sie nicht gerade auf ein außerirdisches Flugobjekt zugehen, das irgendwo vor ihnen sein Unwesen trieb.

»Ich ... ja, das habe ich schon gemacht«, gab er schließlich seufzend zu. Einerseits fand er es irgendwie amüsant, dass jemand so etwas Intimes und gleichzeitig Absurdes mit ihm teilte, und andererseits wollte er nicht reden, weil er das Gefühl hatte, sich auf seine Angst und seine Sinne konzentrieren zu müssen.

»Ganz normal. Menschen sind so. Sie zeigen nur ihre Schokoladenseite, aber nicht den Nougat, den sie sich morgens aus dem Rücken drücken.«

»Das ist ... ekelhaft«, sagte er angewidert.

»Nein, es ist *natürlich*«, widersprach sie entschieden und er nickte zögernd.

»Schon möglich.«

»Warum legen Leute am Anfang einer Beziehung Klopapier ins Klo, damit es nicht laut platscht und niemand weiß, dass sie gerade kacken?«

»Weil sie sich von ihrer besten Seite zeigen wollen?«

»Nein, weil sie ein falsches Bild von sich vermitteln, aus Sorge, dass sie sonst nicht beim anderen landen. Dabei ist das nur eine sozial akzeptierte Lüge. Ich mache so etwas nicht«, erklärte Uffe und rümpfte die Nase.

»Warum führen wir dieses Gespräch?«, fragte Nikos halb neugierig, halb verwirrt.

»Weil ich glaube, dass die Aliens gerade Arschkrawatten ins Klo legen.«

»Was?«

»Toi-let-ten-pa-pier«, half sie ihm auf die Sprünge und rollte mit den Augen.

»Was?«, wiederholte er und sie schnaubte verächtlich.

»Die verdammten Aliens legen Papier ins Klo, damit es nicht platscht. Wir fummeln an ihrer Sphäre rum und werden sanft weggebeten? Die schicken ’nen Fluggerät, das mit Sicherheit unsere Drohne sieht und fliegen einfach vorbei? Nee, Großer, die wollen nen guten Eindruck machen, denke ich.«

»Du meinst, das könnten so etwas wie *gute* Aliens sein?«

»Oh nein, das glaube ich ganz und gar nicht. Ich glaube bloß, dass sie die Beziehung noch über Nacht andauern lassen wollen, darum soll es nicht platschen. Die ziehen hier irgendwas ab und wollen keine Störungen, bis sie fertig sind, ist doch klar. Wenn die dann doch fertig sind, scheissen die das ganze Klo zu, dass es nur so platscht und lassen sich gehen, genau wie in einer ganz normalen Beziehung, die ihre gröbsten Hormonschwankungen überwunden hat.«

Nikos schüttelte den Kopf. Die Scharfschützin machte wenig Sinn, aber er verstand ihre Sorge, dass etwas Bedrohliches im Gange war, was sich möglicherweise früher zeigen würde als ihnen lieb war. Er fragte sich, weshalb bisher alles so glimpflich verlief.

»Meinst du, die beobachten uns die ganze Zeit?«

»Vielleicht, vielleicht auch nicht.« Uffe zuckte mit den Schultern, die sich unter der Last des Rucksacks kaum bewegten.

»Kann ich dir helfen?«, fragte er und deutete auf ihr wuchtiges Gepäck in Waldtarnfarben.

»Passt schon, danke«, sagte sie. »Bin daran gewöhnt.«

»Nimmst du deshalb Schmerztabletten?« Nikos dachte an die Situation im Flugzeug, als die anderen – einschließlich ihm – am Dösen gewesen waren und er widerwillig aufgestanden und kurz auf die Toilette gegangen war. Kurz nach dem Öffnen seiner Augen hatte er gesehen, wie sie zwei Tabletten eingeworfen hatte und er glaubte, Ibuprofen erkannt zu haben.

Uffe blieb stehen und warf ihm einen vernichtenden Blick zu.

»Wenn du das den anderen erzählst, reiße ich dir den Schwanz ab und schiebe ihn dir so tief in den Arsch, dass du dir selbst einen blasen kannst, hast du verstanden?«, knurrte sie leise und so akzentuiert, dass er Angst bekam.

»Ja, verstehe«, erwiderte er abwehrend.

»Gut.« Plötzlich klang sie wieder ausgelassen, als wäre nichts gewesen, und setzte ihren Weg fort. Doch Nikos hielt sie am Arm zurück. Sie stoppte und sah zuerst auf seine Hand an ihrem Oberarm und dann mit hochgezogener Braue in seine Augen.

»Ich weiß, dass ihr ganz harte Knochen seid und so, und vermutlich seid ihr nicht die Kommandosoldaten, die ihr seid, weil euch alles hinterhergetragen wird oder man euch gestattet zu jammern und um Hilfe zu bitten«, erklärte er und ließ sie los. Ihre Augenbraue senkte sich wieder. »Aber du trägst ein kindsgroßes Gewehr und einen riesigen Rucksack und ich nur dieses kleine Ding. Ich bin kein Baby und fühle mich schlecht, wenn mir nicht erlaubt wird, mich wenigstens ein bisschen nützlich zu fühlen. Also würde ich mich freuen, wenn du zulassen könntest, dass dir ein Zivilist hilft, deine Ausrüstung zu tragen und nicht wie ein Klotz am Bein hinterher zu stolpern. Denkst du, dass du dafür selbstbewusst genug bist? Außerdem«, fuhr er fort, als sie etwas erwidern wollte, »würde ich mich deutlich sicherer fühlen, wenn ich wüsste, dass du beweglicher bist und auf Gefahren reagieren kannst, statt von einem riesigen Rucksack behindert zu werden.«

Uffe fing an zu grinsen und nickte. Sie drückte ihm zu seiner Überraschung ihr Gewehr vor die Brust, das er verwundert packte. Es war noch schwerer als gedacht. Die Scharfschützin löste ihren Rucksack und ließ ihn zwischen ihnen nach unten gleiten. Er reichte ihm beinahe bis zur Hüfte.

»Was hast du gemacht, bevor du angefangen hast mit KSK-Soldaten in den Dschungel zu gehen?«, fragte sie neugierig, während sie ihm half, seine Arme durch die Schlaufen zu stecken. Einen Moment hatte er das Gefühl, nach hinten zu stürzen, und fragte sich, wie diese kleine zähe Frau so viel Gewicht hatte schleppen können, ohne zusammenzubrechen.

»Ich habe einen Kindergarten geleitet«, ächzte er. »Da musste ich täglich mit renitenten Müttern und Helikoptereltern streiten.«

Uffe antwortete nicht, sondern lud ihr Gewehr durch und kicherte kopfschüttelnd. Als sie weiterging, war sie wieder ernst und bedeutete ihm, zu schweigen. Mit zwei Fingern winkte sie nach vorne und machte eine flache Hand, bevor sie sich beim Gehen etwas duckte.

Nikos presste die Kiefer aufeinander, dass es schmerzte, um sich von dem brutalen Zug auf seinen knochigen Schultern abzulenken. Das Gepäck musste mindestens vierzig Kilo wiegen und er fragte sich, wieso sie es nicht an einem Sammelpunkt zurückgelassen hatten. Andererseits hatte die Soldatin nicht so ausgesehen, als ob der Rucksack sie verlangsamt hätte. Die beinahe zwei Wochen seit seiner Evakuierung aus Athen hatte man ihn mit Infusionen und langsamer Kalorienerhöhung wieder aufgepäppelt, aber seine Muskelmasse war noch längst nicht auf dem Niveau wie vor dem Auftauchen der Aliens. Selbst damals war er nicht gerade ein Fitness-Fanatiker gewesen, war höchstens drei- oder viermal in der Woche joggen gegangen, doch der Überlebenskampf in Athen hatte noch tiefer an seiner Substanz gezehrt, als er befürchtet hatte.

Nach ungefähr fünfzig Metern bedeutete Uffe ihm, zu stoppen und sich hinzuknien. Sie sah durch das Fernglas ihres Gewehrs und kniff das andere Auge zu, was ihre linke Gesichtshälfte wie ein zusammengeknautschtes Kissen aussehen ließ. Er verlagerte sein Gewicht so, dass der Boden des Rucksacks auf einem Ast ruhte, über den er gerade gestiegen war, und seufzte erleichtert auf, als der Druck auf seinen gequälten Schultermuskeln nachließ. Dann nahm er den Feldstecher, der ihm vor der Brust hing – jetzt mit dem kleinen Rucksack, den er zuvor auf dem Rücken getragen hatte – und suchte in derselben Richtung, in die auch die Scharfschützin blickte.

Zuerst sah Nikos ein Farbspiel aus Grün- und Brauntönen, das zu rauschen begann wie in einem Kaleidoskop, je schneller er hin und her sah bei seinen Bemühungen, das zu finden, was Uffes Aufmerksamkeit erregt hatte. Dann sah er es. Zuerst hielt er es für eine seiner Sehstörungen, doch beim zweiten Hinsehen wurde klar, dass es sich um einen Fremdkörper handelte, der nicht hierher passte: Ein fliegendes Objekt, etwa so groß wie ein Mähroboter, das aussah wie eine schwarze Halbkugel, aus deren Unterseite sechs kurze Greifarme wuchsen, die ihn an einen Tintenfisch mit Stummeltentakeln erinnerten. Zwischen den Spitzen dieser Greifarme, die zart und zerbrechlich wirkten, schwebte eine schwarze Murmel. Etwa daumennagelgroß erinnerte sie ihn an eine Miniaturausgabe der Sphäre, die er und der Hauptfeldwebel untersucht hatten.

Als er Uffe fragen wollte, was sie über das Ding dachte, ließ das fremdartige Objekt seine winzige Nutzlast los, indem die Greifarme auseinanderklappten. Die schwarze Murmel flog lotrecht der Erde entgegen und verschwand im grünen Unterholz.

»Uffe hier«, funkte die Scharfschützin flüsternd. »Habe unbekanntes Flugobjekt im Visier, soll ich es runterholen?«

»Ergibt sich eine Möglichkeit?«

»Ja, die Unterseite scheint sich geöffnet zu haben und könnte eine Schwachstelle darstellen.«

»Wenn du einen sicheren Schuss hast, tu es«, befahl Jacek. Seine Stimme klang in Nikos' Ohrstecker blechern und kratzig.

»Ihr wollt es abschießen, aber ...«, wollte er aufgebracht fragen, als es auch schon ohrenbetäubend krachte und das

Scharfschützengewehr mit dem verdickten Mündungsaufsatz nach hinten ruckte. Mit auf die Ohren gepressten Händen starrte er nach vorne und sah einen Funkenschauer zwischen den Bäumen aufblitzen. Ein schwarzer Schatten pendelte in der Luft hin und her und taumelte dann zu Boden.

»Ziel getroffen«, verkündete Uffe kühl und stand auf. Nikos kämpfte sich stöhnend auf die Beine und folgte der flinken Soldatin, so schnell er konnte. Sie war bereits stehengeblieben, als er sie schwer atmend eingeholt hatte, und zielte mit dem Gewehr auf einen rauchenden Gegenstand am Boden. Es handelte sich um das Flugobjekt, das er eben noch die schwarze Murmel hatte abwerfen sehen. Die Halbkugel lag auf dem Kopf, sodass die flache Seite nach oben zeigte. Greifarme konnte er nicht mehr sehen, dafür aber ein faustgroßes Loch mitten in der Basis, aus dem grüner und gelber Dampf wallte.

Nein, kein Dampf, dachte er und kam mit dem Gesicht etwas näher. Die Farben sahen eher aus wie Lichterscheinungen, nur dass sie sich bewegten wie Miniaturwolken.

»Objekt sichern, Position wechseln«, befahl Jacek und Uffe bedeutete Nikos mit fuchtelnden Händen, das zerstörte extraterrestrische Gerät aufzunehmen. Widerwillig folgte er ihrem unausgesprochenen Befehl und war überrascht, dass sich das glatte Material durch seine Handschuhe kalt anfühlte und nicht besonders schwer war.

»Warum habt ihr es abgeschossen? Die schicken jetzt bestimmt irgendwas, das ... das ... irgendwas mit Waffen!«

»Die schicken ständig was mit Waffen. Das Teil ist klein und die Oberfläche war ungleichmäßig. Ich habe hier ein Kaliber .50 Gewehr mit panzerbrechenden Patronen, die alle dicker und länger sind als dein Zeigefinger. Damit schießen wir durch Hubschrauber, Panzer und Betonmauern. Wenn es eine Chance gab, an ein Aliengerät zu gelangen, dann jetzt«, erklärte Uffe, während sie eilig zurück ins Unterholz liefen.

»Aber was, wenn sie das Wrack tracken oder so?«

»Dann sind wir vermutlich im Arsch.«

»Großartig.«

»Wir müssen nehmen, was wir kriegen können.«

»Bringt das Objekt zu der auf euren GPS-Battlenavs markierten Stelle«, wurden sie von Jacek unterbrochen. »Knut hat die Kupferdecke bei sich und trifft euch dort.«

»Da ist noch etwas«, antwortete die Scharfschützin. »Das Objekt hat ein kleineres Objekt fallen lassen, ungefähr so groß wie ein Daumennagel. Ich markiere die ungefähre Position.«

»Verstanden. Ihr versteckt das erbeutete Gerät und schirmt es ab, Pille und ich untersuchen diese Abwurfstelle.«

»Verstanden.«

Jacek sich aus nordwestlicher Richtung der markierten Position auf dem Battlenav, fünf Schritte von Pille getrennt, der in ähnlich geduckter Haltung und mit vorgestrecktem Gewehr rechts von ihm durchs Unterholz streifte. Die Rucksäcke hatten sie bei Knut gelassen, der noch immer die Drohne knapp oberhalb der Baumkronen steuerte und nach Anzeichen suchte, dass sich weitere Flugobjekte näherten. Bisher blieb der Himmel jedoch ruhig.

Vorsichtig ging er weiter, rieb seine rechte Augenbraue an seinem Gewehrkolben, um einen Schweißtropfen zu hindern, in sein Auge zu fließen. Der rote Punkt auf seinem Handgelenkdisplay kam dem grün blinkenden Punkt, der ihn selbst repräsentierte, immer näher, bis sie sich fast berührten.

»Es muss direkt vor uns liegen, ein oder zwei Meter auf zwölf Uhr«, flüsterte er und Pille bestätigte mit einem Klicken seines Senders. Mit besonnenen Bewegungen setzte er einen Fuß direkt vor den anderen, Hacke an Spitze, und suchte den

Boden ab. Dann fror er mitten in der Bewegung ein, als er einen schwarzen Fleck sah. »Halt!«

Ein Punkt in runder Form zwischen den Blättern, den er beinahe übersehen hätte, drängte sich seinem Blick jetzt, da er ihn erst einmal bemerkt hatte, geradezu auf. Bei näherer Untersuchung stellte sich die Stelle allerdings als Loch heraus, groß genug, dass man einen Fußball hätte versenken können. Die Ränder waren gleichförmig und scharf abgegrenzt, wo der verrottende Waldboden seine Biomasse wie bei einem Wasserfall hinabstürzen ließ.

Pille folgte seiner Geste und positionierte sich einige Meter entfernt, um sich zu verstecken und die Umgebung nach Gefahrenquellen abzusuchen, während Jacek mit seiner Beobachtung fortfuhr. Nach einigen Augenblicken ließ er sein Gewehr los, sodass es an dem Clipper seiner Kampfweste hinab hing, und schob es auf den Rücken. Mit den nun freien Händen fummelte er die Fiberoptik aus der Gürteltasche an seinem Rücken und knickte sie am letzten Drittel, bevor er sie einschaltete und eine Taste auf seinem Handgelenkdisplay drückte. Sofort schaltete das auf die Kamerabilder der Fiberoptik um, die wie eine starre Schlange mit winzigem, leuchtendem Kopf aussah.

Behutsam führte er das abgeknickte Ende über das Loch und dann hinein und stellte die Leuchtkraft der Taschenlampe höher, bis er einen Schacht von etwa einem Meter Tiefe sehen konnte. Die Ränder waren makellos, genau wie bei jenem Loch unter der großen Sphäre. Das kugelförmige Objekt, das Uffe ihm als daumennagelgroß beschrieben hatte, besaß mittlerweile eher die Größe eines Kinderkopfes und wirkte schwarz und matt. Doch das war noch nicht alles: Von den Rändern des Lochs schienen sich kleinere Erd- und Steinfragmente zu lösen, weiter oben sogar Splitter einer Wurzel, die glatt durchtrennt worden war. Sämtliche kleinen

Teilchen schossen auf die Kugel zu und verschwanden in ihrem Inneren, als würden sie verschluckt.

Sieht aus, als würde das Ding die Umgebung aufsaugen, dachte er und spürte einen leichten Zug in der Hand, als hielte jemand das andere Ende der flexiblen Fiberoptik und zöge daran. Mit einem unausgesprochenen Fluch auf den Lippen zerrte er daran und bekam sie frei. Als die Hightech-Kamera aus dem Loch kam und er sie vor sein Gesicht hielt, fehlte das obere Drittel, als hätte ein Tier daran gekaut. *So ein Mist!*

»Joss?«, funkte Knut ihn an. »Ich habe hier ein neues Flugobjekt, das gerade von dem gelandeten Raumschiff aufgestiegen ist. Soweit ich das über die Drohnenkamera sagen kann, sieht es beinahe identisch aus wie das Ding, das Uffe abgeschossen hat.«

»Wohin fliegt es?«, fragte Jacek alarmiert und rechnete schon damit, dass Knut *zu euch* antwortete.

»Nach Südwesten und es hat offenbar wieder so eine seltsame Murmel dabei, die es herumschleppt.«

Kapitel 18
Das Feld

NIKOS KAUERTE UNTER DEM TARNNETZ, das sie in einer kleinen, moosbewachsenen Mulde im Regenwald zwischen drei Bäumen gespannt hatten. Hardy und Uffe waren gerade dabei, mit ihren Klappspaten eine Art Schützengraben auszuheben, was sich offenbar nicht nur als schweißtreibend, sondern auch als hart zu realisieren herausstellte. Es gab so viele Wurzeln, die wie ein erratisches Netzwerk ineinander verschlungener Finger den Boden durchdrangen, dass sie ständig mit den Sägeseiten der Schaufeln Hand anlegen mussten. Nikos hatten sie beauftragt, eine dicke Kupferfolie unter dem Tarnnetz zu befestigen, welche offenbar Signale blockieren sollte, die das kleine Fluggerät der Aliens absondern könnte.

Als er fertig war und die Enden so herunterzogen und mit Heringen befestigt hatte, dass sie wie unter einer Haube im Matsch saßen und nur eine kleine Öffnung blieb, durch die die beiden Soldaten die Erde beförderten, betrachtete er das außerirdische Objekt. Es lag auf Hardys Rucksack, als wäre es ein Gerät, das man in die Ecke hatte verbannen müssen. Er fühlte sich bei dessen Anblick an eine übergroße Murmel erinnert, die an ihrem Äquator durchtrennt worden war. Mattschwarz und massiv, doch auf der Unterseite sah sie aus wie flüssig. Mit einem schmutzigen Finger drückte er in die Unterseite, die leicht über den Rucksack stand, und rechnete bereits damit, dass er schmolz oder eingesaugt würde, doch stattdessen stieß er mit der Fingerspitze gegen etwas Hartes.

»Hm«, machte er und bewegte sich mit dem linken Ohr näher an die runde Oberseite des Objekts. »Klingt seltsam.«

Das Geräusch hielt er zuerst für das Puckern seines Pulses,

bis seine Ohrmuschel beinahe die matte Oberfläche berührte. Das tiefe, mechanische Dröhnen stammte aus dem Objekt.

»Hey, Leute«, sagte er und tippte mit dem Finger auf das Aliengerät. Hardy und Uffe, die gerade auf Deutsch miteinander zu streiten schienen – obwohl sie sich auch ihre Liebe gestehen konnten, weil ihre Sprache für ihn immer klang, als würden sie streiten – hielten in ihren Bemühungen inne und wanden die roten Köpfe zu ihm.

»Was ist los, Großer?«, fragte Hardy.

»Dieses Ding, ich glaube, es ist nicht kaputt.«

»Ich glaube nicht, dass ...«, setzte Uffe an, doch Nikos schüttelte den Kopf.

»Hört es euch an. Da drin«, er tippte wieder auf die Oberseite des Objekts und es klang ein wenig hohl unter seinem Knöchel, »ist irgendetwas ... aktiv.«

Die beiden Kommandosoldaten warfen sich einen kurzen Blick zu und rammten ihre Klappspaten in den Boden, bevor sie zu ihm kamen und lauschten.

»Scheiße, das Ding klingt wie R2D2«, befand Uffe in ihrer typisch schroffen Art.

»Definitiv aktiv«, stimmte Hardy ihr zu.

»Wenn es schon aktiv war, als wir es hierher getragen haben, wissen die Aliens auch trotz der Kupferfolie, wo wir sind.«

»Ich wundere mich sowieso, warum die uns noch nicht abgeknallt haben.« Der Feldwebel rieb den dichten Bart und starrte nachdenklich das schwarze Objekt an. »Irgendwas ist hier noch seltsamer als ohnehin schon.«

»Dann brauchen wir jedenfalls nicht weiter Maulwurf spielen«, freute sich die Scharfschützin und rieb den Schweiß von der Stirn. »Soll ich nochmal draufhalten und das Teil ruhig stellen?«

»Nein«, entschied Hardy kopfschüttelnd. »Wir sind

wahrscheinlich die ersten, die noch aktive Alien-Tech in der Hand halten, die zugänglich, transportabel und offensichtlich nicht gefährlich ist. Das einzige andere Artefakt, das noch aktiv und mehr als ein Klumpen fremdartigen Materials ist, ist der Splitter in Athen, aber der ist weder transportabel noch besonders zugänglich.«

»Das kann ich bestätigen«, warf Nikos lakonisch ein. »Aber das hier scheint auch von einer anderen Art zu sein.«

»Was meinst du?«

»Das Material sieht anders aus, die Oberfläche und ... es fühlt sich anders an, in seiner Gegenwart zu sein.«

»Es *fühlt* sich anders an?«, fragte Uffe. »Oh je. Hast du ein schamanisches Ritual durchgeführt, um irgendwelche ätherischen Eindrücke zu channeln?«

»Lass ihn, Uffe«, pfiff Hardy sie zurück und sah ihm ernst in die Augen. »Was genau meinst du damit?«

»Es ist wirklich schwer zu erklären.« Nikos seufzte und versuchte, seine Gedanken zu ordnen. Als er bemerkte, dass er abwesend seine Finger knetete, hörte er sofort damit auf und bemühte sich um einen festen Gesichtsausdruck. »Als ich in dem Splitter war, wirkte alles sehr drückend, als würde eine Art Geist über allem und in allem liegen. Das ist wirklich schwer zu erklären, ohne wie ein Verrückter zu klingen. Vermutlich ist es dafür zu spät.«

»Hör zu, Großer, seit dem Auftauchen dieser Dinge und ihrem bunten Feuerwerk halte ich rein gar nichts mehr für verrückt. Jede einzelne Information, sei sie auch noch so merkwürdig, könnte allesentscheidend sein.«

Es rauschte in ihren Ohren, als der Funk sich aktivierte.

»Jacek hier«, meldete sich der Hauptfeldwebel leise. »Bin jetzt bei dem dritten Objekt angekommen. Gleiches Bild wie beim zweiten: Loch im Boden, schwarze Sphäre, die schnell wächst. Ich bleibe zur Beobachtung.«

»Pille hier. Objekt Zwei ist jetzt beinahe auf dieselbe Größe angewachsen wie Objekt Eins und schwebt über dem Boden. Auch hier hat sich eine Art Kraftfeld aufgebaut.« Der junge Feldwebel klang ein wenig benommen.

»Verstanden. Abstand halten und beobachten«, befahl Jacek. »Knut, weiterhin Luftraum überwachen. Sag Bescheid, wenn etwas auftaucht.«

»Verstanden.«

»Hardy, fangt mit den Untersuchungen und Aufnahmen des Objekts an und baut die Sendeanlage auf, damit wir die Daten an die Operationszentrale senden können.«

»Habe verstanden«, bestätigte Hardy und der Funk blieb ruhig. Als er Nikos fragenden Blick bemerkte, deutete er mit einer Hand nach oben. »Wir haben einen Satellitenuplink dabei und können Verbindung mit der Operationszentrale aufnehmen. Dann erhalten wir bestimmt auch neue Anweisungen und können schon mal alles schicken, damit die wenigstens was zum Spielen haben, falls wir demnächst gegrillt werden.«

»Sehr beruhigend«, befand Nikos ironisch und sah sich mit wachsendem Unwohlsein um.

»Ich geh mal raus und leg mich mit meinem Baby auf die Lauer, einverstanden?«, fragte Uffe, strich geradezu liebevoll über ihr Scharfschützengewehr, das an ihrem Rucksack lehnte und sah Hardy erwartungsvoll an. Der gab ihr einen bestätigenden Wink.

»Sie hat ohnehin einen schädlichen Einfluss auf Technik«, sagte er zu Nikos und bedeutete ihm, das außerirdische Wrack hochzunehmen, damit er seinen Rucksack wegziehen konnte.

Jacek lag nun etwas mehr als eine Stunde auf der Lauer und sah zuerst dem dritten Loch zu, wie es breiter und tiefer wurde, und schließlich einer einen Meter durchmessenden schwarzen Sphäre, die sich daraus erhob und wie ein Staubsauger immer mehr Material aus dem Loch aufsaugte wie ein Magnet. Sie wuchs weiter und weiter, bis sie bei der Größe der ersten Sphäre verharrte und keine weitere Materialwolke mehr nach oben geschossen kam. Kurz darauf setzte das vertraute Knistern ein, gefolgt von einer unangenehmen Gänsehaut, die sich auf seinem Körper ausbreitete. Seither schwebte sie einfach nur in ihrer scheinbaren Rotation, und er beobachtete sie weit genug entfernt, damit die Gänsehaut nachließ und das Knistern nicht stärker war als das sanfte Hintergrundrauschen seines Ohrsteckers.

»Das dritte Objekt hat jetzt sein Kraftfeld aktiviert«, meldete er den anderen über Funk.

Da nichts weiter zu geschehen schien und Knut vor keinen sich nähernden Flugobjekten warnte, gestattete er sich, sein G36 loszulassen, und einige Eingaben auf seinem GPS-Battlenav vorzunehmen. Mit flinkem Zeigefinger markierte er die Positionen der drei Sphären im Dschungel und zoomte nach und nach heraus, bis drei rote Punkte auf der topografischen Karte blinkten. Sofort fiel ihm auf, dass sie ein Dreieck bildeten, also schrieb er die exakten Koordinaten in sein Smartphone und stellte einige Berechnungen an.

Sie sind jeweils fünfhundertfünfundfünfzig Meter voneinander entfernt, fasste er seine Zahlen zusammen und sah abwechselnd zwischen Smartphone und GPS-Battlenav auf seinem Handgelenk hin und her. *Sie bilden ein gleichschenkliges Dreieck.*

Jacek schoss ein paar weitere Fotos von der Sphäre und präparierte eine seiner drei Actionkameras mit einem Satellitenuplink. Danach steckte er sie in eine kleine Ritze zwischen zwei Rindenstücke eines Gummibaums und befestigte sie mit Tape, sodass sie auf die Sphäre zeigte. Nachdem er sie aktiviert hatte, kehrte er zu ihrem neuen Unterschlupf zurück. Dort fand er Nikos, Pille und Hardy vor, die sich um einen kleinen Outdoor-Laptop drängten.

»Was ist los?«, fragte er und setzte seinen Helm ab, um seinem Kopf ein wenig Luft zu gönnen, auch wenn sie dick und schwer war.

Hardy drehte sich um und reichte ihm eine aus einem Wasserfilter gefüllte Feldflasche, die Jacek dankend annahm.

»Wir haben die Daten an die Operationszentrale geschickt. Dimensionen des abgeschossenen Flugobjekts, dass es aktiv ist, und Fotos, zusammen mit denen von der ersten Sphäre«, erklärte der Feldwebel und deutete auf den Laptop mit dem wulstigen Rand und dem kleinen Bildschirm. »Dann hat die Operationszentrale ...«

»Warte«, unterbrach Jacek ihn mit erhobener Hand. Er schraubte die Feldflasche zu und sah angespannt zu dem halbkugelförmigen Gerät, das friedlich und anscheinend reglos auf einem Rucksack lag. »Das Ding ist aktiv?«

»Ja, es macht Geräusche, also haben wir vermutet, dass es aktiv ist.« Es war Nikos, der ihm geantwortet hatte. »Klingt ein wenig unheimlich.« Der Grieche packte das Objekt und bevor Jacek ihm befehlen konnte, es nicht zu tun, hielt er es ihm entgegen. »Hör selbst.«

»Gut zu wissen, dass es bei Kontakt nicht explodiert«, brummte Jacek und legte den Kopf schief, bevor er sich der Oberfläche des außerirdischen Geräts näherte und sie mit dem Ohr beinahe berührte. »Ich höre nichts.«

Nikos runzelte die Stirn, zog das schwarze Ding zurück und legte sein Ohr darauf. Die Furchen auf seiner Stirn vertieften sich. »Das ... das ist komisch. Eben hat es noch gepiept und gebrummt wie ein Computer.«

Auch Hardy machte ein überraschtes Gesicht und prüfte es nach.

»Er hat recht, Jacek. Uffe und ich haben es auch gehört.«

»Ich glaube euch, aber was auch immer es getan hat, jetzt tut es das offenbar nicht mehr.«

»Wahrscheinlich hat Uffe mit ihrer Flak doch mehr beschädigt als angenommen«, mutmaßte Hardy laut und klang ein wenig enttäuscht. Jacek verstand seine Enttäuschung, war jedoch auch ein wenig beruhigt, dass sie sich keine Sorgen mehr machen mussten, einen Signalsender in ihrer Mitte zu haben, der wie ein trojanisches Pferd wirken konnte. Da kam ihm eine Idee. »Ich habe auch etwas herausgefunden. Aber erzähl mir erst, was du noch sagen wolltest. Die Operationszentrale hat was geschickt?«

»Ja.« Hardy nickte und rief mit einigen kurzen Eingaben auf dem Laptop eine Bilddatei auf, die die Schemazeichnung eines Pylonen mitsamt Notizen, Längen-, Breiten- und Höhenangaben zeigte. Daneben befanden sich Realbilder des vermutlich selben Objekts mit schwarzem Sternenhintergrund, Explosionen, bunt leuchtenden Farbwolken, und eines, das ein spitzes Ende zeigte, welches gerade durch die Wolkendecke stach wie ein gigantischer Faustkeil.

»Was sehe ich da?«

»Operation Iron Dome war ein ziemliches Desaster, aber das Militär wusste dieses Mal immerhin, in welche Richtung es die Kameras und Teleskope halten musste, also gab es viel Bild- und Videomaterial, das mittlerweile ausgewertet wurde. Die Geheimdienste haben ein vorläufiges Dossier erstellt und herausgefunden, dass es sich tatsächlich um zwei miteinander kämpfende Fraktionen handelt. Eine besitzt größere und kleinere Raumschiffe in der typischen Pylonenform, die auch der Splitter in Athen aufweist. Die andere Fraktion erkennt man offenbar an den tropfen- und ovoidförmigen Schiffen. Bei diesen wurden auch einige Aufnahmen von Waffen geschossen.« Hardy rief ein Video auf, welches ein schwarzes, ovales Gebilde zeigte, das durch eine dunkelgraue Regenwolke stieß, als würde es abstürzen. Dann sammelte sich eine rote Staubwolke um den Rumpf, als saugte das Schiff die Regenwolke aus, und glühte auf, als wäre es in rote Watte gehüllt. Im nächsten Moment machte es einen Satz nach vorne auf einen der Pylonen zu. Die rote Wolke blieb zurück und verblasste langsam.

An der Frontseite des Ovoids öffneten und schlossen sich winzige Löcher wie die Münder nach Luft schnappender Fische, und zeitgleich wurden hausgroße Stücke aus dem angegriffenen Pylonen gerissen, die mit Feuerschweifen in die Tiefe rasten.

»Bitter«, kommentierte Jacek und stieß einen langen Atemzug aus. Er hatte gar nicht bemerkt, dass er die Luft angehalten hatte. »Und eines dieser Dinger liegt einen halben Klick entfernt.«

»Ja«, bestätigte Hardy. »Nur ein deutlich Kleineres. Vielleicht ist das ein Shuttle oder sowas.«

»Spielt keine Rolle.« Er winkte ab. »Wir haben es jedenfalls nicht mit der Athen-Spezies zu tun, wie es aussieht. Wenn ich mir Nikos' Videoaufnahmen ins Gedächtnis rufe und mit unserem eher passiven Eindruck vor Ort vergleiche, ist das eher ein gutes Zeichen.«

»Ganz der Optimist.«

»Irgendwas muss einen am Leben erhalten.« Jacek hob seine zitternde linke Hand und packte sie rasch mit der rechten, um sie zusammenzudrücken. Als er aufsah, bemerkte er gerade noch, wie Hardy ebenfalls aufsah und sich Mühe gab, zu tun, als hätte er es nicht bemerkt. »Was gibt es noch in den Daten?«

»Puh, es wurden erhöhte Strahlenwerte über Skandinavien gemessen, aber in einem Maß, das als nicht besorgniserregend für die lokale Bevölkerung eingestuft wurde. Einer der Pylonen wurde beschädigt und ist in den schottischen Highlands abgestürzt. Das örtliche Militär hat eine Schutzzone rundum etabliert und sich offenbar zu weit genähert – wurden alle gegrillt.«

»Das lief ja hervorragend. Bleibt nur zu hoffen, dass die Informationen geheim bleiben. Wenn die Öffentlichkeit jetzt noch erfährt, dass sie anfangen, uns auf dem Boden zu Schlacke zu verbrennen, wird auch der letzte Rest bemühter Normalität zerfallen wie eine Sandburg unter einer Welle«, brummte Jacek und deutete auf sein GPS-Battlenav. »Ich habe die Positionen der drei Sphären und ihre Position zueinander notiert, ausgerechnet und verglichen und festgestellt, dass sie ein gleichschenkliges Dreieck bilden.« Er zeigte ihnen nacheinander die drei blinkenden roten Punkte auf der topografischen Karte und zog den Finger über ein Symbol, das die Punkte durch Linien miteinander verband und die Fläche dazwischen schraffierte.

»Wo sind wir?«, fragte Pille, der bislang auffallend ruhig geblieben war.

»Du meinst das Lager?«

»Ja.«

»Ungefähr hier.« Jacek tippte einen Punkt nahe der Linie zwischen der nördlichen und der südöstlichen Sphäre an und das GPS-Battlenav markierte den Punkt automatisch.

»Ich frage mich, ob das eine gute Idee ist.«

Er sah sein jüngstes Teammitglied an und nickte langsam. »Du hast recht.«

»Äh, habe ich etwas verpasst?«, fragte Nikos vorsichtig.

»Wir verlegen das Versteck«, erklärte Jacek. »Was auch immer diese drei Sphären tun oder was ihre Funktion ist, wir befinden uns in dem Bereich zwischen ihnen. Das könnte alles bedeuten oder auch nichts, aber wir sollten kein Risiko eingehen. Außerdem: Jetzt, wo diese Drohne«, er deutete auf das Alienartefakt, das auf dem Rucksack lag, »nichts mehr zu melden hat, macht es Sinn, den Ort zu wechseln.«

»Uffe wird sich freuen, wenn sie ein neues Loch graben darf.« Hardy grinste.

»Ich helfe dir diesmal«, widersprach Jacek und wandte sich an Pille und Nikos. »Ihr packt alles zusammen, ich gehe mit Hardy vor und suche einen geeigneten neuen Platz. Wir geben euch die Koordinaten über Funk durch.«

»Geht klar.«

Jacek und Hardy zwängten sich durch den kleinen Durchgang zwischen Waldboden und Kupferfolie und gingen mit hin und her geschwenkten Sturmgewehren stumm durch das Unterholz, angespannt und auf der Suche nach Bedrohungen. Nach ungefähr einer Viertelstunde stieß der Feldwebel einen leisen Pfiff aus und deutete auf eine Mulde unterhalb einiger Wurzeln, die sich zu einem undurchsichtigen Geäst verworren hatten.

»Sieht gut aus«, bestätigte Jacek und kurz darauf hatten sie ihre Spaten ausgeklappt und begannen, einen Graben auszuheben, der groß genug war, um sie und ihre Ausrüstung zu fassen. Es war eine schweißtreibende Tätigkeit und nach der bisherigen Anstrengung und der drückenden Hitze spürte er das erste Zwicken im Rücken, während sie eine Fuhre Erde und Steine nach der anderen nach draußen beförderten. Bei einer kurzen Trinkpause, während der er seine Hosenbeine hochkrempelte und drei Blutegel abriss und unter seinen Stiefeln zertrat, sah Hardy ihn lange an. Jacek bemerkte es aus den Augenwinkeln.

»Was ist?«, fragte er nach einer Weile. »Wenn du mich noch länger so anstarrst, habe ich ein Loch im Kopf.«

»Du musst es nicht vor uns verstecken, weißt du?« Hardys Stimme klang vorsichtig und besaß einen Unterton von etwas, das klang, als versuchte er, auf einem sehr dünnen Seil zu balancieren.

Jacek überlegte, ob er so etwas sagen sollte wie: *Was meinst du?* Oder: *Ich verstecke nichts vor euch.* Aber er hatte sich zu Beginn der Ausbildung entschieden, niemals einen Kameraden zu belügen. In ihrem Leben als Kommandosoldaten gab es keinen Ruhm für ihre Taten, selbst wenn sie einen Terroranschlag verhinderten oder einen Bösewicht schnappten. Alle Einsätze blieben geheim und niemals würde jemand erfahren, wie sie geblutet und geschwitzt hatten, um die Freiheit anderer zu verteidigen. Das einzige, was ihr Leben neben dem Adrenalin und der Abwechslung lebenswerter machte als das vieler anderer, war die enge Kameradschaft. Jeder würde für den anderen sterben, wenn es nötig wäre, und jeder wusste das vom jeweils anderen, ohne dass es jemals ausgesprochen worden wäre. Wie hätte er sie da jemals belügen können?

»Was meinst du damit?«, fragte er ausweichend und spannte unwillkürlich seine linke Hand an. Vor diesem Gespräch hatte er sich gefürchtet. Vielleicht oder gerade weil er gewusst hatte, dass es früher oder später stattfinden würde.

»Wir werden es niemandem sagen, das weißt du doch? Was auch immer es ist, wir stehen zu dir«, erwiderte Hardy ruhig. Jacek verstand die unausgesprochene Frage dahinter.

»Parkinson«, sagte er schließlich und knirschte mit den Zähnen.

»Wie lange schon?«

»Ich habe dieses Zittern in den Händen seit ungefähr einem Jahr, aber ich war erst kurz vor Weihnachten bei einem Arzt.«

»Bei einem Zivilisten, schätze ich?«

Jacek nickte.

»Verstehe. Hätte ich auch gemacht. Früher Ruhestand? Das ist nichts für dich.« Hardy machte eine Pause und Jacek konnte sehen, dass er sich große Mühe gab, seine Betroffenheit zu überspielen und Normalität vorzutäuschen. »Wie ist die Prognose?«

»Es wurde recht schnell diagnostiziert, das ist offenbar ein ganz gutes Zeichen.« Jacek schnaubte und lächelte freudlos. »Hab immer gedacht, dass mich mal eine Kugel erwischt oder ich beim Absprung in einem Baum lande oder sowas. Dass mich eine beschissene Nervenkrankheit lahmlegt, hätte ich nicht gedacht.«

»Noch siehst du recht fit aus.«

»Ja, mit den Medikamenten fühle ich mich morgens nicht mehr ganz so versteift.«

»Ich bin jeden Morgen steif«, gluckste Hardy und Jacek lächelte müde über den kläglichen Versuch seines Freundes und Kameraden, die sich einstellende Schwere etwas zu mildern.

»Dank unserer außerirdischen Besucher spielt es ohnehin keine Rolle mehr«, entschied er und stopfte seine Feldflasche zurück in den Gürtel. »In den nächsten Jahren werdet ihr mich jedenfalls nicht los, da kannst du Gift darauf nehmen.« Er lächelte und überlegte. Dann straffte er die Schultern und sagte einfach: »Ich liebe euch.«

Hardy lächelte und legte ihm freundschaftlich eine Hand auf die Schulter. Sie sahen sich einige Atemzüge in die Augen und Jacek nickte dankbar. Eine Viertelstunde später kamen Pille und Nikos mit der ersten Fuhre Gepäck. Der Grieche hielt die außerirdische Drohne – zumindest wirkte sie auf ihn wie eine – in den Händen und krümmte sich unter dem riesigen Ausrüstungsrucksack auf seinem Rücken. Pille hatte sich gleich zwei aufgesetzt – einen auf den Rücken und einen vor die Brust, sodass man sein Gesicht mit dem Helm gerade so erkennen konnte. Jacek und Hardy halfen, alles in dem neugegrabenen Versteck zu deponieren, und befestigten danach zuerst die Kupferfolie wie ein Zeltdach, bevor das Tarnnetz folgte und alles mit dem Rest des Dschungels verschmelzen ließ.

Als er einen erneuten Schluck aus der Feldflasche nahm, während Nikos sich wie erschlagen auf einen der Rucksäcke legte und Hardy und Pille zurückgingen, um noch eine Ladung zu holen, brummte etwas in seinen Ohren. Zuerst hielt er es für ein geplatztes Gefäß, das manchmal ein kurzes Fiepen im Gehörgang auslösen konnte, doch es ließ nicht nach. Irritiert sah er sich um. In diesem Moment klingelte und klickte es am Rande des Hörbaren, und sein Blick fiel instinktiv auf das Alienobjekt, das auf dem zweiten Rucksack neben Nikos lag. Jacek legte die Stirn in Falten und ging darauf zu, bis er direkt davorstand und sich bückte. Vorsichtig legte er ein Ohr auf die Oberfläche. Sie war ganz glatt, obwohl sie rau und matt aussah. Die Geräusche wurden deutlich lauter und besaßen nun einen Widerhall. Es klang wie ein laufender Rechner mit aktiven Platinen, nur ohne den Lüfter.

»Was ist los?«, fragte Nikos erschöpft.

»Ich glaube, ich habe eine Ahnung«, antwortete Jacek, schnappte sich das winzige Ufo und lief aus dem Versteck und fünfzig Meter nach Westen. In einem abschüssigen Bereich hielt er neben einem dicken Baumstamm inne und drehte sein Handgelenk, damit er das Battlenav sehen konnte. Er befand sich nun wieder innerhalb des schraffierten Dreiecks. Vorsichtig legte er ein Ohr auf die Oberfläche der Halbkugel.

Nichts. Kein Geräusch, keine Aktivität.

Jacek nickte nachdenklich und ging zurück, bis er laut GPS knapp außerhalb der schraffierten Fläche stand und horchte erneut. Die Geräusche waren zurück.

Das ist interessant.

Kapitel 19

Der Angriff

»OKAY, ALSO DIESES FELD blockiert irgendwie diesen fliegenden Mülleimer?«, fragte Uffe ungläubig und stützte sich mit überschlagenen Armen auf den Kolben ihres Gewehrs, das sie mit der Mündung auf ein Stück Holz gestellt hatte.

»Sieht ganz so aus«, bestätigte Jacek nickend. »Ich habe es mehrfach in das Feld getragen und wieder heraus. Es ist immer wieder aus- und angegangen.«

»Gut, damit wissen wir, dass es sich wirklich um ein Feld handelt, dessen Eckpfeiler die Sphären sind. Und wir wissen, dass es offenbar Geräte ausschaltet«, fasste Hardy zusammen, als Pille abwinkte.

»Nein, keine Geräte, sondern Alien-Geräte, um genau zu sein. Wir konnten ja aus dem ersten Versteck noch problemlos Kontakt mit dem Satelliten aufnehmen und Daten senden und empfangen. Der Laptop hatte auch keine Ausfallerscheinungen und unser Funk mit Knut, der immer noch in dem Feld sitzt, läuft auch tadellos.«

»Vielleicht blockiert es nur Geräte ab einer gewissen Technologiestufe«, warf Nikos mit seinem rollenden griechischen Akzent ein. »Wenn das Militär über dem Amazonas einen EMP zünden würde, würde das die dortigen Naturvölker auch nicht stören, mit einem Feuerbogen Feuer zu machen oder ihren Bogen zu spannen.«

»Das ist gar nicht so doof«, stimmte Jacek ihm zu und nickte anerkennend. »Aber gehen wir mal davon aus, dass dem so wäre, was würde es ihnen nützen, so ein Feld hier aufzubauen? Und dann auch noch mitten im Dschungel?«

»Na, es schützt vor den anderen Alienärschen, ist doch

klar.« Uffe zeigte in Richtung ihres Himmels aus rötlicher Kupferfolie. »Aber warum im Dschungel? Hm, keine Ahnung.«

»Ein Testgebiet vielleicht?«, schlug Hardy vor.

»Vielleicht. Oder es gibt hier etwas, das wertvoll ist. Irgendwelche Ressourcen im Boden oder einen bestimmten geografischen Ort, der für uns weniger relevant ist als für sie. Um bei Nikos' Indianermetapher zu bleiben, würden die auch nicht verstehen, warum wir mitten im Meer eine Ölplattform errichten, sondern lieber im fischreichen Küstengewässer bleiben und die wichtigsten Ressourcen dort vermuten.« Jacek rief auf seinem Smartphone eine Karte des Kongo auf und schürzte die Lippen. Was auch immer es hier geben mochte, er sah es jedenfalls nicht.

»Wenn diese Kugeln so winzig sind und sich selbst zu großen Sphären aufbauen, könnte das kleine gelandete Schiff Tausende oder Millionen davon an Bord haben und ein riesiges Feld aufbauen«, sagte Pille. »Die Frage wäre, ob sich die Sphären aus dem Orbit abschießen lassen. Dann wären sie nicht besonders effektiv. Wenn aber doch ...« Er ließ den Rest seines Satzes unbeendet und sah in nickende Gesichter. Sie verstanden, was das bedeutete.

»So oder so werden wir uns bald dem Raumschiff zuwenden müssen. Aus irgendeinem Grund lassen das Schiff und/oder seine Besatzung uns in Ruhe herumlaufen und ehrfürchtig ihr Spielzeug angucken«, meinte Jacek. Er wollte noch etwas hinzufügen, als der Funk in seinem Ohr knackte und Knut sich meldete.

»Da ist was im Anflug, Leute!«, rief er und seine Stimme klang ziemlich aufgeregt, was selten genug vorkam, sodass Jacek aufschreckte.

»Eine weitere Drohne?«

»Negativ. Da kommt was aus dem Orbit auf uns zu geschossen. Wir haben eine Warnung aufs Battlenav bekommen und mit der Drohnenkamera sehe ich es schon als leuchtenden verdammten Stern am Himmel!«

Jaceks Blick zuckte zu seinem Handgelenk. Tatsächlich blinkte dort ein Warndreieck. Er öffnete die Nachricht und fand dieselbe Warnung in Kurzform, die Knut ausgesprochen hatte.

»Verdammter Mist, das Ding hält genau auf uns zu.« Er fuhr zu Hardy und Pille herum. »Ihr nehmt Laptop sowie Sende- und Empfangsanlage und begebt euch zum alten Versteck. Uffe, du schnappst Nikos und versteckst dich mit ihm bei dem kleinen Abhang im Süden, nahe der zweiten Sphäre. Knut, du bleibst, wo du bist, ich komme zu deiner Position! Wir bleiben in dem Kraftfeld, ist mir lieber als hier draußen.«

»Verstanden«, riefen alle und brachen in hektische Betriebsamkeit aus.

Jacek wartete, bis Uffe Nikos und ihr Gewehr geschnappt hatte und verschwand, bevor er aus dem Graben kletterte. Als der erste Überschallknall den Urwald traf wie die Posaune Gottes, raschelten die Blätter um ihn, als wollten sie der nahenden Katastrophe Beifall spenden. Er wurde kräftig durchgeschüttelt, kam jedoch nicht aus dem Takt und sprang über Wurzeln und umgefallene Bäume, rannte und rannte immer weiter. Als eine Kaskade weiterer Überschallknalle in kurzem Abstand folgte und mit brutaler Gewalt auf den Dschungel eindrosch, dass es im Geäst rauschte und knarzte, kam er aus dem Tritt und wäre beinahe gegen einen morschen Baum geprallt, der zuvor noch als weiches, nach ein paar Metern abgebrochenes Gerippe gestanden hatte und jetzt wie in Zeitlupe zur Seite stürzte. Jacek bremste seinen Schritt und setzte über den zerberstenden Stamm, als dieser wie ein Schlagbaum herabgefahren war.

»Leute, das Objekt ist in mehrere Teile zerbrochen!«, rief

Knut aufgebracht über Funk. »Ich sehe jetzt ein halbes Dutzend rot leuchtender Punkte!«

Jacek war nahe bei ihm, denn er konnte seinen Kameraden und Stellvertreter sowohl in seinem Ohrstecker als auch mit dem anderen Ohr hören. Nach einem weiteren Blick auf sein GPS-Battlenav und die darauf markierte Position von Knut, korrigierte er seine Richtung ein wenig und fand den Soldaten an einem Baum sitzend, mit der Augmented-Reality-Brille auf dem Kopf und der kleinen Kontrolleinheit für die Drohne in der Hand. Seine Daumen bewegten sich in endlosen Hin- und Herbewegungen.

»Schalt mich drauf!«, rief Jacek und zückte sein Smartphone. Knut antwortete nicht, da er offenbar konzentriert war, was sich an seiner zwischen die Zähne eingequetschten Zunge zeigte, doch auf seinem Bildschirm tauchte eine Bluetooth-Anfrage auf. Jacek bestätigte sie und betrachtete das Schauspiel am Himmel, das von der hochauflösenden Kamera der kleinen Rotordrohne gesendet wurde.

Knut steuerte die Drohne so, dass sie ständig ihre Position veränderte, knapp unter den Baumkronen und unter Ausnutzung so vieler unbeeinträchtigter Stellen wie möglich, um sich nicht zu zeigen, aber immer wieder Aufnahmen machen zu können. Wenn die Kamera still stand, dann lediglich wenige Sekunden, bevor sie wieder wegsackte.

Jacek zählte sieben schwarze Objekte, die durch den blauen Himmel auf sie zu rasten. Sie besaßen keine Feuerschweife mehr, also mussten sie bereits in nächster Nähe sein, was ihn wunderte, da sie sehr klein aussahen. Wieder änderte die Drohne ihre Position und das Bild wurde von Blättern und Ästen verdeckt. Dann kam wieder ein Loch in einer Baumkrone und freie Sicht. In den zehn oder fünfzehn Sekunden, während der sie quasi blind waren, hatten sich die Objekte unvorstellbar weit genähert und hielten mit mehrfacher

Schallgeschwindigkeit auf einen Punkt nordöstlich von ihnen zu.

»Die haben es auf das gelandete Ding abgesehen!«, meinte Knut. »So ein Dreck, das ist unser Spielzeug!«

Jacek wollte etwas erwidern, doch als er gerade dachte, dass die kleinen, tropfenförmigen Flugobjekte, die eine Kreisformation bildeten, ballistisch in das Raumschiff am Boden krachen würden, blieben sie wie auf Knopfdruck in der Luft stehen, bremsten vom einen auf den anderen Moment ab. Jetzt schwebten sie wie eingefrorene Regentropfen über den Bäumen ein paar hundert Meter entfernt über jenem Punkt, von dem er wusste, dass sich dort ihr Ziel befand.

Sie taten nichts.

»Was soll das?«, fragte Knut.

»Die Dinger sind nur wenige Meter groß. Nicht mehr als die Sphären oder sehe ich das falsch?«

»Nee«, machte der Oberfeldwebel. »Das passt schon. Aber was machen die da?«

»Vielleicht sind das auch Drohnen, die zu dem Raumschiff gehören, das gelandet ist«, dachte Jacek laut und neigte frustriert den Kopf. »Wir sehen hier rein gar nichts. Ich gehe näher ran.«

»Bist du irre?«

»Nein«, erwiderte er knapp und packte sein Sturmgewehr etwas fester. »Halt die Stellung und mich auf dem Laufenden, klar?«

»Klar, Joss.«

»Nenn mich nicht so.« Über Funk wandte er sich an den Rest des Teams. »Jacek hier, ich gehe zum Raumschiff und sehe mich um. Uffe? Ich würde mich wohlfühlen, wenn du am inneren Rand des Feldes in Position gehen und mir Deckung geben würdest, falls ich mich zurückziehen muss.«

»Verstanden.«

Na dann mal los, dachte er, drückte kurz Knuts Schulter, um ihm zu signalisieren, dass er aufbrach, und rannte in Richtung der auf seinem Battlenav markierten Landezone des Raumschiffs los. Vermutlich war das, was er vorhatte, eine ziemlich dumme Idee, aber je mehr er darüber nachdachte, desto bewusster wurde ihm, dass es seit der Ankunft der Aliens nichts anderes mehr gab als dumme Ideen und noch dümmere. Solange er beides noch voneinander unterscheiden konnte, wollte er lieber auf die dummen setzen. Außerdem war er von dem überzeugt, was er gesagt hatte: Sie mussten mehr sehen, um herauszufinden, was dort vor sich ging, und indem sie die ganze Zeit nur im Dschungel herumspazierten und die Dinge untersuchten, die die Aliens ungestört in ihrer Nähe abzogen, würden sie rein gar keine Informationen gewinnen.

Er rannte, so schnell er konnte und es der unebene Untergrund ermöglichte, doch das Terrain war ein einziges Hindernis und er musste immer wieder Kurven und manchmal Querstrecken laufen, wenn die Vegetation zu dicht wurde. Erst als er einen langgezogenen Abhang erreichte, von dem sich vor einiger Zeit offenbar eine Schlammlawine gelöst hatte, rutschte er ihn seitlich auf dem Rücken hinunter und machte eine große Strecke wett. Als ihn laut seinem GPS-Battlenav nur noch wenige Meter von der markierten Stelle trennten, zügelte er seine Schritte und versuchte, sein heftig klopfendes Herz zu beruhigen.

Er lugte durch eine Reihe eng beieinanderstehender Bäume und konnte einen schwarzen Hintergrund erkennen. Das musste das Schiff sein. Vorsichtig ging er mit vorgerecktem Gewehr näher und drückte sich zwischen zwei Mahagonibäumen in einen Busch. Im Schutz des Blätterwirrwarrs legte er sich auf den feuchten Boden, ignorierte einen riesigen Käfer, der ihm auf den Unterarm krabbelte, und robbte weiter nach vorne, bis die Spitze seiner Waffe und schließlich die Zieloptik durch den Busch stießen und er freie Sicht hatte.

Das außerirdische Raumschiff schwebte über einer breiten, kreisförmigen Lichtung, deren Boden komplett eingeebnet und schwarz versengt war, als hätte dort ein Feuer gewütet und danach eine Staffel Bulldozer alles planiert. Das Schiff war mattschwarz und konturlos, mit einem wuchtigen Teil rechts und einem spitz zulaufenden ganz links, was ihm die typische Tropfenform verlieh, die auch die sechs viel kleineren Objekte besaßen, die weiter oben in der Luft schwebten wie Perlen an einer Kette. Die Luft unter dem Raumschiff flimmerte wie Hitzeschlieren in der Wüste und es schwebte gerade so hoch, dass Jacek unter dem fremdartigen Rumpf hätte hindurchlaufen können. Keines der Objekte, weder die kleinen weiter oben noch das wuchtige Raumschiff, das sich zum Greifen nahe vor ihm befand, regten sich. Es war beinahe, als betrachtete er ein Standbild. Lediglich die Bäume ringsum, die sich im sanften Wind hin und her bewegten, versicherten ihm, dass er keiner optischen Täuschung unterlag. Doch da war noch etwas: Seltsame Geräusche, die nicht hierher gehörten und ihm erst jetzt auffielen, wo er bemerkte, dass irgendetwas nicht stimmte. Die Vögel sangen nicht mehr und das unablässige Hintergrundrauschen des vielfältigen Lebens war einer unnatürlichen Stille gewichen. Die neuen Geräusche ähnelten sphärischen Klick- und Klopflauten, denen er keine Ähnlichkeit zu irgendetwas ihm Bekanntem zuteilen konnte. Einerseits hatte er den Eindruck, dass sie aus seinem Kopf kamen und keinen Ursprung hatten, und andererseits hörte er sie überall um sich, ohne eine Richtung ausmachen zu können.

»Uffe in Position«, meldete die Scharfschützin im Funk und obwohl sie flüsterte, erschrak Jacek heftig und stieß einen Seufzer aus, um das hochschießende Adrenalin abzumildern.

Als die Tropfenobjekte in der Luft in Bewegung gerieten, geschah es so plötzlich, dass er zweimal blinzeln musste.

»Scheiße!«, fluchte er auf eine für ihn ungewöhnlich heftige Art, als sie das Feuer eröffneten. Zuerst wallten von einem auf den anderen Augenblick rote Wolken um die wuchtigen Rümpfe aus Schwärze, dann lösten sich glühende Lichter von ihren Unterseiten, als würden sie dort aus dem Nichts materialisieren, und schossen im Zickzack in die Tiefe wie tanzende Sterne. Das Raumschiff antwortete mit einer Salve Tausender kleiner Splitter, die aus der Hülle zu entstehen schienen. Die Oberseite flockte auf, als bestünde sie aus unendlich vielen, winzigen Schuppen, von denen sich ein Großteil löste und schneller in die Luft schoss, als Jaceks Netzhaut folgen konnte. Was er jedoch sah, war das Ergebnis.

Lichter blitzten grell auf, Explosionen zerrissen die Luft und setzten die umliegenden Bäume in Flammen. Rote Lichtstrahlen stachen in die Höhe, verbanden das Raumschiff mit den kleineren Angreifern oder verloren sich im Firmament. Die angreifenden Objekte zuckten hin und her wie Spielbälle, die zwischen unsichtbaren Spielern hin und her geworfen wurden, wichen aus, feuerten erneut Leuchtkugeln aus, die abgefangen wurden – doch einige kamen durch und wenn sie es taten, krachten sie mit solcher Wucht in das Raumschiff, dass sie es von oben nach unten durchschlugen und die Erde darunter bersten ließen. Erde und Gestein wurden aufgewirbelt und prasselten wirkungslos gegen die Unterseite. Ein weiterer Treffer zerstörte den Zipfel des schwebenden Tropfens, von dem daraufhin ein dröhnendes Jaulen ausging, als würde es einen Todesseufzer ausstoßen. Einen Herzschlag später krachte das Raumschiff zu Boden.

»So eine Scheiße!«, fluchte er und hielt grimmig der brutalen Hitze stand, die ihm in immer erbarmungsloseren Wellen in seinem Versteck entgegenschlug. Er hob sein Gewehr und starrte angespannt nach oben. Die Angreifer bewegten sich so schnell im Zickzack, dass er ihnen kaum folgen konnte, doch es schien, als wäre nur noch ein einziger im Spiel. Den Rest konnte er entweder nicht wahrnehmen, oder aber in glühenden Trümmerwolken herabgleiten sehen. »Uffe! Hast du das letzte Objekt von deiner Position im Visier?«

»Negativ!«

»Begib dich nach oben, wenn möglich, und schalte es aus, wenn du die Chance hast!«, brüllte er über das Gewitter des entfachten Infernos hinweg in sein Headset. »Die Scheißkerle zerlegen unsere Beute!«

»Verstanden!«

Jacek glaubte nicht, dass sie dem verbliebenen Tropfen etwas anhaben konnten, aber er wollte verdammt sein, wenn sie es nicht versuchten. Das Raumschiff sandte noch eine Kaskade ultraheißer Lichtstrahlen aus, als es einen weiteren Treffer auf der ihm zugewandten Seite einstecken musste, die ebenfalls durchschlagen wurde. Schnell neigte er den Kopf, um die über ihn hinwegrasende Druckwelle voller Splitter und Erde nicht ins Gesicht zu bekommen. Es klirrte und knallte auf seinem Helm und einige Fragmente fraßen sich durch seine Uniform in seine Schulter.

Ächzend musste er beim Aufblicken feststellen, dass der Busch, der ihm eben noch als Deckung gedient hatte, dieses Mal nicht nur durchgeschüttelt worden war, sondern nicht mehr existierte. Plötzlich nackt und schutzlos sprang er auf und stellte mit Entsetzen fest, dass das Raumschiff sich nicht mehr wehrte. Rauchfahnen stiegen aus mehreren Löchern empor und glühten rötlich. Der letzte Angreifer machte einen Satz von fünfzig oder mehr Metern in seine Richtung und schwebte über seinem halb zerstörten Opfer wie ein Sendbote, der bereit war, ihm den Todesstoß zu versetzen.

»Nicht heute«; knurrte Jacek, lud seinen Unterlaufgranatwerfer durch und drückte den Abzug. Es machte »Flupp« und der hochexplosive Kanister raste auf den Tropfen zu. Ein schwieriger, aber kein unmöglicher Schuss – und er traf. Die Explosion der auftreffenden Granate erwischte das todbringende Flugobjekt an der Unterseite und hüllte sie in eine grelle Feuersphäre ein.

Einen Moment machte sich so etwas wie Triumph in ihm breit, doch dann war die Aufwallung verschwunden und der pechschwarze Tropfen war noch immer da. Das Objekt zuckte kurz, als würde es sich umsehen und machte einen Satz. So plötzlich, dass Jacek unwillkürlich aufschrie, befand es sich jäh keine zwei Meter von ihm entfernt und erst jetzt begriff er, wie groß es wirklich war.

»Scheiße«, fluchte er, als sich ein tellergroßes Loch im Rumpf des Tropfens öffnete. Dahinter glühte es sphärisch auf, als öffnete sich der Schlund eines Dämons, um ihn zu verschlingen. Jaceks Reflexe übernahmen und er drückte den Abzug durch, jagte zwölf Schuss vollautomatisch, präzise in das Loch und eine zweite Granate hinterher, der das Objekt jedoch mit einem Satz zur Seite auswich. Den Kugeln war es hingegen nicht ausgewichen und das Loch schloss sich, als hätte sich der Mund verschluckt.

Jacek wartete nicht ab, sondern feuerte erneut und rannte zurück in den Schutz des Dschungels, während hinter ihm die Granate irgendwo in der Nähe des Raumschiffs explodierte.

Er rannte, dass ihm die Beine brannten und sah zuerst Blätter und Äste, und dann bloß noch Grün- und Brauntöne an sich vorbeirauschen wie ein Kaleidoskop aus unwirklichen Farben. Hinter sich hörte er Bäume zerbersten, als würden sie von dem Hammer eines Riesen zermalmt, und zweimal wurde er von einer Druckwelle von den Beinen gerissen. Doch er rappelte sich wieder auf und rannte im Zickzack weiter, lief geduckt und nutzte jeden Baum als mögliche Deckung. Einmal sah er, wie ein erstaunlich dicker Gummibaum vor ihm sich in eine Staubwolke verwandelte, die in rotem Dunst einfach verpuffte. Von dem Baum war keine Spur mehr zu sehen.

Nikos war bereits fünf Meter weit geklettert, als er das erste Krachen zerberstender Bäume hörte, das ihn an Jurassic Park erinnerte, wenn ein T-Rex durch den Wald marschierte und alles auf seinem Weg zerstörte. Uffe warf ihm ihr Gewehr zu, das er gerade so auffing, ohne das Gleichgewicht zu verlieren und abzustürzen. Wieder fragte er sich, was er hier überhaupt machte, denn er fühlte sich wie eine Babykatze unter Pitbulls. Doch immerhin konnte die Scharfschützin ohne das Gewehr hinterherklettern und stellte sich überaus flink und behände an. Die Äste waren feucht und glitschig, doch sie hatten sich einen Mahagonibaum ausgesucht, der von Schlingpflanzen und Flechten überwuchert war und dadurch ein wenig Halt bot. Unter ihnen rannte eine Horde Affen kreischend und wie von Sinnen über den Waldboden, fort von dem Kampfgebiet und den lodernden Feuern, die man bereits aus seiner Höhe erahnen konnte. Selbst die dichten schwarzen Rauchwolken in ein paar hundert Metern Entfernung konnte er sehen, da sich ihr Baum auf einer kleinen Anhöhe befand und eine kahle Stelle hatte, die eine Art Fenster bildete.

Uffe erreichte einen Ast knapp über seinem und forderte ihn mit hektischen Gesten auf, ihr das lange Gewehr zu reichen. Er tat es gehorsam und hob eine Braue, als sie ihm eine Pistole reichte.

»Was ...?«

»Lass dich nicht gefangen nehmen, Großer«, sagte sie und brachte ihr Gewehr in Anschlag. Ihr rechtes Auge drückte sie gegen die Zieloptik und mit dem Rücken lehnte sie sich gegen den Baumstamm. Mit verzogener Wange, die ihre Stimme verzerrt klingen ließ, fuhr sie fort: »Nachher stecken die dir noch Sonden in den Arsch oder so. Hätte ich keinen Bock drauf.«

Nikos schluckte schwer und sah auf das kalte Mordwerkzeug, das in seinen riesigen behandschuhten Händen beinahe klein und unschuldig aussah.

So schlimm steht es also.

Das Krachen und Donnern kam näher, und mit zusammengekniffenen Augen und plötzlich trocken werdendem Mund sah er, wie sich einige Bäume vor- beziehungsweise unter ihnen in Staubwolken auflösten. Da die näher kamen, musste sich das Objekt direkt in ihre Richtung bewegen.

»Siehst du es?«, fragte er aufgeregt, als er weiter unten eine schattenhafte Bewegung im Unterholz bemerkte. »Panagía mou! Das ist Jacek!«

»Hab den Scheißer im Visier«, murmelte Uffe. Nikos verstand nicht, was sie meinte, doch das interessierte ihn auch nicht. Er starrte hinab und sah den Hauptfeldwebel wie von der Tarantel gestochen durch den Dschungel rasen. Jacek hatte es beinahe in ihre Richtung geschafft, rannte jedoch weiter östlich und würde ihren Baum um mindestens zwei Dutzend Meter verfehlen. Als sich aus dem Wirrwarr des Dschungels ein Lichtpunkt löste, der aussah wie ein Glühwürmchen, dessen Leuchtkraft man millionenfach potenziert hatte, sank Nikos das Herz. Das Geschoss raste schneller, als die Augen folgen konnten, durch den Wald, wich Bäumen und Sträuchern aus und traf den Anführer des KSK-Teams am Rücken, als der gerade an einer Baumwurzel hängenblieb und nach vorne geschleudert wurde.

»Boom!«, sagte Uffe und ein trockener Knall peitschte aus ihrem mächtigen Gewehr. Von irgendwo drang ein metallisches Kreischen an seine Ohren, dann krachte und knackte es und eine Baumkrone direkt vor ihnen löste sich in einem

Orkan aus Splittern und zertrümmerten Ästen auf. Durch die Wolke aus zerstörten Baumstücken raste ein tropfenförmiges Objekt von der Größe eines Kleinwagens nach oben und machte einen Satz auf sie zu. Es ging so schnell, dass Nikos vor Schreck nach hinten stürzte. Im Fallen sah er Uffe noch einmal schießen, doch sie lehnte nicht mehr mit dem Rücken am Stamm des Baumes und wurde vom Rückstoß weit genug zurückgedrückt, um den Halt zu verlieren und ebenfalls abzurutschen.

»AHRG!«, schrie er unwillkürlich auf, als er mit dem Rücken gegen etwas Hartes stieß, nach vorne geschleudert wurde und sich die Stirn an einem Stück Baumrinde aufriss. Als Nächstes verhakte sich sein linker Fuß in irgendetwas und seine Sturzrichtung änderte sich erneut, bis er gegen eine Wand geschmettert wurde. Nein, keine Wand, sondern den Waldboden, der sich anfühlte wie Beton.

Ächzend und vom Adrenalin, das in seinen Adern kochte, getrieben, rappelte er sich unter Schmerzen auf und bemerkte, dass er die Pistole noch in den Händen hielt. Er wollte seinen Zeigefinger um den Abzug legen, doch sah er, dass der in einem unmöglichen Winkel abstand.

Uffe, dachte er und sah sich hektisch um, verdrängte den Schmerz einer alten Gewohnheit folgend an den Rand seines Geistes. Er fand sie recht schnell, dann sie lag nur wenige Meter neben ihm auf dem Rücken und starrte nach oben. Ihre Beine waren von einem abgerissenen Ast eingequetscht, der dicker war als ihr Rumpf.

»Uffe!«, rief er und taumelte humpelnd zu ihr. Links knackte und krachte es und er brauchte nicht hinzusehen, um zu wissen, dass das Alienobjekt gerade in die Tiefe raste, um ihnen den Garaus zu machen. Nikos ignorierte die Gefahr und stellte sich neben den gewaltigen Ast, der die Scharfschützin einklemmte.

»Hau ab«, krähte sie und stieß einen Schwall blubbernden Blutes aus, der wie dunkler Ketchup aus ihrem Mund rann.

Er antwortete nicht, sondern packte das ihm zugewandte Ende des Astes, ging in die Knie und zog daran. Doch er war zu schwer.

Hinter ihm dröhnte der Tropfen und klang wie etwas, das sich aufladen würde, doch Nikos achtete nicht darauf, ging erneut in die Hocke und zog mit einem animalischen Schrei auf den Lippen erneut. Ein reißender Schmerz durchfuhr seinen rechten Arm und brachte ihn beinahe um sein Bewusstsein, doch seine pure Willenskraft ließ ihn durchhalten und mit einem weiteren Schrei gelang es ihm, den gewaltigen Ast anzuheben. Uffe knurrte und zog sich mit den Armen darunter hervor, als im selben Moment Waffenfeuer losknatterte, gefolgt von einem sphärischen Dröhnen und einem Geräusch wie Hagel, der auf ein Autodach hämmert.

Nikos fuhr herum und sah den Tropfen, in dessen Mitte sich gerade ein kleines, glühendes Loch geöffnet hatte, das jetzt in eine andere Richtung zuckte, während helle Funken über seine Hülle tanzten. Das Objekt reagierte auf den Beschuss mit einem neuerlichen Satz nach vorne, abseits von Nikos' Position – und stürzte ab. Der Satz beförderte es nur wenige Meter nach vorne auf eine kleine Lichtung mit einem Baumstumpf, wo es zu Boden krachte und liegen blieb.

»Willkommen in dem Kraftfeld«, hörte er Uffe noch husten und dann drehte sich sein Blickfeld in einem immer schnelleren Kreisel aus wirren Eindrücken und Übelkeit, bevor er das Bewusstsein verlor.

Kapitel 20

Die Verluste

»AUFWACHEN, GROSSER«, hörte Nikos eine Stimme wie aus weiter Ferne. Es war, als schallte sie von einem weit, weit entfernten Berg zu ihm herab, der in einem See lag, die Ohren knapp unter der Wasseroberfläche, sodass die Stimme nicht mehr als ein blasses Echo war. »Na, da müssen wir wohl nachhelfen.«

Etwas Heißes breitete sich in seinen Adern aus und er fuhr mit einem heiseren Einatmen mit dem Oberkörper hoch. Sein Atem ging ebenso heftig, wie das Herz in seiner Brust schlug. Gehetzt sah er sich um, spürte das Verlangen aufzuspringen und loszurennen – egal wohin, Hauptsache, seine aufkommende Energie konnte ein Ziel finden. Doch er fand nur das hübsche, elfengleiche Gesicht der deutschen Scharfschützin, das sich direkt vor seinem befand. Mit sanftem Druck presste sie ihn zurück auf einen halbwegs weichen Untergrund. Die schwarze Farbe, mit der ihre Wangen das letzte Mal, als er sie gesehen hatte, beschmiert gewesen waren, war verschwunden und ihre blassrosa Haut kam zum Vorschein. Sie trug auch keinen Helm mehr, sodass ihre verschwitzten blonden Haare in Strähnen auf ihrer Stirn und ihrem Kopf klebten.

»Willkommen zurück«, sagte sie und lächelte auf eine geradezu weiche Art, die er bei ihr noch nie gesehen hatte.

»Was ... was ist passiert?«

»Du hast den Helden gespielt, das ist passiert.« Uffe klang beinahe empört und schüttelte den Kopf wie eine Mutter, die drauf und dran war, ihr Kind zu schelten.

»Ich habe einen ziemlich dicken Ast angehoben«, widersprach er und wollte beide Hände heben, um die Bewegung nachzuahmen, doch nur sein linker Arm gehorchte seinem Impuls. »Nanu?«

»Du hast dir die Bizepssehne deines rechten Armes gerissen«, erklärte Uffe und seufzte. »Diese Drohne hätte dich abknallen können!«

»Hat sie aber nicht.« Nikos betrachtete mit gerunzelter Stirn seinen rechten Arm, der nutzlos wie ein Fremdkörper neben ihm lag. Er spürte nicht einmal Schmerzen, fühlte sich im Gegenteil eher beschwingt. Vermutlich hatten sie ihn mit Schmerzmitteln vollgepumpt. Erst jetzt fiel ihm auf, dass er in einem Schützengraben lag, der Form nach wohl jenem innerhalb des Kraftfelds.

»Du hast es aber in Kauf genommen, bist du lebensmüde?«

»Nein, ich wollte dich retten.«

Uffe musterte ihn einen Moment, als versuchte sie, ihn abzuschätzen und ein Rätsel in seinen Augen zu lösen. Sie schien zu scheitern, denn sie schüttelte den Kopf.

»Du bist aber nicht einer von diesen PTBS-Geschädigten, die nur noch einen Ausweg sehen, oder?«

»Nein.« Nun war es an ihm, den Kopf zu schütteln. Trotz breitete sich in ihm aus, ohne dass er wusste, worauf sich dieser Trotz genau richtete. »Ich habe einmal jemanden im Stich gelassen und mir geschworen, das nie wieder zu tun.«

»Wie hieß sie?«, fragte Uffe ernst.

»Woher weißt du, dass es eine sie war?«

»Ich habe geraten.« Sie zuckte mit den Schultern.

»Maria.«

»Wart ihr ...«

»Nein. Sie war eine sehr gute Freundin. Ich habe gemerkt, dass es ...«

»... schwieriger ist, zu überleben und mit sich selbst fortbestehen zu müssen, nachdem man etwas unterlassen oder verkackt hat, als beim Versuch zu sterben, das richtige zu machen«, fiel sie ihm ins Wort und Nikos spürte unwillkürlich, wie er die Augen aufriss und sein Mund trocken wurde.

»Ja«, hauchte er und spürte eine ungewohnte Art Ergriffenheit bei ihren Worten, als würde ihn zum ersten Mal jemand wirklich verstehen. »Woher ...«

»Für uns ist das Alltag«, erklärte sie mit abschweifendem Blick und einen Moment wirkte es, als würden ihre Augen feucht werden, doch dann wandte sie sich ihm wieder zu und ihr Blick war kontrolliert und hart, als hätte sich eine Tür verschlossen, die nur selten aufging. »Ich danke dir.«

»Ich würde es wieder tun«, sagte er wahrheitsgemäß und hoffte, dass er sie damit weniger in Verlegenheit brachte als mit einer anderen Antwort. »Was ist mit deinem Bein?«

»Pille sagt, dass es eine Quetschung ist. Tut verdammt weh, aber wenigstens ist nichts gebrochen. Schlechter ist, dass ich mir beim Sturz eine Rippe gebrochen habe, die vermutlich meine Lunge punktiert hat. Er saugt mir jetzt einmal pro Stunde mit einer riesigen Scheißspritze Blut aus dem Rumpf.«

»Oh nein.« Nikos ertappte sich, wie er die blassen Lippen der Scharfschützin musterte und nun ganz anders bewertete. »Aber ...«

»Ich werde es vielleicht überleben, wenn wir hier bald fertig sind und ich in ein Krankenhaus geflogen werde. Aber man beschäftigt sich mit den Dingen am besten, wenn sie akut werden. Noch kann ich Uschi jedenfalls anheben und abfeuern.«

»Uschi?«, fragte er und sein Schnauben ging in ein freudloses Kichern über, als er sah, dass sie mit einer Hand ihr Gewehr streichelte, das neben ihr an der Wand aus grober Erde lehnte, direkt unter der Kupferfolie.

»Was ist mit der Drohne passiert?«

»Die ist in dieses Feld der drei Sphären, das Jacek vermutet hatte, geflogen, als Hardy und Knut das Feuer eröffnet haben. Sobald sie hindurch ist, ist sie abgestürzt und liegt jetzt noch da. Gibt keinen Ton von sich.«

»Jacek«, rief Nikos aufgebracht und ein Stich der Furcht durchfuhr seinen erschöpften Körper. »Ist er … ist er …?«

»Nein, er lebt noch. Scheint, als wäre der glückliche Scheißer gestürzt, als das Ding auf ihn geschossen hat. Was auch immer das war, hat ihm ein Stück aus der Schulter gerissen. Jetzt kann er seinen linken Arm nicht mehr heben. Pille hat ihn versorgt und er ist schon wieder auf den Beinen.« Uffe schnaubte. Obwohl der Laut etwas Verächtliches an sich hatte, klang er gleichzeitig liebevoll. »So ist er halt, unser Jessy. Irgendwann fällt er einfach tot um, schätze ich.«

»Er kann nur noch seinen rechten Arm benutzen, ich nur noch meinen linken, du hast eine gebrochene Rippe«, fasste Nikos zusammen. »Klingt, als wären wir voll einsatzfähig.«

Seine Gegenüber zuckte mit den Schultern. »Hätte schlimmer kommen können. Immerhin sind wir die ersten Menschen, die ein Alienraumschiff runtergeholt haben.«

»Na ja, tatsächlich ist es ein Alien-Kraftfeld, das …«

Uffe machte eine unwirsche Handbewegung. »Wir haben deren Kraftfeld für unsere Zwecke genutzt, also zählt es auch als unser Abschuss.«

»Na gut, ich denke, das kann man so sagen«, stimmte er zu und rappelte sich mühsam mit seinem linken Arm auf. Erst jetzt stellte er fest, dass er mit dem Oberkörper halb auf einem der Rucksäcke gelegen hatte. »Wo sind die anderen?«

»Die untersuchen noch die Drohne.«

»Du meinst das Alien-Ding, das auf Jacek geschossen hat?«

»Ja, die denken, dass es eine Drohne ist, weil kein Außerirdischer rausgepurzelt ist.«

»Ach so. Macht Sinn.« Nikos sah im Sitzen auf seinen tauben rechten Arm, der nutzlos hinab hing. »Bizepssehne gerissen?« Bei dem Gedanken wurde ihm schlecht. »Ich merke gar nichts.«

»Du bist mit Novalgin vollgepumpt und ich habe dir einen kleinen Stimulanzcocktail verpasst, damit du dich bewegen kannst.«

»Ah.« Er machte eine Pause und dachte nach. »Wieso?«

Uffe lächelte und er fand, dass es nach etwas wie Vorfreude aussah. »Wir gehen rein und du kommst mit.«

»Rein?«

»In das Alienraumschiff.«

»Aber ...«

»Diese Drohnen haben es sturmreif geschossen und Jessy meint, dass es genügend Öffnungen geben müsste, um uns einen Weg ins Innere zu bahnen.« Sie machte eine Pause. »Falls das Ding nicht in der Zwischenzeit abgefackelt ist. Aber damit wir nicht zu spät kommen, haben wir dich geweckt. Unseren Alien-Experten.«

Nikos verzog gequält das Gesicht.

Jacek stand zwischen Pille und Hardy und betrachtete das schwarze Flugobjekt argwöhnisch. Die Schmerzen in seiner Schulter waren mittlerweile nicht mehr als ein dumpfes Ziehen, das sich zwar nicht verflüchtigen würde, aber ihm auch nicht mehr den Atem raubte. Pille hatte ihm beim Verarzten gesagt, dass sein gesamter linker Obergrätenmuskel zerfetzt war, was immerhin erklärte, warum er seinen linken Arm nicht mehr spüren, geschweige denn bewegen konnte. Da jedoch wie durch ein Wunder seine Knochen und Gelenke verschont geblieben waren, hielt er das für einen ziemlich kleinen Preis, den er hatte zahlen müssen.

»Sieht wirklich tot aus«, befand Pille. Der junge Kommandosoldat kniete sich nach vorne und strich mit einer Hand über das mattschwarze Material. Jacek folgte seinem Beispiel und legte seine Rechte auf die Hülle. Sie fühlte sich selbst durch die Kampfhandschuhe noch recht warm an, obwohl bereits die Umgebungstemperatur bei gut dreißig Grad Celsius liegen musste.

»Erstaunlich, wie glatt das Material ist.«

»Vielleicht ist es auf deutlich kleinerer molekularer Ebene zusammengesetzt«, mutmaßte Hardy laut. Der Fernmeldetechniker schien sich gedankenversunken zuzunicken. »Wenn die Atomschichten dünn genug sind, könnte man einen Asteroiden darauf werfen, ohne es zu zerstören. Miniaturisierung bedeutet in Materialkunde auch fester machen, wenn wir von Oberflächen sprechen.«

»Da können wir ja froh sein, dass das Raumschiff dieses Feld aufgebaut hat.«

»Jo«, meinte Hardy.

»Du funkst schon mal die Kavallerie an und sagst ihnen, dass wir einen Bogey erwischt haben und sie mit der Extraktion beginnen sollen«, befahl Jacek und tupfte mit dem Handrücken den Schweiß von der Stirn.

»Dann sind die aber in zwölf Stunden mit Hubschraubern und wirklich vielen Leuten hier«, gab Hardy zu bedenken. »Wenn wieder so ein paar Drohnen herbeischwirren«, er trat mit dem Stiefel leicht gegen die Hülle des wuchtigen Tropfens, ohne dass es einen Laut gegeben hätte, »sind die alle Toast.«

»Das ist mir klar, aber sie müssen uns sowieso rausholen und wir haben einen Zeitrahmen für die Erkundung des Schiffswracks. Wenn wir hier Technologie der Außerirdischen einsammeln wollen, ist die Bergung ohnehin ein großes Risiko.«

»Ja, weil das Teil sofort wieder aktiv werden wird, sobald

wir es aus diesem Feld rausholen«, warf Pille ein und erhob sich. Jacek folgte seinem Beispiel.

»Dann müssen sie es eben hier untersuchen.« Er wandte sich wieder an Hardy. »Gib ihnen alle Informationen, die wir auch haben, klar?«

»Verstanden.«

»Gut. Du bleibst hier und in Funkkontakt.«

»Was? Ich gehe nicht mit rein?«, fragte der Feldwebel geradezu entsetzt und Jacek tat es leid, so entscheiden zu müssen.

»Nein. Du bist unser Fernmeldetechniker und wir brauchen dich als Kontakt nach draußen, wenn da drin irgendetwas schief geht. So kriegen wir wenigstens sämtliche Informationen weitergeleitet und haben jemanden, der im Zweifelsfall handlungsfähig ist.«

»Geht klar«, bestätigte Hardy widerwillig und lief Richtung Versteck.

»Diese Dinger machen mir echt Angst, Mann«, meinte Pille und starrte nachdenklich auf die abgestürzte Drohne – zumindest hielten sie es für eine. Sie lag wie ein übergroßer Eimer, der einmal flüssig geworden und am Hinterteil langgezogen worden war, quer am Ende einer knapp zehn Meter langen Furche, die sie bei ihrem Absturz in den Waldboden gegraben hatte. Vorne, am vermeintlichen Bug, türmten sich Erde, Baumreste und Sträucher zu einem kleinen Wall. Auch einige Bäume hatte das Objekt bei seinem Absturz bersten lassen. Sie lagen jetzt quer zu der Bremsspur im Unterholz wie gefällte Giganten. Es kam einem Wunder gleich, dass keiner seines Teams zermalmt worden war. Ein Wunder, für das Jacek unendlich dankbar war. Auf der Flucht vor der ihn verfolgenden Drohne hatte er damit gerechnet, jeden Augenblick in eine Staubwolke verwandelt zu werden – was für ihn ein Problem war. Viel schlimmer aber war die Befürchtung gewesen, dass danach sein Team dran sein könnte, ohne eine Möglichkeit der Verteidigung zu haben.

»Jacek? Jacek!«

»Hm?« Er sah auf und in Pilles Gesicht. Der junge Feldwebel sah ihn mit besorgtem Blick an.

»Alles in Ordnung?«

»Ja. Ich habe nur nachgedacht. Was gibt's?«

»Ich wollte wissen, ob wir die kleine Drohne mitnehmen sollten, um uns Zugang zum Raumschiff zu verschaffen.«

»Du meinst, dass es eine Art automatisch öffnende Luke geben könnte, wenn sie sich nähert?«

»Ja, sowas wie einen Annäherungssensor. Das wäre doch möglich.«

»Ja«, stimmte Jacek ihm zu, schüttelte jedoch den Kopf. »Das Risiko ist mir zu groß. Diese Drohne im Versteck sieht zwar klein und schmal aus, aber wer weiß, wie viel Kraft sie hat. Sobald wir aus dem Feld kommen, fängt sie möglicherweise wieder zu fliegen an.«

»Aber sie ist doch beschädigt. Uffe hat sie mit ihrer Flak heruntergeholt.«

»Würdest du unser Leben verwetten, dass sie sich nicht selbst reparieren und wieder fliegen kann?«

»Nein«, gab Pille zu und nickte langsam. »Hast wohl recht.«

»Deswegen bin ich auch der Boss«, sagte Jacek und zwinkerte seinem Kameraden aufmunternd zu, obwohl er in seinen Eingeweiden spürte, dass sich ein Knoten aus Sorge und Anspannung bildete und an dumpfer Kraft zunahm. »Lass uns gehen.«

Pille nickte und sie machten sich auf den Weg in südliche Richtung, wo sie nach einem kurzen Funkkontakt Uffe und Nikos trafen. Der Grieche sah blass und ausgezehrt aus wie eine Vogelscheuche. Zu sehen, wie dessen rechter Arm ebenso nutzlos von der Schulter hing, wie sein linker, war befremdlich. Auch, dass Jacek nur noch eine Pistole halten konnte, ließ ihn sich schutzlos und unvollkommen fühlen.

»Wie haltet ihr beiden euch?«, fragte er mit echter Sorge. Uffe hätte er unter anderen Umständen sofort aus dem Einsatzgebiet evakuieren lassen, doch sie hatte ihm klargemacht, dass seine Sorgen unzulässig waren, weil sie einen Auftrag zu erledigen hatten. Dieser Auftrag fußte nun einmal nicht auf der normalen militärischen Infrastruktur, auf die sie sich sonst verlassen konnten. In Afghanistan waren sie in brenzligen Situationen häufig von den Amerikanern extrahiert worden, aber die gab es jetzt nicht mehr – oder nur noch vereinzelt und in die europäischen Streitkräfte integriert. Die aber waren bereits überfordert, den eigenen Kontinent zu schützen, und eine Extraktion würden sie nur ein einziges Mal bekommen. Jacek hatte außerdem keine Zweifel daran, dass der Stab auch das nur für den Fall vorgesehen hatte, dass sie Ergebnisse erzielten. Ein ernüchternder Gedanke, aber bei weitem kein neuer.

»Geht schon«, sagte Nikos tapfer und Uffe zuckte mit der Schulter.

»Ich wünschte, wir könnten uns ausfliegen und ins Krankenhaus bringen lassen«, meinte Jacek und seufzte. »Aber das geht nicht. Wir sind jetzt hier und müssen in dieses Raumschiff. Trotzdem will ich keine Heldentaten, klar? Wenn ihr nicht mehr könnt oder den Eindruck habt, dass etwas nicht stimmt, sagt mir Bescheid, verstanden?«

»Verstanden«, bestätigte Uffe widerwillig und Nikos nickte mit blutunterlaufenen Augen. Sah der Grieche zuvor schon mitgenommen und gezeichnet aus, wirkte er jetzt geradezu kränklich und als hielte ihn allein pure Willenskraft auf den Beinen. Es würde reichen müssen, so leid es ihm insgeheim tat.

Auf seinen Wink fächerten sie ihre Formation auf und warteten, bis Knut hinter ihnen auftauchte und den Daumen hochreckte.

»Keine weiteren anfliegenden Objekte. Zumindest noch nicht. Schätze trotzdem, dass wir nicht viel Zeit haben«, rief sein Stellvertreter, der sich die AR-Brille vor den Hals gezogen hatte.

»Wie steht's um die Drohne?«, wollte Jacek wissen.

»Ich hab' den Akku gewechselt und sie hält ihre Position über dem Wrack. Soweit ich sehen konnte, sieht das Ding ziemlich übel aus, aber Bewegungen habe ich keine erblickt.«

»Alles klar, richte die Kameras am besten nach oben, falls wir doch noch Besuch bekommen, und das Operationszentrum etwas übersieht.«

»Schon geschehen.«

»Guter Mann.« Jacek machte einen Wink und sie begannen ihren Weg zu dem Raumschiffwrack. Er folgte bewusst der Schneise der extraterrestrischen Drohne, die sich rücksichtslos ihren Weg durch die Vegetation gebahnt hatte. Obwohl es mit einer Hand schwierig war, über die vielen umgestürzten Baumriesen zu klettern, hatte dieser Weg einen entscheidenden Vorteil. Sie konnten das Wrack mit eigenen Augen sehen. Erst nur die flackernden Feuer und den schwarzen Rauch über der künstlichen Lichtung und mit jedem Meter, den sie zum Objekt zurücklegten, mehr und mehr von dem dunklen Rumpf.

Der Anblick jagte Jacek einen Schauer über den Rücken, obwohl er schon schlimmere Schlachtfelder gesehen und überlebt hatte, ohne an einer posttraumatischen Belastungsstörung zu leiden. Das Unwohlsein beim Gedanken, in das Raumschiff zu klettern, speiste sich eher aus seiner Beeinträchtigung durch nur einen funktionierenden Arm und der Tatsache, dass diese Aliengeräte allem, was er über Feinde und Flugmechanik und Gefahrenquellen wusste, widersprachen. Sie bewegten sich auf für ihn unlogische und schwer nachzuvollziehende Art und Weise. Sie schossen mit Waffen, die er nicht sehen oder verstehen konnte. Es gab kaum Mündungsfeuer, nicht immer Öffnungen oder Fortsätze, die an Waffen erinnerten. Allein bei der Erinnerung an die sich bewegende und scheinbar auflösende Oberfläche des Raumschiffs wurde ihm übel. Wie kämpfte man gegen so etwas?

Indem man mehr darüber lernt und Daten sammelt, rief er sich in Erinnerung und biss die Zähne aufeinander, dass es knirschte. Er hasste diese Angewohnheit, aber sie hatte das Zeug, ihn unter Stress zu erden. Was sie hier taten, konnte über die Zukunft der Verteidigungsbemühungen der Menschheit entscheiden, dessen war er sicher. Zumindest Europas, so viel stand fest. Wie es um den Rest der Welt bestellt war, wusste er nicht genau, aber alles, was er gehört hatte – vom Kanzleramt bis zum Flurfunk in den Kasernen – sorgte nicht gerade für Optimismus.

Als sie einen schier endlosen Weg über zerstörte Bäume und Furchen im Urwaldboden gewandert waren, erreichten sie endlich den Rand der Lichtung mit dem schwarz verkohlten Boden, der nur noch aus angesengter Erde und verbrannten Baumstümpfen bestand. Anders als zuvor schwebte das Raumschiff nach den direkten Treffern, die es hatte einstecken müssen, nicht mehr. Stattdessen lag es platt wie eine Flunder auf dem Boden und war sogar einen halben Meter tief eingesunken, wenn er sich nicht täuschte. Die Lichtung war groß genug, um mehreren Raumschiffen Platz zu bieten, und so galt es eine Distanz von mindestens zwanzig Metern zu überbrücken.

Mit der rechten Hand, in der er seine Heckler&Koch P12 hielt, schirmte er die Augen ab und sah in den blauen Himmel. Ein kreisrunder Teil war frei geblieben, weil der ringsum in Flammen stehende Urwald seine Rauchwolken senkrecht nach oben sandte. Kein Wind. Der Himmel war frei, soweit er sehen konnte. Sie befanden sich direkt in der breiten Schneise, in der es nicht brannte, doch für ihren Rückweg war er nicht sicher, ob sich die massiven Brände nicht auch auf diesen Bereich ausweiten konnten. Die Hitze war hier bereits erdrückend und die Luft schwer vom Kohlenmonoxid. Zu lange an diesem Ort und sie würden sich Rauchvergiftungen einfangen.

Jacek musterte mit seinem Team, das sich rechts und links neben ihm auf der Schneise verteilte, argwöhnisch das Wrack. Mehrere Einschusslöcher, die von seiner Position groß genug aussahen, um einem Kleinwagen Platz zu bieten, klafften glühend und lodernd in der glatten Hülle. Durch die tropfenartige Form und die dunkle Außenhaut erinnerte das Wrack an einen von Haien attackierten und verendeten Wal. Nach einem Augenblick hatte er sich festgelegt und zeigte auf den Durchschuss an der ihm zugewandten Flanke des UFOs. Da es ein wenig schräg gestürzt war und offenbar so viel Masse besaß, dass es Baumstümpfe und Erdreich einen halben Meter tief eingedrückt hatte, sah es aus, als könnten sie über die Hülle zu dem Durchschuss gelangen, ohne viel klettern zu müssen.

»Alles klar, Leute. Dann wollen wir mal sehen, was uns da drin erwartet.« Er wollte noch etwas Aufmunterndes sagen, doch sein GPS-Battlenav zirpte und als er auf das Display sah – wofür er mit der rechten Hand den linken Arm anheben musste, als handelte es sich um totes Fleisch –, erstarrte er. »Ihr habt es gesehen. Die ESA hat offenbar mit einem ihrer Teleskope ein weiteres Objekt gesichtet, das sich aus einem Kampf gelöst hat und auf unsere Position zurast, wenn sich die Eierköpfe nicht verrechnet haben. Wir sollten uns beeilen!«

Noch mehr Zeitdruck. Der hat uns gerade noch gefehlt!

Kapitel 21
Das Raumschiff

JACEK STIEG ALS LETZTER auf die Hülle des halb zerstörten Raumschiffes und ließ sich von Pille und Knut helfen, da er nicht auf allen vieren klettern konnte. Es war ein seltsames Gefühl auf einem von Aliens erschaffenen Objekt zu stehen, das durch die Weiten des Alls geflogen war und eine Ingenieurleistung darstellte, die weit über dem menschlichen Horizont lag. Jetzt stand er mit den eigenen Füßen darauf wie ein Jäger, der auf seiner Beute posierte und fühlte sich doch klein, unbedeutend und verwundbar. Der Untergrund, der aus reiner Dunkelheit geschmiedet worden zu sein schien, war extrem rutschig. Man durfte die Stiefel immer nur parallel und mit der gesamten Sohle aufsetzen, um nicht abzurutschen wie ein Wassertropfen von einer beschichteten Scheibe.

»Pille vor. Knut, du bleibst hier und behältst die Objekte im Auge, sobald sie in der Atmosphäre sichtbar sind.« Sie standen rings um das große Loch, an dessen Rändern die Hülle ausgefranst war und gleichzeitig wirkte, als würde sie wie Wasser in die Tiefe stürzen und einfach verschwinden. Alles war in Bewegung und doch wie in der Zeit festgefroren.

»Geht klar, Joss«, versprach sein Stellvertreter und nickte. Zwar hatte er noch immer sein Dauergrinsen aufgesetzt, doch der Ausdruck seiner Augen verriet, dass er nicht besonders traurig war, nicht in das dunkle Wrack steigen zu müssen.

»Sollten wir nicht ein bisschen weiter nach oben gehen?«, fragte Nikos und deutete in das Loch. »Hier ist das Schiff so schmal, dass es kaum eine Möglichkeit geben wird, sich zu bewegen.«

»Hat er recht«, fand Uffe und nickte mit geschürzten Lippen. »Wir müssen ja im besten Fall einen Gang oder sowas erwischen, sonst stecken wir zwischen den Wänden und Maschinen oder so.« Wie um ihren Worten Nachdruck zu verleihen, beugte sie sich etwas vor und sah in die Dunkelheit. Rings um das Loch zeichneten sich unebene Wände ab, als hätte ein Riese mit seiner Faust in einen Felsen geschlagen.

»Falls wir es da hoch schaffen.« Jacek sah rasch die Steigung hinauf. Obwohl es nur wenige Prozent waren, würden sie abrutschen, dessen war er sicher. Aber vielleicht gab es noch eine andere Idee. »Gib mir mal dein Messer, Uffe.«

Die Scharfschützin kannte ihn gut genug, um keine Fragen zu stellen, sondern blickte ihm eher neugierig in die Augen, als sie das Kampfmesser geschickt aus ihrem Gürtel zückte und ihm mit dem Griff voran hinhielt. Jacek nahm es und zog auch seines aus der Scheide. Dann deutete er auf Pilles wuchtige Gürteltasche.

»Gib mir das Tac-Seil!«

Der Feldwebel runzelte die Stirn, öffnete aber seine Tasche und reichte ihm das geflochtene Seil. Das Tac-Seil bestand aus neun eingedrehten Nylonfasern, die neben der Verwendung als Fallschirmschnur auch als taktisches Seil bei den Spezialkräften zum Einsatz kam. Die 30 Meter, die er jetzt in der Hand hielt, waren nicht dicker und länger als der Unterarm eines Kindes und wogen keine 200 Gramm. Aber sie waren reißfest und konnten über 300 Kilogramm Zuggewicht tragen. Als er zwei Messer und das Seil in einer Hand balancierte, fluchte er und reichte es Uffe.

»Mach ein Kreuz draus und wickel ...«

»Hab schon verstanden, was du vorhast«, schnitt sie ihm das Wort ab, drückte Pille ihre Maschinenpistole in die Hand und wickelte das taktische Seil mehrfach um die überkreuzten Klingen, bis sie ein festes Kreuz bildeten. Dann wirbelte sie es an dem Seil wie einen Propeller und warf es in Richtung des Loches, das sich etwas weniger als ein Dutzend Meter weiter oben auf dem Wrack befand. Es klimperte ein paar Mal metallisch und Uffe zerrte prüfend an dem Seil, bevor sie zufrieden nickte und sich ihre Maschinenpistole zurückgeben ließ, die sie auf den Rücken schnallte.

Als die Scharfschützin sich aufrecht nach vorne und oben arbeiten wollte, rutschte sie sofort weg und schlug so hart auf die Hülle, dass Jacek erschrak, doch sie spuckte einen Schwall Blut aus und murmelte »geht schon«, bevor sie sich liegend und allein mit der Kraft ihrer Arme nach oben zog. Sie wäre keine KSK-Soldatin, wenn sie nicht über die Maßen durchtrainiert gewesen wäre, und so hatte sie die Distanz schnell überwunden. Pille folgte ihr und war sogar ein bisschen schneller. Als die beiden ihr Ziel erreicht hatten, werkelten sie kurz an der Kante des Loches herum und schoben ein Stück Stoff zwischen Seil und Hülle, bevor sie aus dem Sichtfeld verschwanden.

Jacek bedeutete Nikos, sich mit seinem gesunden Arm an dem Seil festzuhalten, als Uffe über Funk das »Go« gab und dann wurde auch schon gezogen und der Grieche rutschte einen Ruck nach dem anderen nach oben. Er blieb zurück und sah ungeduldig immer wieder zum Himmel, als könnten jeden Moment Dinge zwischen den tiefschwarzen Rauchschwaden auftauchen, die er dort auf keinen Fall sehen wollte. Obwohl er keine sah, wusste er doch, dass sie da waren.

»Jacek!« Es war Hardy, der ihn über Funk rief. Er klang aufgeregt. »Hörst du mich?«

»Höre. Lass es eine gute Nachricht sein.«

»Ähm. Also die gute Nachricht ist, dass ein Evakuierungskommando unterwegs ist und zwar schon, seit wir die Daten von der eingesammelten kleinen Drohne geschickt haben. Offenbar hat die Operationszentrale das Evakuierungskommando schon eine Stunde nach unserem Aufbruch hinterhergeschickt und bei einem verlassenen Flugfeld nördlich von hier stationiert. Die sind in zehn Minuten da.«

»Das klingt gut.«

»Da ist aber noch etwas«, meinte Hardy und Jacek seufzte.

»Hab ich mir gedacht.«

»Das Objekt, das sich bei einem Scharmützel in der Nähe vom Mond gelöst hat, ist von einem der anderen Alienschiffe abgeschossen worden, hat aber vier kleinere Objekte abgestoßen, die direkt auf uns zurasen, und zwar sehr schnell. Wenn die Berechnungen der Operationszentrale stimmen, sind die in acht Minuten hier.«

»Glaubst du, es sind Geschosse, die ballistisch einschlagen werden?« Jacek spürte, wie seine Hände vor Ungeduld zu zittern begannen, und packte rasch das Seil, als er sah, wie Nikos in dem Loch verschwand, als wäre er verschluckt worden.

»Würde darauf wetten, dass die beenden wollen, was ihnen vorher nicht gelungen ist.«

»Ja«, ächzte Jacek, während er von Pille und Uffe über die eisglatte Schiffshülle gezogen wurde.

»Bereite die Drohne für den Abtransport vor und komm so schnell es geht her. Wenn wir hier abhauen, dann nach Norden dem Evakuierungskommando entgegen. Wer weiß, mit welcher Urgewalt die hier einschlagen. Sieh zu, dass du dich in Sicherheit bringst und das Paket übergibst.«

»Verstanden.«

Jacek seufzte erleichtert. Ein normaler Soldat hätte womöglich protestiert und etwas Heldenhaftes oder sehr Kameradschaftliches gesagt, aber sie waren keine normalen Soldaten und jeder wusste, dass im Zweifel alles dem Gelingen der Mission untergeordnet werden musste.

Als er den Rand des Einschusslochs erreichte, verbrannte er sich die Finger an dem glühenden Material und stürzte deshalb direkt in die Arme von Uffe und Pille, die offenbar damit gerechnet hatten und ihn auffingen.

»Nikos hat sich auch die Flossen verbrannt«, bemerkte die Scharfschützin und deutete auf den Griechen, der sich mit verzerrtem Gesicht die Hand hielt. Jacek achtete jedoch nicht auf ihn, sondern sah sich um. Sie standen in einem Krater, der so tief war, dass zwischen ihren Köpfen und dem Loch noch ein Meter Platz war. Die Wände waren glatt, als wären sie von der Hitze des Einschlags zusammengeschmolzen wie eine riesige Schweißnaht. Auch sie waren schwarz, obwohl er nicht sagen konnte, ob das an Rußpartikeln lag oder ob es sich um dasselbe Material handelte, aus dem auch die Außenhülle bestand. Doch da war noch etwas anderes, und zwar ein Gang, der nach Nordosten abging. Er war groß genug, dass sie darin stehen konnten, und gerade breit genug für zwei Personen. Jacek zog seine Pistole und biss gegen den Schmerz der Verbrennung die Zähne zusammen. Darin hatte er Übung und nichts linderte Schmerzen so sehr wie die Gewöhnung daran.

»Pille und ich gehen vor. Uffe, du bleibst mit Nikos hinter uns«, befahl er und beide nickten. »Wenn wir auf einen von denen stoßen, versuchen wir, sie mit Gummigeschossen umzulegen. Habt ihr eure Magazine gecheckt?«

Als sie erneut nickten, zückte er seine Pistole und ging mit Pille voran, den er um sein G36 beneidete. Sobald sie zwischen die Wände des Ganges getreten waren, der sich von den Ausmaßen und der Form nicht sonderlich von einem engen Flur in einem Bürogebäude unterschied, musterte er argwöhnisch die Wände. Sie bestanden aus einem hellen Wabenmuster, das an mehreren Stellen in Bewegung war und das Muster veränderte. Es wechselte hin und her zwischen dem Waben-Sechseck und einer komplizierten geometrischen Form wie ein aus dem Takt geratenes Uhrwerk, das einen

Kurzschluss erlitten hatte. Die Farben erinnerten an ein schmutziges Grau, das sowohl Wände und Boden als auch die Decke dominierte. Es roch nach Ozon und giftigen Dämpfen. Vermutlich würde ihnen jeder Atemzug einige Monate Lebenszeit kosten, aber damit mussten sie leben. Sie wussten nicht, welchen Keimen und Erregern sie in dieser fremden Umgebung ausgesetzt waren. Also gab es auch nichts zu tun, außer weiterzugehen, und dafür zu sorgen, dass es nicht umsonst war.

»Nikos«, flüsterte er zischend. »Kommt dir irgendwas bekannt vor?«

»Nein«, antwortete der Grieche leise. »Im Sklithra waren die Gänge schlauchartiger und schienen keine Wände zu besitzen. Die waren eher wie Röhren und ehrlich gesagt deutlich gruseliger, auch wenn ich am liebsten fortlaufen würde.«

War ja auch einer der Pylonen, rief Jacek sich in Erinnerung, als sie eine Kreuzung erreichten. Nach einem kurzen Augenkontakt mit Pille sprang er in den Gang gegenüber und atmete erleichtert auf, als er nicht beschossen wurde. Das sphärische Licht, das ihren Weg erleuchtete, flackerte ab und zu und schaffte eine geisterhafte Atmosphäre, doch es reichte, um die Umgebung zu erkennen. Also lehnte er sich nach links um die Ecke und Pille auf seiner Seite nach rechts.

Der Gang nach »vorne« – oder zumindest dorthin, wo er »vorne« vermutete, nämlich wo der abgeflachte Tropfen breit und nicht spitz zulaufend war, war leer. Er ging zehn Meter weiter in die Dunkelheit. Eine Art Kurzschluss sandte Funkenschauer aus einer Ausbuchtung in einer der Waben, aber ansonsten gab es keine Bewegungen. Mit zwei Fingern deutete er in den Gang und wartete, bis Pille und Uffe ihre Taschenlampen angeschaltet und an die Unterläufe ihrer Waffen geklemmt hatten.

Als die Lichtkegel über Boden und Wände strichen, arbeiteten sie sich langsamer, als er sich wünschte voran und auf die dunkle Wand zu, die am Ende des Ganges auf sie wartete. Bis auf die Wabenmuster, die die Wände wie ein Netzwerk aus fingerdicken Leisten überzogen, gab es keine Strukturen, Fächer, Hebel oder irgendetwas, mit dem man hätte interagieren können. Jacek wusste nicht, womit er gerechnet hatte – Kameras, kleinen Aliens, die ihn anspringen und auffressen wollten, automatischen Geschützen, die aus der Decke fuhren und sie zersiebten, oder irgendeiner Magie, die jenseits seiner Vorstellungskraft lag. Dass es rein gar nichts zu sehen gab, hatte er jedenfalls nicht erwartet.

Als sie vor der Tür ankamen, leuchteten Uffe und Pille die Konturen des Durchgangs ab, der sich als solcher durch so etwas wie winzige Fugen abzeichnete, aber keinerlei Steuertafel oder dergleichen aufwies. Jacek sah auf sein GPS-Battlenav, das ihn mit einem rot blinkenden Symbol darauf hinwies, dass es keine Verbindung zu den Satelliten herstellen konnte. Er versuchte, per Funk Knut zu erreichen, doch es rauschte ausschließlich aus seinem Ohrstecker.

Mit verzogenen Lippen wandte er sich an seine Begleiter, die wie blasse Geister mit unruhigen Mienen im wechselnden Spiel der Taschenlampen standen und sich mit gezückten Waffen umsahen. »Ne Idee, wie wir da reinkommen?«

»Vielleicht ist der Pilot verletzt, falls es einen gibt«, überlegte Pille mit unterdrückter Stimme. Es klang, als würde der Jüngste seines Teams flüsternd schreien.

»Das sind Aliens, wer weiß, ob ihr Pilot wie bei uns vorne im Schiff sitzt?«, wandte Uffe leise ein. »Oder vorne ist eigentlich der spitz zulaufende Teil.«

»Falls da jemand drin ist, hat er sich entweder verbarrikadiert, ist tot oder so verletzt, dass er Hilfe braucht.« Jacek tastete mit der Hand, die noch immer seine Pistole umklammert hielt, die Tür ab, doch es tat sich nichts. »In letzterem

Fall würden wir ihm ja helfen, aber vermutlich hört er uns nicht.«

Uffe, deren Miene er kaum erkennen konnte, so tief lag sie in den Schatten, schien etwas sagen zu wollen, als plötzlich die Tür aufglitt – nein, sich eher auflöste, als hätte es sie nie gegeben – und sie in einen kreisrunden Raum von der Größe eines Wohnzimmers sahen. Vor Schreck waren sie auseinandergestoben und drückten sich an die Wand, während sie mit ihren Waffen in den wie von Geisterhand entstandenen Durchgang zielten.

Genauso abrupt, wie die Tür sich geöffnet hatte, schloss sie sich wieder. Ein Wimpernschlag und sie standen wieder vor dieser scheinbar undurchdringlichen Wand.

»Was war das denn?«, keuchte Pille.

»Vielleicht ist da jemand drin und kann uns verstehen. Als wir Hilfe angeboten haben, ist die Tür aufgegangen, als ihr eure Waffen hochgerissen habt, ist sie wieder zugegangen«, schlug Nikos vor und seine Stimme klang erstaunlich gefasst.

»Du willst doch nicht sagen, dass wir Pocahontas spielen und unsere Kniften wegwerfen sollen«, knurrte Uffe.

»Doch, genau das will ich sagen. Ihr könnt damit ohnehin nichts ausrichten.«

»Er hat recht. Wir haben keine Zeit mehr und nicht viele Versuche. Also, legt die Waffen weg!«, befahl Jacek und verdrängte die aufjaulenden Warnhinweise in seinem Hinterkopf, die ihn abhalten wollten, seine Pistole fallen zu lassen. Er tat es dennoch. »Macht schon«, sagte er zu Pille und Uffe, als diese zögerten. Widerwillig gehorchten sie und ihre Waffen fielen zu Boden. Dabei erzeugten sie nicht den geringsten Laut, was ihm einen kalten Schauer über den Rücken jagte.

Tatsächlich öffnete sich die Tür und Jacek musste zwei Impulse niederkämpfen: Zuerst jenen, sich sofort zu bücken und nach seiner Waffe zu greifen, und dann den, einen ungläubigen Blick zu seinen Kameraden zu werfen, als ihm klar wurde, dass es wirklich funktioniert hatte. Der Durchgang war frei und er hatte unbegrenzten Blick auf einen großen Raum, dessen rückwärtige Wand transparent war und den brennenden Wald zeigte: Riesige Rauchschwaden über einer lichterloh brennenden Baumfront, die das gesamte Fenster ausfüllte. Dabei wirkte es gar nicht wie ein Fenster, sondern als sei dort nichts außer Luft. Aber es musste etwas da sein, denn weder hatte er von außen ein Fenster gesehen, noch drangen Hitze, Luft oder auch nur das kleinste Geräusch zu ihnen. Es gab eine große Apparatur, die wie eine umgedrehte Badewanne aussah, nur sehr schlank und gleichzeitig verschlungen. Sie ging nahtlos in den Boden über, als wäre sie aus ihm herausgewachsen und Teil des Ganzen. Die Wände waren reinweiß wie in einer Gummizelle und übersät von Hologrammen in dunkelblauer Farbe.

»Irgendjemand weiß, dass wir hier sind«, flüsterte er, während er vorsichtig durch die Öffnung ging. Sobald seine und Pilles Stiefel den Boden des Raumes berührten, den er instinktiv für eine Brücke oder etwas Ähnliches hielt, schossen zwei armdicke Fortsätze aus der weißen Decke und bogen sich in ihre Richtung. Jacek erschrak heftig und wäre beinahe mit Nikos zusammengeprallt, der sich direkt hinter ihm hielt. Doch die Fortsätze wurden nicht größer. Als er einen Schritt zur Seite machte, folgte der Linke seiner Bewegung wie eine Art Stielauge. »Irgendjemand weiß es!«

»Oder irgendetwas«, wisperte Nikos. »Vielleicht sowas wie eine Schiffs-KI?«

»Bleibt wachsam!« Jacek betrachtete argwöhnisch die beiden Fortsätze. *Hoffentlich ist das keine Selbstschussanlage,* dachte er und ging weiter nach links. Sein GPS-Battlenav zeigte noch drei Minuten bis zum Eintreffen der Geschosse aus dem Orbit an. Falls er seinen Timer falsch eingestellt hatte, konnten es auch weniger sein. *Zu wenig Zeit.* Gleichzeitig war es auch zu viel Zeit, denn er fühlte sich nicht wie Alice im Wunderland, sondern wie ein Hase, der gerade eine für ihn gestellte Falle beschnupperte.

Der Schlag traf ihn aber erst einige Atemzüge später, als er den Winkel zu der badewannenähnlichen Apparatur vergrößert hatte. In dem schräg aufgestellten Ding lag eine Gestalt. Er sah Arme, ähnlich denen eines Menschen, auf so etwas wie Armlehnen liegen, die in Kugeln endeten, auf denen vielfingrige Hände lagen. Der Rumpf war lang und überaus wuchtig und der Kopf ein wenig zu klein, um menschenähnlich zu wirken. Außerdem war es kein wirklicher Kopf, sondern etwas ohne Augen, Mund und Nase, das dort auf dem Rumpf saß, wo bei einem Menschen der Kopf sein sollte.

»Heilige Scheiße!«, rief Pille und Jacek wollte ihn schon zum Schweigen bringen, aus Angst, dass das Alien plötzlich aufwachen und sie angreifen könnte, doch die Gestalt regte sich nicht. Zögernd ging er näher, angetrieben vom Zeitdruck und kurz darauf standen alle vier um das Alien, das schräg zwischen ihnen lag wie eine aufgebahrte Leiche. Dessen Haut war strahlend weiß und in Wirklichkeit keine Haut, denn sie sah konturlos und gleichzeitig massiv aus. Die Hände besaßen sechs lange Finger, jeder dicker und länger als eine Zigarre.

»Definitiv humanoid«, staunte Uffe und das Weiße in ihren Augen trat auffällig hervor. »Aber das muss doch ein Anzug oder so sein!«

»Nein, muss es nicht. Nur, weil es humanoid aussieht, muss es nicht ähnlich aufgebaut sein. Es kann auch ein Roboter sein, der aus winzigen Nanobots zusammengesetzt ist«, widersprach Pille flüsternd. »Wir sollten schleunigst abhauen.«

Jacek sah auf seine Uhr. Zwei Minuten.

»Verdammt«, fluchte er und fasste widerwillig den vor ihm liegenden Arm des reglosen Aliens an, in Erwartung, dass es wie vom Blitz getroffen aufspringen und um sich schlagen würde, während er an einem Herzinfarkt starb. Doch es geschah nichts dergleichen. Er hob den extrem schweren Arm an und konnte ihn bewegen wie ein totes Stück Fleisch. »Uffe, Pille, ihr tragt ihn raus! Wir werden hier gleich zu Staub zerblasen.«

»Wartet mal«, bremste Nikos sie aus. »Warum rührt es sich nicht? Ich sehe weder Verletzungen noch eine Beschädigung dieses Raumes.«

»Keine Ahnung«, wiegelte Jacek ab und machte eine abfällige Geste mit seiner gesunden Hand. »Spielt keine Rolle, da sollen sich die Eierköpfe zu Hause kümmern! Raus jetzt mit ihm!«

Pille und Uffe gehorchten und schoben sich mit aufgerissenen und zur Seite blickenden Augen unter die Arme des Aliens, um es aus seiner Liegevorrichtung zu hieven. In diesem Moment sahen sie nicht aus wie Elitesoldaten, sondern wie scheuende Rehe. Doch sie richteten sich mit vor Anstrengung verzogenen Mienen auf und schleiften den offenbar extrem schweren Außerirdischen Richtung Gang. Die Tür war noch immer offen und die beiden wurmartigen Fortsätze im Boden folgten jeder Bewegung, bevor sie schließlich wieder vom Boden verschluckt wurden, als sie hinausgingen. Auf dem Gang nahm Jacek seine Pistole wieder an sich und ging voraus, um auf etwaige Gefahren reagieren zu können, doch alles blieb ruhig und sie waren noch immer allein. Falls tatsächlich eine künstliche Intelligenz oder etwas Ähnliches in den Wänden stecken und sie beobachten sollte, blieb sie offenbar passiv. Als sie die reinweiße Gestalt mit dem zu kleinen Kopf, der eher an den V-förmigen Kopf einer Kobra erinnerte, nur dass er nicht flach war, sondern länger als breit, in das Seil steckten, das durch das Loch hing, wurde ihm klar, wie unwirklich und absurd die Situation war. Einen Augenblick hatte er sogar das Gefühl, dass es sich um eine Puppe handelte, weil der Gedanke, gerade ein Alien zu entführen, so vollkommen surreal war.

Doch genau das war der Fall. Die Frage war jetzt nur noch, ob sie ihre fremdartige Beute auch in Sicherheit bringen konnten, denn sein GPS-Battlenav zeigte nur noch zwanzig Sekunden an.

Kapitel 22
Die Ankunft

»DAS SCHAFFEN WIR NICHT.« Es war eher eine nüchterne Feststellung als echter Fatalismus, der aus Pille sprach. Diese Nüchternheit war entmutigender, als jeder Fatalismus es sein konnte. Eine klare, eindeutige Feststellung, die den Ist-Zustand beschrieb. Neben dem Wissen, dass sie niemals innerhalb von zwanzig Sekunden aus dem Wrack klettern und sich in Sicherheit bringen konnten, erfüllte auch Knuts Funkspruch ihn nicht gerade mit Zuversicht.

»Wo steckst du?«, fragte Jacek über Funk und es rauschte und knackte in seinem Ohr, bevor sein Stellvertreter sich meldete.

»Bin mit Hardy auf dem Weg nach Norden. Unser Evakuierungskommando rückt an, aber wir haben sie noch nicht getroffen. Ihr müsst euch beeilen!«

»Wir gehen raus«, befand Jacek, und Pille und Uffe strafften sich im Angesicht einer Entscheidung, die ihren Tod bedeuten würde. Doch sie hatten schlicht die Wahl zwischen dem Tod bei dem Versuch, ihren Einsatz zu beenden, oder dem Tod in einem Alienwrack inmitten der Beschusszone. »Helft mir hoch.«

»Wenn die jetzt schießen, bist du ...«, protestierte Nikos, aber niemand beachtete ihn. Das Team funktionierte wie eine gut geölte Maschine und Pille und Uffe packten und hoben ihn bereits durch das Loch und so weit über den Rand, dass er sich mit einem Arm und seinem Oberkörper wie eine Robbe auf die glatte Hülle des Raumschiffs hieven konnte. Dort angekommen hustete er einige Male gegen die kohlenmonoxidverseuchte Luft an und blinzelte gen Himmel.

Vier schwarze Punkte rasten heran und waren bereits so nahe, dass sie jeden Moment einschlagen würden. Sie sahen spitz aus wie überdimensionale Kegel und waren ebenso mattschwarz wie die Schiffshülle. Doch was auch immer sie waren, sie hielten nicht direkt auf ihn und das Schiff zu, sondern bildeten ein Quadrat. Es knallte viermal kurz nacheinander und unter den mit kaum fassbarer Geschwindigkeit herabstürzenden Objekten begannen rote Wolken zu wabern und sie abzubremsen. Aber sie waren noch immer so schnell, dass ihr Einschlag verheerend sein würde.

Mit einem unterdrückten Fluch wollte er sich in das Loch zurückrollen lassen, doch es war zu spät. Auf der rechten Seite krachten zwei Objekte wie angespitzte Pfeile in die versengte Erde kurz vor dem Waldrand. Die zwei übrigen krachten irgendwo dahinter in den Urwald. Gestein, Holz und Erde wurden in einer Fontäne biblischen Ausmaßes in alle Himmelsrichtungen geschossen und vermischten sich mit einer Staubwolke wie bei einem Meteoriteneinschlag. Dann fegte die Schockwelle über Jacek hinweg und ihn in das Loch wie ein Stück Laub in einem Orkan. Mit der Schulter wurde er gegen die eine geschmolzene Wand des Kraters geschleudert und dann in einem wilden Gemenge aus Gliedmaßen gegen die anderen. Das gesamte Schiff wurde hin und her geschüttelt wie eine Nussschale im Ozean.

Als Jacek sich wieder orientieren konnte und von einem stechenden Schmerz im Rücken geerdet wurde, war er überrascht, dass er noch atmete. Die Luft stank jetzt beißend nach Ozon und der Himmel über dem Loch war so voller Staub und Partikel, dass das Blau nicht mehr zu erkennen war.

»Raus hier!«, brüllte er und scheuchte Uffe und Pille nach oben, die kurz die Helme richten mussten und dann aus dem Loch nach draußen kletterten. Zuerst zogen sie das weiße Alien hoch, dann ließen sie das Seil wieder hinunter und Jacek half einem benommenen Nikos, sich festzuhalten, was aufgrund der Dünne des Materials nicht leicht war. Mit der Schulter schob er den großen Griechen, um Zeit zu gewinnen, und ließ dann sich hinaushelfen.

Draußen angekommen brannten ihm sofort die Augen. Sie saßen inmitten einer dichten Staubwolke, die es schwierig machte, zu atmen. Mit seiner Pistole wedelte er Richtung Norden, zur anderen Seite des Wracks, und seine Soldaten verstanden. Sie zogen das Alien hinter sich her wie einen Schlitten und rutschten mit ihm von der Hülle und auf die andere Seite der Lichtung. Nikos sah noch immer aus, als würde er schlafwandeln und nicht begreifen, wo er sich befand. Vermutlich war er mit dem Kopf angestoßen. Da er keinen Helm mehr hatte und aus seiner Stirnwunde blutete, musste es das sein.

Wir nehmen niemals unseren Helm ab, dachte Jacek frustriert und schubste den Griechen vor sich her um das Loch. Er musste sich immer wieder in Erinnerung rufen, dass der Mann zwar viel erlebt hatte und durchaus mutig war, aber eben kein Soldat, und selbst die grundlegendsten Regeln für den Feindkontakt nicht kannte.

»Runter da!«, schrie Jacek, da das Prasseln der Feuer – es mussten mehrere neue Brandherde ausgebrochen sein – ohrenbetäubend war. Als Nikos nicht reagierte, trat er ihm von hinten in die Kniekehlen und fing ihn mehr schlecht als recht mit seinem gesunden Arm auf, damit er nicht auf den Rücken stürzte. Dann legte er ihn, so gut es ging ab und versetzte seiner rechten Schulter einen Stoß, damit er hinunterrutschte.

Jacek drehte sich noch ein letztes Mal um und hielt inne, als er zwei große, schattenhafte Gestalten sah, die sich in der Staubwolke als artifizielles Flimmern abzeichneten, vor noch größeren Schatten, die wie riesige Splitter im Boden steckten. Die Gestalten liefen auf ihn zu und vor Schreck duckte er sich und rutschte aus, sodass er unfreiwillig über die Hülle rutschte, direkt seinem Team hinterher. Nur einen Herzschlag bevor er das glatte Material traf, zischte es zweimal über ihn hinweg und er zog den Kopf ein.

Wenn er auch sonst nichts von all dem verstand oder kannte, dieses Geräusch kannte er nur zu gut.

»Beschuss!«, brüllte er in den Funk und raste mit den Füßen voran über die spiegelglatte Raumschiffhülle. Nur um Haaresbreite verfehlte er ein weiteres Einschussloch, aus dem dichtes Hitzeflimmern stieg und rasselte an Nikos vorbei, der gerade von Uffe aufgerichtet wurde. Er schlug heftig gegen einen glattgeschmirgelten und verbrannten Baumstumpf, der sich zwar auf planer Fläche befand, aber deutlich härter war als der restliche Boden. Es knackste in seinem linken Fuß, doch er ließ sich nicht aus dem Takt bringen und sprang sofort auf. Nach einem Blick auf sein GPS-Battlenav richtete er sich neu aus und schrie: »Abmarsch! Los, los, los!«

Er wies in die entsprechende Richtung und ließ Uffe und Pille losrennen, die sich mit verbissenen Gesichtern das taktische Seil über die Schultern warfen und die weiße Aliengestalt hinter sich her schleiften. Obwohl es rußig und schmutzig war und die Luft von Staub und Ozon erfüllt war, war ihr weißer Anzug – oder ihre Haut? – noch immer rein und offenbar unberührt. Da er keine Zeit hatte, sich darüber Gedanken zu machen, packte er den vollkommen desolaten Nikos am Ärmel und ließ seine Pistole fallen. Er riss an ihm und zerrte ihn hinter sich her, bemühte sich, nicht zu stolpern, da ihm ohne Arme das Balancieren schwerfiel.

Uffe und Pille waren erstaunlich schnell mit ihrer Beute und schlüpften bereits durch die ersten verkohlten Baumreihen auf eine Schneise in den apokalyptischen Waldbränden zu. Als er und Nikos ihnen hinterher stolperten, hörte er einen lauten Krach, der ihn an eine Zeit erinnerte, in der er als Jugendlicher auf dem Schrottplatz seines Onkels ausgeholfen hatte. Wenn die Schrottkralle ein Auto gepackt und halb zerrieben hatte, hatte es genauso geklungen. Wie automatisch zuckte sein Blick über die Schulter und er sah eine der humanoiden Silhouetten im flackernden Staub auf dem Wrack stehen. Eine zweite sauste durch die Luft und landete neben der ersten – offenbar mit so viel Wucht, dass sie die Hülle ein kleines Stück eindellte. Als zwei weitere Silhouetten neben den ersten auftauchten, fluchte Jacek und sah wieder nach vorne – gerade rechtzeitig, um einem verkohlten Baumstumpf auszuweichen, der im nächsten Augenblick in einen kreischenden Schauer aus Splittern verwandelt wurde. Durch die Druckwelle wurde er gegen Nikos geschleudert und purzelte in ein nach Kohle stinkendes, halbverbranntes Moosbett. Zu ihrem Glück half ihnen dieser Sturz, um den über sie hinwegzischenden Geschossen ihrer Verfolger zu entgehen. Die unsichtbaren Projektile oder Energiebolzen droschen etwas weiter vorne wie die Fäuste des Himmels in die verbrannte Leiche dessen, was einmal Urwald gewesen war, und ließen riesige Erdfontänen aufspritzen.

Jacek klingelten die Ohren und er spürte etwas Warmes aus seinen Gehörgängen laufen. Er fühlte sich seltsam benommen und wusste, dass es nicht gut aussah. Durch verschwommene und vom Dreck halb zugeklebte Augen sah er Pille und Uffe an einem lodernden Feuer vorbei in einen kleinen grünen Abschnitt flüchten und von der grünen Vegetation verschluckt werden. Er lächelte zufrieden. Sie hatten es wenigstens einen Schritt weiter geschafft als er und das erhöhte ihre Chancen, die Mission zu Ende zu bringen. Und zu überleben. Das war ihm wichtig und das wusste er nun. Jetzt, da es vorbei war, wurde ihm klar, dass es für seinen Kopf nur die Mission geben durfte, aber für sein Herz war das Überleben seiner Freunde wichtig. Seiner Familie.

Jacek lächelte, als eine Explosion ganz in seiner Nähe ihn in die Luft hob und in Richtung der Flammen schleuderte.

Nikos fühlte sich, als wäre er gerade aus einem Alptraum geweckt worden, nur um direkt in den nächsten zu stolpern. Um ihn flogen Steine, Baumreste und feuchte Erde durch die Gegend und ein Schwall Hitze wehte an dem verkohlten Baumstumpf vorbei, an dem er lehnte. Doch da war noch etwas, ein Schatten, eine Gestalt, die wie eine Puppe durch die Luft geschleudert wurde.

Jacek!, dachte er, als sein Kopf mit einem Mal klar wurde. Die Landschaft vor ihm sah aus wie in einem Kriegsfilm aus dem Ersten Weltkrieg, als sich Deutsche und Franzosen im Osten Frankreichs verbitterte Gefechte geliefert hatten. Depressiv und melancholisch war der Vordergrund verkohlt und matschig und endete in einer Wand aus gierigen Flammen, die nach mehr Nahrung leckten und apokalyptische, pechschwarze Rauchschwaden in den Himmel sandten und ihn verdunkelten. Aber da war auch ein kleiner, freier Bereich, der noch nicht brannte und mit seiner grünen, geradezu trotzig wirkenden Farbe inmitten des Todes aussah wie das Tor ins Leben.

Nikos wusste, dass sie verfolgt wurden, wusste, dass der Boden in der Nähe umgepflügt wurde, weil Außerirdische, die offenbar in so etwas wie ballistischen Landekapseln erschienen – oder besser eingeschlagen – waren. Aber er verstand in diesem Moment auch ganz klar, dass Jacek gerade durch die Luft geschleudert worden war, und zwar grob in Richtung des grünen Flecks inmitten der Flammen. Also gab es nur eine Sache für ihn zu tun.

Er rappelte sich auf und rannte los. Rechts und links zerbarsten ausgebrannte Baumstümpfe, querliegende Stämme und der Boden selbst, doch Nikos ließ sich nicht aufhalten.

Er stürmte vorwärts, immer weiter, stolperte, fing sich wieder und wurde von einem Beinahetreffer zur Seite geschleudert. Wieder rappelte er sich auf, schaute stur nach vorne zu der Gestalt in der Tarnmontur. Neben Jacek angekommen kniete er sich neben den reglos liegenden Kommandosoldaten und packte mit seiner funktionierenden Hand dessen Arm, um ihn über seine Schulter zu legen. Es donnerte und spritzte rings um ihn. Eine Explosion, die sich weit hinter ihm ereignen musste, sandte eine Hitzewelle über ihn und der Beschuss setzte für einen Augenblick aus.

»Ich habe Athen überlebt«, knurrte Nikos sich zu und drückte mit einem Aufschrei reiner Willenskraft die Beine durch, um sich mit dem leblosen Gewicht des Hauptfeldwebels aufzurichten. »Ich bin durch die Hölle gegangen.«

Er machte einen Schritt nach dem anderen. Weitere Explosionen ertönten und das Knattern von Rotoren, gefolgt vom Zischen von Raketen, jagte über sie hinweg.

»Ich habe Maria im Stich gelassen«, fuhr er ungerührt fort.

Zwei weitere Schritte. Er wurde schneller.

»Aber ich werde dich nicht im Stich lassen.«

Wieder zwei Schritte und er hatte das grüne Tor in den Dschungel erreicht. Die Flammen knisterten und knackten rechts und links und es war so heiß, dass ihm Schweiß in die Augen lief. Seine gesamte Haut fühlte sich an, als schlüge sie Blasen, doch das interessierte Nikos nicht. Das war lediglich sein Körper, aber der spielte keine Rolle.

»Nur mein Wille spielt eine Rolle«, sagte er abgehackt, jedes Wort durch gequältes Husten unterbrochen. »Ich werde dich nicht im Stich lassen.«

Weitere Schritte, jeder ein qualvoller Schmerz in seiner Beinmuskulatur, in der das Lactat überschäumte und ihn zum Aufgeben zwingen wollte. Er wünschte sich nichts mehr als aufzugeben und sich fallen zu lassen, zu akzeptieren, dass dies das Ende war. Wäre es nur das Ende von ihm, Nikos Antoniadis gewesen, hätte er diesem Wunsch möglicherweise sogar nachgegeben, aber es ging nicht allein um sein Ende. Es ging um das des Hauptfeldwebels. Der Deutsche war ein guter Mann unter dieser harten Schale, die auch sein Team immer um sich führte wie ein Abzeichen.

»Ich. Habe. Einen. Kindergarten. Geleitet«, knurrte er weiter und schleifte seinen Kameraden weiter in den Urwald. Wenn jemand Willenskraft und Durchhaltevermögen gelernt hatte, dann er. Weiter und immer weiter, nicht wissend, in welche Himmelsrichtung, er stolperte an Bäumen vorbei, durch Büsche und über Wurzelwerk und Mulden hinweg. Es war nicht von Belang, wohin er ging. Er wusste, dass er von dem Gefechtslärm wegmusste, der hinter ihnen aufbrandete. Nur das zählte. »Ich bringe dich in Sicherheit. Ich bringe dich in Sicherheit.«

Das war kein Versprechen, sondern eher die Gewissheit, dass er den Hilfeschreien seiner malträtierten Beine nicht nachgeben würde. Sie konnten jeden Moment von den Verfolgern getroffen werden, das war ihm gegenwärtig, aber er ignorierte dieses Bewusstsein, weil es nichts an der Richtung änderte, die er eingeschlagen hatte. Es änderte nichts an dem, was zählte: es zu versuchen.

Bilder von Athen rasten durch seinen Verstand wie ein Tornado. Sein erstes Treffen mit Matteo auf der Midias. Das ängstliche, aber auch offene und unschuldige Gesicht des Jungen, dann ein Schnitt und das Bild von Matteo, wie er mit mitleidigem Blick vor ihm stand, während Nikos kniete und anhören musste, wie Maria hinter ihm der Schädel eingeschlagen wurde wie einem Tier. Dann immer wieder Bilder von Maria, wie sie in ihrem Versteck saßen und sich unterhielten, ein Band knüpften, das zwar bereits vorhanden gewesen, aber durch die Not immer stärker geworden war.

»Vielleicht bin ich zu gutgläubig«, murmelte er mit verzerrtem Gesicht vor sich hin. »Vielleicht bin ich naiv.« Tränen rollten ihm über die Wangen. »Aber ich gebe nicht auf. Nein.« Er schüttelte den Kopf. Es tat weh. »Ich weiß, wie man für andere durchhält.«

Wie ein Mantra wiederholte er die Worte und mit jeder Wiederholung verfestigte sich seine Willenskraft, machte aus etwas Hartem etwas Unzerstörbares, das er selbst dann noch als stärkende Gewissheit in seinem Herzen fand, als vor ihm der gesamte Dschungel in Bewegung geriet. Zuerst hielt er es für eine Art Sturmwind, der wie aus dem Nichts durch das hüfthohe Unterholz aus Blättern und Geäst fegte, doch dann wurde ihm klar, dass dieses Phänomen nur vereinzelt auftrat. Erst als er einige Schritte weitergestolpert war, erkannte er, dass sich da Gestalten näherten und es waren keine Aliens, sondern Menschen in grün-braun gefleckten Tarnanzügen, Körperpanzern und Helmen. Dann explodierte die Hölle um ihn.

Hardy übergab den Transportsack mit der kleinen Drohne einem jungen Hauptgefreiten, der damit zurück zum Helikopter rannte. Die Landestelle lag angeblich zweihundert Meter weiter auf einer Lichtung im Dschungel.

Dreißig KSK-Soldaten in voller Ausrüstung und mit den schwersten transportablen Waffen bildeten einen dichten Kokon um sie und starrten mit harten Mienen über ihre Waffen in den sie umgebenden Wald. Ein Hauptmann mit einem Gesicht wie aus Stein gemeißelt, kaute auf einem Kaugummi und zuckte ebenso wenig wie seine Soldaten, als weit hinter Hardy und Knut in Richtung des Schiffswracks die ersten Explosionen ertönten.

»Der Hauptfeldwebel und zwei ...« Hardy reckte das Kinn vor. »*Drei* unserer Teammitglieder konnten einen Gefangenen aus dem Wrack bergen. Der Funk ist ausgefallen oder wurde gestört, aber ich gehe jede Wette ein, dass sie versuchen, uns zu folgen.«

»Gute Arbeit, Feldwebel«, schnarrte der Hauptmann und hob sein HK21 Maschinengewehr mit dem langen Patronengurt an die Schulter. »Wir gehen rein und holen sie raus.«

Hardy spürte, wie ihm ein Stein vom Herzen fiel. Er hatte schon geglaubt, dass die Einsatzleitung befohlen hatte, um jeden Preis mitzunehmen, was sie hatten, und zu verschwinden.

»Danke, Herr Hauptmann.«

»Wir lassen unsere Jungs nicht zurück, solange ich das Sagen habe.« Der Blick des Hauptmannes wurde kurz abwesend und das Knistern des Funks drang aus seinem Ohr zu Hardy. »Ah. Unsere Luftunterstützung hat vier Signaturen ausgemacht und das Feuer eröffnet. Damit haben wir eine Peilung.«

»Bitten um Erlaubnis, uns der Einheit anzuschließen.«

»Natürlich, Junge!«, polterte der Hauptmann. »Der Kampf ist schließlich noch nicht vorbei!« Der Offizier hob die Stimme und brüllte über das Rumpeln der Explosionen hinweg: »Feindkontakt auf zwei Uhr! Zweihundert Meter! Ausschwärmen mit Sichtkontakt! Abmarsch!«

Hardy folgte dem Offizier und brachte sein Sturmgewehr in Anschlag. Er nickte Knut noch einmal zu, dessen Dauergrinsen einer ernsten Miene mit gefletschten Zähnen gewichen war, und lief mit dem Rest der Einheit im Abstand von jeweils knapp zwei Metern zwischen den Soldaten durch den Dschungel.

Je weiter sie kamen und geräuschlos durch das Unterholz streiften, desto lauter wurden die Explosionen. Als sie die erste

Detonation samt der dazugehörenden Flammen durch die Bäume sehen konnten, erreichten Uffe und Pille ihre Linien. Sie waren vollkommen verschwitzt und zogen ein reinweißes Etwas von zwar nicht menschlicher, aber doch humanoider Gestalt hinter sich her. Da sie rechts von seiner Position auf die Kameraden trafen, konnte er nicht mit ihnen sprechen, sah aber, dass beide kraftlos zusammenbrachen, als man ihnen ihre Last abnahm. Jemand rief nach Gefechtstragen und es entstand einige Hektik, doch das Gros der Einheit setzte seinen Weg in Richtung der Gefahr fort.

Hardy folgte den Kameraden mit einiger Erleichterung, doch Jacek und Nikos fehlten noch und mit jedem Schritt, den er machte, zog sich sein Magen vor lauter Sorge enger zusammen. Erst als die ersten Explosionen in ihrer Mitte aufblühten, änderte sich das und sein Überlebensmodus als Kommandosoldat setzte ein. Geschrei brandete auf und das Knattern von Sturmgewehren und MGs vermischte sich mit dem deutlich selteneren Peitschen von Scharfschützengewehren.

Als er aus den Augenwinkeln eine menschliche Gestalt sah, die eine andere stützte und wie ein halb verhungerter Zombie durch das Unterholz stolperte, hätte er am liebsten vor Erleichterung geschrien – hätte er nicht noch etwas anderes gesehen: Vier übergroße Schatten hetzten ihnen durch den Wald nach und da, wo er ihre Arme vermutete, blitzten immer wieder rote Lichter auf. Kurz nach jedem Aufleuchten krachte und donnerte es zwischen ihnen. Doch einer von diesen Vieren hielt direkt auf Jacek zu, der vermutlich derjenige war, der Nikos stützte. Das Alien verfehlte beide um Haaresbreite, als die unvorhergesehen zur Seite stolperten, doch dann setzte er zum Sprung an und hob ab wie auf Sprungfedern.

Hardy konnte vor seinem inneren Auge bereits sehen, wie das Wesen auf seinen Kameraden landen und sie zermatschen würde, da brüllte erneut der Hauptmann über den Lärm hinweg: »Ein Uhr! Feuer konzentrieren!«

Sämtliche KSK-Soldaten richteten sich neu aus und hielten mit allem, was sie hatten, auf das fliegende Geschöpf zu, das noch in derselben Sekunde von einem Orkan aus 7,62 mm NATO-Projektilen erfasst wurde. Einer der Vorteile von Spezialkommandos war, dass sie kaum einen Fehlschuss abgaben – selbst die unmöglichen wurden möglich. Darum wurde der Außerirdische vom ersten Moment in ein Meer aus Funken gehüllt, wo die Munition auftraf, und von der Wucht der Überschallgeschosse zurückgeworfen wie ein Spielball, der in einen Hurrikan geraten war. Ob sie den Feind getötet hatten oder nicht, wusste Hardy nicht, aber er wusste immerhin, dass Physik immer noch eine Rolle spielte und das ließ ihn noch verbissener schießen und die Magazine wechseln.

Er traf einen der verbliebenen Schatten, doch dieser zuckte nur kurz zurück und erfasste seine Position. Wäre er nicht sofort zur Seite gesprungen, wäre er jetzt nicht mehr als eine Staubwolke – genau wie der Baum, hinter dem er eben noch gestanden hatte.

Granaten wurden abgefeuert und detonierten in schneller Reihenfolge, als ihm jemand eine Hand reichte. Es war Knut.

»Holt eure Leute da raus!«, brüllte jemand heiser und das unverkennbare Geräusch eines knatternden MGs ertönte. Es war der Hauptmann, der keine zwei Meter entfernt mit angelegtem Gewehr feuerte. Dass seine Schulter wie von einem Pferdetritt immer wieder durch heftige Schläge zurückgerissen zu werden schien, machte ihm offenbar nichts aus. »Los! Wir geben euch Deckung!«

Hardy und Knut ließen sich das nicht zweimal sagen und sprangen über einen umgestürzten Baum und durch einen Busch, den sie zertrampelten, und rutschten einen kleinen Abhang hinunter, bis sie vor Nikos und Jacek landeten. Zu seiner Überraschung war es der Grieche, der seinen Vorgesetzten mit dem gesunden Arm mit sich schleifte. Jacek war bewusstlos und sein Kopf hing reglos auf der Brust. Er gab Knut einen Wink und nahm Nikos dessen Last ab. Der Zivilist wankte kurz und sah aus, als würde er stürzen, doch er folgte Hardys Wink mit leerem Gesicht und lief durch die Feuerstellungen der verbliebenen Soldaten weiter Richtung Landezone der Helikopter.

Als Hardy an dem Hauptmann vorbeihetzte, packte dieser ihn an der Schulter und sah ihm in die Augen.

»Wenn ihr die Helis erreicht, haut ihr ab, das ist ein Befehl!«

Hardy schluckte, nickte jedoch widerwillig. Zu viele Leichen lagen bereits um sie und zu viele Explosionen zerrissen die in Deckung liegenden Kameraden. Trotzdem ließ er seine Waffe fallen, um Jacek noch besser packen zu können, und rannte mit Knut und seinem bewusstlosen Vorgesetzten weiter in Richtung ihrer Rettung.

Epilog

»DAS IST SCHEISSE!«, maulte Uffe und Nikos konnte sich ein Lächeln nicht verkneifen. Die Scharfschützin wurde gerade von zwei Pflegern in den Gemeinschaftsraum geschoben und machte ein Gesicht, das zwar noch schläfrig aussah von der OP, aber auch wütend wie das eines Kindes. Nikos saß auf seinem Bett, das zwischen dem von Jacek und Pille stand. Sein Arm tat noch weh, obwohl er bereits vor einer Woche direkt nach ihrer Ankunft mit dem MedEvac Airbus operiert worden war. Die Bizepssehne heilte nur sehr langsam und ganz offensichtlich waren noch einige andere Bestandteile seines Armes in Mitleidenschaft gezogen worden. Jacek hatte es allerdings noch härter getroffen. Sein gesamter Schultermuskel war zerfetzt und ein Teil des Knochens abgefräst, sodass er bereits vier Operationen über sich hatte ergehen lassen müssen. Doch der Hauptfeldwebel rang sich ein Lächeln ab, als Uffe auf die andere Seite neben Hardys Bett geschoben wurde. Knut war der Einzige, der nicht in einem der weißen Betten lag und mit verschränkten Armen vor den breiten Fenstern stand. Draußen fiel der Regen in dichten Schleiern und prasselte gegen das Glas, als wollte er es mit aller Macht zerstören, so heftig war der Wolkenbruch.

»Das ist Scheiße!«, krähte Uffe wieder. Ihr Blick ging jedoch ins Leere und die beiden Pfleger lächelten und redeten beruhigend auf sie ein, wie auf ein quengelndes Kind.

»Ist die immer so?«, fragte einer der Sanitätssoldaten und grinste amüsiert.

»Sie kommt gerade aus der Narkose.« Jacek winkte ab. »Normalerweise ist sie schlimmer.«

Die anderen kicherten und aus dem Kichern wurde Gelächter, als Uffe wieder »Das ist Scheiße«, sagte.

Nikos wurde warm ums Herz bei den Lauten der Heiterkeit zwischen ihnen. Noch vor einer Woche war er auf zwei gelandete Helikopter mit laufenden Maschinen zu gestolpert, bar jeder Kraft und am Rande des Zusammenbruchs. Wie im Traum hatte er erlebt, dass er den Soldaten des Trupps in eine der großen Transportmaschinen gefolgt war, wo Uffe und Pille ihn an sich gezogen hatten wie ein gemeinsames Kind. Der Start und der Flug waren nicht mehr als ein diffuser Mix aus Alpträumen und Erinnerungen, die sich nicht auseinanderhalten ließen. Manchmal sah er, wie sie über die Bäume rasten, während hinter ihnen die zweite Maschine von etwas getroffen wurde, das aus dem brennenden Wald aufstieg. Manchmal sah er sie aber auch durch die Laderampe fliegen wie ein Vogel und dann waren auch die Rauchschwaden verschwunden. Daran, wie sie in einen großen A440M umgestiegen waren, der sie ausflog, hatte er allerdings keinerlei Erinnerungen – und auch keine Alpträume. Es war, als wäre es nie geschehen. Nachdem sie ins Krankenhaus gebracht und er operiert worden war, hatte Knut ihm erzählt, dass tatsächlich der zweite Helikopter zerstört worden war und auch der Zug KSK-Soldaten des Evakuierungstrupps sich nicht mehr gemeldet hatte. Diese Neuigkeiten hatten ihn seltsam unberührt gelassen, weil er diese heldenhaften Männer und Frauen nicht einmal bewusst wahrgenommen hatte, als er im Dschungel vor den Außerirdischen geflohen war. Er kannte ihre Gesichter nicht, auch nicht ihre Namen, weil all das geheim war, und doch waren sie diejenigen, die dafür gesorgt hatten, dass er noch atmete. Drückende Schuldgefühle waren die Folge, die sich erst jetzt ein wenig auflösten, wo er seine neuen Kameraden zum ersten Mal in so etwas wie ausgelassener Stimmung erlebte. Die Soldaten hatte der Tod des gesamten Zuges nämlich noch härter getroffen als ihn und sie hatten kaum Worte gewechselt. Jeder schien mit sich und seinen schmerzhaften Gedanken zu kämpfen, während Nikos am liebsten den ganzen Tag darüber gesprochen hätte, um sich davon zu befreien. Aber entweder war das eine Bewältigungsstrategie, die die Soldaten nicht teilten, oder aber es handelte sich um einen kulturellen Unterschied.

Nikos hatte versucht, sich bei den anderen zu bedanken, aber jeder seiner Versuche war unwirsch unterbunden worden, als redete man nicht darüber. Bei dieser Sache glaubte er allerdings, dass es sich um ein Soldaten-Ding handelte, und akzeptierte es.

»Na dann«, meinte der Pfleger, nachdem er den Infusionsbeutel überprüft hatte, der mit Uffes Zugang in der Armbeuge verbunden war. »Sie gehört jetzt ganz euch. In fünfzehn bis dreißig Minuten sollte sie bei normalem Bewusstsein und ansprechbar sein.«

Mit einem letzten Nicken verabschiedete sich der Soldat und winkte seinen jüngeren Kameraden hinaus.

»Ich kann kaum glauben, dass wir das alles überlebt haben«, sagte Nikos in der Hoffnung, die etwas gelöstere Stimmung würde dazu führen, dass sie endlich etwas mehr miteinander reden konnten.

»Viele gute Leute haben ihr Leben gegeben, damit wir hier liegen und atmen können.« Jacek drehte sich ein wenig zur Seite, um mit seinem gesunden und nicht in eine dicke Schiene gehüllten Arm die Bedienung für sein Bett zu packen. Surrend richtete sich die Rückenlehne auf. »Ich hoffe, dass es was gebracht hat.«

»Also hast du auch noch nicht gehört, wohin die unseren Gefangenen gebracht haben?«, fragte Knut vom Fenster und sein Dauergrinsen wirkte, als fände er das besonders lustig.

»Nein. Ich habe von Driedler lediglich erfahren, dass er

tatsächlich noch lebt und wir keine Leiche mitgebracht haben.«

»Den Aliens scheint das jedenfalls ganz und gar nicht zu gefallen. Ich habe gehört, dass der Mond nachts so seltsam rötlich glüht, weil die ihn von einem riesigen Schiff aus einschmelzen«, warf Pille ein. Sein Gesicht war zur Hälfte von einem dicken Verband bedeckt, wo ein Streifschuss der Aliens ihm offenbar die Haut verbrannt hatte.

»Den Mond einschmelzen?«, fragte Hardy und brachte sein Bett ebenfalls in eine aufrechte Position. »Das ist doch Quatsch.«

»Bist du sicher, nach allem, was du gesehen hast?« Pille schüttelte den Kopf und deutete auf den Fernseher, der in der Nähe der Tür von der Decke hing. »Die haben eine Sendung gebracht, in der Teleskopaufnahmen gezeigt wurden. Die *Tears* schlürfen die Saturnringe weg. Offenbar sind die am Eis interessiert. Auf den Jupitermonden machen die *Morphs* noch ganz andere Sachen, von denen aber nicht einmal Lesch eine Ahnung hatte.«

»Tears und Morphs? Ernsthaft?«, brummte Jacek und schnaubte vernehmlich.

»Naja, so wird auf Social Media über sie geschrieben und das hat sich offenbar durchgesetzt.«

»Morphs?«, fragte Nikos und dachte nach. »Klingt treffend. Von dem, was ich gesehen habe, sehen die aus wie morphende Tentakelmonster.«

»Ich hätte sie *Morphs* genannt. Das heißt sowohl *Zucken*, das tun die nämlich ständig, als auch *Wichser*. Ihr habt die Aufnahmen aus Schottland doch gesehen. Die sehen aus wie hin und her zuckende Tintenfische. Echt gruselig«, meinte Pille und schüttelte sich. »Und *Tears* ... Na ja, ihre Raumschiffe sind halt tränenförmig.«

»Tropfenförmig wäre wohl treffender«, widersprach Jacek.

»Das klingt aber scheiße«, warf Knut ein und der Hauptfeldwebel rang sich ein Lächeln ab.

»Touché.«

»Aber nicht nur da draußen im Sonnensystem ist viel los. Die Aliens scheinen aufzurüsten, bis es zur nächsten Schlacht kommt, aber wir tun es jetzt offenbar auch«, fuhr Pille fort. Er nuschelte leicht, weil der Verband einen Teil seines rechten Mundwinkels bedeckte. »Brüssel hat ein neues Mobilmachungsgesetz verabschiedet. Die schalten jetzt auf sowas wie eine Planwirtschaft 2.0 um, ich sag's euch. Im Ruhrgebiet entsteht ein neuer Produktionskomplex für Panzer und in Südfrankreich wird auch irgendwas gebaut. Das wird hier bald sein wie in den USA vor dem Eintritt in den Zweiten Weltkrieg, dann rollen da tausend Panzer pro Woche vom Band.«

»Was soll das bringen?«, wollte Jacek wissen. »Wir haben doch klar genug gesehen, dass wir mit unserem Spielzeug nichts ausrichten können.«

»Wenn Sie sich da mal nicht irren«, sagte eine unaufgeregte Stimme aus Richtung Tür. Nikos blickte zu dem Neuankömmling und verspannte reflexartig. Ein großer Mann in prunkvoller, paillettenbesetzter Uniform trat in den Raum und lächelte. Seine Haut besaß den Teint des Nahen Ostens und sein Bart war penibel gepflegt. Anhand der Tatsache, dass auch die Soldaten sich anspannten, schätzte er, dass es sich um einen hochrangigen Offizier handeln musste. Allerdings hatte er Englisch gesprochen, was ihm erst jetzt auffiel, da das Team immer Englisch in seinem Beisein sprach, aber die vielen Pfleger und Ärzte der letzten Woche hatten ausschließlich Deutsch gesprochen.

»Bleiben Sie bitte liegen«, fuhr der Mann fort und machte eine beschwichtigende Geste. Er nahm sein rotes Barrett vom Kopf und klemmte es unter den Arm. Lächelnd fixierte er Nikos mit seinen dunklen Augen.

»Sie sind Zivilist, oder?«

»Ja«, antwortete er und nickte.

»Sind Sie mobil?«

»Ja.«

»Dann muss ich Sie bitten, hinauszugehen. Ich habe Hauptfeldwebel Stratholm und seiner Gruppe etwas zu sagen, das nur für deren Ohren bestimmt ist.«

»Das ist kein Problem ...« Weiter kam Nikos nicht, da Jacek ihn unterbrach.

»Das ist Nikos Antoniadis und er«, Jacek sah ihm einen Moment in die Augen und lächelte, »gehört zu meiner Gruppe, Colonel Al Ghabra.«

Der Neuankömmling zog eine Braue hoch und musterte Nikos, als sähe er ihn zum ersten Mal richtig. Es arbeitete kurz in dem braungebrannten Gesicht, dann nickte der Colonel langsam.

»Ich verstehe. Nun, Sie und Ihr verrückter Haufen sind Helden. Würde ich Ihnen widersprechen, würde mir wahrscheinlich irgendjemand in Brüssel einen zweiten After setzen.« Al Ghabra lächelte, als wäre ihm etwas Lustiges eingefallen, und deutete auf den Stuhl neben der Tür. »Darf ich?«

»Bitte, Sir«, sagte Jacek und bedeutete Pille, Uffe anzustupsen, da die Scharfschützin angefangen hatte, zu schnarchen.

»Lass mich, du Arschloch«, meckerte sie im Halbschlaf auf Deutsch und schlug schwach nach Pilles Hand.

Al Ghabra schaute fragend zu Jacek, doch der zuckte mit den Schultern, nur um sofort vor Schmerzen zu erschaudern. »Sie freut sich über Ihren Besuch.«

»Das glaube ich, denn ich habe gute Nachrichten für Sie. Sie alle werden mit dem Ehrenkreuz der Bundeswehr in Gold in besonderer Ausführung dekoriert. Der Verteidigungsminister wird noch persönlich mit Ihnen sprechen.« Der Colonel lächelte und nickte, als habe er etwas verstanden, als keiner der Soldaten eine Reaktion zeigte. Er wirkte zufrieden, als er fortfuhr. »Ich war selbst an Kampfeinsätzen beteiligt und weiß wie es ist, wenn man etwas Derartiges durchsteht und nicht weiß, ob es überhaupt genützt hat. Ich bin aus Schottland hergeflogen, weil ich es als meine Pflicht und eine besondere Ehre ansehe, dieses Ungleichgewicht persönlich zu beheben. Sie haben unter Einsatz Ihres Lebens etwas erreicht, das zur Rettung unserer Union führen könnte.«

»Das waren nicht nur wir«, flüsterte Jacek und die anderen schwiegen betroffen. Der Colonel nickte beklommen und seufzte.

»Wir können nie alle nach Hause kommen und die Seelenklempner werden versuchen, Ihnen das Überlebensschuld-Syndrom auszutherapieren, aber Sie und ich wissen genau, dass das die Bürde ist, die wir als Überlebende tragen müssen, damit wir das Opfer unserer Kameraden nie vergessen. Das Beste, was wir tun können, ist, um sie zu trauern, nach vorne zu blicken und von ihrem Beispiel zu lernen, wissend, dass sie es waren, die uns gezeigt haben, was auch wir in Zukunft für unsere Kameraden tun würden. Kameraden wie Sie sind es, die uns zu besseren Soldaten machen.«

Schweigen breitete sich aus, während die Worte des Offiziers sich setzten und jeder seinen Gedanken an den Horror im Kongo nachhing. Doch die Stille hielt nicht lange.

»Dummerweise leben wir in einer Zeit, in der wir kaum zum Luftholen kommen und uns buchstäblich der Himmel auf den Kopf fällt. Aber Sie, liebe Kameradin, liebe Kameraden, haben dafür gesorgt, dass es einen Lichtstreif am Horizont gibt.«

»Haben Sie den Alienarsch befragt?«, wollte Uffe wissen. Nikos war überrascht, als er sie mit einem Mal aufgerichtet in ihrem Bett sah, der Blick ein wenig umwölkt, aber die Stimme klar.

»Nein.« Al Ghabra lächelte und schüttelte den Kopf. »Wir haben es nicht einmal geschafft, seinen Anzug mit einer Flex auch nur anzukratzen. Aber unser Diplomat Henry Wilson hat etwas noch Besseres geschafft.«

»Wilson?« Knut runzelte die Stirn. »Ist das nicht diese Wundertüte von NATO-Diplomat, die im Gazastreifen einen Frieden ausgehandelt hat?«

»Genau der. Er versucht seit annähernd anderthalb Wochen, mit den Aliens in Kontakt zu treten. Wie Sie vielleicht wissen, ist ein Raumschiff der *Morphs* in den Highlands abgestürzt«, erklärte der Colonel. »Leider verlief der erste Kontakt nicht besonders gut, aber Henry ... Wilson hat nicht aufgegeben und zumindest erreicht, dass wir nicht alle geröstet wurden. Einen Durchbruch gab es aber nie, weil sich diese Alienärsche nicht um uns geschert haben. Nun, ich kann Ihnen sagen, dass sich das schlagartig geändert hat, als wir ihnen die weiße Gestalt gezeigt haben, die Sie unter Einsatz Ihres Lebens aus dem Kongo geborgen haben.«

»Was, die reden jetzt mit uns?«, fragte Jacek überrascht.

»Sieht ganz danach aus.« Al Ghabra lächelte zufrieden. »Ein Fortschritt, der ohne Sie nicht möglich gewesen wäre, was ich noch einmal betonen möchte.«

»Dann sind unsere Leute wenigstens nicht umsonst gestorben.« Uffe ließ sich mit gequältem Gesicht in ihr Bett zurückfallen, als hätte jemand einen Stecker gezogen und sie vom Stromkreislauf getrennt. »Da kann ich also noch ein Schläfchen machen, bevor ich losziehe und diesen Stücken Weltraumscheiße die Ärsche aufreiße.«

Jacek seufzte und schüttelte den Kopf, während die anderen kicherten. Al Ghabra legte die Stirn in Falten und sah die

Scharfschützin, die nun wirkte, als würde sie wieder schlafen, an wie ein schwer zu lösendes Rätsel.

»Wenn ich eine Frage stellen darf, äh, Sir«, meldete sich Nikos das erste Mal zu Wort und wollte eine Hand heben wie in der Schule, bremste sich jedoch, als der Colonel nickte. »Wir können spekulieren, dass der Außerirdische, den wir geborgen haben, von irgendeinem besonderen Wert ist, richtig?«

»Ja, der Geheimdienst geht davon aus, da offenbar viele Mühen unternommen wurden, um ihn auszuschalten oder zu bergen. Immerhin haben die *Tears,* wie wir diejenigen mit den Tränenschiffen jetzt offenbar nennen, ein Schiff geopfert, um vier Landekapseln abzuwerfen und davor ein paar Drohnen, wie ich Ihrem Bericht und dem der Einsatzleitung entnehmen konnte. Das hat uns erst auf die Idee gebracht, dass wir mit dem Gefangenen versuchen könnten, die *Morphs* an den Verhandlungstisch zu zerren.«

»Mit Verlaub, Sir, wird das wirklich etwas bringen? Wir haben denen doch ohnehin nichts anzubieten. Wir sind wie Ameisen unter ihren Schuhen, nicht mehr als ungefährliche Insekten.« Nikos dachte über das Bild mit den Fechtenden in der Nähe des Ameisenhaufens nach, das er schon einmal gesehen hatte und der pochende Schmerz in seinem Arm drängte sich in den Vordergrund seines Bewusstseins. Im Kongo hatten sie großen Mut bewiesen, aber noch viel größeres Glück gehabt. Jede einzelne Situation hätte deutlich schlechter ausgehen können, als es schließlich der Fall gewesen war. Was für einen Grund könnten Aliens von einer solch hohen technischen Entwicklungsstufe haben, mit Ameisen zusammenzuarbeiten?

»Das dachte ich auch, muss ich gestehen, aber mein guter Freund Henry hat nicht locker gelassen und tatsächlich wurde er mit seinem Team in das Schiff der Morphs gelassen und der Funkkontakt ist bestehen geblieben. Vielleicht haben die gemerkt, dass wir doch nicht so hilflos sind, wenn wir ihnen einen VIP ihrer Feinde bringen.« Al Ghabra seufzte. »Ich weiß es nicht, aber eines weiß ich sehr wohl: Wenn jemand das Beste für uns herausschlagen kann, dann ist es Henry Wilson. Und wer weiß: Vielleicht haben wir in den Morphs bald Verbündete im Kampf gegen die Invasoren.«

»Aber Sir«, wandte Jacek ein, »wir wissen doch nicht einmal, wer die Guten und wer die Bösen sind.«

»Oh nein, das wissen wir nicht«, stimmte der Colonel zu und stand auf. »Aber wir wissen ganz genau, dass für uns beide Seiten die Bösen sind und es ums nackte Überleben geht. Wenn auch nur eine Seite dafür sorgt, dass in unserem Haus nicht mehr gekämpft wird, wäre das schon eine Entlastung und irgendwie habe ich im Gefühl, wir könnten bei der Sache noch ein Wörtchen mitreden.« Der britische Offizier lächelte in sich hinein. »Also werden Sie schnell wieder gesund, denn ich habe außerdem das Gefühl, dass wir vor einer vollkommen neuen Situation stehen und ich würde mich deutlich besser fühlen, wenn ich wüsste, dass Sie bereitstehen, wenn es so weit ist.«

»Das werden wir«, versprach Jacek und sah nacheinander alle Mitglieder seines Teams an.

»Wenn ihr es nicht werdet, und ich alleine losziehen soll, werde ich mich umbringen«, sagte Knut mit ernster Miene. »Vermutlich werde ich mich in der Küche aufhängen und einen Brief hinterlassen, in dem ich euch verteufele.«

»Geht das wieder los.« Pille verdrehte die Augen und schüttelte den Kopf, während Jacek und Hardy kicherten. Uffe schnarchte und das Kichern wurde noch lauter. Nikos fiel in ihre Heiterkeit ein und grinste breit. Die eiskalte Hand, die sein Herz seit dem Auftauchen der Aliens umklammert hielt, war noch da, doch sie löste sich gerade genug, um einen kurzen Moment der Geborgenheit und des Angekommenseins zu verspüren. Einen Moment der Ruhe und Erleichterung, als fiele eine unendliche Last von ihm ab.

»Ich konnte euch Kommando-Angeber noch nie leiden«, meinte Al Ghabra lakonisch und ging kopfschüttelnd, aber mit einem Grinsen im Gesicht hinaus.

Wir haben eine Chance erkämpft, welche auch immer das sein mag, dachte Nikos. *Das werden wir vermutlich früher erfahren als uns lieb ist.*

Nachwort

Liebe Leser,

vielen Dank, dass Sie mit mir auf Nikos' und Jaceks Reise gegangen sind. Es war eine schwere Reise für die Helden, aber eine überaus angenehme für mich, da es mir sehr leicht gefallen ist, diese Geschichte niederzuschreiben. Sie floss mir quasi aus den Fingern, weil ich sie selbst beim Schreiben spannend fand. Viele Details haben sich im Prozess des Tippens erst entwickelt und ergeben zusammen das, was Sie gerade durchlebt haben. Mir ist klar, dass noch viele Fragen (oder alle) offen sind und dieser erste Band eine Art Status quo für den Beginn des großen Ganzen darstellt. Das war aber notwendig, um für die Story, die bereits feststeht, alle Figuren in die richtige Stellung zu bringen und das Feld für das wahre Abenteuer zu bereiten, das jetzt erst beginnt. Trotzdem hoffe ich, dass Sie spannende Stunden mit Nikos und unserem tapferen KSK-Team verbracht haben.

Wir arbeiten zügig an den Fortsetzungen – machen Sie sich also keine Sorgen, dass es lange dauern könnte. Sowohl Pascal als auch ich hatten so viel Spaß beim gemeinsamen Schreiben, dass wir es nicht erwarten können, Ihnen die Fortsetzungen zu präsentieren. Diese Fortsetzungen können Sie unterstützen, indem Sie dieses Buch auf Amazon rezensieren. Das kann kurz und einfach gehalten sein – alles ist besser, als zur schweigenden Masse zu gehören. Unsere Bücher leben von Ihrer Stimme!

Jetzt rezensieren: readerlinks.com/l/788994

Wenn Sie keine Neuerscheinung mehr verpassen und als Dankeschön eine kostenlose, exklusive E-Book-Ausgabe von

»Rift: Der Übergang« erhalten möchten, können Sie sich für meinen monatlich erscheinenden Newsletter anmelden.

Jetzt anmelden: www.weltenblume.de

Ich danke Ihnen und grüße Sie ganz herzlich,

Ihr *Joshua Tree*, *Hameln, 05. September 2019*

Personenverzeichnis

Bachara Al Ghabra: Colonel der britischen Landstreitkräfte.

Bazaraki: Kater von Nefeli, Nikos' Schwester.

Costas: Freund von Nikos.

Der Prinz: Anführer der Sammler im zerstörten Athen.

Eleni: Gefangene der Sammler, Läufer.

Evangelia: Freundin von Nikos.

François Vienne: französischer Premierminister.

Franziska »Uffe« von Ufzhausen: Scharfschützin, Gefreite.

Georg Driedler: Brigadegeneral, Kommandeur des Kommando Spezialkräfte.

Giorgos: Gefangener der Sammler, Läufer.

Günther Leopold: Bundeskanzler der Bundesrepublik Deutschland.

Henry Wilson: NATO-Diplomat.

Ioannis: Sohn von Nikos.

Jacek »Jessy« Stratholm: Hauptfeldwebel.

Konstantina: Ex-Frau von Nikos.

Lutz »Knut« Ammon: ABC, Oberfeldwebel.

Maria: Freundin von Nikos.

Nefeli: Schwester von Nikos.

Nikos Antoniadis: Leiter eines Kindergartens in Nea Ionia, Athen.

Patroklos: bester Freund von Nikos.

Paul »Pille« Koslowski: Feldwebel, Sanitäter.

Reinhard »Hardy« Feldmann: Feldwebel, Fernmeldetechniker

Theresa June: Britische Premierministerin.

Viktoras: ehemaliger Krankenpfleger und Mitarbeiter des Prinzen.

Glossar

.357 Magnum: Revolver.
Abnormalität: von einigen Überlebenden in Athen für unerklärliche Phänomene benutzter Begriff.
AEK: populärer Fußballverein aus Athen.
AG36 Granatwerfer: Unterlaufgranatwerfer für das G36.
Apollon Smyrnis: Fußballverein aus Athen.
Augmented Reality: computergestützte Erweiterung der Realitätswahrnehmung.
Barrett M82 Kaliber .50: durchschlagskräftigstes Scharfschützengewehr, bei der Bundeswehr auch unter der Bezeichnung G82 in Gebrauch. Wird mit panzerbrechender Munition zum Ausschalten »harter« Ziele wie Fahrzeugen, Drohnen und Radaranlagen benutzt.
Battlenav/GPS-Battlenav: Handgelenkdisplay mit GPS-Funktion und taktischer Schlachtfeldanalytik.
Calw, Graf-Zeppelin-Kaserne: Heimatkaserne des Kommandos Spezialkräfte in Calw, Baden-Württemberg.
Dassault Aviation: Französischer Flugzeughersteller. Hersteller der Dassault Rafale.
Deploy: Zugmechanismus zum Ziehen des Hilfsschirms eines Fallschirms am Container, mit dem der Hauptschirm verzögert aus dem Container gezogen wird.
Die Zone: abgesperrtes Stadtgebiet des zerstörten Athens.
G29 Scharfschützengewehr: Scharfschützengewehr der Spezialkommandos.
G36: Standard Sturmgewehr der Bundeswehr.
Ghillie-Anzug: Tarnanzug für Scharfschützen, der den Scharfschützen mit der Umgebung verschmelzen lässt.
Gia Sas: Griechisch für »Guten Tag«/ »Hallo« (höfliche Form).
Gia Sou: Griechisch für »Guten Tag«/ »Hallo«.

HK 417: Sturmgewehr des Herstellers Heckler&Koch.
HK P12: Pistole.
Kato Patissia: Stadtteil in Athen, nördlich des Zentrums.
Kursumlija: Ort im Süden Serbiens.
Kyria: Griechisch für »Frau«/»Dame«.
Läufer: Gefangene und Freiwillige, die von den Sammlern durch den Krater zum Splitter geschickt werden.
Metformin: Diabetesmedikament.
Midias: Straße in Athen.
Nea Ionia: nördlicher Stadtteil Athens.
Operation Iron Dome: Verteidigungsoperation der europäischen Streitkräfte im nördlichen Skandinavien.
Panagía mou: Griechisch für »Heilige Maria!«
Parea: Griechisch für »Clique«, den »Freundeskreis«, der in der griechischen Kultur einen ähnlichen Stellenwert wie die Familie hat.
PTBS: posttraumatische Belastungsstörung.
Rotordrohne: Drohne mit Rotorantrieben.
Sammler/Stinger: Organisierte Bande in den Ruinen Athens, die andere Überlebende überfällt und ihnen Vorräte stiehlt.
Skatá: Griechisch für »Scheiße!«/ »Verdammt!«
Sklithra: Griechisch für »Splitter«.
Terra Incognita: nicht kartografiertes (unbekanntes) Gebiet oder Landmasse.
Ti Kanis: Griechisch für »Wie geht es dir?«